王莽传

（第三部）

烽火未央

简定宇 著

加拿大国际出版社
Canada International Press

书名：王莽传（第三部）烽火未央
作者：简定宇
出版：加拿大国际出版社
印刷版书号 ISBN：978-1-990872-48-8

电子书号 ISBN：978-1-990872-49-5
总字数 245 千字，2023 年 7 月加拿大第一版
版权所有，翻印必究
Book Title: Biography of Wang Mang (Part 3) The War Is
Young
Author: Jian Dingyu
Publisher: Canadian International Press
Print ISBN: 978-1-990872-48-8
e-book number ISBN: 978-1-990872-49-5
The total number of words is 243 thousand words, the first
Canadian edition in July 2023

<h1 style="text-align:center">内容提要</h1>

全书共六十二章节，约上百万字的文字规模。是一部基于记载两汉递嬗时期的各种历史文献典籍为基础，加以现代诠释和艺术加工的历史小说。

本书是一部气势恢宏，描写细腻，展示文化，彰显人物，立意深远，思想深刻，情节紧凑，形式多元，颇具文学价值，带有娱乐性的华彩历史篇章。

为什么敢如此大言不惭呢？其主要原因有以下几方面：

本书取材于中国历史上既是独一无二，又具普遍性典型代表意义的东西汉交替，政权快速更迭时期。独一无二的是这一时期正值西方文明的基督教开始诞生，古印度文明的佛教经西域刚刚开始传入中国，而儒家思想在"罢黜百家，独尊儒术"和"天人合一"等思想的共同作用下向宗教化发展的历史时期。独一无二的是王莽被著名学者胡适先生称为"中国历史上的社会主义皇帝"。而具有典型代表意义的是这一时期的不平等现象极为严重："富者田连阡陌，贫者无立锥之地"，"贵族豪强"骄奢淫逸，而"贫下中农"纷纷变卖土地，依附于豪族，有的类似于西方庄园里的仆人，也有的类似于之后中国传统专制社会的长工；又由于各种天灾人祸使得流民四起，而不偷不抢走投无路的男女们沦为奴婢，买卖盛行。如官方禁止买卖，反而在公开的黑市上他们更是雪上加霜，境况如牲畜一般。

而据考证当时的技术包括（铸造，冶炼，量衡，数学，日历，耕作，水利等等）发展水平已经达到一个较高的水平，与中国鼎盛的唐宋时期水平相当。生产力经过较长一段时间的提升后，自汉武帝时期之后，便开始提升缓慢。本书从文学和艺术角度重点展现了"外儒内法"的传统中国封建政治和社会文化所带来的悲剧和讽刺。比照《教父》的艺术构思，着力刻画了王莽这个人物性格是如何从注重修为的信奉儒家思想的士大夫在当时的政治文化侵淫下和矛盾冲突中逐步蜕变为沽名钓誉，虚伪做作，再到冷酷阴险，暴虐虚妄，最后迅速的走向灭亡的完整过程。是如何从儿女孝顺，夫妻和睦到家庭悲剧，儿女死的死，癫的癫，冷的冷最后到反目成仇，不共戴天的人伦悲剧。拷问了由儒家思想衍生而来，君主专制社会下的公义和私利，礼制和权术，情感和理智的相互矛盾和多元冲突。

本书对这一时期王莽改制做了较为全面的描写和分析。宗旨是为我们当代的社会主义改革开放事业导航护航，摇旗助威！通过对王莽时期从我们今天的价值观看来尚有一点进步意义的"均田地，禁止田地买卖，禁止奴婢买卖，货币改革，及官统商贾"等历史上真实改革的初衷和政策实施两个方面做了较前人更全面透彻的分析，得出一定的结论，作为了本书的立意和思想之一。

书中，王莽的失败，不再被简单的理解为是他个人的失败，而是被诠释成王莽政治集团无意识的试图走出中国历史"兴衰率"的第一周期的努力失败了。而这一课题仍然是我们整个民族今天所面临的课题！

作者简介

　　简定宇，字国襄，笔名郭襄，男，汉族，祖籍湖北天门，生于1937 年于汉口，退休前为长江文艺出版社编审，中国湖北省作家协会会员。

最初发表的小说《翅膀》见《吉林文艺》1977 年 11 月号)。1978 年短篇小说《一朵小白花》为"天安门事件"公开大声疾呼；1984 年发表的《你不再认识我》。1991 年出版长篇小说《鬼墙》。

1997 年出版了《新编拍案惊奇》和《两汉递嬗》，并著有中短篇小说《振荡》、《轧道》、《玫瑰刺》二十余篇，此外还发表出版过电影文学剧本和长篇通俗小说。近年与人合译了杰克.伦敦的《野性的呼唤》。

目　录

四十二 春宴筵挥毫抒壮志 府衙堂丽歌逢佳人

　　始建国元年（公元 9 年）正月初八夜，王莽举办称帝后头一次春宴。对皇帝来说家就是国，国就是家。春宴原是家宴，而今变成了国宴，但王莽坚持原有家宴的温馨。国宴的惯例是臣等君；家宴的惯例却是主迎宾。这是开国后头一次春宴，比往年的春宴更加隆重。王莽领着太子王临，站在花厅门口迎接每一位客人。

　　每个赴宴的人都在门口行觐见之礼，王临上前扶起，王莽就在后头大声嗔怪，"来的都是客。予所迎者予之嘉宾，非一般臣子可比。今天行的是主宾之礼，而非君臣之礼。谁爱行此大礼啊，来岁到德阳堂行去。予这春宴就不请了。"他称帝以后，仍称予不称朕。

　　君臣之礼大于主宾之礼，谁人敢废？今夜与宴者三十一人，三十一人无一例外行了觐见之礼；王莽也无一例外的把这番话重复了三十一遍。礼多人不怪，非但不怪反而催人泪下。瞧那"金匮辅臣"三人新人，感动得鼻涕眼泪拖有半尺长。

　　春宴在勤政室举行。王莽登基之后几乎把全国的地名都

1

改了名：长安改名常安，未央宫前殿改名王路堂，永乐宫改名常乐堂，宣室改名勤政室了。他宣布，"今岁起，'初八春宴'不再唱《鹿鸣》之歌，新朝开风气之先，新事新办，今岁由骑都尉唱《商邑田歌》。"

《鹿鸣》之歌反复吟唱"我有嘉宾，鼓瑟吹笙"，是传统迎宾曲，千百年来响彻朝野宴会。

崔发早年献《农家图》，力主恢复"井田制"。他上前跪拜，"陛下茂德配天，扶黎牧民，臣采得民歌一曲，献于陛下。"

"咦，怎说献与予呢？今日是予之家宴，应献与贵宾嘛，是不是呀，子骏？哈哈。"一十一名"金匮辅臣"册封后，八位老辅臣不齿三个新辅臣，朝臣分成新派老派。崔发本应属于新不新旧不旧的臣僚，但八个老辅臣不喜他，也就自然归于新派之列。此刻王莽点刘歆的名，就是平衡新老两派，希望宴会上弥合新老纷争。

刘歆叩拜，"陛下盛德，笙歌遍地，颂声起于田垄之中，理当献于陛下。臣等躬逢盛宴，得享新乐之雅奏，新歌之清扬，幸何如之。"

"瞧我国师公！说话总是面面俱到两面光。好吧好吧，那就宾主共享吧。"刘歆在"金匮辅臣"中封为国师，嘉新公，时人称国师公。

“君臣同乐。”三十一名与宴者同声说。

这时，种磬齐鸣，丝竹悠扬，崔发引吭高歌：

商君废井田，井田商邑兴，笑看沧桑变，天道复环循。

一禾生九穗，粒粒橙如金，祥瑞普天降，春风万里行。

出入相友善，守望相扶助，淳淳古风俗，挚挚农夫情。

黄发扶杖起，童稚绕膝嬉，挂出黄灯笼，人间庆鼎新。

崔发唱得宏亮，唱得铿锵，唱得投入，唱得热情，三十位嘉宾一齐离席山呼万岁。

“哈哈哈。”王莽一阵开怀大笑，“‘挂出黄灯笼，人间庆鼎新’，各位嘉宾，今夕灯光若何？”

挂出黄灯笼，人间庆鼎新！唱得突兀，问得也突兀。众人抬眼观看，悬挂的灯笼居然都是黄色灯笼，发出黄橙橙光芒。黄灯笼由茧丝兽毛苎麻编织而成，薄如绢帛，颜色自然天成，光线似乎比红灯笼还亮。

新辅臣王兴赞叹，“新朝新事，新朝新气象啊。”哀章接着说：“汉德为火，尚赤；新德为土，尚黄。火德已亡，土德方兴。骑都尉崔大人所献商邑黄灯笼，配德应色，亦为祥瑞啊！恭喜陛下，新室万年啊。”王盛大声叫喊，“陛下！灯笼亮堂堂，新堂喜洋洋，应该通令全国，红灯笼一律改成黄灯笼，用黄灯笼来表明心向我朝哪。"

"通令全国？不妥吧？灯笼如此精制，只怕破费黎庶，繁苛百姓哪。"

崔发抗声，"此为农家制作，怎会黎庶破费？"王莽问，"真是农家制作的？"崔发叩拜，"陛下请看，丝是野蚕丝，毛是野兽毛，麻是野苎麻，地地道道山野之物，出于村姑之巧手。"王莽感慨良多，"当年氾胜之在商邑兴办井田，算起来不过八九年吧。那时饥馑遍地，盗贼如毛；而今家给人足，礼乐兴盛。人间沧桑，商邑大变啊。这种商邑黄灯笼别人用不用予不管，即日起王路堂一律改悬黄灯笼。"

"臣等俱挂黄灯笼。"三十一名嘉宾齐声表态。

"好啊好啊，挂黄灯笼，俱挂黄灯笼！新朝就该日日新，事事新，不可因循守旧，不可故步自封，政必维新，制必创新，文治武功超迈前汉，超迈千古！。"王莽热情洋溢，频频敬酒。酒酣耳热当儿，雄心万丈，意气激扬，抑制不住兴奋心情，"拿笔来！"

万岁声中，他写下一帧帛书，其辞曰：

茂德配天，以天下为桎梏。摩顶放踵，扶黎牧民。

勋功垂世，带四海作汤池。坐纛挥鞭，清狄扫胡。

他不是急功近利的人，然而现实逼迫他必须创建功业。否则与亡汉昏庸之君滛佚之君有何两样？禅汉之举岂非成了罪恶与阴谋？帛书是他内政外交的宣示：所谓"扶黎牧民"就是推行"王田制"，把天下田亩收归国有，分田到户，以商邑为榜样，恢复井田。实际上，商邑黄灯笼就是他的文治昭示；"清狄扫胡"就是开疆扩土，威加四表，建立不世武功。

新朝新立，最重开局。文治武功二者不可偏废，但顺序可有先后。文治一时难见功效，武功可以立竿见影。只有打仗，打大仗，才能打出大新王朝的军威！才能打出大新王朝的国威！才能打出大新王朝的皇威！一胜万事兴啊，一仗就能打出新朝新局面。他筹思良久，历兵秣马，准备打仗。

他派蔺苞戴级出使匈奴，宣告新朝成立，废除汉朝封号玺授。当年汉武帝把周边各国的可汗、单于封为王；新朝一律降为侯，玺授改称印章。匈奴单于囊知牙斯诘问，"我做错了什么事？匈奴做错了什么事？为什么降为侯？"
蔺苞说："天高地卑，天越高地越卑。我大新皇帝超迈前代，超迈汉武帝。汉武帝封的王，到了大新都应该降为侯。"

"不！"囊知牙斯说："我不要新朝的印章，把旧玺授还我！"

"汉已灭亡，还要亡汉的玺授干什么？亡汉！亡汉！知道吗？"戴级大叫，当场拿铁锥把汉朝玺印砸得粉碎。囊知牙斯大怒，跳下虎皮大座，亲手挥动马鞭把二人打个半死。两国关系当即破裂，囊知牙斯率领匈奴铁骑袭击代郡、定襄、渔阳、右北平四郡。一路烧杀虏掠，狼烟四起。

朝野一片讨伐声，王莽暗自窃喜，这正是他所策划他所企盼的。

与此同时，蔺苞戴级潜入匈奴，用一千斤黄金和无数珍宝买通了囊知牙斯的胞弟右呼犁汗王。王莽册封右呼犁汗王为"孝单于"，册封右呼犁汗王之子为"顺单于"。右呼犁汗王父子承诺与新军里应外合，杀死囊知牙斯。

一切准备就绪，始建国二年（公元 10 年），他派遣立国将军孙建、奋武将军王骏、虎贲将军王况、讨秽将军严尤等十二名将军率领三十万大军征伐匈奴。

一切如他所想，一切如他所愿，他觉得自己手握天下之枢机，青史从此将由他谱写，乾坤从此将由他再造！他把匈奴改名为"降奴"，单于改名为"服于"，囊知牙斯改名为"知"。匈奴单于囊知牙斯就改名为降奴服于知了。他坚信小小降奴服于知岂能抵挡天国雄师，匈奴必败，武功必立！

　　那年八月，桂花开得特旺。黄绿相间，花繁叶茂。上林苑中有片桂林，花多叶少。其中三株满枝黄花，不见绿叶，宛若三朵黄色大花团。

　　最早得闻的自然是"长安三贵胄"。当年"长安三公子"而今都长出髭须进入了中年；三人皆三公之后，时人改称长安三贵胄了。他们往观之后，上林道上就车水马龙，络绎不绝了。刘棻在家里与甄寻、王奇正准备当成祥瑞奏报朝廷，刘歆从书房出来呵斥，"尔等怎知祥瑞？树有常性，花有常馥，花开过盛，香馥过浓，焉知不为妖祟？"三人不敢作声了。

　　陈崇崔发自然不会放过这谄媚求宠机会，他俩联袂奏与王莽，"亡汉为火德，大新为土德。亡汉尚赤，我朝尚黄。黄花盛开，应兆我主气盛，我朝兴旺。多位农家往观，拟将桂子种于苑中，日后推广全国，可为新朝新花，传于万世。"

　　王莽以为是个好兆头，欣然往观。他乘坐"华盖登天车"向上林苑驶去。据载，轩辕黄帝就是乘坐这样一辆华盖车行至野外，车马突然羽化，离开地面，登上了天庭。王莽聚集了许多能工巧匠，根据古籍一些零星记载，制造了这辆车。车上有九重华盖，高八丈一尺。华盖如伞，伞架用纯金打造，伞沿饰着五彩斑烂的羽毛，犹如九朵绚丽云霞。车有四轮，套六匹马，四周由三百名头扎黄巾身穿黄服的力士蔟拥。力士由卫将军王兴统领，他手持黄幡，指挥力士一路击鼓高呼：

"登仙！"

车驾还没到达上林苑，前线战败消息传到车前：孙建身中三箭，生命垂危，损兵五万有余……

他瘫坐在"华盖登天车"上，耳边响着"登仙"！"登仙"！

谁知车驾回宫不久又传来了王舜过世噩耗。

"三弟啊！"王舜是他最亲密的兄弟，"金匮辅臣"之首：官拜太师，享爵安新公。他想哭哭不出来，只想搧自己嘴巴。为什么只迷思在胜利的幻梦里没留神三弟的话？那是谶语，神示啊！

原来，在他宣布对匈奴用兵之时，王邑率宗室诸将请缨："我朝新立，宗室应为天下先。扫胡虏于大漠，扬国威于塞外。吃苦耐劳，流血捐躯，宗室子弟要给天下做出表率。"

话说得堂皇，怎瞒得过平晏？反间计是平晏出的，藺苞与右呼犁汙王密约也是平晏策划的。天国雄师，兼有内应，王邑无非企图顺手摘取胜利果实，耀武边陲，扬威宇内。

平晏叩拜，"恭喜陛下，宗室诸将奋勇当先，朝廷之幸！社稷之幸！不过新朝开国，天下为公。陛下'清狄扫胡'宏愿，应为举朝之朝纲，举国之国策，举世之志向，而非宗室独有。"平晏显然不想让王氏独享胜利果实，话说得同样堂皇。

他原想委任王邑为大将军，让王氏诸将建立战功。当廷被人说破，做皇帝的只能表示同意。谁知王舜叫喊起来："不可，不可啊！玩火者自焚啊！"

这是什么话！王莽笑容僵住了："你说予玩火？"

"臣弟不敢。"王舜心里慌乱，"臣弟是说取巧的人。他以为敌军在东，东风又至，火必焚东，焉知风向会变，火势逆转，被焚者恰恰是纵火者。"他暗讽王邑削尖脑袋抢头功，说话有条有理，但每句话又都适用王莽。他大约意识到了这一点，想把话说圆全，可越说越不圆全。急得他双颊通红，声音特大，神态有些错乱了："陛下，臣弟说的是真话，真话呀！"

自从赵明霍鸿作乱，王舜见到黄山宫燃起烽火，吓得神智昏乱。常常头疼欲裂，胡言乱语。王寻见王莽脸都变了，推说他犯了病，亲手架着他退出朝堂。

"玩火者自焚啊！"王莽暗自吟喟。据说，神智昏乱的人常常能见鬼神，莫非鬼使神差使他发出警世之言？而神智健全的人都当他疯魔呓语。

王舜数十年追随左右，风雨同舟。他要前去吊唁，王邑谏言，"三哥府中鬼祟未除，陛下前去，恐有冲撞。"

这天王舜也在园中观赏桂花。他家桂花开得特别旺盛，家人兴高采烈，准备多多酿桂花酒，观赏之间突然太息，"盛极而衰，骄极必败，恐为妖祟啊，酿什么桂花酒哟。"这时战败消息恰巧传进府中，王舜惊得两眼发直，"坏了！王氏灭族了！"家人见他发病，搀着他往屋里走。王舜手指头戳着天空尖叫，"不，氾大人，鲍大人，不是我杀的，别咬，别咬我……"家人把他扶到病榻上，他身体突然抽搐，大声哭嚎，"妈呀，疼！疼死我了！"抽搐着抽搐着不动了，家人给他盖锦被，发现他没了气息。医官赶来，已经断气多时了。

王莽本想到他遗体前哭一场，哭三弟，哭前线战事，竟然连哭都哭不成了。

"玩火青自焚啊！"他感到伤痛，眼睛闪动泪光。

前线消息陆续传到陛前：征伐匈奴十二员将军，以孙建为首，王氏占六员。蔺苞得到右呼犁汗王密报，获悉囊知牙斯驻扎苏合尔。天国雄师，兼有内应，胜利唾手可得。孙建心知皇上要让王氏诸将建功，偏向王氏六将，不想让非王将军分享胜利，令严尤等人驻守要塞，带领王氏六将，兵分七路，奔袭囊知牙斯驻地。谁知七路大军到达苏合尔，没遇上匈奴一兵一卒。心知中计，慌忙撤退。撤退途中匈奴铁骑四面包抄，孙建身先士卒带领新军冲出重围，又独自断后，身中三箭，损兵过半，全线溃败……

王氏六将把责任推给蔺苞、戴级，说他俩中了右呼犁汗王的"反反间计"，什么"孝单于"！什么"顺单于"！都是装孙子迷惑新朝的，他俩都是睁眼瞎，叫这爷俩耍了，害得他们吃败仗。

王邑却把矛头指向平晏，丧师辱国全是他的"反间计"闹的，王莽口里不说，心里却埋怨："可夫误予！"

到了第二年秋天，前线终于传来了胜利捷报：严尤三河口大胜匈奴，斩首三千余级……

其后消息错乱：一会说严尤大军追入大漠，一会又说严尤大军失去踪迹，可能已经全军覆灭……

王莽把竹简掷到地上，"予不要可能！予要战报！战报！去探！探！"

消息却沉寂了……

落日的余晖血一样洒向这片荒凉原野。塞北寒风从西面白雪山峰掠过，半空中飘浮着若有若无的雪丝，枯黄的荒草不停瑟索。山脚下流出一湾河水，日照下刚刚解除冻结又流向冻结的黑夜。这会儿它闪着粼粼血色，啜泣着蜿蜒东去。河岸两旁稀疏的树木，叶子早已脱尽，细瘦的枯枝绝望地伸向天空。

北边地平线跃出一彪铁骑打破了原野的寥寂。一色铁盔铁甲，铁戈铁矛，映着落日闪着铁褐血色，犹如骤发的黑色闪电滚动黑色雷霆。

原野到处狼藉腐臭的尸骨，一群群蝇蚊在半空中翻飞。地里的庄稼全都倒伏，晚秋的红高粱和黄包谷都已变黑霉烂。远近的村落化成瓦砾，寥寥几处幸存的断壁残垣似乎还在诉说这儿男人和女人大黄狗和小花猫的故事。不过它们的口齿越来越含混不清了。夜以继日的风沙不停地摇撼它们业已模糊的记忆，随时都会把它们一一掀倒，深深埋葬在漶漫的黄沙之中……

三百铁骑风发飚拂跃进原野，当先的是位四十多岁的将军。飞扬四起的尘埃中，眯缝眼睛盯着前方，茂密的长须随风飘举。两边装饰羽雉的武弁大冠，罩着一张又瘦又小酱紫色脸膛，仿佛塞外的风霜使它蜷缩成了一个核桃。但高挑的浓眉和紧抿的双唇，显现出他的威严和傲岸。他调头说：

"传令下去，把路边将士的尸骨埋了！"

"遵命。"身边一名亲兵应声。

他的双腿猛然一夹，紧接着加上一鞭，胯下的乌龙驹窜出丈外，身后的铁骑一齐加快了步伐，猛烈疾促地践踏使得这片死气沉沉的原野颤抖起来。

这是一片无名的原野。离它不远西面白雪山峰脚下，是历代兵家必争之地，著名的古战场三河口。两个多月前这里发生过鏖战。这位将军就是指挥这场战役的主将：大新王朝讨秽将军严尤。

今年囊知牙斯袭击渔阳，严尤把匈奴大军诱进三河口谷地，斩首三千余级。一支匈奴骑兵护卫囊知牙斯冲出重围闯进这片原野。严尤料敌机先，率领三千铁骑在这里拦住了匈奴骑兵的马头。双方战斗异常惨烈，当时情景历历在目，每个细节都叫他难以忘怀。

落日也是这样大，也是这样血红，也是这样没有一丝温暖。他高举乌龙刀大声呐喊：

"儿郎们，不要放走了降奴服于知！"

"降奴服于知"是王莽给匈奴单于囊知牙斯改的名字。王莽大肆改名，闹得诸多不便，他也觉得没多大意义，但降奴服于知这个侮辱性名字，他觉得改得好，改得解气。

他直冲过去，乌龙刀在落日中闪耀，刀上血迹还没干，一块血斑闪着刺眼的红光。他的将佐在行伍中一齐喊叫：

"冲啊！冲啊！杀死降奴服于知封关内侯，生擒降奴服于知封万户侯！"

鼙鼓隆隆响起，三千铁骑掩杀过去。刀枪撞击，人吼马嘶，两军犬齿交错混战在一起。不一会惨叫声、哀号声、闷哼声、吼叫声此起彼伏。那些失去主人的战马在两军阵列间乱踢乱咬横冲直闯。

他记得很清楚：他和一员敌将交锋，战了五六个回合，乌龙刀一刀斜砍过去。敌将的头颅飞落到地上，身体却依然坐在马上。血从喉管咕噜咕噜涌出来，不时发出呛咳般声音，那是死亡刺耳的声音……

这支匈奴骑兵久经沙场剽悍蛮勇，杀开一条血路冲了出去。他穷追不舍，直入匈奴腹地，捣毁了匈奴巢穴，俘虏匈奴阏氏及王公大臣一百余人，斩首万级，囊知牙斯被乱箭射伤，逃进了居延山……

今天他重返这片原野，并非凭吊昔日浴血战场，而是带领匈奴使团前往长安和亲。他从渔阳出发，已有三日脚程，一路不见人烟，只有出没的狼群和一只只红了眼睛四处乱窜的野狗。空中声声雁啼，树上阵阵鸦鸣，格外叫他心情沉重。三天来除了发布几次简短的将令，再也没有开口。

三百铁骑过后，出现了四面匈奴杏黄狼牙旗。四十余名匈奴武士护卫着匈奴世子登。匈奴使团后面，跟着七十余辆槛车，里面囚禁着曾经背叛新朝投降匈奴的贰臣叛将。他们是皇上最痛恨的人，囊知牙斯用他们交换了新军俘虏的阏氏王公。这帮人仍由二百名匈奴吏卒看管押送。

一行人顺着河道拐向西南，走向落日垂落的山峦。铁戈铁甲迅疾失去光泽，如烟的暮霭从白雪山峰，从天际衰草升起，不断扩散，浓重，转眼间便与铁骑扬起的灰尘融在一起，天地变得朦胧了。

冰封九曲，雪拥寒江，严尤三百铁骑踏过冰封黄河。马首前瞻，沟平谷满银白连天。好在秦汉驿道两旁多植树木，茫茫雪野之中大路轮廓清晰可辨。鸟龙驹老马通灵，雪覆坎坷履如平地。日落时分铁骑穿过大夹山峡谷。眼界豁然开朗，远处孤烟直直升起。复行数里魏成城外十里长亭跳进了眼帘。亭边燃烧着一堆篝火，熊熊火蛇在半空中窜跃扭动。严尤心头一喜，莫非魏成大尹前来劳军？然则这位大尹何以知道他的铁骑会出现在魏成关下？

严尤打马向前，只见亭中设有灵龛。灵龛上铺着白帛正面垂地，上书奠字。灵龛燃着香烛，立着灵牌。龛前跪着一个人，这人头戴素白葛巾，身穿白麻丧服。

灵牌上赫然写着：

讨秽将军严尤之灵位

灵龛右上角悬着灵幡，上面写着：

生祭讨秽将军严尤

一阵震颤掠过严尤心头，怒气从发根升起。冲冠的暴怒正要爆发，无名的恐惧却攫住他的胸口。整个身躯被一种无形的力量定住了。

四个亲兵骂了："何方妖人，竟敢诅咒严公！"

"剁了这狗贼，就火烤了吃肉！"

跪着的人充耳不闻，一动也不动。严尤手一扬，制止了他们的喧嚣。从渔阳到长安，路有好几条，有谁知道他直穿大夹山峡谷？能够预知他的行踪守在当途，这个人绝非常人。

"敢问先生，为何在此生祭严某？"他深深一揖。

那人端然不动，不理不睬。严尤垂首待立，不敢催促。有顷那人口中念念有词，声音低微含糊，不知是咒语这是悼词。他叩了一个头站起来，摇着羽扇上下打量了严尤一阵才开口说话：

"将军擅放胡虏，轻许和亲，宁非不知深违圣意，触怒天颜？何况将军功高声隆，王氏六将嫉恨于心，能不构陷诽谤？"

这人一开口就戳到了痛处。王氏六将除了王骏王况上过战场，其除四将毫无实战经验。这帮懦夫庸将御敌无术，谣啄有方。近年朝廷粮饷不济，将士难得温饱。王氏六将争夺给养，不惜霸占别家军队的钱粮。孙建与王氏六将沆瀣一气一手遮天，许多将士有苦无处诉有气无处发，逼得有的队伍哗变沦为盗贼。这人接着说：

"种种必死之因，将军尚不自知。此去长安凶多吉少，无异自蹈死地。"

严尤心思电转瞬息数变，思考这人说的"必死之因"。心里虽说七上八下，倒也没有超过自己顾虑的范围。他释放胡虏，实为情势所迫。当他追到居延湖，兵马已不足两千，将士多数挂伤。请求孙建援军，孙建援军不至。胜利之师随时可能铩羽败亡。能够全师而退尚且没有把握，哪能保障被俘的阏氏王公周全？与其就地将其全数屠戮，何如逼迫囊知牙斯低头求和？当年他奉旨出征的时候，曾上书进谏。皇上许诺"深入霆击"胡虏之后，立即罢战休兵。他捣毁了匈奴巢穴，歼灭了匈奴主力，正是到了结束这场旷日持久战争的时候。而今边事糜烂，怎堪再战？将在外君命有所不受。危难关头临机决断，有什么不应该的？

他抬起眼睛，直面这位生祭他的人物：这人二十大几三十毛边，面皮青黄，颧骨高耸，两撇鼠须，形容古怪，唯独一双眼睛分外灵动。他白衣白巾儒生打扮，浑身上下透出黄老方士神秘意味。严尤戎马半生见多识广，却分辨不出这人是儒生还是方士，"敢问先生高姓大名？"

"在下王焉。"他曾是辟雍学《易》，擅占卜的那个太学生，曾悬出"露板"揭露王莽杀害鲍宣。

"严某释放胡虏，应允和亲，于君于国有益无害，先生何故视为必死之因？"严尤酱紫色脸膛又瘦又小，布满深刻皱纹，活像一个核桃，使人联想到獐头，但眼如铜铃，精光四射，却是一双虎目。他神态谦和，双目却喷出夺人的威严。

王焉冷冷说："在下只知吉凶，不论是非。"严尤将须微笑，"是非可不论，因果终可循。"王焉冷哼一声，"将军所言是非，乃将军之是非，而非今上之是非，更非王氏六将之是非；
吉凶却是将军一人之吉凶，只能将军一人独当。"严尤更不相
让，"是非者天下之是非也。何况皇上圣明，礼贤下士，体恤
将士，赏罚分明……"

"我且向将军讨教：释放胡虏，可有上谕？应允和亲，可
奉圣旨？"王焉突然大声质问，打断了他喋喋不休的谀词。"既
无上谕，又无圣旨，和战大计，将军岂能作主？将军不骄也是
骄兵；将军不悍也是悍将。骄兵悍将，岂能见容今上？"严尤
不服，"利君利国，为所当为，岂可视为骄兵悍将？"王焉说：
"越俎代庖，僭越非制，尤盛骄兵悍将。将军已被列入前汉复
辟悍将，夹在宗亲与权臣之中，陷于朝廷是非漩涡，还有个好
吗？"

"列入前汉复辟悍将？先生何以得知？"严尤质问，神态
变得咄咄逼人。

"莫非将军不知？"王焉反问。
前线将领不和，王氏六将确实攻讦他为"前汉复辟悍将"，
严尤不作声了。
王焉冷笑有顷，一声长叹，"将军作战，知己知彼；将军作
官，不知己不知彼，官场亦如战场啊。"

"先生之意，严某该如何自保？"严尤的心终于悬起来

了。

王焉径自吟咏，"知迷途其未远，觉今是而昨非。"

严尤明白他的暗示：带兵原路返回。然而人马已到魏成，朝廷早已闻知。"只怕回不去了。授人以柄，给人口实啊。"

"回不去正好回去，给人口实正好做实。"

这不是鼓动他一不做二不休，对抗朝廷拥兵自保吗？严光看出此人对皇上非常不屑，对大新非常不满。皇帝禅汉立新之后，民间反莽情绪潜滋暗长，他警惕起来。当途生祭，绝非单纯报警那么简单，只怕包藏祸心。严尤双目一凝，脸色骤然阴沉，现出纠纠武夫凌厉杀气：

"严某没说错吧？所谓严某'必死之因'，乃是圣上不合常情常理不符常规常轨之荒谬与暴戾了。"

"哈哈哈。"王焉一阵狂笑。"莫非将军要治在下谤上之罪？何不速缚在下献之阙下，再立一功？"

严尤核桃似的小脸紧绷着，蜷成了一团，威而不怒，引而不发，默默地庄严地逼视着他。

王焉一声长叹，轻轻摇着羽扇，"贤臣伏诛，良将饮恨，并非暴君乱世独有，哪朝哪代或无？伴君如伴虎，君恩岂可常恃，君意焉可预知？"

严尤不得不承认这个儒生能言善辩，寥寥数语又把自己的面目掩盖起来了。然而他确信生祭活人必有所为；否则非亲非故何劳生祭？无欲无求何必生祭？

王焉怅然，"我本山野之人，侣白云而卧烟霞，视王侯如粪土。近日夜观天象得知将军有难，不远千里特来示警。看来多此一举了。"

他说着说着，绕着灵龛行走。蓦地白光一闪，羽扇中飞出一个火球，刹那间灵牌灵燔燃烧起来。他又连扇几扇，铺在灵龛上的白帛翻卷向上，裹着燃烧的灵牌灵幡飞到空中飞出亭外飞向火堆……

灵龛由白雪堆成，居然燃烧起来，四下淌着水，往下坍塌……

他越走越快，脚下生风，白衣白巾飘举起来，似舞似走，如歌如白：

"一切灰飞烟灭，一切冰消雪化，何谓死？何谓生？如烟如梦，似幻似真……"

严尤久历沙场，经常面对死亡，练就了处险不惊的镇定和从容，他隐约觉察到这个儒生的不轨图谋。多次想发令拿下这个妖人，都叫一种莫名的疑虑制止了。而且这种莫名的疑虑强有力唤醒了心灵深处的恐惧，冲击着他历练有年的矜持。不一会他的两股悚然颤栗了。

王焉且行且舞，奔出长亭扬长而去。

"先生留步！"严尤声音又急又大，自己也觉得有失常仪。

王焉昂然前行，路上积雪甚深，但他的脚力极健，踏雪步态轻盈如飞。白衣白巾宛如飞翔之白鹤御风弄雪，飘逸之极。约行数十步，放声高吟："进亦亡退亦亡，进退维谷兮前无路；出也死入也死，出入死地兮方得生。"

仿佛有股神奇力量把他推到亭外，严尤想都来不及想就追上去，深深一拜，"听弦歌雅意，严某还有生望，请先生赐教。"

王焉伫足长叹，"将军不听在下还师之谏，自求多福吧。在下再歌一曲，以酬将军。"

桃生露井上，李树生桃旁，虫来啮桃根，

李树代桃僵，树木身相代，兄弟勿相忘。

王焉唱的是汉武帝时乐府收集的古诗，百年来传唱不绝。歌声优美动听。歌罢他说："将军生于桃树之下，小字桃生。此去京师必遇李公。今有一谶将军谨记：刘氏当兴，李氏为辅，桃李同心，起死回生。"言讫飘然而去。

严尤出生之时，父亲迁居汝州。途中母亲临盆，把他生于桃树之下，乳名桃生。连他的出生，这人都知道得一清两楚，能不叫他错愕万分？

　　"刘氏当兴，李氏为辅" 字字如雷，声声带火。新朝立国之初，这则谶语就在民间流传。朝廷通令追查，查来查去在一部古老谶书上查到了。据说是五百年前黄石公所言。在民间黄石公大名鼎鼎。二百年前张良落难时，黄石公桥上赠书，已成妇孺皆知的故事。这不是叫他反叛朝廷另行兴废吗？这种大逆不道的话，这位神秘人物居然敢对一员带兵将军当面直言。他恍惚预感到，未来岁月中这声音将如惊雷震天，天火焚地一般响起……

　　他怅怅望着王焉快步东行。片刻他那白衣白巾的瘦长身影就消失在暮霭四合的雪野。大地一片空茫，他的脑际也一片空茫。

　　夜色如墨，浸透了皑皑白雪，濡染了魏成城楼。到达城下，将佐高呼，"讨秽将军到此，快开城门！"

　　大约过了半个时辰，城楼上挑出几十个灯笼，城门随之打开。两排火把飞跑出来，把城门照得通亮。

　　魏成府尹率领僚属走出墙门，远远拱手，"不知严将军驾到，有失迎迓，尚请恕罪。"严尤跳下乌龙驹躬身答礼，"小将路过贵郡，不敢惊扰，事先未及知会，大尹幸勿见怪。"

"下官李焉，拜见严将军。"大尹快步走来。王焉预言"必遇李公"，想必就是这位大尹了。李焉正要下拜，严尤慌忙把他托住，"使君不必多礼。"

一阵熟悉笑声响起，灯影中走出一个人来。这人三十岁上下，高冠大袍，锦衣白袭，一副京师华贵气派，"哈哈，巧遇。小弟正要到边塞拜望严将军，只因钦命在身，盘桓数日，想不到在此遇见。"

"子望先生！"严尤心头猛震。万万没有料到又遇上一个"李公"！这位"李公"名叫李充字子望，襄阳人氏。李充以才学见称，封为博士掌管辟雍。京师万千太学生受其管束，位居当今太子王临"四友"之一，是新朝一位炙手可热的政要。而严尤曾任太子府总管，掌管太子府警卫，是太子属下最高军事长官。他俩日夕陪伴太子，彼此相契，忍不住问，"不知先生到边塞有何见教？"

"嗬嗬。"李充轻松笑着，"严将军冰雪中驰骋了整整一天，还不嫌冷？何不先进城去，围炉煮酒剪烛夜话呢？"

严尤以为他要私下密谈，"说得是，嘿嘿。"李焉跟着笑了，"瞧我这东道主！二位请！请！"

三人步入衙中，堂上灯烛明亮炉火正旺，严尤脱下盔甲，换上轻软服装。李充指着李焉，"这位李大尹原任禹县县令，

家给人足，政绩卓著，恩师极其赏识，举奏为府尹。小弟奉恩
师之命到禹县宣旨，顺便考察禹县农事，与李大尹一见如故，
诗酒交接，不舍分离，陪李大尹魏成上任，多住了几日。嗬，
这一耽搁，倒省得小弟鞍马劳顿了。"

国师公！严尤更加谅讶。李充之师是当今大儒刘歆。王莽代汉
立新，刘歆立有大功，封为嘉新公任国师。"刘氏当兴，李氏
为辅"，莫非应在二人身上？此刻，严尤最急于弄清楚"刘李"
究竟，委婉试探，"国师公不远千里劳烦先生前去边塞，必有
教诲。先生放心，国师公但有所命，小将纵然肝脑涂地，无不
听从。"这显然在暗示对方：他已见到王焉，有话就明说吧！

　　嘿嘿嘿，李充笑了一阵，"如果小弟奉告严将军：前来锁
拿将军呢？"严尤愣住了。炉膛里纯青的火苗顷刻间变成蓝色
的女妖吞吐的舌头发出蓝色的死光。堂上一下子冰窖似寒冷，
严尤额头炸出汗珠来了。李充问，"敢问将军：释放胡虏，许
诺和亲，可曾奉有旨意？"严尤心头阵阵震颤：轻许和亲，擅
放胡虏，不正是王焉所说的"必死之因"！他当即跪下，"不曾。"
李充又问，"带领铁甲进京，可曾领有朝廷符令？"严尤说：
"边境盗贼败兵甚多，护送匈奴和亲使团，小将不得不带兵甲。
只因情势紧迫，未及申报领取。"李充定睛问，"魏成还是边境
吗？三百铁甲护送的不会另有其人吧？"严尤一震，"小将不

明白先生的意思。"李充哪里肯信？严尤为将多年，若非另有隐情，怎会甘冒风险越境带兵？"将军真的不明白？将军被人攻讦为'前汉复辟悍将'，能不明白下官意思？"严尤心头一震：

"先生指蔺苞？"

李充哼了一声，"除了他还有谁！挑起外战不说，还挑起内争，闹得朝廷上下不和。"

严尤反问，"先生以为小将有冒死护送蔺苞的理由吗？"

"当真没有护送理由？"李充同样反问。

"小将真不明白先生何以以为小将有护送理由。"严尤矢口否认，但始终不作正面回答。

"没有就算了，将军请起。"李充笑笑，"国师公派下官前去，岂为锁拿你这纠纠武夫？不过与蔺苞有关。京师传言，蔺苞藏在将军军中。国师公知会将军，蔺苞如在将军军中，妥为保护，秘密送回长安，不得有误。"他又嘿嘿笑了一阵，"确实有人奏请锁拿你这纠纠武夫啊，呼声还很高呢，都叫国师公谏止了。"

严尤叩拜，"谢国师公，谢李大人。"

李充说："将军速将降奴使团交与李大尹。由李大尹奏报朝廷，依律率本郡兵马护送进京；将军所带兵马立刻返回边关驻地，只身随小弟进京面圣，不知将军俯允否？"

匈奴使团交由李焉护送，内涵就不同了。匈奴使团进京求和，依律由郡县护送。表明匈奴是向新廷求和，属于国与国之间的邦交，而非个别将领与匈奴的私下契约。

严尤说："国师公恩同再造，小将焉能不听？那就有劳李大尹了。"李焉还礼，"职司所在，应当应份。"

严尤心里一直琢磨：所谓"桃李同心"，指的是李充？还是李焉？抑或此"李公"彼"李公"本为一体？

酒过三巡，李焉说："有酒无乐，难以尽兴。下官蓄有歌姬，色艺尚可。二位大人若不嫌粗俗，就叫她出来献丑。或可助助酒兴，如何？"

严尤心事褪重，哪有兴致欣赏歌舞？只盼快点散席，看看哪位"李公"现身。李充连声叫好，"李大尹治县有方，进京后必有嘉奖；兼有得胜将军同席，能不庆贺一番？"

李焉抬手拍了两掌，花厅东厢琴瑟声起，十余名浓妆少女鱼贯进入大厅翩翩起舞，李焉说："二位大人光临郑地，请听郑声吧，简慢之处，万望海涵。"

话声一落，忽如红霞漫卷，彤云飞降，一位红妆歌女美如天仙，

飘然立于席前，严尤李充眼睛一亮，心头猛地震颤，听她脆声
歌唱：

风雨凄凄，鸡鸣喈喈，既见君子，云胡不夷？

风雨潇潇，鸡鸣胶胶，既见君子，云胡不瘳？

风雨如晦，鸡鸣不已，既见君子，云胡不喜？

"郑声"多"靡靡之音"，素称"淫声"。这个歌女唱的是诗经
《风雨》，一个女子约情人夜晚幽会，到了夜晚，风雨交加，
使她心焦如焚，惆怅不已，没曾想鸡鸣之时，情人突然出现在
面前，怎不叫她惊喜万状？这首诗歌与酒筵搭不上干系。可是
春秋以降，《诗经》中的诗句，成了士大夫谈吐雅俗的标志。
人们往往取其一点任意引伸，使得《诗经》具有多义性。这首
《风雨》居然成了饮宴之中表达贵客不期而遇的惊喜心情。

这位歌女姿容娇艳，歌声脆亮。一双妙目在严尤和李充脸上轮
番扫瞄。严尤心旌飘荡，但他那核桃也似的小脸毫无表情；李
充一向风流自许，不觉击节颔首满面生辉。

一曲终了，李焉问，"二位以为如何？不曾污浊耳目？哈哈。"

李充连连称赞，"甚好！甚好！声情并茂，色艺俱佳。李大尹
调教出如此妙姬，叫人歆羡。"李焉又问，"严将军似有不豫之
色，大概难入尊耳吧？"严尤忙说："小将一介武夫，不通音
律，李大尹见笑了。"

"严将军不必过谦，李大尹不必系怀。"李充说："《诗》过于古奥庄肃，若非丽人技艺超凡，下官也觉索然，嘿嘿。"

"哈哈。李大人名士风流！"李焉仰面大笑："原碧，你就唱一曲民间俚歌，请二位大人听听。"

原碧歌唱：

孤灯暗，泪空流，无限相思无限愁。征夫出塞不复返，血洒黄沙骨自寒。 空闺寂寥白发生，繁花落尽雪飘零。雪飘零，寒岁尽，夜半凄风拂罗衾。岁可尽，月可尽，空闺珠泪何日尽？

歌声宛若珠转玉溅，严尤听来却如空谷惊雷，心头隆隆轰鸣。

一个寒噤掠过脊背，不觉愀然动容，整衣端坐。这哪里是空闺幽怨？分明是母亲的呼号，妻子的啼血，亡灵的控诉！

李充也大为惊诧，"这是民间俚歌？"李焉点点头。李充冷冷一笑，"下官倒是不信，只怕是李大尹忧时愤世之作吧？"李焉说："李大人高看下官了！如不相信，可问此女。"李充双目一凝：

"当真？"

原碧嫣然一笑，深深一福，"李大人所言非虚。这首歌是小女子从一对卖唱父女那儿学来的。这对父女还在城北酒肆中演唱呢。城里很多人都会唱。说起来它也可以称为'郑风'呢。这大概因为许多郑人在塞外戍边吧？听说严将军麾下许多将士是郑人，是吧？"她说话从容不迫，居然直接向贵宾发问，严尤不以为忤微微颔首，"不错。"

原碧两手置于胸前，显出崇敬喜声，"难怪城里人立恩公牌，祭祀严将军呢。"

"啊！"严尤大惊，"竟有这种事！"

"真的！是真的！"原碧连连说。

"严某何恩于民？何德于民？"严尤不觉慨然兴叹，"愧为将帅，愧为国之干城啊！"

"严将军说得不对！"原碧突然说。她的声音很急促很响亮，显得又大胆又直率，仿佛来不及考虑，脱口而出。其实这种大胆和直率，恰恰表露出女性特有的阴柔。看上去出言犯上，实则极其乖巧地取悦于人。她接着说："严将军打了大胜仗，不以一己功业为重，而为万千生灵着想，答应与胡人和亲。消息传来，城中父老无不额手称庆，都说三郑子弟可望生还了。"

"唉！"严尤一声长叹，有意敲山"震"虎，逼迫"李公"现身。"今日有人当途生祭严某，想不到魏成城中又有人生祀严某，什么怪事都有啊！"说着一双虎目精光疾射，在李焉李充脸上扫来扫去。

座中人的脸色一下子变得凝重了，连这位美丽的歌姬也平复了她那迷人的笑靥。那双扑闪煽情的眼晴也呆滞地望着远处。

"生祭严公？竟有此事！"李充当即表达惊讶。李焉紧接着忿忿说："当面诅咒严将军，真是胆大包天，罪该万死！不知严将军如何发落这个妖人了？"

"李大尹怎知他是妖人？"严尤目光冲他一注，炯炯生威。

"难道不是妖人？"李焉反问："下官见识短浅，只知装神弄鬼，故弄玄虚的就是妖人。嘿嘿。"他讪讪笑了。

严尤正要追问，不意原碧卟嗤一笑，"小女子也猜是个妖人。"

"贱婢住口！"李焉一声怒喝，"这儿哪有你插嘴的地方？还不跪下掌嘴！"

"算了。"李充一向怜香惜玉慌忙劝阻，"她又没说错，干嘛责罚？"

李焉忿忿说："二位大人刚给她一点好脸色，她就忘了尊卑贵贱了。还不快谢李大人，给二位大人斟酒！"

"谢大人。"原碧敛衽下拜。

李充有了一亲芳泽的机会，岂肯放过？他离席上前搀扶，见她红唇轻咬，齿痕犹存；泪光闪烁，盈盈欲滴，楚楚之态叫人心疼，牵着她的手，"谢倒不必了，酒是要喝的。来，斟酒。"

原碧双目一瞬，黑幽幽的眸子洋溢谢忱，李充心头热呼呼的。

她给三人斟满酒，恰如小鸟依人一般站在李充身旁，李充兴奋得举卮过头，"二位大人，满饮一卮。"

三人一饮而尽。

李充将将胡须嘿嘿一笑："妖人生祭严将军，不意外啊。国师公夜观天象，玄武座有将星昏暗，兆应边关大将不久人世。"严尤心头猛震，那位儒生也说到天象："莫非应在小将身上？"

"那倒未必。"

严尤见他回答含糊，"那么，国师公之意是与小将无关了？"

"那也不见得。"

严尤隐约感到李充的口吻与那位儒生很相近，只是更加闪烁其辞。他拱拱手，"子望先生，小将愚钝，何不开示明白一些呢？"

"将星昏暗，兆大将死亡：位在玄武，应于边关。天象变异，意在示警。将军虽边关大将，但边关大将非唯将军一人。是否应兆将军身上，将军不可不怛惕，但又不可自乱方寸。将军大胜降奴，天下瞩目。宵小之徒妒贤嫉能，不免进谗构陷。谣啄在将军身边四起，阴谋在将军身边暗行，国师公担心将军被人惑乱心智，为奸人所乘。下官临行，令下官寄语将军：死生有命，天命无常；忠君报国宠辱不惊。"

这是什么意思？严尤又陷入迷雾中了。适才李焉怒斥歌女，李充从中排解，严尤疑心二人蛇鼠一窝。这会儿又不像了，"李公"倒更象李焉。然而机事隐密，波谲云诡，切切不可遽加判断。他只好淡淡一笑，"谢国师公教诲。"

李焉举卮劝酒，"二位大人，别光顾说话，举卮！原碧，再唱一曲！"

原碧应声走到席前，琴瑟又起：

岁末残冬，云冷风骤，说什么冰清世界，夸什么玉宇琼楼？还不是三百玉龙争九霄，败鳞残甲随风飘？苦争斗，何日休？苍蝇竞血，恶蚁争穴还没够？人生不满百年，韶华白驹过。逢美景良辰，千万不可虚渡。有妇人醇酒，只管痛饮高歌。任酩酊，莫停尊，管它春去秋来，舜篡尧禹禅舜？

儒家经典记载：舜禅尧，禹禅舜。但《竹书纪年》记载：尧晚年失德，被舜囚禁；而舜到晚年也遭禹放逐；禹自领天下，公天下从此变为家天下。往事久远，谁能说得清？今上王莽代汉立新，有人说他禅汉开国，有人说他篡汉窃国，又有谁能说得清？民间常以"舜篡尧，禹禅舜"，影射其事，管它是篡是禅，老百姓一概漠不关心。然而在官府中演唱就很难说不是伤时谤上了。不过严尤和李充都没留意。一时间三人筹酬交错，开怀畅饮。

原碧在一旁频频斟酒，顾盼之间，风情万种。尤其对严尤似乎情有独钟，秋波流连，笑靥如花，李充调笑，"将军，此卿有意。"

严尤觉得自己仿佛拥兵陷于山高林密的迷谷之中，找不到出路，寻不到敌军。他觉得李焉李充都像"李公"，又全不像"李公"。这歌女大约也有来头，他虽然久旷床第，且尤物可餐。虑及引鬼缠身，怎敢贸然接纳？

"哈哈，醉了，小弟说醉话了！"李充见严尤缄默不语，一副正人君子模样，担心遭人藐视，慌忙自我解嘲，高声吟咏，"是曰既醉，不知其秩。哈哈哈。"

"哈哈哈。"李焉跟着放声大笑，接着也吟咏："彼醉不臧，不醉反耻。"

主客酬唱的都是诗经《宾之初筵》的诗句。客人说，醉了，顾不得礼仪了。主人说，这就对了，既然醉了还讲什么礼仪？那就尽兴取乐吧。那些不肯放量豪饮，依旧彬彬有礼的人反而可耻。这是酒筵之上，客人为了遮羞，主人表示宽慰，常常引用的诗句。他俩的酬唱反而叫严尤感到尴尬。他慌忙辩解，"小将千里风雪，连日劳顿，只怕有心赏花，无力摘取啊。哈哈哈。"也表现出一副狂态。

"哈哈哈。"李充爆发一阵狂笑，表现得更加疯狂，"将军不取，小弟就不让了。不知李大尹可否割爱？"

"哈哈哈。"李焉也是一阵大笑，"李大人名士风流，下官敢不玉成？原碧，还不前去叩拜新主？”

　　原碧羞红了脸上前一拜。

四十三　疑骄悍帛书变苦胆　图虚荣焚刑再玩火

王莽鸡鸣即起，进入御览阁批阅奏章。前方的战报，各地的舆情，花团锦簇的文字，颂声扬扬的政绩，展现出万里江山的绚丽春光。新朝维新，万象更新啊！偶有几封阙失的奏报，发出不谐声音，恰可激扬文字挥毫叱咤。游弋在堆积如山的简牍中，不知时光之飞逝。都说他不知疲倦，焉知乐在其中？

一阵脚步声响起，王寻王邑来了。王寻任大司徒，王邑任大司空，他们都有自己的衙署，为了便于传召，二人在偏殿办公。王莽继续翻阅竹简，发出清脆声响。直到一卷展尽，他才调过头去。王邑躬身启奏：

"皇上，严尤进宫谒见。"

王莽忿忿推开奏章，搓着花白胡须责骂，"恃胜骄横，目无予躬，如此悍将，大新容不得他，予容不得他！交大司空问罪。"

"陛下圣明，遵旨。"王邑转身要走，王寻说："严尤恐怕抓不得。"王莽环眼圆睁，"反了他不成？"

严尤到达北城，城门有人欢呼，"讨秽将军严尤得胜回朝了！"许多人围上去簇拥他进城。路过北军军门，北军八校列队欢迎，军乐轰鸣锣鼓喧天。

"胡闹！"王莽重重拍着案头。

"这不是胡闹。"王邑冷冷说："这是有人兴风作浪，暗中捣鬼。此风不可长，必须严惩骄兵悍将，才能平息风浪。"

"看得过重了吧？"王寻处事稳健。王莽把他留在身边，就是让这个老成的人缓冲一下他的冲动，"严尤大破匈奴，军民拥戴，争相欢迎，值不得大惊小怪。"王邑诘问，"长安有几人识得严尤？又有几人知道严尤返京？民众簇拥，北军出迎，其间消息能不警省？"

王寻还要说什么，王莽斜睨制止了他。他知道王邑的忧虑并非庸人自扰。他调转身望着墙上悬挂的帛书。帛书钩点撇捺遒劲有力，却像刀枪剑戟刺痛他的心，心里恨恨詈骂：悍将！悍将！扪着胸，胸口隐隐作痛。

攻伐匈奴，他做了万全准备，满以为天国雄师问罪朔方必可摧枯拉朽。谁知打了一两年，降奴未灭，骚扰犹甚。朝野反战之声四起，他的英明神武受到质疑。好容易打了一个胜仗，可以扬扬眉吐吐气了，严尤却私下与降奴和亲，把胜利果实拱手还给了降奴服于知。而他却落下玩火者自焚的骂名。帛书上这些豪言壮语成了莫大讽刺！

他指着帛书，"取下来烧掉！"

一个貂铛应声从暗影中走出，"是。"

"不可。"王寻王邑一起拜倒，"烧掉帛书，《起居注》怎样记？外间怎样想？陛下三思。"

他又投去一瞥，只觉帛书气势磅礴，跃然金壁。嗨，大业惟艰，挫折是难免的。怎可因一时挫折疑神疑鬼？越王勾践床头不是悬着一个苦胆吗？从今天起，他要把帛书当成他的苦胆。越王勾践每天都要舔一舔苦胆，他也要每天看一看帛书，不忘誓愿，不忘失败，激励他，鞭笞他……

何闳进殿奏报，"国师公刘歆谒见。"王莽称帝，何闳立了大功，调离长信宫，官封中书令。

王莽举步去迎，远远招呼开了，"予正惦着爱卿呢。"刘歆慌忙拜倒，"臣也惦着陛下呢。"王莽嗔怪，"爱卿惦的恐怕是严尤吧？"刘歆笑了，"率土之滨，莫非王臣。臣惦严尤，也是惦陛下之臣。"王莽上前扶起，"予也惦着严尤，不过与爱卿不同。"刘歆又笑，"不同则谏，谏则请见，不就有机会见到陛下了？"王莽说："什么时候也难不倒子骏啊。"刘歆说："那是陛下不想难臣。难住了臣，臣还好意思有事没事来见陛下吗？"

王莽展颜一笑，携着他的手回到御览阁，王寻陪笑，"子骏一来，皇上心情就好了。没看刚才，严尤气得皇上要烧帛书，吓得小弟与大司空没了主意。"

王莽长叹一声。

"云何吁矣，嗟我怀人。"刘歆吟咏，"陛下怀念故人了吧？"说着两掌拍地，望着帛书哭喊，"长卿啊，当年陛下书写时，你我何其雀跃！怪不得昨晚你托梦于我，嘱我进宫，原来陛下要烧帛书！陛下鸿图大略，我朝军国大计，烧不得啊，千万烧不得啊！长卿有灵，长卿有灵啊！"长卿是王舜的表字。

"长卿托梦不让予烧帛书？"王莽又惊又惧双膝跪下，"予愧对帛书，愧对长卿之灵啊。"刘歆慌忙跪下，"陛下无愧天地，无愧神明。"

子骏真能！他为严尤当说客，皇上的情绪很快倒向了他，王邑又忌恨又狐疑，顿足说："皇上是严尤气的。如此悍将，大新容他不得。"刘歆淡淡应了一声，"是吗？"王邑说："严尤杀使抗命，大放厥辞，陛下能不气吗？"刘歆又淡淡应了一声，"是吗？"王邑说："铁证如山。"

"那就好办了，臣无须操心了。"刘歆说，"既然铁证如山，何不交由廷议？要杀要剐，要关要罢，严尤心服，朝野心服，陛下也可心安了。人家毕竟是得胜将军啊。败仗将军无事，得胜将军受责，岂非咄咄怪事？物议嚣嚣啊。”

“难道一俊可遮百丑，一胜可掩万恶？”王邑抗声，“得胜将军老虎屁股摸不得？”

刘歆说：“既有‘百丑’，又有‘万恶’，公之于朝，公之于世，一俊一胜焉能遮掩？”

王莽抓紧胡须，沉重地叹了口气。

“陛下，不可！正因为严尤是得胜将军，朝野囿于俗见，凡事宽容，严尤的罪行难以清算。”王邑谏阻，“请先由臣弟审讯，再交廷议不迟。否则达不到震慑骄兵悍将的目的不说，骄兵悍将将更加骄悍。”

“人是俗人，见是‘俗见’，谁见过俗人俗见能容‘万恶’的？”刘歆说：“能容‘万恶’者绝非俗人，能宽‘万恶’者绝非俗见。臣以为无须杞人忧天，凡事光明正大好。”刘歆紧咬他的用词。

王邑恚怒，“由下官审讯，怎的不光明正大了？”

王邑前汉时任廷尉，谁都知道他如何审案。能够屈打可成招者屈打成招，不能屈打成招者杖毙堂上。

刘歆冷笑不言，王莽心里不觉犯疑。严尤擅自和亲，使他

愤怒；种种悍将证据，更使他痛苦；是不是多有不实之辞？他
的情绪冷静下来，"你不是铁证如山吗？你不是真理在握吗？
干嘛要你先审？是非自有公论，你怕什么？怕就是心虚，怕就
是阴谋诡计。有什么值得藏着掖着见不得人的？"

尚书台升有火炉，严尤进宫请求觐见，一直在尚书台等候，
盔甲未解，感觉比冰天雪地还要寒冷。这是一种极富浸润性
的寒冷，使人从外到里都感到寒冷的寒冷。跪在地上一个时
辰过去了，又一个时辰过去了，他觉得自己快结成冰，要与
这冰冷的土地冻在一起。这时门外传来脚步声。十余名虎贲
奔进室内，严尤心头猛震，连大气都不敢出了。

何闳挟带寒风快步走进来。这衣带微风，使严尤感到料
峭彻骨。何闳高声宣唱，"严尤听旨！"严尤跪下磕了三个头，
"臣严尤叩请圣安！吾皇万岁，万万岁！"何闳宣谕，"咨尔尤：
擅放胡虏，轻许和亲，朝日廷议问罪，钦此。"

严尤不知什么意思，匍匐地上不敢动弹。何闳轻声说："严
将军可以回家了，还不领旨谢恩！"严尤忙说："臣严尤谢主隆
恩。吾皇万岁，万万岁！"

严尤与何闳交往一向密切。何闳是当今皇帝的掌玺貂铛，可谓

心腹的心腹；严尤曾任未来皇帝（太子）的总管，也称得上心腹的心腹。严尤需要探听当今皇帝的意向；何闳需要摸清未来皇帝的脾性。一方频频提供今上的绝密情报；一方累累贡献储君的金银珠宝。

二人一前一后走着，何闳头也不回说："可巧打了个胜仗，就杀使抗旨，擅许和亲，不光砸了你自己，还砸了皇上。你真该死！"

严尤知道这是给他通风报信，按规矩应该只听不说。然而事关身家性命，忍不住叫起来："杀使抗旨？这……从何说起？不，不！不是小将杀使抗命，是有人杀死小将使者。当时小将兵马不足两千，将士多数挂伤。请求孙建出兵会师居延湖，剿灭囊知牙斯，小将先后派出三批使者无一生还，都被他们杀了，三批呀！孙建援军不至，胜利之师随时可能铩羽败亡。怎能看守被俘的阏氏王公？与其就地屠戮，何如逼迫囊知牙斯低头求和？小将实为情势所迫……"

"住口！竟敢咆哮宫掖！有话冲御史说去。"何闳喝斥。

何闳十五岁入宫，宫中的阴谋和罪恶哪点不知道？边关许多将领骄横跋扈，常有"杀使抗命"行为。只要命令不符自己心意就把传递命令的使者杀了弃尸荒野。日后上司追究起来，推说来使在途中被匈奴或者土匪、乱兵、暴民杀了，他根本就没有见到什么命令……听严尤一说，心里全明白了。仅仅因为皇上对严尤许诺和亲释放俘虏大为恼怒，诬陷之词诬陷之"证"一齐涌进金阙。这叫做"上有毫发之意，下有丘山之证"。什么铁案如山，不过骗人鬼话。

"听说你知道蔺苞的下落，他的行踪只能报与皇上，报与可靠的人。蔺苞一条命牵连千百条命，干系大如天。"

蔺苞！严尤心头一震。蔺苞行踪极其隐秘，他怎么知道的？

"怎么不说话？"轮到何闳着急了。看见墙角人影一闪，"凡事小心点吧。"何闳叮嘱了一声，加快脚步径直走了。

天渐渐黑了，人冻僵了，心也冻僵了。什么也不想，一动也不动，胸脯却在起伏，那是一口难以咽下的气。这口气在胸中鼓荡，澎胀，使他觉得格外憋屈，恨不得大吼大叫，恨不得跨上乌龙驹，挥舞乌龙刀杀出宫阙，杀向浴血的战场……

王焉的身影又映现在眼帘。他真悔啊！回到长安干什么？面谏皇上干什么？雪地站得久了，眼角鼻下都有些濡湿。那不是泪水，他永远也不会哭泣，那是寒气催发的体液。但身上却一点也不感到寒冷，感到的只有沉沉的颓丧和茫茫的凄迷。

新朝按照古例，五日一朝。未央宫偏殿黄灯高照人影幢幢，这里是朝会前百官聚集的场所。

卯时刚过严尤就到了。文武官员好像不认识他似的，全都偏过脸去。幸亏李充陪着国师公刘歆来了。刘歆形容癯癯 [qú]，长须髯髯，神情谦和地把住他的手嘘寒向暖。不一会，更始将军广新公甄丰、大司马承新公甄邯、先后走到刘歆身边。

刘歆甄丰甄邯三人是"金匮辅臣"中拥有极大权柄的老臣。这时文武百官纷纷围上来，严尤居然成了众目睽睽的中心。

刘歆一双星目笑意洋洋，扬声说："严将军百里设伏，千里奔袭，席卷大漠，犁庭扫穴，可与古之名将媲美，必将名垂青史，可钦可佩！"

大司马甄邯接着说："严将军神威盖世，一战功成。胡虏丧胆，狼烟顿消，真是社稷之福，万民之幸啊！"

看得出，三公齐集并非偶然。他们高声谈笑，正是向文武百官表明自己对廷议的态度，这叫严尤十分感动。

钟鸣九响，鼓擂三通，百官鱼贯进入王路堂，班列两旁躬身肃立。一阵细乐繁吹，百官一齐跪伏，御辇在八盏宫灯引导下进入大殿，王莽高坐在御辇之上。他头戴鎏金盘尤王冠，上悬十二条玉藻。条条丝绦串串美玉在他眼前鼻尖晃动。他上衣色玄下裳色黄，走下御辇登上丹墀，肥硕的身躯斜倚在宝座之上。

这时百官起立，面向天颜山呼起舞。礼成，退回班列，肃然待立，乐止，大殿上下一片肃穆。

严尤上前跪在阶下，"臣严尤叩见陛下，日前臣从边关回朝……"

王莽大袖一挥打断他的话，"知道了。"

严尤伏在阶前不敢抬头，但眼角余辉注视两侧班列。他已横下一条心，如果宗室大臣出面攻击他，他就拼却一条命，说出边关实情，坚决予以驳斥，谁知出面的却是新派人物司命孔仁。

孔仁出班奏言，"陛下，我大新雄兵百万，天子圣明，举国同心，向罪朔方当势如破竹；锋镝所向必无坚不摧。但讨秽将军严尤畏敌如虎，居然以秦始皇、汉武帝为例大放厥词，攻讦圣上穷兵黩武。闹得兵连祸接，中国疲耗。如此厚诬君父，实属丧心病狂。"

"金匮辅臣"三名新臣，哀章封为国将美新公，王兴封为卫将军奉新公，王盛封为前将军崇新公，三人一无寸功，二无微劳，三无家世，四无门第。他们的官是天封的，他们的爵是皇上赐的，所以他们的使命就是感天之恩颂圣之德，监督旧臣攻讦旧臣。许多大臣依附他们，形成"新派"。新派的代言人就是这个孔仁。

他说得唾沫四溅铿铿锵锵。稍稍顿了一下，"前者严尤小胜，居然恬不知耻居功自傲。未经奏请竟轻许和亲，擅敌胡虏。实乃擅权误国，死有余辜。望陛下严惩此等悍将，以儆效尤。"

严尤这才明白，所谓"大放厥词"，原来是他出征前所上的奏章。他在奏章中以秦始皇、汉武帝为例，论及二人穷兵黩武，闹得兵连祸接，中国疲耗。他记得很清楚，皇上召他进宫，说他的奏章"大获予心"。还说 "天子之心，天下为心"。他无意涂毒生灵，灭绝异类，皆因新朝初立，必须大张国威民气，只好违意挞伐；一旦雷轰霆击震摄胡夷，就高奏凯歌再缔和亲。现在怎么变成了"厚诬君父"的"厥词"？他原打算利用这份奏章进一步申述休兵罢战的理由，力谏结束这场有百害而无一利的战争。没曾想南辕北辙，完全不是那么回事！

孔仁奏毕，"金匮辅臣"中三位新臣：哀章、王兴、王盛立即响应，他们一齐出班跪在阶下。

哀章说："陛下，孔司命义正辞严，有理有据。微臣听后，热血沸腾，义愤填膺。望陛下速斩严尤，以正国法！"

"陛下，速斩严尤！"王兴急不可耐，大声呼吁。"严尤以为打了一个胜仗多了不起，真是荒唐透顶！臣请勇敢之士五千人，不带粮秣，饥食虏肉，渴饮虏血，横行大漠荡平匈奴！”

王盛也满怀豪情，“臣愿随卫将军出征，灭绝匈奴，杀尽胡虏！”说着磕头如捣，砰砰有声，表现出极大的决心和忠诚。

“壮哉！”王莽大为感动拍案而起，他身体前倾，两手前伸，似欲搀扶，“三位爱卿快快请起。” 哀章王兴王盛得意非常，谢恩回班去了。王莽环视群臣，玉藻左右晃动，“适才卫将军前将军所言，未必当行，但精神可嘉。我天朝大国，物产蕃盛。出征讨伐岂吝粮秣？但应具有缺粮断粮决战决胜之勇气和意志。我礼仪之邦仁义之师岂可喝人血食人肉？但应具有视敌如寇仇之同仇敌忾。”王莽说话一向声音宏亮感情丰富。这会儿他很激动，更显热情澎湃。

“陛下所言，诚千古至言。”刘歆一出列，钦佩之情勃然奔涌，情不自禁大声颂扬。待他跪下，全身匍伏在地，卑恭之至。

“子骏平身，站起来说话。”王莽心里高兴，直呼他的表字。

“谢陛下！”刘歆站起。“诚如陛下所言：行，未必当行，也未必可行：但不可因此而废言。”

“说的是。”王莽连连称赞，

“谢陛下。”刘歆继续说：“君之威在于国之威，国之威在于军之威，军之威在于克敌致胜。唯战而胜之方有军威。大胜大威，小胜小威，不胜则无威，不唯无威反而损威折威。不知孔司命以为然否？"

刘歆出列，孔仁就知道是针对他来的。但他觉得有恃无恐，因为皇上欲加严尤之罪，逆鳞之论岂有胜算？没想到刘歆采用迂回之术先获皇上赞许，再把矛头指向他。

"严将军亲冒矢石身先士卒，奔袭千里捣毁敌巢，虽前汉之卫青霍去病也不过如此吧。孔司命却视为'小胜'，视为'畏敌如虎'，宁非颠倒功过？贬低严将军事小，贬低大新国威，贬低陛下武功就罪不容赦了。不知孔司命以为然否？"

孔仁用豪言壮语罗织的诬陷之词，被刘歆用同样豪言壮语编织的辩护之词粉碎了。庙堂之上豪言壮语满天飞的时候，民间苦况军中实情全被掩盖住了。

李充跨步出列，三十多名大臣跟在后边跪在阶下，"陛下，国师公言之有理。孔仁等人攻讦严将军，颠倒功过，居心不良。"

阶下跪着一大片，王莽没看见似的。战事受挫，龙颜无光。好不容易盼到一次大胜仗，严尤不但没能乘胜雷轰霆击，反而连战俘都给放了。哪怕献俘阙下，让降奴阏氏、丞相、王公大臣在长安街头排成长长一列游街示众，也可让他炫耀一时。现在倒好，连年征战不但无功，反而误国。真像三年前严尤奏章上所说的那样，"兵连祸接"，"中国疲耗"，不说什么功盖三皇德劭五帝，就是求做一个庸常的太平天子犹不可得。这叫他如何不气恼？如何不迁怒严尤？

刘歆继续说："战之能胜，君国生威。固因将士用命，也靠天子洪福鬼神佑助。自古明君打了胜仗告捷于天。小胜大祭，大胜无以复加；否则鬼神不悦亡魂怨恨。司命孔仁颠倒功过，居然构陷得胜将军，岂非诱使陛下欺慢鬼神获罪于天？"他突然两手高举，大袖飘拂，高声吟唱：

"操吴戈兮被犀甲，身错毂兮短兵接，旌蔽日兮敌若云，矢交坠兮士争先。"

他唱着楚人祭祀阵亡将士的巫歌，声音高亢凄厉，十分刺耳，十分恐怖。王莽头皮微微发麻，不觉正襟危坐。

"陛下，生者有功不赏，有勋不奖；死者亡魂不祭，英名不彰，只恐天怒人怨啊！魂魄结兮天沉沉，鬼神聚兮云幂幂。鬼神不安，社稷不宁啊！"

孔仁言虽激烈，刘歆辞虽雄辩，王莽看来二人的交锋无非隔靴搔痒，都没涉及实质问题。王邑不是说严尤"百丑万恶"，铁证如山吗？怎么没有拿出证据上奏？孙建之子孙豫先后两次进宫密奏严尤"斩使抗旨"经过，绘声绘色犹如亲见，今日却站在那儿缄口不言。孔仁所谓"大放厥词"，那是寅话卯说；

孙豫所谓"斩使抗旨"，大概也是张冠李戴吧。难怪子骏要公之于朝公之于世交付廷议。他心里暗暗唾骂：这帮佞臣！庸臣！天空不见云层，那是云层重重叠叠堆垒到一起了。穹窿不再像穹窿，失去了它固有的高朗和苍茫，倒像铁板一块压着远方的林莽。这天气很像酝酿风雪，又像酝酿雷霆，可隆冬哪有雷霆？王莽转过身去，久久望着墙上悬挂的帛书，心里同样不知是酝酿风雪还是雷霆。

"都起来吧。"王莽大袖一挥。

连日无事，严尤在家中宴请北军八校。袍泽相聚，酬酢欢畅。想起白衣白巾的王焉，暗自庆幸逃过此刼（jié）。三斗酒不知不觉下了肚，严尤醉眼朦胧口齿不清胡话连篇了。家人来报：

"皇太孙王宗、前将军王盛带兵把匈奴世子登以及全体匈奴使团，还有匈奴遣返的贰臣叛将一并拉到横门外处斩。"横门是长安北门，门内为东西两市，门外有渭水横桥，乃长安最热闹去处。

"什么？杀，杀匈奴世子？"

"他们说奉皇上口谕。"

"皇上口谕？"严尤猛击酒桌霍然站起，"小将去见皇上！今日！今日非把话说清楚不可！我断送胜利？不，是宗室六将！这心里憋屈……好憋屈，好难受……"他的声音突然低下去，眼睑垂着快要闭上，好像一肚皮闷气一下子全泄了，他要睡觉了。

一个北军校尉说："将军，过去的事过去算了。"

"为什么算了？嗯！为什么？"突然间严尤又来了精神，把酒桌擂得山响，大声吼叫，"小将要进谏！进谏！"说着往外走。几个北军校尉慌忙拦住，"将军醉了。"严尤虎目一注，"谁说小将醉了？"一个北军校尉拽住他的手，"将军没醉，敢与小将再饮三大卮[zhī]？"严尤掀开他的手，"今日不饮了，小将要进宫死谏！谏死！"几个北军校尉都叫起来，"将军不可！"

严尤推开众人，冲出大厅跨上乌龙驹，向皇宫驰去。他直奔王路堂，堂前设有"谏鼓"，他提起鼓槌狂乱擂起来。

新朝立国之初，王莽在王路堂前立有"欲谏之鼓"、"进善之旌"、"非谤之木"。你要进谏吗？可击此鼓，你要进善吗？可举此旗，你要抨击朝政吗？可持此木。谏者有功，言者无罪。任命四名大夫日夜值班，接待击鼓举旌之人。明令规定：不拘何人，不论何时，闻鼓不报者斩！见旌轻慢者刑！

自古以来，两国交兵不斩来使，何况和亲使者！姑不说个人委屈，单就朝政日非黎庶怨望的严峻现实，如果再启边衅重燃战火，必将内外交困国事日蹙。他确实没有醉，他必须挺身而出制止这场导致灾难的屠杀。

鼓声高亢急促，擂了多时无人过问。谏鼓设立以来，从来没人擂响。守候大夫早已不以为意，不知上哪儿闲逛去了。侍中丁隆恰巧路过，"严将军要进谏？皇上不在宫中，现在大概已经出了北宫门。"

"不在宫中？"严尤满脸迷惑。

"严将军不知道？匈奴使团世子登，今日横门外执行焚刑。"严尤万分焦急，扔下鼓槌直出北宫门，跨上乌龙驹打马飞驰。前面街道都已戒严，他只得绕道而行。

这时王莽正坐在"华盖登天车"上向横门驶去。华盖登天车的先导是五百执金吾。他们队形整齐，步伐矫健，盔甲鲜明，手持金光闪闪的铜棒。后面是八百名羽林军。他们比执金吾更加精悍，人人手持戈矛骑着高头骏马，警惕着道路两旁的动静。半个长安城处于"横索"之中：清理街道，驱除行人，临街店铺关门闭户。严尤没走多远就碰上了巡逻官兵，勒令他改道前行。他只得在偏僻的后街绕来绕去。蓦地，一阵锣声传来：

"百姓听着：边关大捷，生擒匈奴王子，今晚横门外焚刑处死。

皇上亲往监刑，戊时举火。前往观刑啊！当！当！"

　　严尤只觉一股热血直冲脑门，满腔怒火在胸中燃烧。前面又有一队官兵拦路，他两腿一夹，乌龙驹箭似直冲过去。官兵来不及闪避，乌龙驹腾空从他们头顶越过，如同一朵黑云裹挟狂风。官兵惊魂甫定七嘴八舌嚷起来：

　　"捉刺客！"

　　叫喊声中乌龙驹在驱除得空荡荡的大街上四蹄腾空，行走如飞。严尤仗着酒劲往前冲，一忽儿就跑得没影了。到了前面一个街口，他向西钻进一条小巷，混进车水马龙前往观刑的行人中出了雍门。雍门外人流如潮，无法骑马通行。他看见冬日白惨惨的落日隐没到白惨惨的暮云中去了，心里更加焦躁，马鞭高高一扬，口中怒声吼叫，乌龙驹向人群冲去，人群慌忙闪开：

　　"醉鬼！"

他打马到达横门外，看见空场上一队官兵围成一圈持戟而立。圈内搭着一个圆锥形木架，共有四层：最底一层，树立着二百多根木柱，每根木柱上绑着一个匈奴武士；第二层立有七十多根木柱，每根木柱上绑着一个贰臣叛将；第三层立有四十多根木柱，每根木柱上绑着一个匈奴使团官员；最高一层绑着匈奴世子登；木架中间填满了柴薪。严尤的心一阵蜷缩，这把火烧下去，烧死的绝非这三百多人，而是它的百倍千倍！

一阵乐声传来，龙幡凤帜出现在城观之上。皇上已经驾临城楼，他必须赶快进城。城门许出不许入，急得他大声喊叫，"本座就是边关大捷的讨秽将军严尤！有要事面圣，速速让开，挡我者死！"乌龙驹一声长嘶，前蹄腾空，人立起来。守门官兵惊吓闪开，城门吏提剑怒喝："站住！"踏！踏！踏！乌龙驹宛如一道黑色闪电，从门洞直穿过去。

城观两边台阶都有官兵守卫，不准行人靠近。华盖登仙车停靠城墙边上，三百黄衣力士站据台阶；八百羽林军、五百执金吾列阵守在墙下：最外层是京兆尹甄寻统领的维护京城治安的官兵。

严尤直冲过去，听见城边有人呼叫，"严将军留步！"他调头瞟了一眼，看见廉丹向他招手。他心急如焚，哪有功夫搭理？双腿一夹，乌龙驹踏步向前，一个官员提剑迎面大喝：

"严将军止步！"

严尤勒住马，虽然醉眼朦胧，却也认识京兆大尹甄寻。平日严尤就对这个纨绔子弟看不上眼，这会儿更不屑一顾。他跳下马直呼其名，"甄寻，本座有要事面圣，速速通报！"

甄寻生下来就没人敢对他大呼小叫，但他为人阴鸷，见严尤喝得醉醺醺的，有意捉弄他取乐，淡淡一笑，"不知严将军有何要事面圣？”

“军机大事！”

甄寻嘻嘻一笑，“严将军远离边关，不在军中，有何军机大事？”

“你不配问本座，速去通报！”

甄寻有意戏耍，慢悠悠说：“严将军不说事由，下官如何通报？”

严尤急了，脱口说出：“本座要谏阻这场屠杀，你说是不是军机大事？嗯！”他说话显得理直气壮咄咄逼人。

甄寻听他一说，心里着实一震，打消了恶作剧念头，“严将军醉了，请回吧。”

“甄寻，废话少说！”严尤大声吼着，“速去通报！延误本座大事，小心本座面圣请斩！”他核桃似的小脸红得像燃烧的火炭，一双虎目喷射怒火。

甄寻拱手，“下官奉命在此守护，并无通报之责。不可擅离，恕难从命。”

二人争执的时候，许多人赶来看热闹。不一会城下围了一圈子人。

“严将军何必与甄大人罗嗦？何不径直登上城观，岂不便当？”一个华贵的锦衣贵胄走来。

"径直上城？"严尤愣了愣。在他紊乱骚动的思绪里，涌出一股强烈的冲动，但随之浮起一丝模糊的意念，觉得不大妥当。

"严将军勇冠三军，百万军中取上将之头如探囊取物，谁敢阻拦？去吧，冲上城观面圣！在这儿白废唇舌多没意思！"他拔下佩剑双手捧着，"严将军若用兵器，小将奉送。"

严尤一手接过赠剑拔腿前奔。一个官员从人群冲出拦住他的去路，"严将军不可莽撞！"

严尤拔剑出鞘怒声暴喝："挡我者死！"

他是李焉。他引本郡兵马把匈奴使团送到长安，处死匈奴使团自然引起他关注。他站住不动，"醒醒吧，不可自蹈死地！"

"自蹈死地"！犹如一阵闷雷在严尤迷乱的暴戾的心胸中轰响，大约震醒了些许理智些许回忆吧。依稀一个白巾白衫身影，梦幻般闪现在在风雪弥漫的长亭……握剑的手垂下了。

李焉跨步向前，迅疾夺下他手中的剑，对锦衣贵胄说："王将军赠剑美意，令旁观者感动不已。可惜严将军今日醉酒，不能领会王将军的心意，还请王将军把剑收回吧。"

这位王将军乃是大司空王邑之弟左关将军王奇。他的"美意"叫人冷眼识破，不免有些尴尬，谁知严尤却大声呵斥："李焉，谁叫你阻碍本座之事！"

　　"果然忠肝义胆！"另一位锦衣贵胄击着掌嘿嘿笑着，"李大人，自讨没趣不是？严将军出则死战，入则死谏，千古英烈，万世流芳。君子何不成人之美，阻拦个啥劲？"说话的人是国师公刘歆之三子通灵将刘棻。

　　"哼哼。"李焉连连冷笑，"为一己一时之快意，怂恿醉酒之人自蹈死地，其人可鄙，其心可诛！"刘棻喝斥，"外郡小吏，公侯之事岂容置喙，还不退下！是不是要本侯赏你一顿乱棍？"

　　廉丹满脸怒气，一阵风跑来，当即质问，"你要赏谁一顿乱棍？"廉丹也是太子"四友"之一。今上王莽喜好复古，官制多采西周旧制。因其性如烈火，封为"御侮"，可见为人刚直，不容轻侮太子，也不容轻侮自己，是一条堂堂正正的血性汉子。

　　"廉将军误会了。"刘棻不敢顶撞，满脸堆笑，"廉将军未闻严将军欲谏之事吧？关乎社稷安危，下官没说错吧，严将军？"

　　严尤经过一番折腾，心里被搅得更加迷糊。除了满腔无名怒火，只有一颗更加执着的决心。听他一问，恰如火上浇油，怒火更炽，"本座要进谏，死也要进谏！甄寻，速去通报！不然，本座就冲！冲！"

刘棻连连冷笑，"廉将军，还要责骂我等三人吗？严将军立意舍身忠谏，二位一再拦阻，不知置国家社稷何地？"他得理不饶人，要把刚才受的窝囊气找回来。

"住口！"身后有人大喝，"掌嘴！"

只见一位戎装将军大步走来，他是国师公刘歆之长子五官中郎将刘垒。这个人铁面无私，朝廷上下称他"铁面干城"。

"大哥！"刘棻蔫了。

"住口！没见本座在此护驾？还不给我掌嘴！"

刘棻慌忙改口，"刘将军，下官没错……"

"该死的东西，还敢狡辩！"刘垒毫不容情，"本座问你：你怂恿严将军'舍身忠谏'，欲置皇上何地？宁非让皇上背上千古骂名？"

刘棻连连搧自己的耳光，"下官见识短浅，下官有罪，下官该死！"

刘垒不再理他，双眉紧蹙着，默默望着严尤。显然他在思忖如何处置。廉丹忙说："刘将军，严将军醉了。"刘垒冷冷一笑，"本座知道他醉了。否则，哼！"

"谁说本座醉了？小将有事面圣，十万火急……"

刘垒温言，"严将军，你醉了。"随后拱手，"诸位仔细看看，严将军确实醉了吧？"廉丹看出他息事宁人，忙说："醉了，确实醉了。"刘垒调头又问："三位大人看呢？甄大人？王将军？

刘大人？"甄寻王奇刘棻都不敢在"铁面干城"面前玩花样，只得回应，"醉了。"

刘垒逼视严尤脸色一沉，"严尤，身为将军酗酒闹事，成何体统？还不回家思过！"

严尤跪到地上砰砰磕头。一会儿，鲜血就从额头冒了出来，"刘将军，我我……小将，没醉，小将要面圣。"刘垒面孔铁青，"酒徒狂态，污人耳目，快快与我拿下！"几个虎贲冲上去，把严尤摁在地上，五花大绑捆了起来。严尤像一只受伤的野兽嘶吼起来：

"陛下，微臣要面圣，他们却把微臣捆绑起来！陛下，误国啊！国家衰弱，民怨沸腾，无粮无饷，边关将士如何作战啊！还有宗室那帮败将颠倒黑白，诬陷微臣事小，诬陷蔺将军丧尽天良啊！有人一手遮天，蒙蔽陛下啊！微臣要进谏，要把边关的事原原本本上奏天聪啊。陛下！陛下！这把火烧不得，烧不得啊！边塞难保，社稷倾危……"他在控诉在呐喊。片刻间满脸是血，声嘶力竭了。

"甄大人，严将军在你防区闹事，就由大人带去醒酒吧。"刘垒说。

严尤的话在场的人谁都听明白了。虽然带着醉意，但忠义之心可昭日月。尤其所说的事有如惊雷震耳，日后必将引起朝野振荡。今天皇上决意烧死匈奴世子，不知哪天听到严尤举揭之事怪罪下来，那就吃罪不起了。

甄寻忙说："严将军乃边关大将，得胜将军，只怕酒醒之后责怪下官不敬。不如刘将军带去，刘将军德高望重……"

廉丹上前，"严将军酒后失态，不如小将送他回家醒酒，何必劳烦诸位大人。"

"有劳了。"刘垒拱手，带着虎贲走了。

廉丹李焉架着严尤往回走，严尤不断踢着叫着，"放开我！放开我！你们这些贪生怕死的东西！"

没走多远，城门外爆发出雷鸣般欢呼声。他们回头望去，虽然隔着一道城墙，还是可以清晰看见半空中串串火星滚滚浓烟。严尤扑到地上狗一样哭起来。哭声很尖厉，很刺耳，剜着自已的心，也剜着旁人的心。

疯狂的热烈的声浪，一阵强似一阵传来：

"消灭降奴！"

"烧死胡虏！"

"吾皇万岁！万万岁！"

四十四　日月行谭锋扫槐林 死生事腐尸惊朝廧

春暖花开，槐树吐出新叶，书市开张了。跨过漫长严冬，不单士子就连博士鸿儒谁不想逛逛书市？看看槐下新书，听听槐下议论，这比世俗踏青雅致多了。林间小径人来人往，络绎于路。

到处都在议论焚刑，到处都在谈论严尤，一位健硕儒者背着手四下听了听，走到古槐下一处书摊。这人大约二十六七岁，身着蓝衫，宽眉阔口，温文尔雅，拱手问，"学兄，所卖何书？"

"《诗经》。"卖书士子也是一身蓝衫。只是健硕儒者的蓝衫很新，卖书士子的蓝衫早洗得泛白了。健硕儒者接到手里，抬眼打量卖书士子，心里暗暗喝采：

"美须眉！"

这个士子额头高高耸峙，鼻头微微隆起。年龄不过十八九岁额下却长出了幽黑闪亮的短髭。两撇又浓又黑的长眉，一双又深又亮的眼睛，更觉神采飞扬。

古代书籍制作不易，价值不菲，大多学子买不起。上课的时候师傅在沙盘写出字形，教授字音，讲解字义，学子全凭脑子记。积字成句，积句成章，积章成册，他们必须把字、句、章、册一一记在心间。其中勤奋学子把师傅教的刻写在竹简上，用苇草或牛皮条编结起来，日有所积，月有所累，天长日久成册成卷。师傅教完一部书，弟子手中也有了一部书。先学书而后有书，几几乎古代学子共通的治学之道。

贫寒学子有了一卷书后，依样制作几卷书。一是拿到槐市与人交换，换回自己想读的书；二是卖点钱聊补日用之需。然而制作工艺繁难，先是"汗青"：将竹片用火烘烤，使其"出汗"脱水；二是"杀青"：把竹片上的青皮削掉，制成竹白；然后才是刻写。没篾匠手艺不行，没刀笔功夫也不行。

"好！好！简精字美。"健硕儒者啧啧称赞，"都是自己制作的？"

"是。"卖书士子彬彬有礼。

"恒心恒力，实属不易。"健硕儒者问，"学兄高姓大名？"

"仆蔡阳刘秀。"

"刘秀！"健硕儒者说："与国师公同名？"刘歆建平元年（公元前6年）改名刘秀，字颖叔。

刘秀不喜旁人说他与国师公同名，"姓氏先祖所传；名字父母所取。世间同名同姓的甚多，仆贫寒卑微，但无意附丽显贵。"

"嘀嘀。"健硕儒者淡淡一笑。那双略圆微突的眼晴极富表情，给人宽仁慈和的温存，表明并无它意，倒闹得刘秀不好意思了。正要搭讪攀谈，一位年长的士子走来问讯：

"学兄近日可有新书？"

刘秀把书送上去，他欣喜说："啊，《尚书》，在下正想一览呢。"刘秀说："学兄不必拘礼，尽可坐地静读。"学子拜谢，"不必。"他站在一旁，一片一片翻阅，翻得很快。少顷掩卷吟诵：

"庶民惟星，星有好风，星有好雨。日月之行，则有冬有夏，月之从星，则以风雨。"

"啊，过目成诵呢！"健硕儒者暗暗赞叹。《尚书》古奥，"月月之行"这一段说，庶民就像群星一样。有的庶民如箕星喜欢风；有的庶民如毕星喜欢雨。日月运行，既有冬天又有夏天。月亮行走如果稍有差错，走近箕星就多风，走近毕星就多雨。这是告诫君王为政，要像日月之行一样，不可有任何偏废，否则就会闹得风雨飘摇。

"伟岸子陵，卓尔不群！"一个少年士子从树后穿出大声赞扬。

"严光？严子陵！"刘秀大惊。

"正是万间学舍大名鼎鼎的高士严子陵。"这位少年士子头戴进贤冠，身穿剑袖锦边绿袍，腰佩短剑。英气勃勃，目光灵动，闪烁间给人真率诚朴的美感。他叫邓禹字仲华，南阳新野人。年约十五六岁，一位翩翩佳公子。

刘秀大喜，"原来是严学兄，久仰久仰！"严光会稽余姚人氏，头发斑白，年近半百，年龄比二人大得很多。

严光说："过目成诵小智小巧而已，何如学兄制简成书。读书不下真功夫不行，学者当如学兄！"

刘秀说："学兄虚己宽人，古君子之风。实不相瞒，仆贫且愚，若非苦读，如何厕身学子之中？只求学成回家，无负家乡父老，严学兄日后才有大成呢。"
严光见他谦虚微微一笑，"《尚书》日月之行，言为政之道，亦为人之道，为学之道。学兄诚且实，为人为学俨如月月之行，前程未可限量；在下却如天马行空，不喜作日月之行，只欲率意而为，安敢奢望有成？"

　　"不喜作日月之行，可谓高士高论，闻所未闻！"邓禹说。

　　健硕儒者旁鼓掌，"严先生谈锋扫槐林，有趣！愿闻其详。"

　　严光还礼，"尧舜执掌政事如日月之行不偏不倚；辛劳国事如日月之行晨昏不辍；言行举止如日月之行有规有矩，请问做人还有什么情趣？做学问还有什么情趣？日月之行当为圣人之则，我等凡俗还是快意人生逍遥天下的好。"

　　健硕儒者说："先生过目成诵，实为不可多得之才，敢问严先生之志。"严光说："学生虽过目成诵，亦过目即忘。学生意欲读尽天下之书，无意记上一句；意欲行尽天下之路，无意识得一途。"健硕儒者问，"学而优则仕，先师古训，严先生岂可或忘？"严光说："学生读书，只因爱读书，不求仕进。"健硕儒者说："今天子贤明，求贤若渴，日夕罗致天下英才，共谋国是，严先生怎可不求仕进？"

严光上下打量了他一阵，扭头就走。"严先生留步！"健硕儒者追去。严光说："道不同，不相与谋。"健硕儒者说："古云：'不事王侯，高尚其事。'我虽不敏，心犹敬之。严先生何必舍我而去？"严光却说："大贤若伪，大伪若贤，今上是贤是伪当盖棺论定，后人评说，足下何谀之甚！"

健硕儒者脸色骤变，突眼圆睁。刘秀见他动怒，上前劝解，"足下高情雅致游历槐下，既闻学子狷狂之志，当容书生逆鳞之言。槐下议论姑妄听之，何必当真。"

健硕儒者满脸阴沉离去。

邓禹若有所思默默无言，良久怅怅说："失之交臂了！"

严光问，"邓学兄认识此人？"邓禹摇摇头。严光又问，"此人可是谒者？"刘秀也摇摇头，"小弟眼拙，似非谒者。"

谒者是皇帝的使者。皇帝不时把他们派往全国各地采集民风，收集民情。他们大都微服私访，力求不引人注意，不像这人大摇大摆，服装新丽；他们通常只听不说，既听颂又听讽，不像这人旗帜鲜明，歌功颂德。

邓禹说："此人儒雅温文，断非凡俗，值得我辈论交。"刘秀说："仲华说得是。结交天下英才，浮生快事。"邓禹意犹未尽思忖着说："小弟常听人说，有一个人……不知是不是此人？"严光颔首，"不错，莫非就是此人？"刘秀也点点头，"像，确实有点像。真的会是此人？"

三人说的"此人"是太子王临，此人恰恰正是太子王临。

王临是王莽的四子。长子王宇、次子王获在前汉犯法，王莽亲手交给官府处死了。王莽最喜欢三子王安，准备立为太子。王安力劝父亲不要篡汉；眼见篡汉已成事实，力主父亲不立太子："父亲不是效仿尧舜禅汉天下吗？也该效仿尧舜把天下禅让贤能。如立太子，变刘氏天下为王氏天下，与篡夺何异？"王莽大怒，骂他悖逆，改立王临为太子。

王临入主东宫之后，事事效仿其父。王莽少时疏财仗义，王临也折节下交。时常出没学舍槐下，周济贫寒学子。太学生从游者多达百人；万间学舍盛传他的隆恩美誉。正是因为他处处效仿其父，他可以容忍一切，唯独不能容忍对他父皇的不敬。

邓禹苦笑，"有缘相见，无缘攀交，是缘非缘？是幸非幸？"

太子宫位于未央宫永巷东侧，俗称东宫。汉武帝时发生了震惊天下的"巫蛊之祸"。太子宫掘地三尺，遭到严重破坏，不再适合太子居住，致使太子宫一直空着，年久失修。新朝建立后，有道士说，汉朝子嗣不旺，就因太子不居太子宫。"子不居位"何来子嗣？王莽决定让王临住进太子宫。开国之后王莽厉行节约。太子宫草草修膳了一下，园内依旧残破。王莽告诫说："宫室残破，百废待兴。以汝之力，治汝之宫。家室不治，何以治国？"

王临回到宫中，太子妃刘愔正领着一群貂铛宫女整理庭院。刘愔是国师公刘歆之女，通星语，精卜算，从小就有神童之称。父皇要他们住进残破不堪的太子宫，自然有他深长用心。破除其骄，规戒其奢，涵养其德，锤炼其志。她必须帮助夫君承受父皇考验。于是身体力行，日夕指挥貂铛宫女修治宫室。就像她常说的那样，日日行可行千万里；时时做可做万千事。几年下来，雕栏漆色虽旧，玉砌光泽未改，太子宫日渐恢复旧观。

"爱妃歇会吧。"王临接过她的锄头，向毓华殿走去。

还没进殿，貂铛来报："廉将军求见。"刘愔说："为严尤作说客来了。"王临叹息，"适才游历槐下，多有为严尤鸣不平者。不知父皇怎么搞的，良将废，败将升，如何是好？"刘愔劝导，"别管父皇怎么搞的，殿下须臾不可或忘恪守孝道。必先明白孝的真义，何谓孝。"王临一愣，刘愔提示，"殿下忘了《孟懿子问孝》这一章？"王临自然知道它的下文：

子曰："无违。"孝顺孝顺，孝就是顺，就是无违。

廉丹满脸虬须，长得矬矬壮壮。他是太子四友之一，战场上是员猛将，庙堂上是位诤臣。国师公刘歆称他为"伟器"，更始将军甄丰称他为"元戎"。

二人降阶出迎，廉丹说："边关那帮懦夫庸将御敌无术，进谗有方，气死小将了！严将军大破匈奴，皇上不奖不赏，反而闲置在家，军中多有议论。"才女就是才女！刘愔所料不错，廉丹来为严尤做说客的。

"是啊，槐下也有人议论。"王临应和。

廉丹叩拜，"太子殿下应为严将军主持公道，力谏皇上明是非正赏罚。否则将士寒心，北击匈奴更无胜算了。"刘愔却说："皇上雄韬伟略，非常人所能领悟。将军不闻杞国无事忧天倾？且安坐，天不会塌下来。"她咯咯笑着，"殿下刚才游历槐下，回宫兴冲冲，见闻一定很有趣。"她不愿谈论严尤，以免王临与父皇发生分歧，巧妙地变换了话题。

王临跟着笑了，"今日遇见一个学子，居然与爱妃一样一目十行，过目不忘，真了不起。"

"是吗？无独有偶。百无一用。"刘愔淡淡说。

"爱妃怎么这样说话？"王临神态认真，"若非爱妃劳苦督导，太子宫哪有今日景象？"刘愔又咯咯笑了，"殿下这么说，臣妾还有一用，一个唠唠叨叨的管家婆？"她生怕冷落了廉丹，"是不是呀，廉将军？"

"嘿嘿。"廉丹陪笑，"太子妃才冠京华，若说百无一用，我等驽钝之人再无存身之地了。"

"廉将军溢美了。本宫是说，为学之道须恒心恒力，而非天资。什么一目十行过目不忘，没多大用场。天行健，有如日月之行，靠的是自强不息。”

王临拊掌，“爱妃真神，说的竟与那位学子一样。”他讲起槐下学子日月之行的高论来。

夫妇俩言不及义，却说得津津有味。廉丹虽然粗豪，也知二人顾左右而言他，知趣地起身告辞。

送走廉丹不久，又有貂铛来报：“博士李充求见。”刘愔说：“去告诉李大人，为严尤作说客者，请打道回府。”貂铛应声去了。王临说：“爱妃为何怠慢大臣，拒人门外？”刘愔咯咯笑着，“臣妾与殿下打赌，李充一定调头就走。”王临闷声闷气，“不让人进门，不调头走还能怎样。”刘愔说：“其中暗藏玄机呢。”王临不信，“什么玄机？”片刻貂铛回报：李充回车走了。

刘愔说：“李充必受家父指使为严尤说项，殿下明令‘为严尤作说客者，请打道回府’，李充回头必报家父；家父闻报，进宫必奏父皇。与其怠慢李充，不可惹恼父皇。”她知道，她的父亲刘歆不是佞臣，必为严尤说项；但太子必须无违父皇，这是她必须坚守的信条，也是必须让王临清醒的原则。

她猜得不错，李充是受刘歆所使；只是她没想到，刘歆是请旨指派李充探访太子宫的，而且还与皇上打了赌。今日刘歆进宫谏言，“陛下应重用严尤，使其速返边关，尽快结束战争。天下休养生息，安享太平。”

王莽心头一沉：别人不解他的心意，心腹老臣也不解他的心意？别人鼠目寸光，学贯古今的大儒也鼠目寸光？譬如焚刑吧，反对者甚多。他们哪里懂得，民心需要振奋，军心需要振奋，天心何尝不需要振奋？焚刑冲天一炷，不就驱散了漫天阴霾展现出无限春光吗？不料焚刑之后，启用严尤的呼声更高了，给他极大压力。这些凡夫俗子啊，只知严尤打了胜仗，焉知他擅许和亲断送了胜利果实？功不抵过呀。王莽打趣说：

“好一派国舅之言！”暗示刘歆是为太子建言。因为严尤曾为太子宫总管，是太子心腹爱将。

刘歆叩拜，“臣女忝居东宫，老臣从未自居国舅。臣斗胆断言：臣之所请，必与太子相左，陛下不妨一试。”说罢请王莽降旨李充前往探访。刘歆说：“李充必吃闭门羹。”

李充果然吃了闭门羹。

王莽说：“知女莫如父。”

刘歆说：“知子莫如父。”二人携手，仰面大笑。

帛书之下，二人饮茶闲谈，其乐融融了。

　　勤政室原本是红墙红帐红帏红旗，现在一律涂成黄色。颜色变换以后，气象大异，无比优越啊。这仅仅是颜色的变换吗？不，这是天意的显示！革汉而立新，废刘而兴王，隆显大命啊。

　　"陛下，有人欺君！"王盛吵吵嚷嚷进殿来了。他专以攻讦老臣为务，赋有直谏专奏之权，出入宫禁不受阻拦。"陛下，蔺苞没死，没死！"

　　王莽大惊，双目一凝，"蔺苞没死？"

　　王盛说："他们当他死了，就说他降了。说他降了，又说他死了。"王莽眉毛皱得山高，"什么死了降了降了死了的！"

　　"不不。"王盛急得头上青筋爆起。这个卖饼儿，从小在横门里社卖大饼。从没见到天降大饼；可天降官爵落到了他头上。当时他不满十七岁，三年锦衣玉食，瘦骨伶仃已经白胖发福了，只是口齿没伶俐多少。

　　新军战败之后，战场发现戴级尸体，不见蔺苞下落。孙建与王氏六将当他也死了，就把战败责任一古脑推给蔺戴二人。说蔺戴二人上了右呼犁汙王的圈套，害得他们落入囊知牙斯的陷阱。孙建上奏，"臣轻信蔺戴二人，率部奔袭以致损兵折将。臣身历险境，身中三箭，险些丧命。"大约"轻信"不足以推脱责任吧，有人干脆把蔺苞说成里通匈奴的内奸。然而死人是不能投降成内奸的呀，于是又出现了蔺苞在匈奴生活的种种传闻。这回匈奴把叛贼贰臣遣返回朝，其中没有蔺苞；孙建与王氏六将只好又说蔺苞被囊知牙斯杀死在匈奴了。

"他们陷害忠良，罪该万死啊！"

王莽听明白了。把活人说死，又把死人说活，翻云覆雨，欺君罔上，这比他们吃败仗更加严重。如果所言属实，前线的局势不知糟成了什么样子，绝非"一时受挫"那么简单，"你怎知蔺苞没死没降？"

王盛说："满世界都这么说，只瞒着陛下一个人！"王莽申斥，"大胆，竟敢拿道听途说上奏！证据呢？"王盛急急说："不不！不光臣一人，哀章王兴孔仁都这么说，廉丹李充伏湛也这么说，只瞒着陛下一人。忠臣不是要知无不言吗？有证据上奏，没证据就不上奏吗？再说哪，王邑孙豫他们有证据吗？这事臣信得实，愿拿头担保，王邑孙豫他们敢吗？"

"嗬，挺硬气，不要吃饭的家伙了？予可告诉你，这儿不是市井，不是你撒泼耍赖的地方。"王莽定睛望着这个卖饼儿的：当年按照《金匮图书》指引，里社共有三个叫王盛的人。这个王盛胆子最大最牛筋，卜相也最吉。找到他那天，他为朋友出头，被人打得皮青脸肿，王莽最终选定了他。

"你真舍得吃饭的家伙，好！予把你说的一干人全传来，一个也不落，把事情弄明白。如果只是无稽流言，予不饶你。”

他口里吓唬卖饼儿，心里倒希望他的话是真。他不信蔺苞降了降奴，一直都不信。蔺苞是八骏首领，常年在他身边。人长得精悍英武，一笑两酒窝，怪招人喜欢。除了外出执行任务，日夕和他在一起。王莽曾有四个儿子，四个儿子加在一起和他相处的时间也没蔺苞多。不说是个人，就是一块石头也捂热了。

最早奏报蔺苞投降的是王骏。他记得很清楚，当时他恨恨地把奏章摔到地上大声嘶吼，“予不信！不信！谁投降，蔺苞也不会投降。”

前线十二名将军除孙建外，分成“王氏六将”和“异姓五将”。二者互相攻讦，嫌隙甚大。他一向取兼听之术：王氏奏者他存疑，异姓奏者他不听，王氏异姓同奏他才信。直到两个月后，陈钦的奏章呈到案前他才信了。这份奏章说得绘声绘色：蔺苞投降之后，降奴服于知(匈奴单于囊知牙斯)问他：新朝皇帝有多少嫔妃？蔺苞说新朝皇帝没有嫔妃。降奴服于知惊诧莫名，汉朝皇帝嫔妃成千上万，新朝皇帝怎么没有嫔妃呢？有人把“禅”读成“骗”，说新朝皇帝骗了，要嫔妃干嘛？说得降奴服于知和左右大臣哈哈大笑。汉武帝以降，西域各国把汉朝武士称为“好汉”。现在大新皇帝骗了，好汉不再是好汉成了骗狗。这个笑话传遍了草原传遍了西域。王莽读完陈钦奏章，冲天大怒，杀了蔺苞全家。

此后宗室大臣齐声攻讦平晏，"蔺苞是谁的人？反间计又是谁出的？蔺苞不过是远患，陛下身边才是近忧啊。"有人引用前汉贾谊的话"厝火积薪"来形容他的处境：有人在柴堆上睡大觉，火却在柴堆下方燃着，还没烧到柴堆以为安全，这是偷安。陛下，危险啊，请清君侧。

有如一记重拳击中王莽痛处，这正是他日夜怛惕的。当年姑母王政君封平晏为少府，平晏把姑母身边的人几乎全网罗成了"少府"。堂堂太皇太后在宫中苦心孤诣经营五十年，最后连身边的貂铛宫女也使唤不动。血淋淋的历史经验，血还是热的哪。

他降旨询问陈钦："骗皇帝"云云如何得知的？陈钦回奏手下一名校尉潜入匈奴探听到的。王莽敕令这名校尉回京陛见，陈钦又说这名校尉阵亡了。他犯了疑，隐约觉得可能有诈了。

疑团后面是疑团，谎言后面还是谎言，他觉得自己在疑团和谎言中生活，弄不清哪是疑团哪是谎言。他踅到殿外，太阳已经落山，天空异常明亮。暑热还没退尽，地面有些烤人。

他成天伏在案牍，不知春夏秋冬，不知怎的感到了一股秋天肃杀气息。鸟儿依旧啼啭飞翔，鲜花依旧姹紫嫣红，但感觉秋天来了。这感觉特怪，没什么来由。是不是体胖怕热，企盼秋天的清凉？

貂镐领着一干人鱼贯进殿去了。他叹了口气回到殿中，还没落座，孙豫就叫嚷开了，"王盛欺君！严尤谤上！蔺苞确实降了，确实死了！"

严尤！王莽问，"这与严尤何干？"

"去岁严尤大闹横门，陛下不知道？"孙豫说，焚刑那日晚上严尤在城下大放厥词，说什么"民怨沸腾"，"社稷倾危"，仗剑冲击城观。当众扬言"流血五步，天下缟素"进行"武谏"。

"流血五步，天下缟素"出自战国唐雎之口。秦王企图吞并安陵，安陵君派唐雎出使秦国。秦王以战争相要挟，"你听过天子之怒吗？"唐雎说："没听过。"秦王说："天子之怒，伏尸百万，流血千里。"唐雎反问，"大王听说布衣之怒吗？布衣之怒，流血五步，天下缟素。"说着挺剑而起，吓得秦王长跪谢罪。

"严尤武谏？"王莽心头震颤。

"确有其事。"王邑跪下说。王莽扫了王寻一眼，王寻也跪下，"臣弟也听说。"王莽又取兼听之术，扬声问，"王盛，横门不是你的地盘吗，可有此事？”王盛连忙说：

“有，有，千真万确。”

王莽大怒，“王盛，竟敢跟着乱臣贼子狂吠！你是真的不要吃饭的家伙了。”

“不不！咱是好饼，严尤啥玩艺？他是孬饼；咱饼是手捏的，严尤那孬饼呀是脚丫子踹的。”王盛急得把卖大饼的行话也说了出来，“人比人得死，货比货得扔，严尤算什么东西？”

王莽想笑笑不出来，想怒怒不起来。这时，孙豫才说到正题：

“蔺苞潜回长安的谣言就是严尤散布的，诬蔑宗室诸将陷害忠良也是严尤在焚刑那天说的。而今王盛贵为前将军崇新公不再叫卖大饼，专门叫卖无耻谰言，惑乱圣聪。”

“不不，陛下！蔺苞的事，臣是听里社的人说的，与严尤一点关系也没有。”

　　哀章出面声援王盛，“蔺苞生死传闻甚多，臣亦疑惑。幸赖前将军忠直，甘冒生命危险奏于陛前。臣荐司命孔仁侦办此案以正视听。”

　　孔仁应声，“臣亦疑惑，臣愿侦办此案。”

　　“陛下不可！无稽流言立案侦讯，必将贻笑朝野。”孙豫反对。

"众惑不消，祸乱之源，那就查查吧。"王莽说："孔仁，你要多少时日？十天半月？一个月？时间不能拖得太长，免得朝野嘲笑查稽无稽。你若不能克日查实，予不罢你的官你自己罢吧。"

孔仁不作声了。李充奏言：

"臣荐绣衣执法伏湛侦办此案，但请宽限一些时日。"

"不必宽限。如果只查藚苞生死，今日即可破案。"伏湛出班说。这个人前额隆起，双目深邃。德高学深，从小负有清名。汉成帝时为博士学子，年仅十五岁。而今青须三寸，已经三十出头了。汉武帝曾设绣衣直指一职，专门办理他亲自交办的大案要案。王莽改绣衣直指为绣衣执法。他上前叩拜，"如果臣所料不错，藚苞已经死了。"

"伏大人所言极是！"孙豫应声，"陛下，藚苞确实死了。"

伏湛说："臣敢断言，非死匈奴，而死长安。"王莽大惊，"死在长安！谁杀了藚苞？谁？"伏湛说："陛下召严尤进殿垂询，便知端的。"王莽问，"这么说，严尤是知道藚苞生死的了。"伏湛说："正是。"王莽又问，"你又是如何得知的？严尤告诉你的？"伏湛说："微臣是从严将军城下哭诉得知的……"

话音未落，孙豫又喝叫起来，"伏湛住口！严尤拔剑冲击城观，扬言喋血五步，天下缟素，如此狂悖不法，死有余辜！"

"陛下！"伏湛叩拜，"孙豫陛前吆喝大臣，请乱棍逐出。"王邑说："陛下，该乱棍逐出的是伏湛！伏湛与严尤狼狈为奸，冒清流之名行朋党之实。"王盛发出一声怪笑，"嘀嘀。王邑孙豫搅浑水呀，想浑水摸鱼不是？打瓢说瓢，打碗说碗，咱说蔺苞，别扯野了。"

李充奏报，"臣当日也在现场。臣人微言轻，说出来可能没人信。当日在场的还有五官中郎将刘垒，何不请他出来奏明严将军醉酒进谏情景。"刘垒人称"铁面干城"，刚正不阿，人所共仰。

"传刘垒！"王莽怒喝。

刘垒应声进殿，"左关将军王奇赠剑于前，臣劣弟刘菜怂恿于后，严将军仗着酒劲，确有冲上楼观冒死忠谏之意。臣恐陛下冲天一怒，有损千秋万世英名，令人将严将军捆住，送家醒酒。"

"这流血五步，天下缟素，怎么回事？"王莽问。

刘垒说："末将赶到之时，严将军已被魏成大尹李焉阻止。此前他说了些什么末将不知。"孙豫又叫嚷，"刘垒不知，事情就不存在了？"伏湛抗言，"事情本来就不存在。'赠剑'之前严将军赤手空拳，试问如何'流血五步，天下缟素'？剑很快被李焉夺走，严将军又如何'流血五步，天下缟素'？"孙豫依旧不松口："陛下该叫王奇刘棻出来说说，他俩是不是'赠剑'，'怂恿'严尤武谏了？"

孙豫大有父风，看见孙豫仿佛看见了当年的孙建。王莽十分喜欢，封他为立威侯。遥想当年，每当自己在庙堂遭到攻讦，孙建就不饶不休进行反击。冒着丢官杀头的危险，不惜一次又一次咆哮庙堂。不意今天出现在自己庙堂，音容宛在，气势如虹。王莽无意深责，死板的脸反而松弛了许多。他挥挥手，"伏湛，你去传旨，敕令严尤把藺苞找出来。予生要见人，死要见尸。"

到了酉时，何闳领着一队貂铛上殿掌灯，一盏盏黄灯笼亮了。望着这些黄灯笼，当时觉得特亮堂特好看，今儿怎么黄咕隆咚发不出光？嘿，别说它不亮，倒能招徕飞虫。奇了怪了，这纤尘不染的的雕梁画栋哪来这么多蛾虫？

酉时三刻，伏湛严尤进殿覆旨来了。藺苞果然已死。他们找到了藺苞尸体，已经抬到殿外。

　　"看看去。"王莽站起。

　　伏湛谏言，"蔺苞已死数日，尸体开始腐烂。臭气熏人，恐伤龙体。"何闳上前奏报，"尸体确系蔺苞本人。面容尚且清晰，陛下就不必亲自验明了。"王莽说："好吧，谁想看就出去看看吧。"

　　一下午，群臣伏在两侧没吃没喝，连大气都不敢出。谁不想松动一下，呼啦一下全走空了。大殿之中只有王邑孙豫跪着没动。王莽冷嘲，"你俩怎不看看去啊？哼，早就知道蔺苞死了，是吧？"

　　二人没作声。

　　伏湛微微一笑，"臣言蔺将军已死，就是从孙豫话中推断的。"王莽啊了一声，伏湛说："孙豫一再坚称蔺将军已死。这不难理解，他坚信乃父之言。而当有人在陛前提出，风言传满长安，孙豫无论多么坚信乃父之言，心里总不免犯嘀咕吧，道理很简单，他毕竟没看见蔺将军尸体；但他仍旧坚称蔺将军已死。一个合理的解释就是他确实知道蔺将军死了。人死迹灭再无对证，只是没想到蔺将军的尸体这么快被发现了。"

　　王莽慢慢捻动胡须，心头翻江倒海，恶浪汹涌。他没料到王邑上下齐手编造弥天大谎把他瞒得严严的。捻着捻着，王邑从小种种不忠不义不恭不悌的劣迹都叫他从记忆深处捻动出来又深深捻进记忆中。

群臣回来了，一片哗然。这会儿他关心的不是黄灯笼，不是蔺苞，也不是王邑孙豫，而是前线战局，他问："这到底怎么回事？前线到底怎么回事？"

严尤伏地，久久无言。

"叫你说，你不说。"王莽冷嗤一声："莫非只有仗剑你才说？"

"臣遵旨。"严尤说："兵者凶也；战者诡也。大不足恃，强不足恃。以小搏大，以弱胜强，古往今来不可胜记。故圣主明君不言战，不求战，不好战……"

严尤刚开始陈述就被砰地一声打断，王莽怒不可遏，猛劲击案，"你是说予好战求战！"顿时，殿中爆发一阵讨伐声：

"住口！不准恶意攻讦圣上！"这是王盛的声音。

"狂犬吠日，罪该万死！"这是哀章的声音。

严尤感到今日不说，再无机会可说，他横一条心继续他的陈述："而今战衅已开，和局再破，想不言战不求战已不可得……"

"陛下，休听狂悖之言！"王邑也挺身抗言了，"严尤肆意攻击陛下，中伤圣躬，臣不忍视，臣不忍听，臣心中滴血，剜心疼啊！"说着阴凄凄的眼睛流出一串泪珠。

王氏臣僚又纷纷出来说话了，"蔺苞之死，严尤有责。"

"陛下！"伏湛叩拜，"请让严将军把话说完。"

"庙堂之上，不容严尤大放厥词！要说让他到大司空公堂说去。"王氏臣僚齐声说。

"说！"王莽嘶吼，"有什么话你都说，免得予日后落下不让人说话的罪名。予今日就听你说！"

严尤又开始他的陈述：蔺苞与右呼犁汗王订的密约，当时只有孙建及王氏六将知道。孙建建议王氏六将选三千精兵奔袭囊知牙斯巢穴。结果王氏六将最少的派出八千人马，最多的派出一万二千。沙漠作战，三千兵马在前，至少要有五千兵马运送粮草；八千至一万二千兵马出击，也就是说，王氏六将全军出动了。人马多，目标大，速度慢，七路人马向同一方向进发，囊知牙斯不是聋子不是瞎子更不是傻子，能看不出对方的企图？

"为什么会出现这种奇怪状况？一句话：抢功。"严尤讥讽说："好像功劳就摆在那儿等他们去拣。谁的人多，拣的功劳就越多。"他激动起来，"上好功，下抢功，视战争如儿戏，连常识都不顾了。试问古往今来哪有十二万兵马长途'奔袭'的？哪有'奔袭''聚歼'并行的？结果扑了空，能归罪蔺将军吗？"

大殿死一般沉寂，不光是王莽，几乎所有的人第一次明白战事失败的原因。是那么简单又那么荒谬；是那么不可理喻又那么顺理成章。

"头一个为蔺苞鸣不平的的是陈钦将军。"严尤的声音又响了。

"陈钦！"就是那个说他是骗皇帝的陈钦？怎会是他？

严尤说："王氏六将诬蔑陈钦将军为'前汉复辟悍将'。边关粮饷不济，王氏六将霸占陈钦军饷，逼得陈钦军中哗变，沦为盗贼。陈钦害怕朝廷降罪，王氏六将胁迫他上表诬告蔺苞投降匈奴，把他们的罪责推得干干净净。谁知此表一上，蔺苞不时在边关现身。王氏六将通令缉拿。这时异姓五将变成异姓四将，王氏六将指称四将窝藏蔺苞，'前汉复辟悍将'的称号扣到臣等四人头上。"

"去年八月，蔺苞突然出现在臣帐前，告知囊知牙斯企图血洗渔阳。臣心疑虑，但不得不作防备。"

二十天后，匈奴铁骑果然直奔渔阳。他设计把囊知牙斯诱入三河口重挫匈奴铁骑，直捣匈奴老巢。

"陛下明察！三河口大捷，蔺将军首功。"严尤叩拜，"如此忠贞之士能是内奸叛贼吗？"

"里社的人都是这么说的！"王盛叫嚷，"速撤孙建之职，速撤王氏六将之职，速拿王邑孙豫！"

"严将军所奏属实。"廉丹出班，"前线将领都为蔺将军不平，痛骂宗室六将作战无能，嫁祸于人。"

"拿下孙豫！"王莽大怒。

"陛下不可，罪在宗室诸将不在孙将军。"严尤奏言，"撤出苏合尔途中，匈奴铁骑四出，幸赖孙将军亲冒矢石，死死咬住囊知牙斯掩护全军撤退。否则宗室诸将不死即伤，损失更加惨重。孙将军名为十二将军之首，而无节制全军之权。前线战败，各军应自负其责。孙将军受人裹挟，不敢说出实情。孙豫不过受人利用而已。"

"功过赏罚，君父所操，岂容你信口雌黄？"王邑斥骂，"什么'上好功，下抢功'，假惺惺为孙将军开脱，矛头对准宗室对准皇上！狼子野心，何其毒也。"他倒不怕引火焚身，顶烟上！可见一身功夫修练得极深。死到临头也能始终保持满口忠直之言，一副忠直之态。

"住口！狗戴帽子充人，还想挑拨是非！"王盛也喝叫回应，如市井叫骂一样，一声更比一声高。"王邑及王氏六将陷害忠良，欺君罔上，不杀不足正纲纪，不杀不足平众怒。"

"王邑及王氏六将罪当诛戮。"哀章出班接应，"祸起萧墙，变生肘掖。宗室谋逆，不绝于史，最要提防的是'近习'。"

"近习"是韩非特有词汇，指皇帝最亲最近的人。最亲近的人也是最危险的人，最倚重的人也是最不可靠的人。"防近习"是帝王术中头一条，最能说进王莽心坎里去。

王兴孔仁都跪在哀章后边，喊杀之声不绝于殿。

王寻出班，"蔺苞死于长安臣没料到，陛下也没料到。事起仓促，案情复杂。王邑及王氏六将确有罪愆，何种性质眼下尚不清晰。不如等到破案之后，再行惩处不迟。"

"兄弟相亲，王寻同罪！"王盛更来了劲，"王邑为宗室诸将后台，丧师辱国，他若不死，臣以死相谏。"说着一头向丹墀【chí】撞去。额头开了个口子，鲜血直涌。

惊呼声中，哀章王兴同时站起，叫嚷"王寻同罪"，都要以死相谏。王莽一声断喝："大胆！"制止了他们的喧闹。

这时何闳引太医上殿，王盛随太医出殿敷药去了。

王莽眼色潮红，指着王邑孙豫，哼哼得满朝毛骨悚然，"尔等没话对予说了？晚说不如早说，公堂说不如庙堂说。"

"臣死罪，臣说，臣据实说。"孙豫一面叩头一面诉说，他一直坚信蔺苞已降已死。直到长安风传，他才开始动摇。一天路过里社，有个白衣卜者向他一揖：

"君侯行色匆匆，非关远虑，必有近忧。"孙豫回礼，"确有近忧。"卜者说："何以解忧？唯有杜康。君侯可赏一卮否？"孙豫拔腿就走。卜者说："君侯稍坐片刻如何？宁非不知'土上人'坐？'土下人'走？"孙豫回头，卜者在沙盘上写上一个"坐"字，拆开来，人人于土上；又写上"走"字，拆开为土、下、人。卜者说："'土上人'是活人，'土下人'可是死人哪。"孙豫跪拜，"先生教我。"卜者问，"君侯可是寻人？"他写出"尋(寻繁体字)"字说："君侯吝赏一卮，请付卜金十金。"孙豫无奈，忍痛付了十金。卜者说："寻在'尋'处寻。"孙豫茫然不解，卜者吟唱，"有岳之山，尋竹生焉。"

古代有人把竹称尋，孙豫带人进入柳林，在女巫住处寻找。女巫以楚巫最灵，也以楚巫最风流。楚地多竹，楚巫在住宅周围植竹。各地女巫效仿，积渐成习，丛丛修竹成了女巫住处的标志。

走进一间茅舍，两个短褐力伕正在搬运尸体。有人来了，力伕抛下尸体逃跑。孙豫上前一看，地上躺着一具尸体正是蔺苞。他派人监视茅舍，打算天黑之后把尸体埋掉，让蔺苞彻底灭迹。没想到两个力伕天黑前悄悄摸回来，趁监视的人不注意，把尸体运到渭水边埋掉了。

孙豫不停叩头，"臣说的句句是实。"

这白衣卜者莫非王焉？严尤心头一震。他是知情人还是刺杀者？如果他是刺杀者，同谋者就是"李公"或"刘氏"了。这"李公"或"刘氏"究竟是谁？

王莽捻着胡须，满面不屑望着王邑，冷冷问，"你有什么话要说呢？"明显流露出不信任。

王邑连连叩头，"臣该死，臣无话可说。"孙豫涕泣，"陛下，大司空确实不知情，是臣柳林回来禀报，大司空才知道的。"王邑说："臣偏私偏向，偏听偏信。臣没料到那六个不成器的东西如此不堪造就。"一双阴凄凄眼睛泪水涔涔，居然痛心得说不出话来了。

"臣不信孙豫王邑之言。"王盛包扎好伤口回殿来了。哀章王兴出班响应，"臣等也不信。"

"予也不信。"王莽说："伏卿以为如何？"

"臣万死。臣倒以为孙豫之言大体可信。"伏湛连连叩头，"臣与严将军找到蔺将军尸身，可证孙豫之言。"

蔺苞回京后，曾派横门里社一个卖茶老汉与严尤联络。告知他现在的身份是"卖灯心草的小贩"，古文"蔺"就是"灯心草"。伏湛到严府传旨后，严尤带伏湛到茶棚找老汉。老汉把蔺苞的住处告诉了二人。二人到了柳林茅舍，舍内悄无一人。但苍蝇特多，血腥味特浓。二人情知有变，回头去找老汉。老汉带他俩找到与蔺苞同居的女巫，询问"卖灯心草的小贩"的去向，女巫说"卖灯心草的小贩"被人杀死了。接下来她找到两名力伕，挖出了蔺苞的尸体。

严尤出班，"孙豫所言卜者，臣似曾相识。恕臣死罪，臣有话要问孙豫。"王莽不置可否哼了一声，严尤问，"请问孙公子，卜者可是颧骨高耸，两撇鼠须，形容古怪？"孙豫回答，"正是。"严尤说："启奏陛下，臣以为孙豫之言可信。"王莽说："啊？你认识那个卜者？你倒说说他是灵异，还是知情？"

严尤没料到皇上这样问话，这可把他难住了。说王焉神灵吧，就得说出雪原生祭，说出"李公"、"刘氏"，不知又掀起什么风波；说王焉知情吧，岂非平白把自己牵进案中？只得支吾说："臣言似曾相识，但不敢确定就是此人。此人虽有几分修为，倒也说不上灵异；至于是否知情，臣更难确定了。"

"庙堂之上，岂容凭空臆想！"王莽申斥。

严尤喏喏退回班去。

哀章说："伏湛不堪信任。近习者，明君之所拒，奸佞之所附。伏湛奉迎王邑孙豫，不宜侦办此案。"

"臣请命。"孔仁出班。新朝新进都有一鼓冲动，那就是有功必争，有利必夺，当仁不让，多做贡献。

"嚆！又来现眼了。"王莽嗤笑，"予要克日侦破，你许予多少时日？"

这回孔仁胆子壮了："伏湛要多少时日，臣比他少就是。"王莽问，"伏卿要多少时日？"伏湛没有言声。王莽定睛望着，"三天？五天？十天半月？"伏湛叩拜，"臣视案情多有歧路，且歧路之中又有歧路，臣还摸不清侦破方向。"

哀章说："伏湛办案全凭揣测。说严尤知情是猜测；说蔺苞死了也是猜测。揣测对了一日破案，看上去智高才大！何如孔仁调查取证实在？"孔仁也说："臣愚钝，不善猜测。但不管岐有多歧，臣苯人苯法，循歧追羊。不获亡羊，绝不返回。"

伏湛默默退回班去。

王莽诏令北军六名校尉接替王氏六将职务，锁拿六人进京问罪；罢去王邑大司空，王寻大司徒职务，回家思过，听候惩处。

下手不谓不狠，决心不谓不大。群臣震慑，齐呼万岁。

满殿的黄灯笼照着金龙金螭金鹤金兽，闪亮的金光辉映着金色的雕梁金色的画栋，整个殿堂笼罩在金色光晕中。黄灯笼也不那么黄咕隆咚了，他环视片刻，登上御辇，才看见天全黑了。这时他浑身都感到疲乏，肚子也饥了。

四十五　平太傅交出花名册 何貂铛命丧掖庭狱

孔仁进入柳林，茅舍里杯盘狼藉，靠墙有几个空坛子。他查验尸体：蔺苞的死相十分恐怖，表情好像很惊讶又好像很愤恨。身上只有一处剑伤。剑从背后刺入，一剑穿心。

孔仁说：“从酒卮碗筷断定，凶手是两个人。其中一人与蔺苞相识。”掾吏应声，“大人言之有理。”孔仁接着说："现场没有打斗痕迹，杯盘都没破损。当时蔺苞正在饮酒，酒酣耳热之际，一人乘其不备，从蔺苞身后一剑穿心，手法干净利落。”掾吏又应声，“大人高明，高明之至。”

当下孔仁拘捕了卖茶老汉和女巫。他先审讯老汉，“你与蔺苞是何关系？”

“草民与蔺大爷没啥关系呀。在早蔺大爷常到棚子喝茶，赏的茶钱也多。一晃好几年不见了。去年腊月蔺大爷又到棚子里，说做生意蚀了本。现今贩卖灯心草，做点小买卖。”

灯心草，哼！必是“少府”暗语。前汉时，平晏入主未央宫少府，他把宫中网罗的人归于少府名册，其后扩大到宫外，“少府”成了平晏秘密组织的代名。孔仁疑心老下汉是“少府"成员，"不对吧。蔺苞过去锦衣绣服，跨马佩刀，是做生意的吗？"

"这……草民没理乎。"

孔仁渐渐失去耐心，脸色变得难看，声调提高了，"真不愧皇城根下老茶棚，说话滴水不露。本台倒要问问，一个卖灯心草的小贩与严将军联络什么？"老汉说："草民不知。蔺大爷给了一流银子，草民就去了。"流是新朝钱币的重量单位，八两银子为一流。

"一个卖灯心草的小贩，出手就是一流银子！"孔仁厉声说："别当本官不知你是'少府'的人，快交出'少府'令箭！"少府令箭是"少府"人的标志。平晏自称"牛马走"，令箭镌有马头，表明"少府人"对主公牛马般忠顺。老汉连连叩头："草民不是什么'少府'，没什么'少府'令箭呀。"

"你是不肯说实话了。来人，动刑！"惨叫声中，老汉昏死过去了。役吏浇水，老汉哼了几声，两脚一蹬，全身僵直，再也不出声了。

孔仁接着审讯女巫，女巫倒很配合。她说"卖灯心草的小贩"是楼大侠的人送到她茅舍的，吩咐她好生侍候，在她那儿住有两三天了。每天都有楼大侠的人陪他喝酒聊天。那天夜晚，有人请她去驱鬼，早上回来，屋里酒气熏天满地是血，那个"卖灯心草的小贩"被人杀了。她打算报官，楼大侠的人劝她多一事不如少一事，埋了算了。

问那些"楼大侠的人"的姓名，女巫一概不知。她们这行的规矩，客人不说她们不问。就连"卖灯心草的小贩"同她住了两三天，也不知姓甚名谁。

"你又怎知他们是楼大侠的人？"他又问。

"楼大侠的人都是江湖武把式，挂刀佩剑，横眉竖眼，一眼就能认出来。"女巫把江湖豪客称为"武把式"，"柳林是楼大侠的地盘，出入的江湖武把式都是楼大侠的人。别的江湖武把式敢来吗？"

"如此说来，'卖灯心草的小贩'是楼大侠的人杀的了。"

"那还用说，指定是。"女巫说得很肯定。"楼大侠的人成天打打杀杀，刚才还好好的，哥儿长哥儿短把酒言欢，一言不合白刀子进红刀子出。柳林间天发生，见多了。不信，大人去问酒肆掌柜和别的女巫。"

孔仁传讯了柳林几家酒肆掌柜和十几名女巫，众口一词证实"卖灯心草的小贩"与楼大侠的人一起出入。就连那天夜晚与"卖灯心草的小贩"饮酒的两个人，相貌，身材、年龄有

好几个人都能说来。他们一口咬定是楼大侠的人，连那个
"卖灯心草的小贩"也是楼大侠的人。

楼获！楼获是闻名京师的豪侠。右扶风赵明霍鸿叛乱，楼获
出任前煇光帮助今上平定叛动，立有大功。他徒众甚多，遍
及三辅。孔仁不禁慨叹"多歧路"了。怪不得伏湛却步不
前，原来预料到要与这位敢以武犯禁的豪侠相逢。退缩吗？
不，富贵险中求！

"备车！"他装束停当，黼黻一新，带着羊酒前往楼府拜
访。

楼府位于北城，宅宇连延，横绝闾巷，比他的官邸气派多
了。门前通报后，等了半晌才见中门打开，楼获抱拳，"在
下料到司命大人必至，不料这么快。王事靡盬啊，雷厉风
行。新朝的官如果都像大人这样，在下敢说前线就不会吃败
仗了。嘿嘿。"王事靡盬，是说朝廷的差事多得办不完，日
夜奔波，没法供养父母，内心悲伤。

楼获已是五十毛边的人了，茂密的连鬓胡毛茸茸兜着面颊，
使人联想起狮子狗。平日酗酒过甚，脸上肌肉松弛，两个大
眼泡下垂，愈看愈像一条狗。

"哈哈，楼大侠一向料事如神，这回可是错了。下官为小儿
求药来了。"孔仁说。

楼获祖传医术，活人无数。他剑术精绝，雄辩滔滔。医、酒、辩、剑，人称"四绝"，在江湖闯下了响亮名头。早年间王莽三子王安身中箭毒，医巫无效，就是楼获送药上门救了他一命。这事早已传为佳话，长安无人不知。听说求药，楼获笑纹立敛，"孔大人请。"

中堂坐定，楼获问，"不知公子所患何病？"孔仁说："犬子与人斗殴，身中一剑。剑上淬有剧毒，命在旦夕。"

"备药匣。"楼获当即吩咐家人。孔仁躬身一拜，"楼大侠救人急难，不在一时。"楼获说："救人胜救火，祖训不可耽误片刻。"他提起药匣，"孔大人请。"孔仁赞颂，"大哉，侠者！"

二人驱车来到司命府，孔仁一直把他领进后堂，蓦然暴喝，"拿下！"堂中潜伏的刀斧手四面跃出，把楼获结结实实捆绑起来。楼获破口大骂，"奸贼，竟敢暗算老爷，你是活得不耐烦了！"

孔仁把他押到司命大堂审问。大堂早已摆好刑具，气象森严。楼获昂然而立骂声不绝，孔仁大喝一声，"带女巫！"

"哈哈哈。一个贱婢就能证明老爷有罪了？省省吧，再多的贱婢也不能证明老爷有罪。"

孔仁知道惹上了恶人就得比恶人还恶。他啧啧咂了一阵舌头，"楼获，你个江洋大盗！从小以武犯禁，藐视官府威仪。见到本官不知恭敬，今日先让你懂得规矩。来人哪，给他一百杀威棒！"

一百杀威棒没打完，叫骂声变成了呻吟，呻吟声又变成了哭喊，只差求饶就昏死过去了。楼获曾经多次下狱受刑，外间盛传他铁打的身体钢打的意志。无论何种酷刑，从不哼上一声。但是无论多么桀骜不驯的恶狼，养尊处优惯了，也会变成摇尾乞怜的哈吧狗。孔仁鄙唾，"呸！"

衙役把楼获浇醒之后，孔仁扬声问，"打了多少棒？"

"六十七棒。"衙役轰然回答。行刑班头问，"启禀大人，余下的还打不打？"孔仁故意问，"余下多少？"班头说："三十三棒。"孔仁拖长声音，"这要问楼大侠了。不知他还有没有精神骂本台了。"

楼获没有作声。

孔仁问，"楼大侠是不是还没浇醒？"班头说："醒了。"

孔仁说："怎么不回本台的话呢？那就让楼大侠懂得回话的规矩。打！"

楼获闭住眼睛咬着牙，准备硬挺。棍棒在伤痛处落下，疼得钻心，疼得彻骨，疼得浑身肌肉颤栗，疼得从意识深处喊起疼来。"打！打！狠狠打！"孔仁与他同声吼叫。打到第八棒，楼获终于求饶了："大人！大人！别打了啊。"

孔仁是个阴沉的人，制服楼获无疑是他得意之作，低声嘿嘿一笑，"楼获，你是聪明人，没有料错本台会去找你。也一定知道本台找你做什么。那就老实交待吧，免得皮肉受苦。"

"小人没杀蔺苞，小人也在寻找杀害蔺苞的凶手。"

"没杀蔺苞！寻找凶手！"孔仁大喝一声："带王咸！"

王咸带上堂上，衣衫破碎，遍体鳞伤，看得出也动过刑了。楼获的辩才京师口号"楼君卿唇舌"，王咸的文采京师口号"王君卿文辞"。二人义结金兰过从甚密。王咸还是太学生时，曾替鲍宣鸣不平，于辟雍黄钟之下聚集千余学子为鲍宣请愿，名声大噪。后来当上辟雍大夫，改志变节帮助王邑掩盖谋杀鲍宣罪行，成了王邑座上客。楼获帮王邑杀掉蔺苞，岂不顺理成章？

掾吏呈上木牍，"王咸已经供认划押。"孔仁把木牍掷到楼获面前，"王咸供认奉王邑之命，令楼获除掉蔺苞，你还狡辩！"

"大人错了！"

"本台错了？"孔仁冷笑，"你倒说说看，鬼才信你！"

楼获说：“蔺苞是小人亲自到大夹山峡谷接回长安的，小人怎会杀他？”蔺苞武艺超群，出于武术世家，其父与楼获交厚。蔺苞落难后流落江湖，结识了一帮边关豪客，其中就有楼获的徒弟，与楼获联络上了。严尤带领三百铁骑把蔺苞送到大夹山峡谷，楼获亲自前往大夹山峡谷把他接回了长安。

孔仁心头大震：楼获抓错了，蔺苞不可能是楼获杀的！然而他掌握的所有证据都指向楼获，这可是铁案如山啊，管它错不错！没听官场口头禅吗？富贵险中求，不要怕犯错；只要往前闯，错了也没错。

楼获央求，“大人，放小人出去，小人定能找到那个凶手。”

哼，放你出去，岂非放虎归山？不死朝廷斧钺，必死侠盗私刑，他还有活路吗？孔仁阴沉笑了笑，漫声吟哦，“王事靡盬，我心伤悲。天这么晚了，你还编造谎言与本官周旋。想跟本官耗下去不是？那就耗吧，看谁耗得过谁。”

真是王事靡盬（mí gǔ）啊，孔仁连夜驱车进宫。王莽还没有歇息。不过不是“王事”，而是“予事”了。

“案件有重大突破。”孔仁兴奋地说：“臣已审明，杀害蔺苞的凶手是楼获，主谋是王邑。”王莽冷觑片刻哼了一声。

孔仁从卖茶的老汉说起，“陛下知道灯心草吗？灯心草就是

‘蔺’呀。这是少府暗语。陛下大约知道蔺苞是个什么人了。”

这不用说？蔺苞是八骏首脑，八骏属“少府”。王莽又哼了一声，“你待如何？”孔仁说：“乘胜追击，扩大战果。立即拘捕王邑，连夜突审，不给案犯喘息之机。臣请授权。”

司命的权限在审理“金匮辅臣”以下官吏案件。

“你的胃口不小哪。”王莽把住胡须撇撇嘴，“蛇想吞象，吞得下去吗？”

孔仁抗声，“臣所思者，除奸安邦，而非贪功要权。陛下明察。”

“传王邑进宫。”王莽突然宣号。

“陛下！”孔仁叫喊。哪有这样把当事人叫来对质的？往后谁还敢举奏权臣？唉，自古疏不间亲，他是昏了头了。

夜半三更，王邑从被窝里叫起来，夜里风凉，尽管是夏天也吓得他两脸发青浑身哆嗦。王莽把王咸的供状掷到他面前，“你还有没有话对予说了？这会不说，就对孔仁说去。”

王邑身体颤得更厉害了。倏然一股羞辱感强烈刺痛了他，他使劲抖动了一下，阴凄惨的眼睛圆圆睁开直视王莽，“臣弟偏私偏信，臣弟有罪，但没杀蔺苞，没有！陛下不信，臣弟

无话可说。陛下要杀臣弟，请立斩殿外，何必假手这个酷
吏？"

"放肆！"王莽大怒。

"茶棚老汉死于酷吏公堂。如果臣弟所料不错，楼获王咸也
已死了，臣弟落到这个酷吏手中还能不死？"王邑把木牍一
摔，"臣弟死则死矣，还要留下满牍污秽不实之言，辱没臣
弟一世英名。"

"贼喊捉贼。"孔仁抗声，"谁不知道新朝最大的酷吏就是
你！"

王莽问，"楼获王咸已死？"孔仁叩头，"陛下休听他胡
言，臣将二人收押监中，怎会死去？"王邑说："臣弟断
言，楼获王咸二人活不过鸡鸣，陛下请听。"他说得十分肯
定。

这时远处传来几声鸡鸣。

王莽发赤的眼睛熬了一夜布满血丝，全然没有睡意。他揽住
胡须，抢着眼珠，"传楼获王咸陛见。"

孔仁两脸顿时发青了。他砰砰叩头，"陛下不可啊。王邑奸
诈，故作危言惊扰陛下。意在唆使案犯翻供，加害臣下。"

王邑嘲弄，"陛下看清楚了吧？酷吏办案怕见天日，看把他
吓的。"王莽眼睛睃来睃去，最后停在王邑脸上厉声说：

"今日你敢使诈，不论孔仁是否严刑逼供，你不是要予立斩殿外吗，予决不手软，一准立斩殿外！"王邑又颤抖起来。

不移时何闳回报："启奏陛下，楼获王咸酖死狱中。二人刚死不久，尸体还是热的。"

孔仁大叫，"陛下，是王邑指使杀的，是王邑杀的呀。否则怎连时辰也清楚！陛下，替臣作主啊。"

孔仁死咬他不放，王邑却不屑与争，口锋突然转向，"楼获王咸之死，臣弟意料之中。杀楼获王咸者才是杀蔺苞之人。"阴凄凄的眼睛精光四吐，自信满满，还意味深长地瞟了何闳一下。

孔仁看在眼中，知道他放过了自己，把冷箭射向了"少府"，因为何闳是"少府"。但仍旧咬住王邑不放，"陛下，这是两宗案子，王邑混为一谈。王邑指使楼获王咸杀死蔺苞，这是铁案，不容王邑抵赖。至于楼获王咸到底被谁杀了，待臣回头去查，给陛下一个交待。"王邑唾啐，"回去好好清理你的左右和下属吧。你的命也在人家手中，别死了不知怎样死的。"

这句话是说与王莽听的。何须他说？王莽身边遍布"少府"，天天防，时时防，这是他最大的隐忧。但是说杀楼获王咸的人就是杀蔺苞的人，他实在想不透。

　　建国之初，平晏力主削去宗室大臣尤其王邑王寻等人权柄，打发他们到偏远郡县去"屏藩王室"，并以史为鉴说："有汉以来，哪有宗室位列三公的？并非刘氏无人，而为明君所忌。"此后，王邑王寻及宗室大臣与平晏及其"少府"的政争日渐尖锐。蔺苞潜回长安，不正是打击王邑王寻及宗室大臣的铁证吗？为何还要暗杀他？继而暗杀楼获王咸？然而计之为计就在叫人识不破猜不透。平晏葫芦里到底卖的是什么药？王莽心里又七上八下了。

　　"楼获王咸居然死在你狱中，迅速查出凶手！"王莽厉声说："否则，拿你抵命。"王邑磕着木牍，"这玩艺作不得数。要有证据，证据！"他又神气活现了。孔仁回到衙门，与掾吏对视一眼，会心笑了笑，开始对狱吏狱卒进行排查。

司命大狱狱吏狱卒加在一起不过三四十人；楼获王咸下狱到死亡，能够接触二人的只有八人。狱吏狱卒都是见过这位司命大人用刑的。他们清楚，抗拒只能是死路一条。恶鬼有恶鬼的恶气，酷吏有酷吏的酷威。提审头一个狱卒，刚说动刑，他就招了。再提审七人，七人全招。孔仁知道这些供状作不得数，于是拷问谁是"少府"。嗬，同样畅通，八人全承认。这回他仔细了，追问证明"少府"身份的凭证。八人提供的凭证五花八门，但都不得要领。"少府"不是无处不在吗？他不信八人中没有。看来不动刑不成了，他打得八人满地打滚，终于有个狱卒交出了"少府"令箭。

孔仁又与掾吏对视一眼，二人脸上现出了笑意。其实，楼获王咸是掾吏酖杀的。楼获的供词颠覆了孔仁全部审判，这个人活在世上是他最大威胁，自然留他不得。孔仁进宫前授意掾吏除掉二人以防生变。他的担心不是多余的，他不能不得意自己的先见之明。

"说！谁指使你杀害楼获王咸？"这会儿，他要编织供词了。

"'少府'的人，持有'少府'令箭，交给小人酖药……"

"谁？"

"小人不知他的名字。'少府'的规矩认牌不认人，不问姓名。"随后狱卒交待了这人的年龄、口音、以及相貌特征。

妥！人证物证俱全，他的嘴巴笑成瓢瓢了。

午后他再次进宫，把令箭和供状呈交上去。"孔卿真是王事靡盬啊。"王莽也笑成瓢瓢了。

"臣愚钝，只知苯鸟先飞，以勤补拙。"

"好啊，业精于勤。"王莽很满意：如果廊下之臣都如此卿，何患事功不成？"人若能勤，万难不难。勤而勤之，至道不遥。"

孔仁奏言，"案情已经大白。王邑指使楼获王咸杀害蔺苞；'少府'为蔺苞报仇，又杀害了楼获王咸。王邑及王氏诸将祸国殃民理当诛戮；平晏及'少府'潜于暗处更加危险，不可不早日铲除。"

王莽觉得有理，疑虑随之消除，宗室不可靠，"少府"更需防，"卿有锐气，有冲劲，好啊。往后要更加用心办案，予不吝封赏。"

孔仁感激涕零，"臣肝脑涂地，以报陛下。"

当！当！当！辟雍黄钟响了。王咸的三个儿子把王咸尸体抬到钟下祭奠，向学子哭诉枉死狱中的冤情，"家父怎会杀害蔺苞？这不是天大的冤枉吗？"

一批学子听了听散了；又一批学子听了听散了。到了下午，再无学子前来问津。王咸曾是弄潮儿，振臂一呼云集千人，掀起多次风潮。他们以为乃父还有感召力，可以激发学子的同情心。只要辟雍一动，楼获徒众就可鼓动万千市民上街，到北宫门阙请愿。其实学舍并不平静，笑谑者有之，讥诮者有之。人有沉浮，草有荣枯，昔日弄潮儿，今日臭狗屎，奸佞枉死酷吏，堂堂王大夫了此一生。

太阳落山了。暮色中一片黄叶落到尸体上扔掉了；又落下扔掉了；又落下，比人还执拗。钟下祭奠的人不能不从心底感到凄凉。他们哭了，哭得很悲伤。哭他们的父亲，哭这个冷漠世界。不知是晚风吹来了黑夜，还是黑夜带来了晚风，喧嚣的黑暗掩盖了尸体，掩盖了哭声。只有同样执拗的黄钟，屹立在喧嚣的黑暗中，不停的铮铮低鸣。很细微，很细微，直透世态人心。

瑞雪兆丰年哪，岁末年初一直落雪。这天清晨日头出了，长安披上银妆。金盔金甲的执金吾和黄巾黄衣的力士站满几条街。黄白相映恍如金银世界，耀眼极了。王莽带着皇太孙乘坐"华盖登仙车"探望平晏来了。

皇太孙王宗刚刚十岁，就是吕焉在狱中产下的那个孩子。当年王莽把王宗姐弟送到新都，严令不得进入长安。三年前，他的女儿黄皇室主王嬿到新都去游玩，把王宗姐弟带回了长安。王宇之死，王莽懊悔难消。见到王宗聪敏伶俐十分喜爱，封为功崇公，时常带在身边，让他学习朝廷礼仪和从政经验，满腔亲情全都倾注到他身上。

王宗面如朗月，眼若晨星，眉宇间蕴结着贵胄罕见的恢宏之气。

一条盘龙嵌玉紫金带束在黑幽幽秀发上，两条金龙做成的抹额托着眉心一颗东海龙珠。这颗龙珠硕大无朋，镶嵌在绿色翡翠里，只要映上亮光就五采纷呈大放光华。他身穿金丝银线绣制的锦袍，前襟五龙戏水，后背百花争春。全身上下，金光闪闪。王家满门灵秀似乎全集聚到了他一身，长得实在标致极了。

"臣父沉疴不起，不能接驾，望陛下恕罪。"平晏之子平桓跪在门口叩头。平晏按《金匮图书》所示封就新公太傅，王宗上前扶起，"世兄前面带路。"

王莽王宗走进回廊，看见平晏由两个仆人架着迎面走来。平晏跪伏在地吁吁喘气，"臣未及接驾，死罪死罪。"王莽见他蓬着头，脸色发青，"快把平卿抬回榻上。"有个仆人抱起平晏就像抱起婴儿一样走进病房。

平晏说："陛下知遇之恩山高海深，臣只怕难报了。"王莽嗔责，"卿不惑之年，正当大展所学，怎说这等话！予不爱听。"说着现出无限神往，"遥想当年，多有盛赞爱卿子房之才者。相见之下卿若妇人好女，活脱二百年前之张子房。嗨，往事如烟啊。"

平晏此刻最怕皇上把他比作张良。张良辅佐刘邦替汉开国，但在开国之后杜门谢客，一心养气练功修仙学道，得以保全性命，免遭韩信等人厄运。皇上的话不正看透他深具戒心仿效张良保全性命吗？平晏越听越寒心。心寒声自寒，"臣哪能与留侯相比？新朝之立全赖陛下德动皇天，仁覆后土，天下归心啊。臣蒙陛下不弃，得侍左右，不过陛下身边一牛一马一走卒而已。"

"卿不必过谦。我朝开国，百废待举啊。卿助予开国，当辅予建国。"王莽亲切地捏着他的手，"前方战事胶着，降奴未平；域中贪饕多发，黎庶腾怨，内外交困哪。不日予将在御前筹谋国是，广召贤能献计献策，外歼敌寇，内惩贪佞。"

平晏涕泣，"陛下宏图大略，臣当竭精瘅智，只恐贱恙来日无多。"

"安心调养，千万不可胡思乱想，予虚席以待爱卿妙什良策。"

王莽走后，平晏坐起，"皇上亲自探听虚实来了，对我越发不放心了。"说着下了病榻。双目炯炯闪光，哪像有病样子？

平桓说："这是皇上倚重父亲大才。"

平晏望着窗外出神，"御前筹谋国是，宫中一定还会派人来请。如果所料不错，这个人一定是刘垒。"

"会是刘将军？"平桓有些不信。

传旨的通常是貂铛，为表示尊重就派出何闳之类貂铛头儿。平晏在宫中收买的耳目甚多，何闳就是其中之一。这些都是皇上知晓的。皇上怎会派何闳这样的人来与他暗通声息呢？刘垒就不同了，这人一向铁面无私。

到了御前会议那天，刘垒高呼"皇上口谕"进府宣旨来了，"卿若能强起上朝，予顶礼谢天，欣慰异常。"

平晏在病榻上口呼万岁，泣不成声，"臣寄冀下次盛会……"他的手颤抖着指着门外。

平桓拱手，"家父有一箱花名册，烦请代呈皇上。"

刘垒回礼，"小将从命。"

这箱花名册记载全部"少府"人员姓名、年龄、籍贯、职业。这些人遍及宫中、京中、军中。这是平晏精心编织的情报网，为今上清除政敌代汉立新立下了不可磨灭的功劳。然而穷尽百代，没有一个皇帝愿意生活在别人眼线之中，也没有一个皇帝能够容忍别人在他身边安插眼线。这是皇上对他最不放心的地方，平晏不能不把它交出去。

"刘垒必去而复来。"平晏苦笑。

过了一个多时辰，刘垒把这箱花名册送回来了。平桓收下后装进车里，跟随刘垒驱车送进宫中。王莽十分不悦，"这是为什么？人吃五谷杂粮，谁能不生病？又不是不治之症，就想甩手不干了？"平桓叩头，"圣君在位，臣父敢不肝脑涂地躹躬尽瘁？只因花名册于朝廷有用。放在宫中可省许多劳烦。"王莽这才收下。

平桓终于明白，父亲太了解皇上，皇上太了解父亲。不是说君臣贵在相知吗？然而过于相知也就过于可怕了。

御前国是会议开到深夜，孔仁兴冲冲回家，门前黄灯笼亮着，敲门却没人开。咚！咚！咚！擂得山响，比邻官邸的门人惊动了，纷纷探头张望。他情知有变，驱车到衙门，带了一队士卒跑回来。令士卒翻墙进去，开门一看傻眼了。家中老母老妻三子二媳一女以及门子奴婢十二口全都被人杀害。

天没亮，他带兵包围了楼府。楼府已经人去楼空，全府二百余口不知去向。孔仁进宫哭诉，"臣子时回家，全家老小死于非命……"

王莽震惊了。侠以武犯禁，他一生从未失去警惕。堂堂司命，位居上卿，就在御前国是会议当儿惨遭灭门，猖狂至极。

孔仁说："陛下，凶手选在御前国是会议作案，心毒手狠，组织严密，行凶后逃匿无踪，绝非一般江湖匪类可比。臣以为这是一次有组织有计划有步骤的行动。不单单为楼获报仇，也不单单报复微臣，而是向陛下挑战，向我大新朝廷挑战。"

王莽强烈感有股势力与他作对，气得猛击御案，"无法无天，予决不容忍！缉拿凶手，严惩不贷。"

王咸的家人没走，孔仁把他三个儿子拘来审讯，三人都说不知。不知？尔等不是到辟雍哭诉吗？这不是煽动动乱又是什么？打！三人全都杖毙堂上。他又派出缇骑，询问与楼获来往的人。上自公卿下至百姓，与楼获有来往的人何止万千！几天功夫，长安人人自危，笼罩在恐怖气氛中。

去冬的残雪早已消融，响晴的天刮起了北风。风绞着雪，雪旋着风，呼啸在屋顶树颠，飞旋在巷陌庭院。寒冷重新覆盖了长安。

侦查了一个多月，楼获家人及徒众踪迹全无。孔仁眼睛熬红了，王莽赤红眼睛发了灰。臣子中最可虑的是朋党，平民中最可虑的是帮会。它是一种组合力量，平时隐匿无形，一旦时机成熟就兴风作浪，为祸剧烈。

哀章王兴王盛三人联袂进宫，王盛扯着大嗓门，"孔府灭门惨状，长安哪个不吓得一身冷汗。幸亏有黄衣力士环卫陛下，否则臣不敢想，实在不敢想。"

王兴说："黄衣力士人人忠勇可靠，臣也是时时悬胆刻刻惊心啊。陛下在明处，恶贼在暗处，防不胜防啊。'少府'不除，宫无宁日，国无宁日。臣选拔的黄衣力士已逾三千，足可替换宫中貂铠。"

"陛下，姑息养奸，养痈遗患。"哀章说。"到了铲除'少府'的时候了。"

三人匍匐在地等候旨意，王莽抚须沉吟，不发一言。三人抬头偷觑，王宗卟嗤一笑，"乱抓乱捕抓到了楼府的人吗？这事那事都赖到'少府'身上，赖得上吗？太父皇重的是证据。听说过'守株待兔'的故事吗？难道连守株待兔也不会！"

生活中偶尔碰到意外美事，守株待兔的故事意在嘲笑那些妄想美事再现的人。王宗却说："世人都笑那个耕夫。不错，是可笑。更可笑的是只顾笑人家，自己连树下也懒得去看的人。没到树下看，怎知守不到死兔？"

孩童的思维常常出人意表。王莽嘀嘀一笑，"你倒翻出新意来了。"三个叩拜，"陛下圣明，皇太孙贤明，臣等遵旨。"

三人出宫后，对皇太孙翻出的"新意"都困惑不解。他们邀集孔仁陈崇崔发，传达圣上誉为"翻出新意"的皇太孙的妙语。哀章说："皇太孙颖慧天成，咳唾成珠。箴言慧语，我辈当奉为圭臬反复领会。"

领会来，体会去，这新意不过在一个"看"字和一个"守"字上。玄妙的箴言看穿了，常常是不智或弱智的晦涩。六人计议良久，决定各自派人监视各自认定的可疑对象紧盯死守。

站着看地上没有蚂蚁，趴着看地上全是蚂蚁。没用上几天，进入他们眼帘的人无一不像"少府"，无一不像进行阴谋活动。王兴王盛蠢蠢欲动，要把这些人抓起来审讯。哀章却主张接近可疑的人，"少府"的人是收买来的，咱们不会二次收买？

这一招果然有效。王兴发动黄衣力士接近貂铛。这些阴不阴阳不阳的人看上去很难接近，但只要施点小恩小惠，他们的嘴巴就会松动。不到十日有人向王兴报告：何闳前不久曾向御药监打听酖毒，还使了银钱。

"打听酞毒！"王兴顿时警觉，"他想干什么？"

"'打听'！不对吧，打听用得着使银钱？"到了哀章这里，推测跃进了一步，"肯定想获取酞毒图谋不轨。"

到了王盛这里，推测又跃进了一步，"获取酞毒是想毒害皇上。不行！这事不能咱们几个猜来议去，必须奏报皇上。刻不容缓，谁耽误谁犯罪。"

三人奏报了王莽。王莽发赤的眼睛还是那么灰，"何闳不就是打听酞毒吗？那就去问问御药监好了。"

王兴领旨，把御药监传唤到掖庭审讯。掖庭是宫中最森严的地方，平日陈列在堂上的刑具就有十三种之多。传说那里白天有鬼影，夜晚有鬼哭。

"何闳向你索取酞毒，给了你一百流银子，可有此事？"王兴问，"你给何闳多少酞毒？准备毒死谁？老实说出实情，免得皮肉受苦。"

御药监觉得自己并无过错勿需隐瞒，把实情合盘托出，"何公公没向老奴要酞毒，老奴也没把酞毒给何公公。何公公只向老奴打听酞毒的流向：谁来领取过酞毒？老奴告诉他近日没人领过酞毒；何公公又问酞毒近日有没有失窃？老奴告诉他酞毒原封原样，不曾失窃。"

"他问这些干什么？"

　　"何公公说，他要调查楼获王咸酖杀案。"

　　"他要调查楼获王咸酖杀案！"王兴冷笑，"编！编！再编！本公问你，酖毒的流向查出来了吗？再说查流向用得着使银钱？"

　　酖毒的事往往涉及阴谋，非生死之交不能问，非生死之交不能说；即便生死之交不使银钱也免开尊口。这是历代御药监不成文的陋规，见不得天日，叫他如何应答？

　　王兴詈骂，"两个老阉狗，阴谋谋害圣上，还想编造谎言：调查什么酖杀案！你大概还不知掖庭刑具的厉害吧。"

　　御药监对掖庭的酷刑再清楚不过了。他看出王兴所要的"实情"与实情相隔十万八千里，再怎样说也出不了掖庭了。他低头咬了咬衣领，身体委顿在地上，渐渐僵直了。

　　"酖毒！"王兴惊呼。当下派人搜查御药监的家。家人把何闳送的银钱交了出来。银钱装在木箱里，还没开箱，打开一看正好一百流。

　　"来人。"

　　何闳躬身进殿，站在一旁。王莽嘿嘿笑着不出声。何闳抬眼看了看，王莽又嘿嘿笑了笑。隔了好一阵子才说："公公何时入宫的？”何闳回答，“奴婢前汉建昭三年(公元前 40 年)。”王莽说：“嗬，五十年有余！一直侍候新室文母？”新室文母是王莽给姑母王政君的封号。王政君是前汉太皇太后。何闳回应，“是。”王莽依旧笑容可掬，“新室文母待你不薄吧？”何闳又应，“是。”王莽突然厉声，“为何背叛新室文母呢？”

何闳慌忙跪下叩头，“陛下德高望重，奴婢弃暗投明……”“住口！”王莽大喝，“新室文母我大新之母，竟敢诬之为‘暗’！予且问你，文母暗从何来？”何闳匍匐在地不作声了。王莽说：“你若供出与御药监的阴谋，可留你一命。”

“奴婢没有阴谋，奴婢要为陛下除奸呀。”何闳哭喊，“把蔺苞之死推到楼获头上，据奴婢所知实属荒唐；把楼获之死推到‘少府’头上同样荒唐。真正的凶手逍遥法外，二人死因都不明呀！”

王莽心中也不是没有疑问，然而此刻，王莽已经下定清除“少府”的决心，别的话听不进去了。“拉下去审问！”王莽严令查出何闳的同党。

何闳押进掖狱后，按照花名册，王兴在宫中抓人，孔仁在城中抓人，王匡在北军抓人，大清查全面展开了。

何闳交待了宫中同党，大多在花名册上，但有两个不在册上。王莽怅望良久，"嗨，可夫还藏了一手，他怎么……这样对予？"随即降下严旨："查！查！一查到底！把宫中朝中军中奸党奸人清除出去。无论查到谁，该关的关，该杀的杀，除恶务尽，宁枉勿纵。"

抓到一人，总能供出一两个花名册以外的人。大清查滚雪球似的从宫中滚到官署，从尚书台滚到御史台，滚来滚去，越滚越大。花名册总计七百四十六人，供出来的同党却多达八千余人。

王兴奏报："启奏陛下，有人供出刘垒。臣请立刻拘捕，以免走露风声。"

王莽发赤的眼睛红光一吐，"传刘垒！"

"陛下！"王兴想要谏阻。

"传！"

刘垒走进御览室，王莽说："有人供出你是'少府'，你有何话可说？"刘垒叩拜，"臣不是'少府'。陛下不信，臣无话可说。"王莽嗤笑，"你倒硬气。你说不是就不是了？"刘垒说："臣请对质。"王兴说，"陛下！罪犯进殿对质，污秽宫室，恐有不祥。"王莽说："理狱正刑，古有明训，有何不祥？"

一个老貂铛带进大殿，扑地喊叫，"陛下！奴婢能见陛下最后一面，死也值了。奴婢不举报刘将军了，举报王兴！"王莽击案怒斥，"大胆阉狗！肆意翻覆，乱攀乱咬，死有余辜！"老貂铛垂泣，"重刑之下谁不乱攀乱咬呀？奴婢不是'少府'，有人一咬就成了'少府'。关进掖狱的人有十好几个咬王兴，是想触动圣聪制止冤狱呀。可除了遭到毒打一无所获；奴婢就咬刘将军，看圣上信不信……"

王莽发赤的眼睛红得喷火，挥手把老貂铛带下去，"刘垒，起来吧。"

"有人咬臣，臣不怕咬。臣死国是死，死君也是死。死国死得其所，死君同样死得其所，臣何惧之有？"刘垒跪着不动，"陛下奉天禅汉，汉臣奉天归新。不能因为汉臣曾经忠于汉堂就不忠新室，臣请为何阖辩诬。"

"你好大胆！"王莽哼了一声："你知道何阖是什么人？"

"臣知道何阖是'少府'。"刘垒直起腰，"'少府'龙蛇混杂，臣不敢说都忠于陛下；但臣敢说何阖忠心耿耿。他死得冤。臣听何阖说过，蔺苞是楼获从大夹山峡谷接到长安的，楼获怎会杀蔺苞？楼获没杀蔺苞，'少府'又何必杀楼获？"

王莽听得入耳，眼睛又露出赤红，看得出他很重视。"蔺苞是楼获接回长安的？何闳怎知道？"

"臣不知。"刘垒说："何闳还说，杀蔺苞的另有其人。有人已有线索。那人以为杀蔺苞杀楼获应当是同一个人。蔺苞死于剑，楼获死于酖毒。剑无迹可求，酖毒倒是有迹可求的。因为毒死楼获的酖毒不是一般酖毒，而是宫中酖毒，只能来自御药监。那人求何闳打听宫中酖毒流向，如果能够查明宫中酖毒有渠道落入那个人手里，就能确定真凶。蔺苞凶杀案、楼获酖杀案就会真相大白。"

"谁？"

"臣不知，何闳没告诉臣。"

王莽突然发怒，"你不知还喋喋不休什么，退下！"不错，围绕蔺苞楼获之死，疑团多的是，也许全系冤案。然而无论多么冤枉，无论多么可疑，清除"少府"是必须的。这一点不容动摇。身边不可留有异己，即便未必异己，一旦起了疑心也不可留下。即便错了，权力的铁则是一错到底，不可反正。公理管是非，权力管兴废。是非可以改，兴废不可逆。权力会改变一切，权力就是公理。

身边的人死的死撤的撤了，王莽接受王兴的建议，一律换成了黄衣力士。"金匮辅臣"三个新臣，王莽印象最好的数王兴。这人英武骠悍，担任城门吏期间办事干练，深得部卒拥戴。既然天降大任于斯人，看上去又忠厚可靠，就把孙女王昉嫁给了他。

这下平晏真的病了。走几步路就心慌气闷，只能静坐卧床。

王莽唏嘘良久，"智士壮年，疾病缠身，可惜了，让他安心学子房修仙去吧。"当天夜晚他睡了个囫囵觉。《起居注》记载："上曰：'予始安睡。'"

大清查过后，王莽颁诏：免去王寻大司徒、王邑大司空之职，贬回封地，未经传诏不得回京；王氏六将枭首莱市，家属七十三口流放合浦。宗室震栗，缩起头再也不敢在庙堂上嚣嚣其声了。

陈崇崔发著文颂扬："九五居天，犹重修已；万乘之尊，不忘齐家。律人先律己，治国先治家。风化当世，垂范千秋。"

四十六　方外父规诫渭水滨　潭中萍飘泊太液池

　　天刚破晓，渭水河畔传来一阵咿咿呜呜歌唱声，其声苍凉，其义古奥，王焉循声而行，登上横桥，看见四位老者皓首如雪，正击壤为戏。

　　壤长一尺三寸，其形如鞋。远古用土块制作，后来改为木块。横桥横跨渭水是座石拱桥。他们把壤立于桥中隆起之处，用手中之壤投掷，击中者胜。

　　四位长者额隆颧高，清奇古貌。他们足登芒鞋，身穿粗布长衫，装束几近相同。月落乌啼，晨光熹微，这情景岂非上古之再现？王焉恍惚回复到了汩汩滔滔早已流逝的时空长河之中。

　　四位老者立于三十步外依次投掷。第一轮，四投四中；他们后退八步复掷，又四投四中；复后退八步，站定之后，站在最末的老者招手，"小子，别尽呆着，不知把壤儿扶起来，送过来！"这位老者两撇长眉又白又浓，毫光闪闪。

　　王焉正要去扶壤，站在第一位的长者却说："非吾徒也，理他干什么？自己扶，自己拣，干嘛叫不相干的人渗乎！"这位老者长髯及胸威猛浓密，别具一番长者气度。

听白髯老者一说，王焉尴尬站住了。白眉老者说："扶扶壤有什么不可以？这么多穷讲究！"白髯老者说："我嫌他手脏。"

王焉看出四位老者非同寻常，尤其那位说"非吾徒也"的白髯老者，使他想起传说中的"彭城老父"。四位老者都操吴音，莫非他就是彭城老父？

他一声不响跑下桥，在渭水里洗了洗手，跑上桥扶壤。白髯老者冷冷说："哼！你以为用水洗洗就干净了？手上的血腥洗掉了，心上的血腥能洗掉吗？"

血腥！王焉心头一震：他是信口言之，还是暗藏机锋？其余三位老者都说："扶吧，扶吧，小子，别理这倔老头子。"

他们接着投掷，又过了两轮，已经退到桥下，看看桥上立着的壤，只能看见端顶一线，白髯老者说：

"去年富春江一赛，就是在这一轮分出胜负的，看看今年有无长进。"

说罢他把壤掷出去，中；三人依次掷出，亦中。四人又退八步，桥上的壤几乎看不见了，他们屏气敛息，伫立了一会，前三位老者皆中；轮到最后的白眉老者，掷壤从立壤顶端掠过没能击倒。胜负已决，比赛就此结束。

　　这些耄老之人，距离六七十步投掷木壤，一掷即中，真是神乎其力，神乎其技！

　　王焉曾是魏成士子，在辟雍寒窗五载，又结庐华山修练黄老之学，历时四载有余。他是修练之人，识得四位老者修练到了极高境界。得遇异人，岂可失之交臂？躬身下拜，"敢问四位老前辈，可是彭城老父？"

　　彭城老父是民间流传的世外高人。据说前汉光禄大夫龚胜因王莽擅权，早在平帝年间就已辞官归隐。王莽篡位之后，意欲罗致前朝宿老充列朝廊，以示天下归心。派出官员携带羊酒，征召龚胜为太子祭酒，遭到龚胜多次婉拒。大尹、县令无计可施，动员地方三老诸生一千余人齐集龚家，轮番劝说，日夜不休。龚胜缄口不言，绝粒十四日，气绝身亡。

　　出殡之日，有位老者前来吊唁，"檀香啊，因其芬芳自烧自灭；蜡烛啊，因其发光自焚自销。呜呼龚生，竟夭天年。非吾徒也，非吾徒也！"言讫飘然而去。

　　龚胜年且七十，老者称为"生"而以为"夭"，他至少一百多岁了。有识者说，老者是彭城隐士，姓名不传，人称彭城老父。

　　白髯老者怫然作色，"你瞅瞅，瞅瞅，盘根问底来了！招惹不相干的人，麻烦来了不是？"调头对白眉老者说："你招惹的，你打发吧。"说罢拽着另外两位老者走开去。

白眉老者说："小子，我等皆彭城野老，说'老儿'还差不多。你找错人了。"王焉确信四人之中必有一人是彭城老父，抑或四人都是彭城老父，"老前辈……"

"得！得！"白眉老者当即截断他的话，"你瞅瞅！你瞅瞅！又是'前辈'，又是'老父'，不如干脆叫'老贼''老不死'得了！"

"晚辈不敢。"

"还说不敢！老而不死谓之贼，你敢说不是这个意思！"

王焉见他有意夹缠不清，"龚大夫'非吾徒也'，晚辈亦'非吾徒也'，龚大夫死后，前辈前往吊唁，晚辈自知福鲜祚薄，只求长者一言教诲而已。前辈何厚死薄生，拒人千里？"白眉老者连连冷笑，"彼非吾徒也，尔非吾徒也：尔非彼；尔非吾徒也，非彼非吾徒也，有什么厚薄？"

白髯老者不耐烦了，又走了回来：

"小子，吊唁死人，理所当然，你眼气什么？你是不是叫小老儿逆天行事，生祭活人？"

生祭活人！他曾在魏成长亭生祭严尤，这位白髯老者显然不是信口言之，而是暗藏机锋。王焉连连叩拜，"晚辈胆大妄为。正如前辈所斥：满手血腥，生祭活人。晚辈知罪了。但晚辈生祭活人，是为点化活人，劝他改弦易辙弃暗投明。谁知非但没能点化，反而铁心附贼，视晚辈如寇仇。晚辈修为浅薄，所识非人，志大才疏，无能之至。”

他说得很坦诚，白髯老者不觉沉吟了。“小子，华阳'伪人'是你师父吧？”

王焉心头又是一颤，他们从未谋面，老者却知道他是华阳真人的徒儿。但老者把师父称为“伪人”，做徒儿的应也不是，不应也不是。

“怎么？冤枉你师父了？”白髯老者眼睛一瞪。“我问你：火技明明是一种方技戏法，你师徒硬说它是'法术'，'神通'，不是骗人是什么？你师父不是伪人还是'真人'不成？”

王焉很难接受。在他看来，他的羽扇之所以能够喷出火焰，是因为祭起了“法宝”，施展了“法术”。这“法宝”是师父和他在炼丹房炼出来的，具有无限神通。怎可与戏法杂耍等价齐现？

“不服气吗？”白髯老者把一位面皮特黄的老者推到前面，“这小老儿是彩门祖师爷，露一手你开开眼！”

黄皮老者嘻嘻一笑，左袖一甩喷出一团火；右袖一甩喷出一团火；长衫下摆一掀又喷出一团火。他身形旋转，三团火也跟着旋转；他越转越快，三团火就变成了三道火圈。当他站定，三道火圈倏然熄灭。

彩门是江湖上演百戏、变戏法的门派。他们耍的"幻术"神妙无比，世人称为"魔术"。前汉昭宣之世，彩门表演的《鱼龙漫衍》，夺造化之神功，寓天地之玄机。百年来长演不衰，风靡宇内。

王焉看呆了。

白髯老者说："小子，你知道不知道，朝廷有个能人叫刘歆？嗯！你那点手段只是小儿把戏，不单贻笑大方，命会有一天丧识者之手。这叫做玩火者自焚，知道啵？"

"小子，你别不服气。"黄皮老者说："听人劝，吃饱饭。"

"瞧那两撇鼠须翘的，满脸张狂劲儿，能听人劝？"白髯老者冷哼一声，"一副尊容，看一眼准做噩梦，还到处丢头露面，生怕旁人记不住。怎不撒叭尿照照，收敛收敛！狗改不了吃屎，秉性难移。"

王焉最不喜欢别人说他的尊容，心想父母所生无可鄙薄。嘴角一抿，高耸的颧骨耸了耸，上翘的鼠须翘了翘。如果有谁没见过傲骨，那两块颧骨就是傲骨；如果世上有"傲毛"，那两撇鼠须准是傲毛。

"别不乐意，小子。"黄皮老者说："你若是华阳那小小子的徒儿，告诉你吧，这倔老头子就是你的太祖师伯。换了旁人偬老头子还不屑说呢。"

王焉闻言，慌忙站起振衣下跪，"徒曾孙王焉叩见太祖师伯。"

"得！讨死人嫌了，小老儿最讨厌这一套，快起来！"王焉怎敢站起？白髯老者跺脚，"叫你站起来，还不起来！杀人嫁祸，杀得尸横遍野血流成河，杀得几得意几开心！你就不怕作孽？嗨，华阳'伪人'不成器，你更不成器。师门不幸啊，一代不如一代。"

难道杀死蔺苞，太祖师伯也知道？神了，太神了！王焉复又跪下，"这些人该死。"

"该不该死，命由天定。"白髯老者抢白，"再说，无辜者还少吗？哼，自以为得计。睁开眼睛瞧瞧吧，人家将计就计，消除异己。帮了人家忙，还自鸣得意。乖乖回华山面壁去吧。"

"太师祖是叫徒曾孙老死蒿莱了。"王焉还是不服气："王莽篡汉……"

白髯老者说："老死蒿莱也好，起事蒿莱也好，视天心天时而定。天心即民心，民之所欲，我之所欲；民心思变，我必变之。不要以为世道越坏，百姓越苦，你就能成事。这是苦难中制造苦难，灾祸中制造灾祸，要遭天谴的。小子，善有善报，恶有恶报，做善事总不会错。"看上去不问世事游戏人生的老者，居然发出一通悲天悯人宏论，王焉不能不打心眼敬佩，"徒曾孙谨遵教诲。"

如果世上真有灵异，今日见到灵异了；如果世上真有智哲，今日见到智哲了。人生得遇高人，该是多大的幸事！太祖师伯的话几乎全是斥责和警告。然而针对失误的斥责不正是教诲？发自悬崖的警告不正是关切？

王焉下榻李焉府中别院，回到城里，家人说："老爷进京来了，正派人寻找先生呢。"

李焉之父李洪曾是中山孝王刘兴的师傅，刘兴死后做了刘衍的师傅。刘衍当了皇帝，李洪本该做太傅。但王莽不让李洪进京，打发他到梧州任太守。李洪年事已高，请乞骸骨，太皇太后王政君封他的儿子李焉为禹县县令，去年升任魏成大尹。王焉祖籍魏成，在辟雍求学期间，收集朝廷掌故把文武百官身世、政绩、劣迹编撰为《百官谱》。李焉到任后，他主动晋谒。李焉对《百官谱》极为欣赏，二人都愤恨王莽篡汉，都有反新复汉之志，结成了生死之交。

听见李焉回京，随家人走进中堂，只见李焉独坐堂前调弦哀吟。歌声凄清婉转，琴韵悠远曼扬，牵人情思。

桃红何夭夭，李白何皎皎，桃李潭中萍，青青何小小！

一夜狂风骤，随风逐波流，千迴又万转，流落进帝都。

太液风浪疾，冰霜严相逼，借问潭中萍，可得再逢春？

深潭映李树，孤影水中浮，清风起细浪，茕茕空婆娑。

　　一弹再三叹，慷慨有余哀，这是怎么了？

　　"李"，大约是李焉自谓吧。这"潭中萍"是谁？莫非是原碧？怎么扯到"太液"了？"风浪疾"，"严相逼"，又从何说起？

堂上炉火巳尽，光线黯淡寒气逼人。桌上一樽残酒几只冷碟。王焉问，"子瑜，怎么了？"李焉说："原姑娘……前几天叫黄皇室主从李充那里要走了。"

"黄皇室主？"王焉大惊。

黄皇室主是今上王莽的女儿王嬿。她十二岁入宫，做了汉平帝刘衎的皇后，刘衎十四岁死了，她十三岁，册封为孝平皇后。其后孺子婴为皇帝，她册封为定安太后。王莽篡汉立新之后，把建章宫改名为黄皇室，她册封为黄皇室主。建章宫与未央宫隔衢相望，由三十六个宫殿组成，号称千门万户。王莽赏她独住，恩宠之隆超比东宫。

"黄皇室主以为原姑娘是歌姬，指名要她，李充怎敢不从？"李焉叹息，"造化弄人啊。"

李焉佯称原碧是歌姬，其实原碧不是歌姬。

原碧的父亲是是乐府的乐师，曾经教习赵飞燕，名叫原基。后因体弱多病不能供职，李焉之父李洪把父女二人收养在家。

原碧从小能歌善舞，李洪见她有天份，决意把她调教成另一个赵飞燕，日后献给平帝刘衎。李洪原基相继去世后，李焉将原碧收养于别院，客礼相待。二人早己属意，只待良辰吉日即可合卺。但为拉拢严尤以图大业，王焉建议把原碧当成歌姬送给严尤，李焉慨然割爱。谁知严尤不为所动，让李充拣了便宜。

"愚兄，唉，对不住原姑娘……"李焉推开琴弦连连叹息。王焉垂下头，"都是小弟的错。小弟修为浅薄，搭上了原姑娘。"李焉说："贤弟千万别这么说。成事在天，谋事在人，岂可因一时成败而自短志气？唉，说起来，原姑娘跟愚兄也没什么好。有个好去处，未必不是好事。只是……愚兄担心黄皇室主随意赏人，落入轻薄儿之手。"

"长安三贵胄？"

李充喜欢炫耀，风流自许。每有嘉宾，常令原碧出舞娱客，使得她的芳名艳扬京师。长安三贵胄多次联袂到李府观赏原碧歌舞，都有轻薄之意。他们成天围绕黄皇室主转，穿掇黄皇室主要走原碧。若是落到他们手里，原碧一生真给毁了。

王莽封王嬿为黄皇室主，意在让她与汉绝体，择人另嫁。他最先属意孙豫，并把结亲之意暗示给了孙建，孙建父子受宠若惊。有一次王嬿偶感风寒，孙豫借探病为由，携带厚礼前往造访。王嬿闻报，盛妆以迎。但一交谈见他知识浅薄，谈吐粗俗，便托故回房，高声呵责宫女：不该把粗鄙之徒放进宫来。孙豫听得清楚，知趣走了。消息传开，王孙公子趋之若鹜，纷纷前去求婚。论辈份长安三贵胄中，王奇是王嬿之叔，不能参与角逐；刘棻是刘衍之叔，也不能参与角逐；唯独甄寻还有希望。

"不会吧。"王焉分析，"既然甄寻觊觎大新驸马这个肥缺，对黄皇室主表达忠诚唯恐不及，怎么可能穿掇黄皇室主出面要个歌姬赏给他做妾？王奇刘棻也不会。长安三贵胄出则同车，入则同席，王奇刘棻在黄皇室主面前表现轻薄，不怕败坏甄寻的形象？甄寻为三人之首，二人捏鼻子也得装模作样假正经。"

"那……"李焉还是心神不定，"黄皇室主要走原姑娘做什么呢？"

"也许另有缘由吧。别着急，通过乐府乐师可以打听出一二来。”

乐府是汉武帝创立的，它集中全国优秀乐师，采集各地优秀歌曲，供宫廷享乐。王公大臣看中哪位乐师，常常延聘至家调教府中歌姬；黄皇室主的乐师自然也出于乐府。二人进入乐府官署，满耳丝竹管弦之声，真是名符其实。

李焉找到一位老乐师，“晚辈世伯原基曾在乐府供职，有事向前辈请教。”老乐师还礼，“李大人，好说。”李焉说：“晚辈特来寻访原世伯同门师兄弟，不知现今还有没有人在府中任职。”

“原师傅是李大人的世伯！失敬失敬。”这位老乐师对乐府的掌故颇为熟悉，自然对调教过赵飞燕的原基知之甚详，“原师傅同门师兄弟都不在人世了，他们的弟子倒有几位在府中任职。”李焉再拜，“请前辈引见一二。”老乐师说：“李大人稍候，老夫去去就来。”一会儿，他带来了一位乐师。

王焉邀乐师上酒楼叙谈，酒过三巡，李焉问，“请问乐师，可认识黄皇室主的乐师？”乐师说：“认识倒是认识，不知李大人何事找他们？”李焉大喜，把一只玉环交给他，求他通过黄皇室主的乐师转交给原碧姑娘。乐师爽快答应了。

原碧正在水榭中练唱，水榭位于太液池中，四面环水，一挂掉桥与岸上相连。刺骨的朔风吹拂着水面，荡起白光光的波纹。池水四周一片灰黑树林，它们凝止不动，犹如一堵灰色大墙，挡住了外面的天地。唯有东岸几株垂柳摇曳着长长的枯枝，露出稀稀疏疏剪接的空间……

那是一个落雪的日子，雪随下随化。李充宴请太子王临，只有严尤作陪。她出来表演歌舞，王临正襟危坐，几乎没拿正眼看她。席间她前去斟酒，王临佯装咳嗽，抬手去掩口，长袖盖住了她的手，他的另一只手紧紧抓住了她的手。她抬眼一看，看到的是一双火辣辣充满热望的眼睛。她的脸腾地红了，他也松开了手……过了冬至黄皇室主就指名要她。她心里明白，这是太子的安排。

王临隔三差五来到建章宫观赏歌舞，头几回黄皇室主陪着，以后不陪了。王临屏退乐师要她清唱，刚唱几句就把她搂进怀里。那天她哭了，王临有些慌张，"原卿，你……"她心里害怕身体直发抖。他抱紧了她，"原卿，别哭，有什么委屈，我对御妹说去。"他要吻她，她别过脸去，他扳住她的头吻了下去。她抿住嘴没有感应，只觉得他的怀抱很温暖。

有一天早晨，她在水榭练声。天蒙蒙亮，王临只身上水榭抱住她。她叹了口气，软软的倒在他怀里。他吻着她，记得他的脸他的嘴唇都是凉的。他给她披上衣服，揽住她的腰沿着掉桥回到岸上。这时太阳初升，袅袅的晨雾在新绿的御苑腾起，旋绕在草木之中。远近的楼阁迎着朝阳，仿佛高出云表升上了天。王临讲他的父皇，他的母后，他的太妃。她觉得很新奇也很陌生，她想象不出日后她如何厕身这个天家……

乐府乐师找到了黄皇室主的乐师。通常乐师都关怀歌姬，因为他们的命运相连。歌姬因乐师调教而出类拔萃；乐师因歌姬走红而名声雀起。这位乐师悄悄把玉环交给了她。这是李焉平日佩戴的玉环。环，表示还家团圆的意思。原碧接到手里，泪水涔涔滴落下来。

　　原碧把玩玉环，感受到李焉的情意。父亲去世后，一直受到李焉照料。她也把佩戴的一只玉环摘下来交给了乐师，求他转交给李焉。

李焉把一方素帛递给王焉，原碧娟秀的字迹展现在眼前：

啁啁一翠鸟，网罗入帝京，归路逾万里，临风空哀鸣。

绕阙翔三匝，殿下有人招，摇指千岁桐，嘱我巢高桠。

我本燕雀鸟，桑柘适我居，高处风雷疾，安敢伴凤栖？

凄凄傍地走，惶惶无所依，御苑群芳艳，犹恋老榆枝。

王焉读罢吃了一惊，"这么说，黄皇室主把原姑娘要去，是太子的主意。你看，这'殿下'，这'千岁'，还有'临'。"

李焉点头，"嗯，看样子是这样。"他告诉王焉，乐府乐师说碧妹艺压群芳，成了头牌歌姬，一切安好。

"犹恋老榆枝啊。"王焉吟诵。李焉字子瑜，"榆枝"自然是李焉了。原碧的心不在太子身上，凄惶之态可掬啊。

二人对视了一眼，心情分外苦涩。李焉少怀大志，是个有心人。父子两代为官，对官场颇为熟悉。他将平日观察所得告诉王焉，帮助王焉校正《百官谱》。王焉在华山修道四年，学得上乘占卜功夫，对百官一一卜算，把他们分成联络对象、策反对象、打击对象，并对他们的命运进行预测。许多判断很准确，有些判断有差错，譬如严尤。李焉准备把原碧送给严尤时，把自己的意图对原碧说了。原碧哭得很伤心，他也流了泪。阴错阳差到了大新太子身边，这是上苍弄人，还是上苍暗助反新大业？

两人缄默了，心情都很迷茫。窗外没有月色，除了灯火投射的一棵橡树，漆黑黑的寒夜望不到边……

大概冤家路窄吧，王焉路过西市，斜刺里严尤缓辔走来。下了一天雪了，刚停了一会儿，天阴得很厉害，他的心阴得更厉害。他想躲闪开去，嘴角一抿，傲骨耸了耸，傲毛翘了翘，驱使他迎上去。"日暮天欲雪，能饮一卮乎？严将军，久违了。"

他不相信，像严尤这样一个深知朝政弊端身受王氏迫害的人会冥顽不灵。他与李焉反复研讨《百官谱》，知道王莽父子都曾有恩于他，策反不会一蹴而就，所以计划把原碧送给他。细工出慢活，慢慢收服他，谁知他拒绝了。输得惨啊，败得愀心啊，不，他不死心。既然碰上了，何不再作一次努力？

还是白衣白巾，还是那副尊容，严尤冷哼，"王焉，你好大的胆！"王焉戏谑，"能包天吗？能包天就好了！哈哈。"严尤虎目一凝，"还包不住严某。"王焉笑笑，"严将军顶天立地，谁能包得住？在下从没妄想包住严将军，只想与严将军共谋一醉。"他朝晏明楼让了让，"请。"

严尤一直疑心里社卜者就是王焉。卜者给孙豫指路找到蔺苞尸体，说明他是知情者甚至就是杀人者。如果是杀人者，杀人者为两人，也就是说"李公"或"刘氏"也出场了。他想弄个明白，随王焉上了楼。

晏明楼以沛县狗肉名著京师，王焉两撇鼠须一翘，"而今狗肉不吃香了，天上龙肉，地上驴肉，不知严将军好哪一

口？"严尤沉着脸没有理睬，王焉招唤店家，"可有巨

蟒？"

店家忙说："大赚赚卖没了，还有小赚赚，客官要不要？"

王焉问，"赚赚是啥玩艺？"店家笑着说："就是客官要的

那玩艺啊。"王焉沉下脸，"老爷要的是巨蟒，没要什么赚

赚。"店家笑嘻嘻央求，"客官别难为小的了。小店只卖大

小赚赚，不卖那玩艺。卖那玩艺可是要杀头的。"他做了个

杀头动作，"嘎。"

王莽字巨君，蟒与莽谐音，巨蟒二音都犯讳。巨蟒又叫大

蛇；蛇与赊谐音，不吉利。蛇是转动的，转转与赚赚谐音，

商家就把蛇叫做赚赚了。

"嘿嘿嘿。"王焉笑了一阵，"赚赚，有意思！赚赚就赚赚

吧。吃赚赚的会越来越多，你要发财了。"

"哎哟，我的爷，小声点。"店家说。

"没事，这位爷是明白人。"王焉挥挥手，"快上酒菜

吧。"

酒菜上席后，王焉劝酒让菜，严尤面色冷峻不动箸，看来这

次努力又将无果而终。只听严尤说："制造事端，挑起杀

戮，称心如意了吧？"王焉两撇鼠须翘起来，"在下不知严

将军说些什么。"严尤说："不要以为人不知鬼不觉。本座

问你：蔺苞是不是是你杀的？"王焉也沉下脸，"严将军，这是什么话？杀蔺苞的不是楼获吗？"严尤紧盯着，"那么，楼获也是你杀的了？"王焉冷嗤，"严将军越说越离谱了。楼获不是死在御史台大狱吗？在下如何杀得了他？朝廷不是说是'少府'杀的吗？严将军是不知道，还是不信朝廷的话？"

"你！居然拿朝廷压本座。"严尤啼笑皆非。"好汉做事好汉当。你杀了没有？"

"在下倒要说严将军杀了蔺苞呢。蔺苞潜回长安严将军是知道的吧？蔺苞的住址严将军也是知道的吧？蔺苞的死严将军摆脱不了嫌疑吧？即便不是严将军亲自杀的，蔺苞的行藏也是严将军透露出去的吧？即便不是严将军有意透露的，也是严将军走露的吧？至于楼获的死，还要在下往下说吗？"

"一片胡言！"

"胡言吗？"王焉冷笑，"严将军敢不敢与在下面薄公堂？看孔大人，是听在下的还是听严将军的？"

世事变得真荒唐。一个反朝廷的人居然拿朝廷来压忠于朝廷的人！严尤忿忿站起，拂袖而去。王焉望着他下楼的身影懊丧不已，口里却笑着嘲弄，"气大伤身啊，外头还在下雪，

严将军真的不喝一卮驱驱寒气，活活气血？嗨嗨，这赚赚
儿，大快朵颐哟，在下有偏了。"

逞口舌之快，何苦乃尔！严尤下楼去了，他知道永远收
伏不了这个人了。太祖师伯骂他"张狂"，说他秉性难移，
这不正是狗改不了吃屎吗？

四十七　桃花溪人面胜桃花 黄山宫雷暴坠黄龙

今年的春天来得格外迟缓，花期早已过去，花信依旧杳杳。每到春天，王莽喜欢到殿外漫步。阳光暖洋洋照在身上，什么也不想，任思绪飘飘忽忽变幻。即便心情烦闷，御苑中满是奇花异草，心情自然舒展了。今年倒好，雨雪加交寒风砭骨，硬是出不了门，只得在烦闷的勤政室烦闷地踱步，使得烦闷的心情更加烦闷。

皇太孙王宗兴冲冲来了，模样好似一阵风。王莽问，"何事如此高兴？"王宗甜笑着，"启奏大父皇：臣孙奉皇姑之命，报春来了。"

"报春？"

"皇姑告知臣孙：黄山宫桃溪桃花开了。请大父皇前去观赏。"王宗目光妩媚闪动，"春发第一枝啊。"

"春发第一枝，是不是真的？"王莽嗬嗬笑着。王宗把头一偏，娇态可掬，"大父皇今年可见御苑花开？"王莽眼珠抡了一下，"可不是吗，嘿嘿，今年真没见花开呢。"他嘿嘿笑了。

王宗拍着手雀跃，"大父皇答应了？"

"唉！"王莽长长叹了口气，指着案头堆积的木牍竹简，"大父哪有功夫赏花啊。"

"不嘛！"王宗上前揉着他的胳膊，"大父皇日理万机，宵衣旰食，也得注意龙体啊。皇姑说了，定叫臣孙跪请大父皇出去散散心，否则打臣孙板子呢。"王莽叫嚷，"啊哟，可不能打板子，乖孙儿屁股可就两半了。"王宗说："皇姑是这样说的嘛。她还说了，实在不行，她自己来请，跪在勤政室三天三夜，看您答应不答应。"他说着揉着，身体扭动着，身上的金锁银链佩玉宝石发出一阵脆响，五彩锦袍金丝银线流溢光彩。

"真的？嬐儿自己来请？"

按宫中惯例，诸如花开花落风夕雪朝应由后妃邀请君主观赏。但王莽皇后双目失明，登基之后又没另纳嫔妃，这类事就由女儿王嬐代理了。提起女儿，年幼孀居，心头总有愧疚之感。每有所请，总不忍拂她的意。

"太好了！"王宗高兴得跳起来。他知道宫中规矩，不待王莽降旨，吩咐卫将军王兴把五官中郎将刘歆、钦天监宗宣召进殿来。

片刻二人进殿，王莽说："宗爱卿，予前往黄山宫赏花，速课一卦，叩问凶吉。"

"臣遵旨。"宗宣在神龛前焚香燃烛，卜了一卦。

王莽笃信鬼神，精通卦理，看见龛下呈现的卦象，大喜过望，兴奋地说："乾，飞龙在天！"

宗宣叩拜，"恭喜陛下，大吉大利！不过不宜出游。"王莽十分诧异，"这是为何？《易》不云乎？飞龙在天，利见大人，为何不宜出游？"宗宣说："普天之下，皇上至尊，哪有人比陛下更大之人？凡俗之人得此卦，'利见大人'。陛下得此卦，则应安坐宫中，所谓'圣德之人得居君位'。"

王莽问，"予若出游呢？"宗宣说："陛下若外出游幸，恐遇雷暴。"

"雷暴？晴空万里，哪会有雷暴？"王宗拉着他的手，"大父皇，臣孙敢与钦天监宗大人赌个东道：绝不会有雷暴。"宗宣垂手侍立，不敢搭腔。他追问一句，"不敢赌吧，宗大人？"

王莽走出大殿但见红日东升，碧空澄澈，自然也不相信，"这好的天气会有雷暴？"

宗宣说："依卦理而言，证之天象物候，今日当有雷暴。"

"予倒不信。"王莽仰面望天，不时瞅瞅宗宣，面带阴沉冷笑。"予本不欲出游，今日倒要看看宗卿手段。"

宗宣见他神色不善，心里直冒冷气，慌忙跪下，哪里还有胆量把话说死？"风云变幻，神鬼莫测，微臣焉敢断言？"

"哈哈哈。"王莽仰面大笑，"缩回去了吧？"

"嘿嘿。"宗宣讪讪陪笑，"陛下天之骄子，风伯雨后、雷公闪婆听到陛下之言，说不定都要缩回去的。"

王莽听了心中大畅，"刘垒，传旨下去，驾幸黄山！"

十里桃溪，百顷桃林，千树万树桃花竞相开放。嫩蕊新花，汇成一片红光流粲，异彩飞溢的云霞。王莽沿溪漫步，觉得风变轻了，气变甜了，呼吸也变得柔和舒畅了。

王嬿王宗在他身边一左一右走着。

"父皇，今日一早只有几株开花。儿臣一直在这儿守着。心里默默祈祷上苍：花儿快开！花儿快开！谁知一眨眼，花儿都开了！你说怪不怪？"王嬿的声音宛如花间黄莺轻啭曼啼。

"心诚则灵啊。"王莽听了十分受用，嗬嗬笑着，"难得皇儿一片孝心，不枉父皇疼你。"

王宗也甜甜说："依臣孙看，桃花齐开，不光受了皇姑的感动，还是花仙要讨大父皇欢心呢。你看看，朵朵桃花都冲着大父皇笑呢。"

"真是的呢。"王嬿随声应和，"桃花都冲父皇笑呢。"

"哈哈哈。"王莽十分惬意。他觉得花儿在笑，云儿在笑，女儿在笑，孙儿在笑，他的心儿也在笑。这里是花的世界，花的海洋。走进望不到边的花丛里，就是梦境也没有这样美丽。他觉得俗尘尽洗，块垒顿消，浑身有一种说不出的怡恰。

溪边有座小亭，小亭四周早已翠袖环立，红妆阵聚，王嬿在这儿准备了酒筵和歌舞。王莽步入亭中刚刚落坐，笙歌徐起，丝竹悠扬。王嬿亲自把盏殷勤劝酒。此情此景何须醇酒？整个身心早就醉了。

王嬿罗裙一敛，盈盈下拜，"儿臣新得一名歌姬，色艺俱佳，儿臣新制一曲《凌波仙子舞》献与父皇，以助酒兴。"

"甚好。"满园春色，美酒佳肴，王莽感到酣畅淋漓。

王嬿走下亭去，坐在琴台之前，轻抹慢挑，恰如天风徐降，穿行繁花满枝的仙株，引得莺啼雀喧，花飞水响。这时一群舞女红妆翠袖，如花飘飞，如霞流转，出现在亭前绿茵坪上。她们翠袖舒卷掩却了红妆，居然变成了一片碧波。潮起潮落，波涌波平，一位红妆女子从碧波中徐徐露出头来，宛若出水芙蓉。云一样美丽，风一样轻盈，飞上碧波踏波而行。她一手挽着花蓝，一手撒着鲜花，俨如凌波仙子，又如散花仙女。霎时漫天花雨，碧波流红。

王莽定睛看去，暗暗心惊，那不是前朝的赵飞燕么？赵飞燕是成帝的爱妃，他在成帝时先后为黄门郎、射声校尉、新都侯，几度有幸目睹赵飞燕芳颜。皎皎秦娥云中月，不足以状其玉润亮丽；纤纤楚腰掌中轻，不足以言其绰约轻盈。在他看来，天下美女没有一个比得上赵飞燕的，想不到世间竟有如此酷似赵飞燕的女子！

舞毕她立于亭前，云鬟拥雪，衬出倾国秀色；罗纱轻薄，隐透凝脂肌肤。当年他只能远远的一睹赵飞燕之倩影，今日却可以饱餐这个美人的秀色了。那时他才二十四五岁，偷觑之时往往热血贲张，今日他年过花甲，还是禁不住心旌摇荡。

　　她是原碧。

　　也许京都铅华点染，也许皇家珍宝装潢，较之从前原碧更加娇艳更加鲜妍更加华丽更加端芳。她仪态万方立于亭前，娥眉舒扬，妙目转盼，罗纱曳到地上，碧袖随风轻飏，神态和悦自然。少顷丝竹之声又起，她定面凝眸，突发妙音，势如裂帛，声遏流云，其辞曰：

仙袂下飘兮麝兰馥郁，荷衣欲动兮环佩铿锵。靥笑春桃，云堆翠发，唇绽榴香。偕行芝浦兮流芳，弄琴幽篁兮合鸣，含辞未吐兮空遗恨，骖龙骤降兮云车逝。悲美人兮在云端，恨长风兮不举飘，佳期难再兮徜徉，临风涕泣兮浩歌。

新曲丽歌，王莽焉能不知雅意？女儿自幼孀居备尝孤苦，而今正届春花怒放之期，风姿最为韶丽。歌词所咏的不正是女儿自己吗？然而她曾是汉室皇后、皇太后，择人另嫁谈何容易！"佳期难再"啊，是啊难再啊，这是她的命。

烦恼刚刚下了眉头，一下子又兜上了心头。人生几十载，怀忧终年岁，这大约也是他的命。

嗟哦间酒味变苦了。

蓦地一阵冷风从桃林掠过，不知什么时候天边的灰云，变得乌黑。一片一片跑马似地在空中奔驰，接连不断越聚越多。

乌云扩大着聚积着翻卷着，烦刻之间铁锅似地笼罩桃林。天色陡然昏暗，仿佛日近黄昏，十里桃林转瞬之间失去了"春发第一枝"那种浪漫春意。

王莽看看天色，"看起来真有雷暴啊。"说着起身宣呼，"起驾！"

　　轰！一声炸雷就像在他头顶爆炸，他又跌坐在座位之上。

狂风骤起，落花和砂石从草亭呼啸而过，铜钱大小的雨点辟辟啪啪飞进草亭。霎时四周如同万马奔腾，滂沱大雨夹着冰雹铺天盖地砸了下来。歌女一齐尖叫，涌向草亭。

"出去！"王兴分外镇定，大声吼叫，"进亭者斩！"

刘垒带着十余名虎贲跑来，拔出明晃晃的刀剑，呼喝乱哭乱叫的歌女。接着他命令亭中宫女、貂铛手挽手身贴身站在皇上、公主、皇太孙身后，一层又一层把他们包围起来。他领着虎贲围住草亭，面雨而立。

大雨倾盆而下，溪水哗哗上涨，地面冒起白烟。垂天的雨帘从空而降，仿佛天上地下的水连到了一起，草亭成了漫天大水中一叶孤舟。闪电狂暴撕裂天空，一闪一亮，一明一灭在眼前变幻。天边一朵乌云从天垂下，团团火球从桃林枝头滚滚而来，围着草亭一声接一声爆炸，发出震耳的巨响，引得歌女一阵又一阵尖叫……

雀蛋大小的冰雹擂鼓似的砸着大地砸着桃林砸着草亭砸着暴风骤雨中的歌女……

雨来得突然，去得也突然，前后不到半个时辰雨过天青了。

许多歌女砸破了头饰，王莽王嬿王宗都成了落汤鸡。王嬿原想讨父皇欢心，差点酿成一场灾祸。她跪在湿漉漉的地上哆哆嗦嗦谢罪，王莽望着十里桃林花残叶落，心里充满不祥预感。

天降大雨，原碧的心不停颤栗。胸中突然灵光一闪，福至心灵，觉得一个难得的机遇降临到了眼前，勇气顿生，挺身站起大声喊叫：

"黄皇室主，起来，站起来！"又招呼周围的歌女，"各位大姐大妹，都站起来，站起来……"

"贱婢住口！圣驾在此，不准喧哗！"王兴高声斥道。

"卫将军，你也站好！"原碧不但不惧，反而对他发令：

"大家都看见龙摆尾了吧？地上的天子，天上的神龙，刚才都亲眼看见了吧？"

歌女们一个个红伏翠倒，霓裳羽衣湿巴巴贴在身上，碧罗长裙流淌着污泥浊水，听她一说只得强打精神，随梆唱影叫着："看见了！看见了！"

王宗心头顿悟，一跃而起高举双手，跳跃着大声喊叫，"飞龙在天，风云际会，雷雨大作！大父皇是真龙天子，真龙天子！这下全天下都看见了！"

原碧率先跪下，歌女们也跟着跪下，齐声高唱："吾皇万岁！万万岁！"亭中的宫女、貂铛、虎贲也都跪下山呼万岁。

王莽转嗔为喜，亲目走出亭去，"众卿请起。"他看见歌女们都跪在水潦之中大为感动，"快快请起，别着凉了！"接着吩咐王兴，"重重赏赐，不得有误！"

歌女们就近目睹天颜又领天恩，无不感动泣零，发狂叫喊之后，发狂高唱"祝福我主万寿无疆！"

颂歌声中，王莽登上"华盖登仙车"。马蹄得得，车轮辚辚，心中愉悦，飘飘欲仙。可不是吗？乌云翻卷，如山之驰，如海之涌，不正是神龙乘云飞舞吗？真可谓风起云涌，气势雄奇！那是他天上的真身呀，御云经天的雄姿，电闪雷鸣的声威，居然让他亲眼见到了！这是多么难得的机缘，也是上苍对他的激励！他是人间的龙，就应该创建笑傲千秋的伟业，成就光耀万代的殊功，歆享人间君主的尊荣。

来时驰道两旁草木枯槁。大雨新霁，远远望去一片春色了。

古籍记载："《箫韶》九成，凤凰来仪。"今日真龙现身，凤凰也将来仪了。他不觉低声吟哦，"凤凰于飞，和鸣锵锵。妙！妙！"

他换下湿衣步入勤政室，宗宣正在殿中跪着谢罪："罪臣宗宣未能尽职固谏，致使陛下淋雨受惊，罪该万死。"

王莽快步走上前去，笑嗬嗬说："宗卿平身，何罪之有？"宗宣站起之后，他更慰勉有加，"宗卿神算，窥风云变幻之机，知鬼神出没之秘，予甚嘉许。"

宗宣心中惊疑万状，如果说风云变幻鬼神出没，他还可测知一二的话，皇上不责反夸的心绪倒是完全不可测知。他只能诚惶诚恐连连谢恩。王莽接着说：

"宗卿所卜'飞龙在天'，嘿嘿，予今日亲眼得见，足证天命之不虚，予志弥坚，予信弥诚。黄山之游幸何如之！乐何如之！"

宗宣这才放下心来，谢恩告退。

宗宣刚走，王兴来报：城里及宫中谣言四起：说什么"天雷辟黄龙"，"黄龙坠死黄山"，甚至还有人说皇上已经晏驾……

王莽的心旌正在九天飘摇，一下子跌到了尘寰。不仅仅是尘寰，简直就深渊！他目眦俱裂击案震怒，传召孔仁、刘壆、甄寻进殿。

王莽怒气冲冲来回走动，"予行幸黄山，风云际会，雷雨大作，本'飞龙在天'之兆。今晨钦天监宗宣占卜，早已测知，且书勒青史。居然有妖言谓予驾崩。种种恶毒言语诅咒予躬。此等妖人，罪不容赦。尔等严加追查，揪出祸首，予倒要看看竟是何方神圣！"

说罢他传唤左右史，令二人把《起居注》拿出，让众臣传阅。《起居注》是专门记录帝王言行举止及日常生活起居的。《起居注》记载：上欲游幸，卜得乾卦，兆飞龙在天。刘垒早晨在场，宗宣占卜亲眼所见，王莽推给二人观看。二人看后都向皇上道喜。也对钦天监宗宣的神算推崇备至。

王莽降旨：此次追查谣言由孔仁负责。刘垒在宫中追查，甄寻在城中追查；一切案犯皆由孔仁最终定案。他大声说：

"谣言新起，尔等及时追查，不给案犯逃遁之机。众卿努力，务求一举擒获，夤夜审讯，予在此坐等立候。"他要亲眼看看究竟是些什么人造他的谣，与他作对。他这么说也就这么做。他派出好几名黄衣力士跟着三人，一边监督办案，一边随时通报消息。

刘垒为人谨慎，亲自问讯传播谣言的人，只把七名说不清谣言来路而又起劲传播谣言的貂铠拘押起来。

甄寻雷厉风行，命令差役把街头说得起劲的人全抓起来，一下子抓了一百多人。他逐一审问，却无一人可以确认。他抓了一批又一批，谁知越审越离奇。许多人都说，有个长约一尺的红孩儿逢人就说黄龙坠死黄山，他们才跟着说的。说这话的东门西门南门北门都有，审得他目瞪口呆。

"什么？红孩儿！"黄衣力士穿梭似地前来禀报。既然真神现身，何来红孩儿恶咒？王莽才知事情并不那么简单。王兴一再催促他回寝宫歇息，他也确实感到疲乏。今夜不会有什么结果了，只得起驾回宫。

皇后王静烟是王莽糟糠之妻。他处死了长子王宇次子王获后，王静烟日夜啼哭，哭瞎了眼睛。夫君王莽做了皇帝，不纳嫔妃，始终陪伴她，虽叫旁人感动，而她却已心灰意冷。王莽进阁问候，"皇后今日可好？"皇后也不站起，随口回答，"托皇上的福，臣妾尚好。"王莽嘀嘀笑着，"今日嬿儿宗儿定要拉予到桃溪赏花，嘿嘿，浇了个落汤鸡。"皇后说："臣妾知道了，真为皇上担心呢。唉，上岁数了，不像年轻时光，可得保重龙体。"王莽说："皇后说得是。"皇后说："皇上该歇着了。"王莽说："皇后也该歇着了。"

王莽早已免除了椒房迎送之礼。两人互答，如果去除皇家称谓，很像寻常人家的老夫老妻。

王莽走进寝宫，只见原碧盛妆坐在那里……

四十八　"河洲居"造访京兆尹 未央宫
初现白帛符

　　自王氏六将被斩，满门流放之后，常安城里最显赫的一族非甄氏一门莫属了。承新公甄邯官居大司马，统领兵权，其岳父是前朝丞相孔光，曾提拔了不少朝中官员。广新公甄丰是甄邯的哥哥，在前汉时与王莽，孔光，王舜一同位列"四辅"，一直地位比甄邯要高。曾倡导王莽居摄，并为王莽禅汉出过大力，但他生性刚直，主张王莽禅让皇位。对于禅让皇位，王莽也曾仔细琢磨过："甄氏兄弟曾说在前汉哀帝刘欣临终时其真实的口谕是将皇位禅让给董贤，但这又不合礼法，太皇太后不会答应，王公大臣不会心服，天下百姓也不会相信。董贤才假诏皇子的。如果禅让帝位，由谁来选定新皇帝？会不会演变成皇位争夺？既然皇帝是授命于天，皇天又如何在予不豫之时就降下符命授命于新皇帝呢？倘若予宾天之后还没有符命降下，岂不是要天下大乱，群龙无首了吗？这礼法怎么定？……"想了很多，还想到了据查自己是舜的后人，而尧舜禹的禅让后来让"圣贤之制"的八百年周朝的王制所取代，岂有弃圣贤而行蛮愚之理？"圣贤

"之制"是"祖师爷们"孔子孟子董仲舒等名儒认定的最好的制度，回归圣贤之制才是大道！

他想着想着，心中不觉哼哼冷笑起来，凭他在这庙堂的多年见识，这禅让皇位即使不是阴谋也定会变成阴谋！

自从王莽心中对禅让皇位有了笃定之见，王莽就有意打压甄丰，虽然甄丰与甄邯，刘歆，王舜一同身居"金匮辅臣"，但王莽只给他封了个更始将军的官职，与卖饼儿王盛平级。甄丰虽感颜面无光，但并无公开怨言。他擅长古文，潜心校文考字，改定古文，复有六书：一曰古文，即孔子壁中书；二曰奇字，即古文而异者；三曰篆书，即秦篆书；四曰佐书，即隶书；五曰缪篆，即摹印；六曰鸟书，即书幡信。

甄丰的儿子甄丰封为茂德侯，官居京兆大尹，是不折不扣的长安贵胄，平日里结交游荡，不务正业。自王莽改朝换代之后，他与老辅臣们的关系开始变得微妙起来，尤其是平晏和甄丰，王莽时时提防着。民间的有心之人当然也密切的关注着，议论着，行动着……

水巷位于渭水边，沿着河流弯弯曲曲连绵数里。陌巷又狭又长，两侧全是深宅大院，长安少年管它叫"河洲居"，意谓

"关关雎鸠，在河之洲"，男女野合之地。香巢虽然构筑在精舍绣阁，但地处城外鄙野，藏的又是野花，郎情妾意依旧葆有原始野趣。这里平日只有女人居住，男人大多夜深人静时出入。邻里之间恪守鸡犬相闻，老死不相往来的默契。住户无论新老，大多不知隔壁的主人是谁。

甄寻牵着马走到一个黑漆大门前面，正要敲门，大门吱嘎一声自动开了。迎接他的是一个陌生道士：

"你是何人？"这些天甄寻查处"黄龙坠死黄山"谣言，居然冒出一个红孩儿。一尺多长，红兜肚，来无影，去无踪。同一地点，有人说看见了，有人说没看见；同一时间，东门看见了，西门也说看见了。皇上问他他说不清，受到一次又一次斥责；同僚问他他也说不清，遭到一次又一次耻笑，窝了一肚皮火没处发作。眼睛一瞪，真想把人生吞了。

道士白巾白衣，两撇鼠须翘着，一双颧骨耸着，微微一笑，"山人一双势利眼，自号势利生。"不用说，他是王焉。

甄寻暴喝，"大胆匹夫，擅闯本府私宅，活得下耐烦了！"这里是甄寻的外室。庭院之中树木扶苏。迎门一座假山挡住视线，遮住了绣楼门脸，更显得辟静幽深。这里除了老妪和婢女，平日极少男人出入，何况陌生男人！

“甄大人何必动怒？”王焉从容不迫从袖口摸出一块透体嫣红的玉佩，拿到手里向上抛了抛。

甄寻一看，更加吃惊。这块红玉佩十分名贵，是他父亲甄丰在前朝远征南越时，南越王作为贡品献与汉成帝的；汉成帝又赏给了他父亲。它生于地下千尺其色如血，故称地母血。一年前为博得黄皇室主欢心，送给了王嬺。怎么落到这个道士手中了？“说，从哪儿偷来的？”

“哈哈哈。”王焉大笑，“好个偷！甄大人觊觎大新驸马爷肥缺，背着黄皇室主四处偷香；山人不过觉得红玉佩好看，窃来玩玩。哈哈，一个偷香，一个窃玉，彼此彼此，哈哈哈。”

甄寻最忌向黄皇室主举揭他眠花宿柳；这个人还拿着黄皇室主的红玉佩进入自己藏娇的秘第。心头震颤，哗地一声拔出剑来，直指道士胸膛，“你！到底何人？”

“哈哈哈。”王焉一声长笑。笑声中轻摇羽扇，拨开了他的剑锋。身子侧转踱开去，“山人到底何人，这要看甄大人到底是何人。山人不是早就奉告过甄大人了吗？一双势利眼，自号势利生。逢有福之人，山人锦上添花福上加喜；逢不祥之人，山人雪上加霜祸上加凶。这就看甄大人想作有福之人还是不祥之人了。”

甄寻虽纨绔之徒，不会听不出他的威胁与利诱，"别装腔作势了，你想干什么？"

"山人想干什么，啧啧，由得了山人吗？"王焉又一阵呲嘴，"外间盛传京兆府尹折节下交，胸怀大志，山人慕名久矣。今日一见大失所望，居然持剑直指慕名造访之人！此刻山人不想干什么了，只想拂袖而去。请问甄大人，可有雅量让山人离开此地？"

"休想。"甄寻恶狠狠说。

"罢，罢！山人不走了。"王焉又大笑起来，"哈哈哈。"他摇着羽扇，转身向院内走去。

"站住！"甄寻跨前两步，挺剑直指他的后背。王焉若无其事，不疾不徐向前迈步长笑不止。甄寻连声呼喝，剑锋顶上了脊背。道士那副有恃无恐的神情，很明显有为而来。到底什么来头，甄寻心中一点谱也没有。道人越镇定，他心里越虚；他心里越虚，呼喝越暴戾。

转过假山，绣楼门口一个老妪远远惊叫："老爷，别伤了活神仙！"

"活神仙？"甄寻早就感觉到了道士的诡异，听老妪一说，手上的剑禁不住垂下了。这个老妪就是看守大门的，王焉无疑是她私下放进来的。"真是活神仙啊，要不是亲眼看见，谁说也不信啊！"她唠唠叨叨，甄寻又急又烦，"到底怎么回事，你快说。"老妪说："活神仙一进门就说：你家有病人，眼睛翻白，嘴唇发黑，头疼得要裂开是不是？老奴一听，是啊，领活神仙去瞧孙姑娘。孙姑娘的头正疼得死去活来，活神仙画了一道符，烧了化水喝。孙姑娘喝了符水，真神啊，孙姑娘头不疼了，安生睡了。适才活神仙对老奴说，你家老爷要回来了。老奴说老爷白天从不回家。活神仙说，今日准回来，要老奴走开一会，他有话对老爷说。这不，老奴刚走开，老爷就回来了。"

"真有这事？"

"老爷不信，见到孙姑娘就晓得了。"

甄寻心头倒海翻江，他有太多的疑虑太多的忧惧。只好收回剑插入鞘中，躬身一揖。王焉羽扇一伸，"虚礼免了吧，救孙姑娘要紧。"甄寻又是一惊，"孙姑娘不是已经治愈了吗？"王焉说："孙姑娘头疼已止，但巫蛊未除，性命尚在旦夕之间。"

"巫蛊？"甄寻更惊。巫蛊是女巫施展的一种蛊术，使人发烧头疼神智迷乱，无药可救，分外恐怖。

王焉冷峻说："巫蛊之祸由甄大人引进，当由甄大人自除，请随山人来。"

转眼间主客易位。王焉大摇大摆走在前面，甄寻满腹狐疑跟在后边。一个羽扇轻摇从容不迫；一个紧握剑柄惴惴不安。

他们走进绣楼，前厅摆着香案，烛光闪闪，香烟袅袅。很明显这个道士进屋多时了。

几个侍女见甄寻回来忙出门迎接，正要施礼请安，王焉羽扇一扬，"噤声！"侍女还没开口，就吓得躲到一边去了。这个道士俨然成了这里的主人，甄寻心里又惊讶又窝火。

王焉大摇大摆走到香案前，默祷了一阵，突然一声暴喝：

"甄寻，跪下！"

甄寻只觉心头猛然一颤，想都来不及想，双膝一软跪了下去。跪下之后想到一生从没受人呼喝，悔意萌动，但想站不敢起，想跪不甘心。正在犹豫之际，王焉双手高扬羽扇朝烛光一扇，一股眩目的火焰哧哧有声从他头顶掠过。吓得他背脊一阵发麻，趴在地上再也不敢仰视了。哧哧哧！空中发出异响，耀眼的强光一明一灭。甄寻双肩抽动，心中充满敬畏。这会儿他完全慑伏了。良久，王焉沉声喝令：

"甄寻，速开东厢房门！"

甄寻应声站起推开房门。这里是他的书房，书架上摆满了竹简帛轴，俨如饱学之士。秦汉以来官场礼数：厅堂延宾，书房会友，他废了不少钱财布置了这间书房。书房之中红袖添

香，本来也是一种雅事，可甄寻从没摸过书，专门与玩伴在
这里高谈阔论，投壶饮酒。

王焉走进书房，鼻子紧了又紧，又用羽扇在鼻尖扇了几扇，
仿佛嗅什么气味；接着把羽扇贴在耳后，仿佛听什么动静；
一双眼睛精光闪闪瞄来扫去，仿佛寻觅什么东西。过了好一
阵子，似有所获，又似有所疑。点头又摇头，微笑又冷笑。
他到四个墙角仔细察看了一阵，最后走到投壶前面，大声喝
叫：

"甄寻，速击投壶！"

投壶是一种游戏器具。宾主歌咏之余，以壶口为目标，划定
距离，依次把箭投入壶口。中者胜，不中者罚酒。高雅之士
常以为乐，所谓"饮酒设乐，雅歌投壶。"

甄寻当即拔剑一击，投壶应声破裂，里头倏然蹦出了一个木
偶。木偶之上居然写着孙姑娘的姓名、生辰八字，头上还插
着一根银针。甄寻瞠目结舌惊呆了。

王焉发出了一连串法旨，"甄寻，速拔银针！针埋地下，木
焚火中。"

甄寻亲理亲为，一一照办。须臾侍女来报："老爷，孙姑娘
醒了。听到老爷回来了，非要下楼接老爷，劝都劝不住
呢。"

"真的？"甄寻又惊又喜。"快别叫她下来，老爷就上楼去。"说着向王焉拱拱手，上了楼。

孙姑娘已经下床，正在梳妆。她大病初起，白罗罩体，玉容寂寞，别有一番凤韵。当年西施捧心微颦，大约就是这幅光景吧？

她病得蹊跷，好得也蹊跷。三天前她突然感到头疼，继而发起烧来，到了半夜烧得不省人事了。眼前仿佛有无数厉鬼，面目狰狞，打她，骂她，嘲笑她……尤其那怪异的笑声特响特响，震得她耳朵发麻脑壳欲裂。刚才喝了一碗符水之后，恶鬼不见了，她就睡着了。只觉得身子轻飘飘的，飘到了半空。突然天空电闪雷鸣，她从空中跌下来，一下子吓醒了，浑身出了一身透汗……

甄寻听她诉说又喜又惧，慌忙跑下楼去，跪在王焉面前心悦诚服说："先生真是活神仙啊！下官择友不慎，为奸人所乘。招致巫蛊上门，险些害了爱妾性命。"

"君侯请起。"王焉神色变得恭谨，改换了称呼，显得彬彬有礼了。"山人此来，并非只为救一女子。"

"先生有何吩咐，下官无不从命。"

"吩咐二字，山人愧不敢当。山人今日路过贵宅见绣楼紫气环绕，另有黑雾冲天，心中大异，故叩门求见，不意为孙姑娘驱除了巫蛊。"

"敢问先生，紫气所兆何事？"

"紫气乃祥瑞之气，当兆贵府有吉祥之事，甄大人从此洪运当头，越走越旺，大富大贵，直到贵不可言。"王焉一双眼睛精光骤盛，逼视着甄寻，甄寻慑嚅，"贵不可言？莫非可与黄皇室主……"

王焉并不作答，羽扇轻轻摇动，倏然惊叹，"啊！紫气冲天，何止与黄皇室主成婚！今日当有符命出世，莫非应在贵府？"

甄寻惊疑望着他，"符命？天降符命我家？"

"君侯似有不信，哈哈哈。"王焉一声长笑。"何不治酒慢饮，静候天降符命？"

甄寻云山雾罩，哪里还有自己的思想？他拍拍手，女婢应声而至，"拿酒来！"

二人坐下饮酒，王焉谈笑风生开怀畅饮；甄寻惊疑不定小心奉迎。大约喝了半个多时辰，一个心腹家人飞马来报："少爷，老爷叫你快回家去。"甄寻问，"什么事？"家人急切说："天降……天降符命……"

"天降符命？"甄寻跳起来。

"哈哈哈。"王焉又是一阵大笑。甄寻拱手，"先生真是神人啊！家父来招，恕下官不能作陪，请先生慢饮，下官去去就来。"王焉起身羽扇一摇，"君侯喜事盈门，一时恐难抽身。好在来日方长，何必急于一时？后会有期。告辞了！"

"别，别走。"甄寻生怕他走了。

"有缘必相见，贵人福自来。"王焉拱手离去。

甄寻回到家里，广新公府张灯结彩喜气洋洋，合府上下各司其职，有的正在摆设祭拜祖宗的香案礼器，有的正在搬抬迎接佳宾的家具器皿，家人里出外进，忙个不停。

甄丰身穿居家便服，独自呆在书房之中。他五十开外，满脸虬须，壮硕的身躯斜倚在书案之上，右手把着虬须时紧时松，眉宇间满盈得色，眯缝的眼睛一闪一烁，仿佛还在追忆那从天而降难以置信的无比幸运无比惊喜如梦如幻的情景。

今日朝会之时，半空中突然降下一条白帛，殿外的侍卫一阵大哗。负责皇宫警卫的五官中郎将刘垒把白帛呈上殿来。白帛上有丹书："新室当分陕，立二伯，以甄丰为右伯，太傅平晏为左伯，效周召故事。"

西周曾经分陕而治。陕东由周公治理；陕西由召公治理。伯是长官的意思。也就是说大新应该像西周那样以陕为界，把天下分成东西两部分，任命两名长官治理。甄丰为右伯治理西部；平晏为左伯治理东部。

白帛送进大殿，君臣震惊。平晏显得惊恐万状，战战兢兢跪在丹墀之下。甄丰倒是坦然，殿前跪下还说："臣从无此心，倘若皇天有命，臣愿为君分忧。"王莽命二人平身，但心生疑窦，久久说不出话来。他在想："这分陕而重倒是正合予意，但这到底是皇天符命还是他们二人在逼予呢？"

过了好一阵子他才开口问，"白帛从天而降，尔等可有亲眼看到？"

刘垒说："微臣不曾看到。"

王莽大袖一挥，"传殿前虎贲，予亲自问话。"

"遵旨。"刘垒走到殿外，片刻带了一什虎贲走进殿来，什是十人，值星带队的是侍中丁隆。

王莽询问当时的情景，他们都不敢吭声；王莽生气了，虎贲又七嘴八舌抢着说，闹闹哄哄，王莽更加生气，大喝一声，"丁隆，你可知罪？带的兵一点规矩也不懂！"丁隆战战兢兢跪在阶下把事情经过说出来：

"臣等巡逻殿前，看见半空中飘荡一片白帛。白帛落在一棵槐树上，臣等爬上树把白帛取下来。看见上有丹书更加惊讶，虎贲不懂规矩大声喧哗。微臣喝禁不止，惊动了五官中郎将刘大人……"

"就这些？"

有人说，听见一声巨响；还有人说，看见天上有火光，忽闪一下没了……

王莽思忖片刻，抬手向天遥拜："皇天惠予，特降符命，大新之幸，万民之福。嘱予效周召故事分陕而治，必可比隆成康，天下大治。"说着他从龙椅站起身，"诸位爱卿，随予出殿，叩谢天恩。"

他举步前行，百官依次跟在后面。王兴明白他的心意，是想亲自勘察现场，确认真伪，示意丁隆一旁带路。到了白帛飘落的槐树前，王莽环视良久，四周空旷，附近并无高墙大树，不可能有奸人潜藏其间把白帛从高处抛下。看来，真是天帝降命于他啊。从天庭径直把符命降到下界来，这可是亘古所无的奇事啊。心中敬畏，双膝跪下叩拜，"予谨遵天命，分陕而治。"

回到殿中，王莽下诏：封甄丰为右伯，平晏为左伯。甄丰像做梦似的，云天雾地回到家里……

甄寻进到书房，"恭喜父亲！孩儿听到喜讯，欣喜若狂，真是皇天有眼啊。让父亲与城门吏、卖饼儿为伍，这怎么能服众呢？父亲气不顺，孩儿气不顺，满朝文武也气不顺啊。今日天帝亲赐符命，封父亲为右伯，这才天公地道啊。"

甄丰为人刚强，性情暴烈，很少给儿子好脸色看。尤其他与王奇刘棻为伍在外头胡闹，荒嬉政事，名声很不好。今天喜事临门，他不想闹得彼此不开心，尽量把话说得温婉，"皇恩浩荡，我等都要竭诚为皇上尽忠，不可荒嬉政事，稍违法度啊。"

"是，孩儿谨记父亲教诲。"

话没说完，亲朋故旧，文武官员纷纷前来贺礼，父子俩出去招待。甄府鼓乐齐奏，一片欢腾……

几天后，甄寻派人把一处宅院打扫干净给王焉居住。这处宅院也曾是藏娇的金屋，只因甄寻一怒之下挥剑杀死了娇娘。花残叶落空置下来。王焉一进大门就大声称赞，"好处所！"甄寻一笑，"先生中意，请搬来住吧。"王焉忙说："山人何等之人，焉能住进潜邸？"

"潜邸？"甄寻大惊。潜邸是真命天子做皇帝之前住的处所。

"潜邸又称凤邸，但女子无福独自在此居住。住者难逃血光之灾，死于刀剑之下。"王焉说。

甄寻更加惊愕，"先生如同亲见，真是神人啊。"

"此屋只适合君侯居住。君侯如在此长住，女子可陪伴，山人也可叨扰。"

甄寻父母健在，金屋香巢好几处，哪能在此空屋长住？他为难了，缄默不言。步入书房，分宾主坐下。书房布置得既高雅又堂皇，书架上陈列着满满的竹简木牍，真可以说汗牛充栋，饱学鸿儒也未见得有这么多藏书。"先生尽知过去未来，令人敬畏。"

"君侯谬赞，山人不过望气而已。君侯大贵之人，此宅大贵之宅，身上呈异象，宅中呈异兆。望气之人一望可知，不足为奇。"

甄寻说："鬼而不神，能者无奇啊。"王焉微微一笑，"其实，君侯也可望气。"甄寻说："下官凡夫俗子，焉能有此仙术？"王焉说："君侯贵不可言，凡夫俗子怎可望其项背？只因君侯慧眼慧根，叫种种俗务杂念蒙蔽。山人可运玄功助君侯重开慧眼，亲睹宅中异兆异象。"甄寻大喜："宅中真有异兆异象？先生快运玄功！"

"君侯没见房中金光闪闪？"

甄寻看了一阵，哪来的金光？摇了摇头。王焉叫他面向书架跪下，点上一炷香，"君侯闭住双眼，摈除杂念，心中只想金花朵朵，金光万道。意要诚，心要专，千万不可旁骛。"

甄寻按着他的指示去做，不一会双膝跪得生疼，浑身都不自在，身体微微摇晃起来。王焉在他身后，"君侯快收心猿，速伏意马！要有诚心，心诚则灵；要有信心，信笃则达。一炷香燃尽，君侯慧眼必开，必见金光。"

甄寻收摄心神，想象旭日东升，夕阳西下，进入宝山，打开宝库，金子、金花、金光……

王焉在他身后一边发功，一也嘱咐，"君侯闭住双眼，闭住！全身放松，放松，自自然然，圆圆融融。"接着他念起口诀："撼山填海平波涛，甘霖玉泉洗灵台，灵台清净金光现，金花开遍万年春。"

说也奇怪，甄寻腿不疼了，腰不酸了，心气也平和了。等到一炷香燃尽，王焉向，"君侯可见金光闪闪？"甄寻睁开眼睛，果然看见金光闪闪，"看见了！看见了！"王焉问，"君侯看见何处金光闪闪？"甄寻说："书架上！书架上！"王焉问，"书架何物？"甄寻定睛观看，金光一明一灭，兀然消失了，迟迟疑疑说："似在书简之中。"王焉又向，"书架上之书简，君侯全都开封了吗？"甄寻说："开封了。"王焉说："君侯请起，请仔细检查一下，看看有无未开封之书简。"

甄寻站起，仔细检查竹简，果然发现一卷竹简绳索未解，封泥犹在，显然不曾开封。这处宅院长期无人居住，不禁大惊，"此简从何而来？"

"何不取出看看。"

甄寻取出竹简，看看封泥，更加吃惊。封泥上的图章赫赫然是这样四个篆字："皋陶之印"。皋陶是舜代的贤臣，距今已经二千多年，他是制作陶器的祖师，也是甄姓的始祖。

王焉接到手中，快步走出书房，站在香案前点燃了香烛，向竹简跪拜了一阵，高声宣呼，"太尊符命，甄寻快快焚香跪接！"

甄寻慌忙燃好香烛，三跪九拜。礼毕，王焉拆开封泥，展开竹简。竹简上有丹书两行：

刘灭嬴秦王替汉

造化旋转归一甄

这是谶语，"甄"是制作陶器的匠人所用的转轮，用以旋转出形状各异的陶坯，然后入窑烧烤而成陶器。所以，"甄"引申为"造化"，成就天地万品万物。而"甄"又与"尊"谐音；"归一甄"自然是归于甄氏九五至尊。

甄寻连连叩头，伸出双手接谶语，只听王焉一声，"且慢！"甄寻缩回手，愕然望着。王焉说："谶语虽出贵宅，但不知受命者是彼甄还是此甄，敢问君侯之志。"

"此甄！"甄寻毫不迟疑，语气急促。

"是老甄还是小甄？"

"小甄！"

彼甄是指甄邯，老甄是指他父亲甄丰，"好！成大事者，当仁不让。"王焉赞颂，"君侯如此自信，想必身上有异象，早知天命。"甄寻犹豫着，正要开口，王焉一声长笑，"哈哈哈。君侯身上果然有异象！如果山人没走眼，当在手上。"

"先生何以知道？"甄寻伸出了左手。

王焉一看，纹理中果然呈"天子"字样。他当即双膝跪下，将竹简恭恭敬敬捧过去。甄寻接到竹简。仿佛真的受命于天，一下子在他心头兴起一股异乎寻常的庄严感。从这一刻开始，他觉得自己猛然间变得伟岸神圣今非昔比了。

王焉叩拜，"恭喜君侯受天之命。"甄寻慌忙回拜："寻何德何能受天之命？还望先生匡辅，多所教诲。"王焉说："良禽择木而栖，贤士择主而事，而况幸遇受命之人？山人敢不殚精竭智辅佐君侯，共谋大计？"甄寻忙说："他日若偿大愿，定当重赏先生，寻可对天设誓。"王焉又拜，"谢君侯。"

二人谈说甚欢，甄寻问，"欲夺天下，当取何物为先？"

"人心。"

甄寻摇头："不不。"

"君侯以为何物为先？"

"黄皇室主之心。"

"哈哈哈。"王焉一声长笑："君侯所见一言中的，高妙之至。"甄寻连连叹气，"唉，欲取黄皇室主之心，必先取皇上之心；欲取皇上之心，必借助于鬼神……"王焉说："祈求皇天再降一道符命，是也不是？"甄寻沉默良久，长叹一声：

"鬼神何足恃，符命安可期？唉。"

王焉羽扇轻摇，"君侯差矣！鬼神不足恃，符命实可期。"甄寻惊诧望着他，王焉说："天有神通，难道人没有神通？天降符命，难道人不能降符命？君侯不闻人定胜天？"甄寻一点就透，当即跪下叩拜，"求先生大显神通，再降符命。"

王焉又爆出一阵笑声。

又有一条白帛在未央宫上空飘落下来，五官中郎将刘垒把它呈上大殿，上有丹书："故汉氏平帝后黄皇室主为寻之妻"。王莽看罢，把它放在一旁，"这道符命涉及儿女婚嫁，无关国家社稷，不必廷议了。"

半月前天空降下一条白帛，大臣依违两难未置一词。这次更加噤若寒蝉，连大气都不敢出。到了散朝时分，王兴高唱："有事奏事，无事退朝。"陈崇看出王莽心中不悦，突然高呼，"陛下，微臣有事奏闻。如梗在喉，不吐不快。"说罢走出班列，跪在阶下。

"奏来。"王莽心中犹疑，只淡淡说。

陈崇说："近日累降符命，以假乱真，混淆天命。此乃奸贼作福之道，望陛下降旨追查。以断其源，以绝其望，令不逞之徒不敢再行欺罔之事。"

王莽沉吟片刻，心想着："这符命倒是通予的心思，予正筹谋着黄皇室主改嫁之事。但从未听说皇天降符命管儿女之事的，倘若这并非天意，而是人为，往后事事如此……"但王莽也不敢妄自否定符命，他可是凭着符命得到皇天授命的，因而训斥道："陈崇，你是读书人，当知言之成理，持之有故。予且问你：何谓以假乱真？何谓混淆天命？"陈崇答不上话来。王莽又问，"予再问你：何谓以断其源？何谓以绝其望？莫非你手眼通天？让皇天不闻不问，不降符命？"

陈崇匍匐在地更加答不上来了。

王莽拍案而起，"如此腐儒，要你何用？乱棒逐出！"

一群黄衣力士涌进殿来，棍棒辟头盖脑打去，陈崇抱着头往外跑。王莽大袖一挥，气呼呼退了朝。

王宗一溜烟跑到建章宫，看见王嬺哭成了泪人儿。不用说她已经知道符命的事了。"父皇怎么说？"王嬺急切问。王宗迟疑了一下，"侄儿说不上来。"他可以确定大父皇不信白帛符命，但不能确定他不按符命执行。上道白帛符命他不是执行了吗？王嬺急了，吩咐车驾到勤政室见父皇。二人正要上车，刘愔进宫来了。

"哟，觅得好夫婿，急着进宫谢恩呢。"刘愔远远调笑。

"你！"王嬺狠狠瞪她，又忍不住哭了。

"不愿意呀，咯咯。"刘愔笑着，"甄大尹成天围着皇妹转，嫂儿还当皇妹属意他呢。"王嬺没好气说："令兄也成天围着小妹转，小妹也属意令兄？如果不看在皇嫂面子，小妹直唾其面。"刘愔把住她的手，"还真生气了，嫂儿不是来给你想法子吗？"王嬺扑到她身上，眼泪直往下滴，幽幽的说："嬺儿不意再嫁，宁守……"她没有说下去。但刘愔已听出王嬺宁守贞节的心意已决。

二人回殿坐定，刘愔叹了口气，说："哎，说真的，就是皇妹属意，嫂儿也要打破。这叫贪心不足蛇吞象，嫂儿敢断言，父皇一定不会答应。"

"这么肯定？"王宗有些不信。刘愔笑笑，"这要看你了。"

"看小侄？"

"是啊。"刘愔说："你不是说父皇不信白帛符命吗？可谁说不信就凶巴巴喊打喊杀，你不觉得奇怪吗？"王宗眨巴眨巴，"是啊，侄儿正困惑呢。"刘愔指着窗户问，"看见窗户了吗？外头的光射不进来，里头的光射不出去，为什么？窗户上糊着一层窗纱。如果把窗纱捅开，里外不就透亮了吗？这捅窗纱的人，你最合适。"

可不是？他是孩童，说错了童言无忌；说对了可就是天籁之音了。

"小侄去捅。不说窗纱就是马蜂窝小侄也去捅。"刘愔在王宗耳边轻轻说了几句，王宗随即兴冲冲进入勤政室，"大父皇，符命明明是假的嘛，天帝管天管地管国家社稷都管不过来，怎么管到臣民婚嫁来了？"

王莽冷哼，"你怎知符命是假的？你怎知天帝不管臣民婚嫁？"王宗鼓着嘴嘟囔，"如果是真的，岂不是让皇姑去死……皇姑说她谁也不嫁，否则宁愿一死……"王莽双眼一立本要呵斥，听他这么一说，明白是女儿让宗儿来说情的。他顿感胸中怒火中烧，"一则如果王嬿胆敢当面跟他这么说，他定会勃然大怒，将女儿关冷宫几日。二则宗儿说得有理，皇天有眼怎会逼迫予之皇族？那空来的白帛定是伪造的！"王莽见宗儿眼泪在眼眶里打转，压住怒火挥手叫他退下。

"父皇，宗儿说得有理。"王临在一旁说："近日两道符命，大臣们都不信，闷在心里不敢说。依儿臣之见，第一个不信的是太傅平晏。"

王莽抬起赤红眼睛望着他，捶打御案发怒了，"自己不信，就说旁人不信。你怎知太傅不信？嗯！"

王临心头猛颤，慌忙跪下，"儿臣到太傅府传旨，封他为左伯。太傅前几日上朝的时候还好好的，却突闻卧倒在床，说什么沉疴复发，无力爬起接旨，更无力担任左伯。儿臣到他卧室探望，见他气色尚好，不像有病的样子。果然，儿臣离去后，听说他一跃而起，与小妾饮了一天的酒。可见他对那道符命不信，不愿与它沾上边。"

王莽一脸怒气连连冷笑。笑得叫人胆寒，连王宗也吓得跪下了。可是笑声落后没了下文，王宗偷瞟一眼，大父皇望着窗外呢。其实王莽在笑平晏。他之所以对平晏深具戒心，就因为平晏事事能窥破他的心思。平晏故意卧床不接旨，多半是故意放出与小妾饮酒的消息，这些都应该是做给他看的。平晏知道他对符命深怀忌惮，深怕自己惹祸上身。但另一方面，平晏参透了他也想仿古分陕而重的心思，不过是他表面推辞和试探的做法而已。而太子却以为是平晏不信符命。

王莽依旧紧绷着脸，问："你说大臣不信，国师刘歆如何说？"

王临不明白父皇为何如此生气，声音有些发抖了，"满朝文武都到甄府祝贺，唯独国师公称病未去……"

"可刘棻去了。"王宗截断他的话，"国师公至今没上朝，是不是首鼠两端啊"

"宗儿，不可信口猜度污蔑大臣。"王临说。

王宗不服气鼓着嘴。

王莽现在一心想揪出这个伪造符命的背后元凶，谁要再敢利用符命索取高官厚禄，必要他受到加倍惩罚！

王莽估计着：刘歆应当是不愿与甄丰沾边，却又假病真养不上朝，无非是避免在欺君和伤友之间作出艰难的抉择。王莽瞪了王临一眼，"宗儿还小，说不上厚诬大臣。"王临叩拜，"儿臣知错了。儿臣只知皇室应该敬重大臣。"王宗却说："臣孙只知道忠大于孝，孝大于义。"王莽就是喜欢这个孙儿执着的忠诚，摸着他的肩头，蔼色终于取代了怒气。

王临知趣告退了。

王莽有了笃定之后，气也消了下来，意味深长的与王宗打起趣来，"嘀嘀，人小鬼大，还想分辨真假呢。分辨真假，说几个如果反正就行了？告诉你吧，再掉几滴眼泪也不行。"王宗说："谁掉眼泪了？"王莽嘿嘿笑，"没掉满缸。"王宗背过身，"谁呀。"王莽抚着他的背，"说真要证明，说假要证伪。不光要大父皇信，天下臣民都信才行。还有啊，符命是天帝之命，怎会是假的？要说假嘛，白帛就难说了，知道吗？"王宗跳起来，"知道了。"王莽绽出一个笑容，"知道什么了？有了令人信服的理由吗？谅你这小脑瓜也没有。"王宗又没言语了。王莽说："没有怎么办？放弃吗？嘿嘿，有志气的求索啊。"

大父皇的话深奥，他不全懂，意思却是懂的。把"白帛"与"符命"分开，明白告诉他"白帛"不等于"符命"。符命是天帝之命不可不信，白帛却是可以不信的；不信白帛，符命在哪呢？俗话说得好：皮之不存，毛将焉附？大父皇要他求索，求谁去？索什么？他第一个想到的自然是姐夫王兴。

世上待他最好的人莫过于姐姐、姐夫了。他生下来就死了父亲母亲，问大父皇父亲母亲怎样死的，大父皇告诉他是前汉奸贼害死的。问大父皇前汉哪个奸贼害死的，大父皇告诉他前汉都是奸贼。看见别的孩童都有父母疼爱，唯独自己没有父母疼爱，他恨死前汉奸贼恨死前汉了。自从姐姐成婚后，他有人疼爱了，那就是姐夫。姐夫是他的马马，他成天骑在姐夫脖子上，哪里热闹哪里去，宫里宫外到处跑；姐夫是他狗狗，他要姐夫骂谁就骂谁，他要姐夫打谁就打谁。

王兴久久不言。

王宗央求，"姐夫，告诉我呀，白帛是不是假的？"王兴叩拜，"臣不敢言。"王宗说："大父皇说了，白帛可能是假的。不过要证伪。"王昉在一旁说："别为难你姐夫了，你姐夫是'金匮辅臣'呀。"王宗一怔，"'金匮辅臣'咋的了？"说着眼睛越张越大，"啊，啊啊。"

王兴因《金匮图书》符命封爵拜将。如果白帛可能是假的，"金匮图书"不也同样可能是假的？他开始明白大父皇的两难处境了。所以大父皇要把"白帛"与"符命"分开。然而"白帛"与"符命"怎能分开呢？如果能够分开，当年的 "石头符命" 、"石牛符命"、 "雍石符命" 不也同样能够分开？如果说白帛可能是假的，那么"石头符命"的"石头"，"石牛符命"的"石牛"，"雍石符命"的"雍石"岂不可能更假？好歹白帛是从天上降下来的，那些石头满世界都是。头一条白帛依了，谁知降了第二条白帛；如果第二条白帛也依了，再降一条白帛怎么办？大父皇作难了，依也不是，不依也不是。

他明白什么叫"求索"了。求索就是求贤呀。大父皇不是说要让"天下臣民都信才行"吗，只有贤臣出来说话，天下臣民才信。

他想到了伏湛。

伏湛的府邸在御史台，三开五进，轩朗开阔，但年久失修，豪华已经敛去，金碧褪成灰黑，看上去有些老旧，更显出御史府邸特有的庄肃。

"皇太孙不信'白帛符命'？"伏湛束着发，穿着家居的长袍，微微笑着，"下官可不敢。"王宗一字一顿神情庄重，"小公不信白帛，而非符命。"伏湛夸奖，"皇太孙聪敏。"王宗吟哦，"路漫漫其修远兮，余将上下而求索。小公一定要证实那白帛是假的，伏大人教我。"

伏湛说："'白帛'的真伪，看看民心就知道了。天意即民心，民心所向，'白帛'虽假也是真；民心所背，'白帛'肯定是假的。"他也改口"白帛"不称"白帛符命"了。
王宗又问，"伏大人又怎知人心向背呢？"
伏湛说："皇太孙何不到到槐林去采风呢。不到一个月时间，连续出现两道白帛，这是亘古所无的事，太学生能不议论纷纷？一叶而知天下秋，太学生的议论能够代表民心。"

"好啊，好啊。"这可是历代圣君贤臣都做的事儿，又新鲜又有趣，王宗十分高兴，拍着手跳起来，"小公我，扮……太学生！"他甜甜叫，"伏大人，小公像个读书学子吗？"伏湛微笑，"那还用说？皇太孙不像，天底下只怕没人像了。"王宗异常兴奋，"伏大人，咱们走！"伏湛笑了笑，"我的皇太孙啊，也不看看天，都啥时辰了？"王宗不觉哑然失笑，"嘿嘿，明儿赶早。"

阳春时节槐林长出新叶，阳光透过枝叶洒得满地。树下，路边，绿草如茵，学子三五成群，或站或坐；有的展卷诵读，如吟如唱；有的寻章摘句，相与辨析。清风徐来，怡然自得。树荫下也有几个人圈，有人高谈阔论，十数人围观倾听。王宗随着伏湛走进槐林，感受到一种他不曾感受的高雅情致。这种高雅情致是宫廷没有的，好像比富贵荣华更令人意气风发人格昂扬。在他的心目中，宫廷是人间最美好的地方。他想象不出，人间还有另一种美好。

走进一个人圈，看见一位俊秀的士子正在演说："诸位学兄，听见了吗？前两日皇宫又降了一道符命。这道符命啊，奇而又奇，怪而又怪，诸位猜猜是道啥符命？小弟斗胆，任谁也猜不着。"这位俊秀的士子锦衣剑袖，年龄比王宗大不了多少，他是邓禹。

有人问，"邓学兄，啥符命呀？"

有个太学生说："邓学兄说得不错，真是荒唐透顶，天下奇闻！小弟若非宫里友人相告，绝然猜不出来。"

人们更好奇了，"到底是啥符命啊？"

邓禹嘿嘿笑，"符命说黄皇室主当为甄寻之妻。诸位，可笑不可笑？荒唐不荒唐？"

众人都不信，"哪有这等混帐符命！"那个太学生说："千真万确。"太学生骂了起来：

"甄寻这小子色胆包天，竟然要娶定安太后为妻，该死！真该死！"

"长安三新责真会想歪心思，居然玩弄符命，算计起皇帝女儿来了！"

"今上用符命骗得汉家天下，甄寻用符命骗他女儿有何不可？"

王宗闻言两眼圆睁，大声喝斥，"你胡……"伏湛慌忙捂住他的嘴，把他拉了出去。走到没人的地方连连作揖，"皇太孙，咱们约定好了的，怎可坏了规矩。"王宗忿忿说："奸贼侮骂大父皇，小公绝不允许！"伏湛说："我的皇太孙，自古以来议论槐下，朝廷不禁。你若不爱听，咱们回宫好了。省得惹出事端，下官担当不起。"王宗说："小公不想回宫。"伏湛说："那就得守规矩，不爱听就别听；若想听那就捏着鼻子听。"王宗没有言声。

没走多远，看见几个人交头接耳。有个太学生惊讶说："什么？甄寻手纹有天子二字？这是真的？"另一个太学生嘿嘿一笑，"道听途说，道听途说而已。"

有人说："这么说，真命天子又出世了！"

另一个人说："手纹上有天子二字就是真命天子？我看甄寻那小子顶多是条乱世孽龙！"

"那可说不定啊。"有人抬扛，"前朝高祖刘邦又是什么好东西？一个市井无赖，比甄寻好不到哪儿去，还不是开创了刘氏二百多年的基业！"

伏湛拉着王宗转了一阵，槐下议论啥的都有，但以议论符命者居多。其中有人说，符命从天而降，不是天降的又是谁降的？谁能把白帛从宫墙外面扔进宫中？人力不能做到，只能是皇天之力了。王宗猜测，大父皇的顾虑可能就在这里。

有个学谶纬的士子，身材特别高大，站在人群中，高出一头，正在与人争辩，"许多学兄以为白帛从天而降，必是天意，小弟以为大谬不然。诸位学兄见过驯鹰驯鸟的人吧？如果将白帛衔在鹰鸟口中，飞到皇宫上空令其吐出，如何？如果将人潜于未央宫屋顶用弓弩把白帛弹出，又如何？其实造成白帛从天而降的假象，方法很多，没有一一排除，怎可断定不是人为呢？小弟虽习谶纬，可惜才疏学浅，难解其中奥秘，但有一人必可破其谜团。"

"谁？"许多人一齐发问。

"国师公。"国师公刘歆撰《七略》，其中就有《方术略》，天下方术尽在其中。

王宗在槐林转了半天，觉得有趣极了。他觉得开了不少窍，长了许多见识。这槐林采风，他是采对了。

王莽嗬嗬大笑，"好！好！小小年纪知道采风，帮助大父皇观风俗，审得失，了解民心民情，好得很啊！"他本想说"后继有人"，"大有作为"之类的鼓励话，但是这类话皇家不可以随便说的，容易引起肯肉相残。临了，他问，"你知道王者之乐吗？"

"臣孙不知。"

"了解民心，为我所用。"王莽乐嗬嗬的。

这实在太高妙了。民心怎么"为我所用"？又怎么成了"王者之乐"？王宗怔住了。对于大父皇的话，理解的得理解，不理解的也得理解，就像槐林采风那样，入耳的得听，不入耳的也得听。听着听着，慢慢能咂吧出一些滋味来。可不是吗？王者一旦有了民情民意做口实，无论做什么事，无论怎样做，都可以毫无顾忌理直气壮。

"传五官中郎将刘垒！"王莽说。

王宗自告奋勇，"何必动用刘将军？臣孙愿带羽林军把甄寻那奸贼捉来归案。"

"余勇可嘉！"王莽又嘀嘀笑了，"何必性急呢？凡事还是谨谨慎慎一步一步做才好。"

这时，刘垒已经走进殿来。王莽降旨，"速回家去，宣汝父进宫。"

原来不是去擒甄寻，而是去请国师公，王宗觉得大父皇思虑深沉。尤其令刘垒去宣，国师公非来不可。因为这位"铁面干城"唯大父皇之命是听。如果国师公装病不来，他抬也会把他抬进宫来。

大约过了一个多时辰，刘歆进宫来了。他跪在殿前，"老臣叩见陛下。"

"平身。"刘歆站起身，王莽大惊，"几日不见，子骏何至如此！"

刘歆更加惊讶，他不明白皇上这话的旨归。他本无病，身体未见消瘦，气色也不可能有什么异样，"何至如此"是指什么呢？

他只得说："老臣偶感风寒，贱恙欠安，有劳陛下挂心。"

"偶感风寒？不，不！"王莽连连摇头。"予虽无扁鹊之能，但观子骏之病，未入膏肓己离膏肓不远了。"

刘歆知他弦外有音，"老臣老矣，老来多病。近日饮食尚健，疏忽医治。若非陛下提醒，老臣尚不知病势沉重，祈请陛下恩赐良方。"

王莽抬手指点，"子骏啊，适才你说饮食尚健，恐怕病根就在这里。予看你吃得太多了，只有把吃进肚子里的东西全吐出来，病自然就好了。"言毕仰面大笑，乐不可支。

这是官场上一句隐语：吐食（实）。戏言中有真话，调侃中有警告，刘歆当即跪下，"老臣对陛下并无不实之言。"

王莽慌忙离席，亲手把他搀起，"子骏啊，你我相交数十年，亦君亦友，由来不易啊。你虽无不实之言，但把实话烂在肚子里，这与不实何异？"

"臣知罪。"刘歆又跪下。

王莽又把他搀起来，"予知你的难处。你不想坏了朋友之义，予何尝想坏朋友之义？你是明白人，应该看到了。但凡可忍之事，予都忍了。然而……是可忍孰不可忍啊？你难，予更难啊！"

他没有明言却什么都点到明处了，刘歆还能说什么呢？

"老臣身受隆恩，敢不体察圣意尽忠尽力？陛下不必忧心，凡作伪者，无论多么巧妙，必可证伪。臣虽不才，愿为陛下证之。"

王莽大喜，"子骏大才，必可示伪于天下，堵塞奸佞嚣嚣之口，断绝妖邪蠢蠢之念。"

　　朝会之日，刘歆领着一个巫班进入德华殿。这个巫班一二百人，是长安最负盛名的巫班，由一位老巫师古柳大仙带领。这古柳大仙据说是古柳之神附体，降神驱鬼十分灵验，应国师公之请，在王路堂前做起了驱鬼法事。

王莽令百官前去观看，百官不知怎么回事，列队站在德华殿外。少顷钟鼓齐鸣，有人在殿前燃起一堆堆篝火，一群衣着鲜丽的女巫飞涌而出。她们唱着歌围着火堆翩翩起舞。有人把竹竿竹筒扔在火堆上，顿时竹竿竹筒爆裂，竹屑蹦跳飞迸，发出噼噼啪啪的响声。

　　不一会，一群身披甲胄头戴面具的女巫，从四面八方涌向火堆。她们形同厉鬼，向欢歌曼舞的女巫展开攻击，双方搏斗起来。厉鬼十分凶狠猖獗，舞女不是对手，四处逃窜，最后她们聚集在巫师古柳大仙周围祈求古柳大仙保佑，古柳大仙来到坛前开始作法。他手持宝剑，剑向前挥，一串火焰喷了出去；大口一张，又一串火焰喷了出去。转瞬间他的面前如同火龙飞舞，条条火龙窜向厉鬼，厉鬼见状张惶失措。

　　古柳大仙向一堆竹竿竹筒作法。有顷有的舞女抱着竹竿，有的舞女抱着竹筒，冲上前去围住火堆站定。只听古柳大仙一声令下，舞女把竹竿竹筒扔进火堆。迅疾四散开去，扑倒在地。啪啪啪一阵爆炸，声音大得吓人。这些施了法术的竹竿竹筒好像赋有神奇功能，比起寻常的竹竿竹筒，竹屑飞迸更加剧烈，有的窜到半空，发出辟雷也似的响声，叫人心惊肉跳。

竹屑溅落到厉鬼身上，溅落之处，有的冒烟，有的着火，厉鬼惊叫着哀嚎着，吓得抱头鼠窜。舞女从地上跃起驱赶厉鬼。厉鬼一一被赶走后，她们又往火堆上投掷竹竿竹筒，火堆上又发出一阵噼噼啪啪的响声，她们围着火堆翩翩起舞……

驱鬼法事应该到此结束了，刘歆却令古柳大仙抬出一个三丈高的木架，把一个竹筒放置在木架顶端，竹筒里有一条长长引线垂落在外面，古柳大仙上前点燃引线，只见火星随着引线向上燃烧，渐渐烧到竹筒底部。蓦地，竹筒窜向天空，砰的一声巨响，竹筒炸裂，一条白帛从空中降落下来。

"白帛符命！"人们一阵惊呼。

黄衣力士把它拾起，上有丹书："吾皇万岁万岁万万岁！"五官中郎将刘垒呈了上去，群臣一齐下跪，高声山呼：

"吾皇万岁万岁万万岁！"

刘歆真不愧为旷世奇才，他著《三统律历》，通晓天文；撰《七略》，穷究方术；并且最早算出圆周率为 3.1547，史称"刘歆律"。令人神秘莫测从天而降的"白帛符命"的奥秘，就被他在满朝文武面前活生生演示出来。

王莽异常快慰："子骏，予心释然，予心快然！但此中奥妙予仍懵然不知。爱卿何不剖析分明，以解群臣愚蒙。"

刘歆笑着说，"臣早知陛下垂询，故循序渐进，逐步演示，以解疑困。"他指着火堆上噼啪作响的竹竿竹筒说：

"这是民间的'爆竹'，始盛于荆楚。"

荆楚之地产竹，民间迎神逐鬼或喜庆的日子就把竹竿竹筒扔进火堆燃烧，发出噼噼啪啪响声，名叫爆竹。燃放这种爆竹，渐次遍及域中，历久成为习俗。刘歆接着说：

"驱除厉鬼的爆竹叫'辟邪雷'。"

辟邪雷就是古柳大仙施过法术的竹竿竹筒。这些竹竿竹筒从外表看与寻常竹竿竹筒并无不同，但里头装填了一种"药"。这种"药"见火就着，巫师称为"法宝"，有人叫它"火药"。这种辟邪雷响声更大，蹦跳更高。

安放在木架上的叫冲天雷，也是一种辟邪雷。不过这个辟邪雷与寻常辟邪雷又有所不同：寻常辟邪雷是放在火堆上燃放；这个辟邪雷是用引线燃放。它蹦得更高，响声更大。只要把白帛系在竹筒上，竹筒炸裂后，白帛自然从空中落了下去。

刘歆从民间爆竹，装填火药的爆竹，安装引线的爆竹，一路讲来，由浅入深，剖析得清清楚楚。王莽拈须微笑：

"京师太学生口号：听国师公说经，谆谆如也，循循如也，如沐春风。所传不虚，不虚啊，予心信然，信然啊。"他笑声不断，显得分外高兴。

刘歆忙说："老臣何能，此皆古柳大仙之力。"

远古时代，巫师是社会上最有学问的人。他们预知吉凶祸福，懂得天文地理，治病防病，降神驱鬼……集政治家、军事家、预言家、天文学家、医学家于一身，到了汉代只剩下降神驱鬼之类的营生了。但巫师之中仍不乏能人，这位古柳大仙就对火药的运用有独到的功夫。刘歆其所以博古通今，就因为他广交三教九流的能人，并把他们的异能奇事编撰成书。《七略》就是这样的著作。

回到大殿，王莽当下叫喊，"陈崇！"

陈崇应声而出，"微臣在。"王莽说："你忠谏有功，封你为司命。"陈崇叩拜，"谢主隆恩。"王莽说：

"甄寻妄称手纹上有天子二字妖言惑众，妄图忤逆，并与伪造符命有关。令你带三千羽林军将其捉拿归案，并全权审理此案。无论涉及到谁，无论官有多大，功有多高，都可缉拿审问。"陈崇高声谢恩，"遵旨。"

三千羽林军团团包围了广新公府。甄丰正在收拾行装，准备前往陕东就任。

"什么！白帛符命是寻儿伪造的？"甄丰当即呆愣了。不久前福从天降，他感到晕乎乎有点不踏实；此刻祸从天降，却如晴天霹雳把他击倒了。

陈崇进府宣旨，虽然只说捉拿甄寻。但派出三千羽林军，大张旗鼓前来府中捉人，还说什么"无论官有多大，功有多高，都可缉拿审问"。显然这些话这些动作都是冲着他来的。皇上的意图还用得着明说吗？无非叫他自裁，而皇上自己则可免去诛杀功臣的恶名。甄丰为人一向刚强，一言未发进到卧房与妻子饮了酖酒，饮罢仰天长笑。

甄寻不知去向，陈崇通令全城搜捕……

四十九　鱼龙衔比目未成龙 祛禳坛设斋
求得福

社日夜晚，建章宫水榭上演《鱼龙漫衍》。

水榭大庭两侧设有"庭燎"。《诗》云："夜未央，庭燎之光。"庭燎就是火炬，点燃之后整个大庭亮如白昼。

舞台设在大庭东头，舞台两侧用屏风围上。一侧是鼓乐演奏的地方，另一侧是彩门祖师爷黄皮老者专设的座位。他坐在屏风后面监督演出。今日是社日，他独自吃着社饼，饮着社酒，王焉跪在地上请安，他理也不理。屏风后面狭窄，徒儿端酒端菜来回不便，引得他很烦，大声呵斥，"好狗不挡路，像个屎橛子杵在那儿干什么！"王焉站起默默立在他身后。

今天受到邀请观看演出的都是王公夫人、贵戚命妇，他们大多带着公子。整个大庭花团锦簇极尽豪华。男的峨冠博带，女的凤冠霞帔。其中年轻男子无不俊秀轩朗，唇红齿白。面对舞台的座席还空着，显然尊贵的主人尚未莅临。

箫韶九成，凤皇来仪。一阵韶乐响起，满庭一齐跪倒。乐声极尽悠扬婉转，但见八名宫女提着宫灯走进庭中，黄皇室主的凤辇到了。全场同声高呼："室主殿下千秋！"

王嬿坐定之后，一名女史上前高声说："诸位请起，春社之日，室主与诸位同乐，不必拘礼。"众人又同声高呼，"谢室主殿下！"

人们回到原座静默了一会，嗡嗡之声响起，渐次笑语喧哗了。尤其那些年轻男子嗓门一个比一个高。甄寻出逃后，刘棻王奇避祸家中，退出了社交舞台。山中无老虎，猴子充大王，轮到他们露脸了。不用说他们都铆足了精神，企盼引起黄皇室主的注意。

他们离黄皇室主不过几丈远，双双眼睛灼热得差点燃起火。人们常常用天仙比喻美女，王嬿不是天仙，而是人间极品。一眼望去，光彩照人，鲜花不足以比拟她的明丽，也许东天朝霞有点相似吧？凝眸观看，雪白润泽，美玉不足以比拟她的皎洁，也许潭中晓月有点相似吧？更不用说云髻蛾眉，丹唇皓齿，婀娜窈窕，修短合度了。尤其汉后高贵凤仪与少妇浪漫风情在翠笑间交替，在顾盼中闪现，真叫人神魂飘荡。

台上又歌又舞，锣鼓喧天。《七盘舞》、《角抵戏》、《口技》依次上场，随后，《神女仙遁》开场了。

舞台上立起两座木架。木架由四根原木组成，中间用原木联接紧固，使得木架分成两层。道具简简单单，观众看得清清楚楚。

　　一个头戴道冠身穿道袍的道士领着一个羽衣少女走出台来。道士仙风道骨，摇着羽扇，神情飘逸；少女面目姣好，长裙曳地，绰约如仙。道士羽扇一摇，少女翩跹起舞。她身轻如燕，时而旋转，时而跳跃。只见她纵身跃起，一只脚往羽扇上轻轻一踏，道士将羽扇往上一托，她就跳上了左侧的木架。

　　"好！"满堂爆出一声彩。

　　"赏。"黄皇室主一声莺啼。一个宫女托着一盘铜钱放在台前。

　　这时大红帛幔从两个木架的下面，冉冉上升，遮住了少女，一直升到顶端。道士口中念念有词，将羽扇朝着木架连摇几下，大红帛幔缓缓落下。左侧木架上的少女已经到了右侧木架之上。

　　观众无不目瞪口呆，全场一阵哑默。

　　少女向上腾跃，一只脚踏在羽扇上，道士又朝上一托，少女身如飞鸟在半空中飞旋着降落。道士不停摇着羽扇，少女舞着，跳着，飞着，台上就像一片晚霞在翻滚舒卷。就在少女的独舞中，木架抬了出去。

　　观众好像从错愕中惊醒，叫好声、鼓掌声响成一片，铜钱和银锭雨点般落在台上……

　　黄皮老者调头看了看王焉。王焉连忙恭维，"彩门神功仙术得前辈真传，夺天地之造化，寓鬼神之玄机……"

"得得！"黄皮老者手一抬打断他的话，"啥门道吧？别灌迷魂汤。咱彩门玩的是幻术，不是你说的什么'神功仙术'。咱言明是戏法是杂耍，给老少爷们逗闷子，博大姑娘小媳妇一口彩。凡是戏法都可破解。你破得了你高，你破不了我高。不像你那师父华阳真人奉为'神通'，吹得神乎其神。这就是幻术与骗术不同的地方。说你师徒是伪人，你该服了吧？"

不意他旧话重提，王焉只得低头说："小子知罪了。"

"什么罪不罪，你就说说今日这活啥门道吧？怎么？破解不开？"黄皮老者不屑，"这么简单的小玩艺你都破解不开。哼！你若入我门来，只怕要从徒孙的徒孙那辈学起。"

王焉实在闹不清：台上空空荡荡，两个木架一目了然。转瞬之间，羽衣少女从左侧到了右侧。没见她从这个木架飞到那个木架，又没地道可通。除了仙遁，还能是什么呢？莫非彩门有眩惑之术，使人在片刻之中看走眼？他听着黄皮老者的冷斥，想问不敢问，想说又不敢说。

两个羽衣少女走进屏风叩见祖师爷，黄皮老者赏社饼给她们吃，调头问，"这下明白了吧？"

王焉看这两个羽衣少女长得极像，无疑是一对孪生姐妹。怔怔好一阵才悟出来：原来《神女仙遁》是两个羽衣少女合演，而非一人独演。木架由四根原木组成，中间用原木联接紧固。中间紧固的原木径粗一尺左右，羽衣少女一人在台上飞舞，另一人伏于右侧木架之上，紧固的原木恰好挡住观众视线。羽衣少女舞毕，跃上左侧木架。帛幔升起后，左侧舞者伏下，右侧伏者立起。而当帛幔垂落，就好像左侧神女仙遁到右侧了。

王焉正要说，黄皮老者冷斥，"省省吧，还不怕丢人现眼。你太祖师伯对你放心不下，前些日子又叫小老儿收你门下。哼，你又得手了，玩得正得意呢，瞧得起咱耍戏法的！再说哪，就你这德性，给我这两个徒孙女当徒弟都不够格，叫小老儿怎么收你？"

王焉知道他近日穿掇甄寻玩"白帛符命"的行为瞒不住这个老者，心里暗暗叫苦。

一阵紧锣密鼓之后，《鱼龙漫衍》开演了。

《鱼龙漫衍》是一种彩扎戏。用彩绸扎制成神山仙境以及各种动物，演出者藏身其中，如民间舞狮子、蚌壳精之类。所不同的，它又是一种幻术。譬如，狮子打个滚，就变成了大象；大象用幔帐一遮，又变成了鱼蟾……就在人们眼皮底下变化，叫人匪夷所思。

鱼龙是一种似鱼非鱼，似龙非龙的怪异动物。它可以变成鱼，也可以变成龙。它体形极大憨态可掬，运转跳跃却异常灵活。它在台上跳了一阵，跃到黄皇室主面前，摇头摆尾，全场掌声彩声四起。黄皇室主一声"赏"，宫女托出一盘铜钱放在台前，它摇摇头；黄皇室主又一声"赏"，另一个宫女又托出一盘铜钱放在台前，它又摇摇头。掌声彩声暴风骤雨般一阵高一阵。黄皇室主微微一笑，在胸口摘下一颗珍珠，往上一抛，鱼龙一跃而起，张口将它衔住。

鱼龙穿行在王公夫人之中，金锭银锭纷纷扔进它的口中。它作出各种各样的憨态娇态，引逗人们阵阵欢笑。它在地面上戏耍一阵后，从庭柱爬上去，在梁上戏耍起来。它时伏时跃，一忽儿直摩屋顶，一忽儿倒挂悬梁，惊险万状。人们仰头观看，不时发出惊叫之声。

蓦地，它从梁上跳了下去，冲出门外，跳进水中。人们都站了起来，走到水榭边观着，鱼龙在水中游着，时起时伏，十分灵活。有顷它一头潜进水中，随之冲天而起，刹那间变成了一条比目鱼。

人们禁不住一阵欢呼。

比目鱼在水中，更加活跃，更加自如。它的尾巴和四鳍，不停击水，揪起一波又一波水浪，水浪越击越高，水珠四溅，水雾飞腾，渐渐形成一道水帘，水榭边有些人看过这个节目，忍不住叫喊，"变！"

就在这时一行人登上水榭彩舫，扬声喝叫，"圣旨到，官民人等，跪下接旨！"

人们回到庭中跪在地上，一个貂铠带着几个持戈握矛的虎贲走进大庭，大声宣读："咨尔官民人等：新室文母有恙，全国斋戒禳祛。於戏！敬天之休，勿废予命。"

新室文母就是前汉太皇太后王政君，王莽是由她一手提携起来的。汉成帝时王政君为皇太后，封王莽为黄门郎，从此青云直上。由黄门郎而射声校尉，而新都侯，而大司马，而安汉公，而宰衡，而加九锡，而摄皇帝，以至禅汉立新成为皇帝。

人们纷纷散去，黄皮老者叹息，"鱼变成龙，本是笃定的事。瞧，就差这么一会儿，世事从何说起呢？"

王莽哭得昏天黑地，王临以及在京的"金匮辅臣"都到憩房慰安。憩房在勤政室内，是王莽小憩的寝宫。

"予失德无能，苍天震怒。应降罪与予，折予寿考，却让新室文母罹患重病代予受愆！予愿效汤武故事，以身为'牺牲'，上告上帝鬼神，以延新室文母之寿祚！"

所谓"汤武故事"，据说汤武在与夏桀战争中，天下大旱。部族食不果腹，战争连连失利。汤武归咎于已，要把自己的身体作为人肉祭品献给上帝与祖先。殷人怎能让自己的首领当"牺牲"呢？于是人人奋勇杀敌，结果转败为胜，天也降下了雨。效仿汤武故事，就是以自己的生命来换取王政君的生命。此言一出，吓得群臣一齐跪下放声大哭。

刘歆跪行到王莽身边哽咽，"陛下，新室文母天下之母。陛下之母，亦微臣之母。陛下欲效汤武故事，微臣愿与陛下俱。"

"微臣愿与陛下俱！"阶下群臣喊成一片。

"子骏……各位爱卿，这是何苦呢？"王莽抽抽搭搭，"予孝行不彰，皇天不佑。予以纯孝之身奉献天主以宽天怒。予死之后，天将不再嫁祸新室文母。予望诸卿善事太子，使新室昌盛，永固万年。"

"父皇！"王临也跪行到王莽身边捶胸大恸，"父皇愿以身殉延皇姑祖寿考，儿臣愿代父皇身殉延皇姑祖寿考。天下可无儿臣，天下不可无父皇啊！让儿臣做'牺牲'，上告上帝鬼神吧！"

哀章王盛孔仁也都跪到王莽身边，"天下不可无陛下，不可无太子，让臣等做'牺牲'吧！"

"陛下！您不能……不能啊！微臣，微臣替陛下……微臣去了！"王兴一面呼喊，一头向庭柱撞去。顿时血流如注，倒在地上。

憩房一阵惊呼，在场的人包括王莽在内都愣住了。有些人愿意王兴死，去做"牺牲"，那就是哀章王盛孔仁一帮新贵的想法。因为王兴之死表现了新贵知恩图报的忠诚，更能赢得皇上的宠信。刘歆甄邯等老臣虽然不愿看到王兴这种光耀当朝永留青史的哀荣，但也无人怜惜他的死活。他们冷眼旁观，谁都不不愿出面张罗抢救。

憩房一阵死寂。

只见王宗冲上前去，扑到王兴身上大叫，"大父皇，救救卫将军吧！难道皇姑太祖的病非要拿人做'牺牲'不成？"

话一出口他就意识到自己的话不合时宜，吓得连连叩头，"臣孙不敬！臣孙不敬！"

王兴疼他爱他护他，他不能坐视姐夫死亡，又一次哭喊，"救救卫将军吧！"

王宗的话说出了在场新老大臣想说而不敢说的话。如果王政君的病情没有好转，又该轮到谁做"牺牲"呢？刘歆趁机进谏：

"童言率真，有如天语。新室文母年且八十有四，可谓福寿齐天。垂老之年罹患疾病，本为常事。只因陛下仁孝心重，忧国心切，才与天谴联系到了一起。依微臣愚见，不如把钦天监召来，询其禳祛之法，以延新室文母之寿，以安陛下仁孝之心。"

王莽木然没有吭声。刘歆瞟了一眼，王临会意，高声宣谕：

"传钦天监宗宣觐见。"

刘歆接着说："卫将军忠勇可嘉，只是行事太莽撞了。禳祓之法确定之前，不可妄为'牺牲'。否则有违上天好生之德，反降不祥，卫将军的罪可就大了。不如先抬下去治伤。钦天监若以为必须用生人'牺牲'，卫将军再死不迟。请陛下示下。"真会舌头底下打人，王兴的忠烈壮举不但无功，反而有过了。王莽依旧没有反应，刘歆又瞟了一眼，王临又宣谕：

"抬卫将军王兴下去治伤。"

片刻钦天监宗宣进入憩房。请安之后，王莽呆呆坐着一言不发，好像傻了似的。刘歆不避僭越发问，"宗大人，新室文母昏迷不醒，可有禳祓之法？"

宗宣说："下官以为可先设一斋，以求禳祓。若天意以为不诚，再以人祭不迟。"

刘歆上前，"启奏陛下，臣意以为宗正所言稳妥可行。请陛下降旨，依奏而行。"

群臣一齐跪下，"愿陛下恩准！"

王莽呆愣许久摆摆手，群臣依次退出憩房。

骊山脚下筑起一座斋坛。坛分七层，高十丈。每层都用木栅栏围起来，挂上锦帘。第一层设六十四道门，第二层设三十二道门，每层递减，直到最高一层设十道门。所有的门都有名目。东，青华元阳之门；南，洞阳大光之门：西，通明金阙之门；北，阴生广阴之门；东北，灵通禁上之门；东南，始阳生气之门；西南，元阳高晨之门；西北，九仙凤行之门；上，大罗飞天之门；下，九灵真皇之门。每层每门都安有很多灯：坛中央安一盏"长灯"，长九尺；四面还悬挂着九盏灯；坛四周安三十六盏五颜六色的"色灯"。

坛下一百个金童，一百个玉女。有的持幡，有的持扇，有的持鹤羽，有的持节旌，吟诵步虚，环绕旋转。
进行斋仪的时候，斋主，也就是建斋的人，必须毕恭毕敬反手自缚，进入斋坛向神灵陈说自己的罪过，昼夜不息。一连要进行三天，五天，或者七天甚至十四天。
开坛的那天，三千羽林军一律黑盔黑甲，守卫着斋坛四周；京师官秩一千石以上的官吏一千余人，太学生三千余人，跪在外围。长安市民扶老携幼前往观斋。骊山脚下人山人海，水泄不通。

　　吉时到，礼炮九响。王莽身穿缁服，在皇太子王临皇太孙王宗以及"金匮辅臣"簇拥下登上斋坛。这时鸣龠吹笙，金鼓齐鸣，一百对金童玉女，翩翩起舞……

百面大鼓敲响了，叩击着人们的心灵。召唤每个人随着鼓声进入神的世界，祖先的世界。

　　骊山脚下万人齐舞……

到了黄昏不紧不慢落起雨来。先是百官高呼："恳请吾主回宫！"接着太学生和百姓也呼喊起来，"吾主回宫！吾主回宫！"喊声像浪潮似的，一浪高过一浪。

一个黄衣力士走到坛边扬声说，"皇上对天起誓：新室文母不康复，皇天不宽恕他的罪愆誓不回宫。官民人等不可喧哗。"他的话人们哪里肯听？喊声反而越发高涨了。

过了一个多时辰，黄衣力士又走了出来，"皇上有旨：雨冷风寒，且请散去。罪在皇上一人，官民不必在此陪他受苦。"

　　黄衣力士怕人们听不清，把羽林军的校尉召在一起，让全军口号。片刻羽林军齐声呼喊，万千官民大为感动，喊声变成了哭声：

　　"吾主回宫哪！吾主回宫哪！"

雨下大了，哭喊声更大了。人们跪在泥水里叩头，千万个人都变成了泥人。

也许心诚则灵吧？子夜时分宫中快马来报："新室文母苏醒过来，有事面询皇上，请皇上急速回宫。"王莽闻报，向神祇跪拜了一阵，走下坛来。这时万众起立，欢呼雀跃，声动夜空。其后由皇太子王临皇太孙王宗守斋，每日子夜时分黄衣力士到坛前报告病情。新室文母的病情日渐好转，到了第六天，新室文母能够下床了。王莽降旨，宣布至孝动天，新室文母康复，结束斋仪。欢呼声中，王临王宗疲惫不堪由人搀着走出来；刘歆甄邯一班老臣由人抬着下斋坛。

王路堂里百官朝拜，颂声盈耳。守斋的大臣匆匆回家换上吉服，衣冠鲜明上朝贺礼来了。刘歆是抬进大殿的，他爬到陛前：

"天下至孝，陛下是也；千古明君，陛下是也。孔子曰：'昔者明主事父孝，故事天明；事母孝，故事地察。孝悌之至通于神明，光于四海，无所不通。'新室文母康复，诚陛下之孝行通于神明；新室之德政再无障碍，必将光于四海，无所不通。"

群臣齐声歌颂，"《诗》不云乎？'自西自东，自南自北，无思不服。'"

甄邯也爬到陛前，王莽忙说："二卿快快请起。予与二卿少年论交，积年三十余载。青丝己成白发，垂垂老矣。日前二卿奉太子太孙守斋，风餐露宿日晒雨淋，予心不安。幸赖天恩，新室文母转危为安，二卿忠孝之心皇天可鉴。"

甄邯说："微臣追随陛下，得效犬马，实乃三生之幸。所谓随圣怀圣，随智增智，随德多善，随善多福。臣愚顿鲁莽，若非得遇陛下焉有微臣今天？"

两位国公颂扬之后，百官纷纷进贺，王莽龙心大悦：

"予之一生惟求无亏于德，无欺于鬼神，无负于黎元。德，国之基也；鬼神，国之福也；黎元，国之本也。"新室文母康复，十万民众持斋，足证他修德施仁得到了神佑民助，这使他按捺不住自己的激动。他热情奔放富于感染力，把满朝文武的情绪都煽动起来。突然他压低声音，"予之德行，不过孝敬长辈而已。这是普通人都必须具备的德行，君主真正的德行是治国安民，富国强兵。予之德差得太远了，还要勤于修德啊。"

群臣齐声赞颂，"陛下之德，巍巍泰山；陛下之恩，浩浩东海。厥我大新，万世其昌。"

五十　牛耳山青犊喷胆水　滹沱河羽扇吐神火

子时刚过，王焉登上渭桥。上演《鱼龙漫衍》那天，黄皮老者对他说，白髯老者要他庚日在桥上等。秦末黄石公赠书张良的故事妇孺皆知，王焉岂敢怠惰？站在桥头从日出等到日中，又从日中等到日落，哪有白髯老者的踪影？黄皮老者骗他？莫非太祖师伯嫌他来晚了，要他下一个庚日再来？正在狐疑的时候，一条大船驶来。夕照中黄皮老者一头白发从船舱露出来，晃了晃缩进去了。王焉知道这是黄皮老者知会他。太祖师伯有何教诲？他也知道恁（nèn）他怎样喊叫，船也不会停下。于是雇了一条小船尾随在后面。

大船到了半夜才靠岸，王焉慌忙前去求见。船上的人却说："祖爷师早已睡了，有事明儿再说吧。"王焉不敢强求，回船之后吩咐艄公：看见前边大船要开，知会他一声。他到船舱躺下不久就听见艄公鼾声雷动。心里暗暗好笑：托付这样的人，就像把鱼肉托付给猫狗，只得爬起来自个守着。到了天明大船要开了，他再次跑去求见，谁知大船正好离岸。他知道召唤无益，继续在后跟着。

到了潼关，大船靠岸，他上船求见。黄皮老者走到船头，"你还跟着？是不是想入我门？你入我门，虽说算不得好手，一生一世混碗饭吃倒是不难。"

王焉跪下一言不发。

"你不愿意？"黄皮老者冷笑，"小老儿知道你不愿意。我问你，你跟着小老儿干啥？"王焉说："太祖师伯所命，小子不敢不从。"黄皮老者说："那个倔老头子要割你舌头，你从不从？"王焉垂下头不出声。黄皮老者说："小老儿知道你不从。"王焉说："但凡太祖师伯所命，小子都从。"

"哟！"黄皮老者拖长声调："在小老儿面前耍江湖呢。把刀给他。"

一个少女端着托盘应声而出。她把托盘放在王焉面前，托盘里有一柄明光光的尖刀。黄皮老者说："知道那个倔老头子为何要割你舌头吗？"王焉说："太祖师伯嫌小子舌头惹事生非。"黄皮老者又拖长声调，"哟！满有自知之明呢。那就动手把。"

王焉拿起刀，伸出舌头，却听黄皮老者一迭声说："慢着，慢着，慢着，别污了小老儿的船。小子，怎么说你好呢？割别人不眨眼，割自己不皱眉。小小年纪满身满手都是血腥，怎么得了啊。"

王焉知道黄皮老者并无伤他之意，跪着不动。

黄皮老者顿足，"那个倔老头子！自己怕麻烦，把麻烦推给我！小子，倔老头子正在晋阳牛耳山一带云游，要割到他面前割去，省得小老儿看得恶心。"王焉说："牛耳山方圆数百里，不知太祖师伯落脚何地，尚请明示。"黄皮老者发怒，"小老儿不是说他在云游吗？把行踪告诉你了，你还不满足，莫非叫小老儿用绳子把他绑来交给你？"王焉忙说："小子不敢。"黄皮老者直挥手，"走吧，走吧。"

这是游戏人生还是别有深意？王焉困惑不解。少女叫喊，"王师兄，快请上岸吧。太祖师伯嫌师兄不听他的话，不知济世，只知杀人。虽说杀的是恶人，但杀人总不是好事，迟早要遭报应。太祖师伯要太祖师公收师兄门下，师兄不听就割师兄舌头。师兄胸怀大志必不肯从，太祖师公又怎能割师兄舌头呢？"黄皮老者申斥，"跟他说这些干什么，对牛弹琴！是不是也想割舌头了？"
少女抻（chēn）了抻舌头。王焉认出来了，她就是那个羽衣仙女。

王焉在牛耳山寻访太祖师伯一个多月，踪迹全无。这天大雨新霁，他进入晋阳境内，沿着山梁北行。山上遍地开放着蓝莹莹小花，裸露的山石绿茵茵发光，景致奇异极了。走了两个多时辰，看见山脚下有个小山村便前去打尖儿。村里老丈告诉他，绿茵茵的石头叫孔雀石，蓝莹莹的小花叫铜草花。孔雀石含铜；铜草花开放的地方，地下的石头也含铜。附近不少山民都以炼铁炼铜为生。汉武帝以降，这片山地就有许多私铸铜钱的黑窝子。王焉这才知道，用了一辈子铜钱原来铜是用这种石头冶炼出来的；说起来真叫人不敢相信。不过细瞅瞅，生了锈的铜钱，不就像孔雀石的颜色吗？

他在门前禾场上喝茶。北山上走出一行头扎青布头巾，身穿青布短衫的汉子。他们每人头上顶着一个黑瓮。瓮长三尺有余，快步如飞，向村里走来。

"青犊来了！"村里有人叫喊。

老丈忙说："客官快走！快躲起来！"说着牵着孙儿跑进屋里，把大门关起来。

王焉看见屋后有个干草垛暂可遮身，闪身藏在后面。这行顶瓮汉子没进村，从村头斜插过去向东面走了。王焉看得真切：一共十二人，脚下很平稳；大瓮就像长在头顶似的，随着身体摆动：叫人看得提心吊胆。不知这帮人干什么勾当，瓮里装的什么？却像瘟神似地叫村里人这般害怕，好奇心大起，悄悄跟在后面。

大概因为顶着瓮吧，调头不方便；也许因为他们一向横行乡里，山里人都躲得远远的，走了一路没一人往后看；王焉跟着倒也安全。

出村不远，有条印有深深车辙的官道。官道朝东，通向一个荒凉的山谷。两座对峙的大山挡住了阳光，路边满是乱石野草。乱石上覆盖着斑斑驳驳的苔癣，整个山谷显出一种湿漉漉的异样阴森。

顶瓮汉子走到一处狭窄地段，没人发令，十二个人各就各位，隐藏到乱石后面。他们潜伏得很隐蔽，外表看不出丝毫痕迹。王焉如果不是亲眼所见，还当他们化成青烟消逝在峡谷了。

峡谷一派湿漉漉阴沉沉的死寂。

王焉进入晋阳境内，记起《山海经》里头的话：晋阳有"悬瓮之山"，"其上多玉，其下多铜"。悬瓮之山他没见到；顶瓮之人倒是见到了一群，他们到底要干什么？

过了一个多时辰，峡谷西头走出五个人。他们一色儿差役打扮：两人在前，两人押后，保护着中间一个负笈的人。五个人手上都操着刀四面张望，全神戒备，时刻警惕有人伏击。不时还向四周虚声恫吓："恶贼，老爷看见你了，还不出来受死！"

喊声在山谷中引起嗡嗡回响，使他们感觉到这儿不会存在其他活物，就这样他们一步步走进了伏击圈。倏然，一阵呛鼻冒烟的毒水，骤雨一般从天而降。五个人几乎同时发出一声惊叫：

"胆水！"

胆水溅落之处，五个人头上身上的衣冠、毛发、肌肤就腾起黄烟，吓得他们拼命向前奔跑。这时十二条汉子一齐现身，手持唧筒从瓮中汲取胆水，前后左右朝他们喷射。不一会五个人全都倒到地上，哀嚎着打滚。

十二条汉子一齐大笑。其中一人大概是首领，跑上前去解开还在痛苦翻滚着的公差背上的书笈，一边拍着，一边笑着：

"七百金哪，可别化成了灰！"

王焉目睹五个公差垂死挣扎的惨状，暗暗心惊。前汉之时有些地方利用胆水炼铜，称为"胆铜法"。王焉早就听说胆水销金蚀骨，是一种极其歹毒的毒水，果然不虚。不到一盏茶时间，五个公差的惨叫越来越微弱，他们身上的浓烟却更浓更呛鼻了。看来过不了多久，他们就会化成一滩滩黄水。

首领把书笈往地上一搁叫了声，"肉坨，把书箱背上！大伙顶上瓮，回吧。"书笈是装书的箱子，用青竹制成。

一个矮矮胖胖的汉子哭丧着脸，"怎么总叫我背呀？人家瓮里的胆水还是满满的，咋背呀？"首领眼睛一瞪，"你不背谁背！皮子发紧短打呀？少罗嗦！"矮胖汉子只得把书笈拎了过去，不情不愿地小声嘟哝。

其余的人都把唧筒收拾起来，顶上了瓮，走到官道排好队准备往回走。那个矮胖汉子却还在乱石后面不知鼓捣什么。首领不耐烦了，大声催促，"肉坨，快点！磨蹭什么？"

"快了，快了。"矮胖汉子应着。突然，他从乱石后头跳出来，举着唧筒朝首领射去，接着左右扫射。十一个人一下子乱了套，头顶上的大瓮一个接一个坠落到地。随着砰砰爆炸声响，胆水四溅，黄烟大起。十一个人都倒到地上翻滚嚎叫。

"哈哈哈。"矮胖汉子放声大笑。他浑身都是肉膘，笑起来肉坨坨乱颤。他跑到首领身边，一脚踹着他的脑壳，"狗操的，你也有今天！谁叫你总欺负老子，老子叫你下辈子都记得……"

话没说完，身后有个汉子翻滚着向他撞去，死死抱住了他的一条腿，进出一个垂死者最后的力道，猛地往回一滚，矮胖汉子栽倒到他身上。那个汉子又打个滚，把他掀到地上。地上满是胆水，矮胖汉子前胸后背都冒起了黄烟，发出了疹人的哀嚎……

片刻峡谷归于死寂。前后不过几丈长的官道上，冒着呛人的黄烟，布满残断的肢体，王焉从藏身的地方走出来背上书笈，快步离开了山谷。

　　初夏的暖风吹醒了八百里太行，山山岭岭的原始丛林在返青、抽芽、吐绿，远远看去，已经淡绿一片了。阳光很明媚，王焉沿着官道负笈而行。一身儒巾儒衫，很像西入长安游学的儒生。他不疾不徐从容不迫，尽量不引人注意。可是不到一个时辰，发现身后有人盯梢。他暗暗加快脚步，大约走三里多路，盯梢的人居然不怕暴露身份奔跑着追上来，看得出接应的人也到了，有人高喊，"负笈书生，站住！"

　　不用说，书笈惹了眼，把人招来了。

　　书笈很轻。里头显然不是金银珠宝，也不是竹简木牍。如果名至实归，书笈装的应该是帛书。什么帛书这么珍贵，明码实价七百金？引得那么多人丧命争夺？当时他没看，现在却来不及看了。峡谷里的残酷场面历历在目，他知道如果叫人追上，不但书笈不保，性命也难保。有条小路通向山岭，他跑过去。

　　王焉在华山居住数年，练就了一身翻山越岭本领。虽然说不上捷如猿猱，但等闲之辈休想望其项背。只可惜后头追他的人身手敏捷，全都不是等闲之辈。而且路径熟悉，很快追上来了。王焉大惊，奋力狂奔，前面有片树林一头钻进去。林深树密，倾斜向下，而且越下越陡。他连走带跳，一口气冲到坡下。透过枝叶罅隙，看见一片粼粼水光：湍急的滹沱河横亘在面前。

脚步声疾促传来。他知道被人逼上了绝路，只得一股劲向前奔跑。却见一条小船顺流而下靠在岸边，远远向他招手，"客官要过河？一客五文钱。"王焉想都来不及想就跳上了船，"快开船，我给一百钱！"

"好嘞。"艄公大声回应，竹篙一点离了岸。

追赶的人跑到河边大声喊叫，"船家，把船开过来，我等要过河！"艄公说："等下趟吧，这位客官把船包了。"岸上有人说："我给一流银子包下你的船！"王焉忙说："我给十流！"岸上的人说："我给一百流！"

小船已经开到中流。水流湍急，如同一只离弦的箭，向下游驶去。艄公一声长笑："一百流银子想骗老爷七百斤黄金，当老爷是苯伯呀！哈哈哈。"他又是得意又是开心，笑弯了腰。

"唉！"王焉知道上了贼船长长叹息，"匹夫无罪，怀璧其罪！这位仁兄，你送在下上岸，在下将书笈拱手相送如何？"艄公冷冷一笑，"休得使诈，快把书笈老老实实放到中间船舱！"王焉从背后解下书笈，扔进中间船舱，"放心了吧？请送在下上岸吧。"说着从怀中摸出一把羽扇，好像浑身躁热难当，猛劲摇着。艄公说："看你还算老实，自己跳下水去吧。你若会水，逃命去吧；你若不会水，落个全尸吧。全凭你的造化了。"

王焉转过身去，做了个下跳的姿势，却又战战兢兢不敢下跳。艄公不耐烦了，大喝一声，"跳！快跳！非要老爷亲自动手不成？"王焉转身央求，"你行行好，在下不会水，请把在下送上岸吧。"艄公操起一把板刀恶狠狠说："今日老爷本不想杀人，见到你这熊样，刀急得要喝血！"他放下舵，跨步向船头奔来。

王焉轻轻向羽扇吹了口气，一团火焰呼呼扑向艄公面门。艄公只觉灼热耀眼的白光一闪，如同锋利的铁锥扎进双眼，什么也看不见了。熊熊火焰在他脸上头上燃烧。哧哧有声，扑之不灭，挥之不去。疼得他嗷嗷直叫，一头栽进河水中。

王焉走到后舱把住舵，顺着激流飞流而下。闯过一处狭长险峻的峡谷，河面逐渐开阔，水势逐渐平缓。他把船开开进芦苇荡里跳上岸。这时满天落霞。

他不往前走，而是溯流往回走。走得又疾又快，好像身后还有人追赶似的，一口气跑了三十余里。直到明月当空才摸进一个山村，敲开了一家猎户的门。

灯下王焉打开书笈，里头果然是帛书。拿出来一看，大失所望，原来是状告太原郡大尹以及所属十七个县县令的万民折。折中列举郡县官吏三十四人，地方豪强十三人种种草菅人命，贪赃枉法罪行。有的利用"兴办井田"，拆人房屋，夺人钱财；有的利用"钱币改制"，翻云复雨，盘剥弁利，手段之残忍行为之龌龊，令人发指。

前汉通行的钱币有金刀、错刀、五铢钱等。其中金刀，形如小刀，又称"刚卯金刀"。这"刚卯金刀"，隐含卯、金、刀，恰巧合成一个"劉"字。今上王莽特别忌讳，决意禁止流通。但是只禁止金刀流通太露形迹，于是进行"钱币改制"：诏令前汉钱币一律禁止流通，只能便用新朝的钱币，违者处以刑罚。

新朝的钱币叫"货泉"，自居摄算起，已三次钱币改制。种类繁多，有错刀，契刀，大钱，小钱，始建国元年，又重新拟定了金货，银货，龟宝，贝货，布货，钱货这六类货泉的币值。而且市面上流通的多不足值。货泉重量轻，含铜量小，私铸者甚多，致使货泉累累贬值，因此民间仍用五铢钱。虽然处以重刑，依旧累禁不止。结果同样的面值，货泉只抵五铢钱十之七八。后来又发行一种"布（鞴）货"，形如小锄，情况更糟，只抵旧币十之五六。官府出于私利，对前汉旧币时禁时不禁。进钱时，官府以旧币面值计算；出钱时，用新币面值计算，里外盘剥。闹得富者不能自保，贫者无以自存。

"兴办井田"，状况更加惨烈。百年祖宅，千年祖业，说拆就拆，说毁就毁。谁不心疼？谁不抗争？不从者发配边境充军，情节严重者斩首示众。闹得村村戴孝，聚聚举丧，刑徒充塞道路，冤狱遍及域中。

奏折之举揭，骇人听闻。太原全郡官吏、豪强之罪恶，全都无可遁形。字字血，声声泪，义正辞严，它是血的控诉，泪的控诉，令人咋舌，令人酸鼻，令人拍案而起。且有千余名父老联署，更使它具有不容置疑的震撼力道。

王焉读罢，自然知道它的份量了。一旦传进金阙，太原全郡官吏豪强必遭灭门之祸。所以他们不惜悬出重赏，派出公差捕快，动员黑道帮会，不遗余力进行陡截。

上奏者九原丁宛。

九原丁宛？不正是十年前万间学舍太学生，曾与蔡阳刘缜同舍的丁宛吗？

王焉不觉摇头苦笑，这万民折怎么落到了他的手中！官吏之贪鄙，豪强之横行，正是新莽王朝痼疾之所在，也正是它必然覆亡的病根。岂可报之王莽令其疗救？然而父老之呼号，生民之哭诉，又岂能弃之不顾？何况告状者还是自己的同窗！黑夜扪心，何以直面天良？心中灵光骤闪，浑身悚然一震：莫非太祖师伯把他诱进牛耳山，就是为了让他得到万民折为民伸冤，以减轻自巳的罪愆[qiān]？这一切太祖师伯早己料定，真是神乎其人神乎其技！心中充满敬畏，双膝跪下，朝天遥拜：

"太祖师伯，徒曾孙知道您老人家的用心了！"

他扮作猎人，把万民折装进两个鹿皮袋里搭在肩上，混进了晋阳城。进城之后，买了一头毛驴，几袋药材，用竹杆挑了个葫芦。摇身一变，成了悬壶济世的游方郎中。他医术高明，许多疑难杂症，药到病除。他行无定向，居无定所，所到之处，治病救人，被人奉若神明。

晋地山高水险，只有"太行八陉"是出入通道。他天天往返太行八陉，而太行八陉天天有公差、捕快、巨盗，豪客明查暗访。他在病人及其家属陪同下，大摇大摆在他们眼皮底下通过。

"无才入仕兮吾悬壶，悬壶蹇连兮吾从商，长街叫卖兮无人识，货卖识家兮走柏台。"

"柏台"就是御史台，是"柏乌台"的简称。汉初御史台四周广植柏树。很多乌鸦栖息在柏树上，因而叫柏乌台。御史专司进谏弹劾，皇上嫌他们聒噪不休；官员嫌他们摇唇鼓舌，都把他们视为一群乌鸦。一语双关，柏乌台的名称不胫而走。

　　王焉在太行八陉转了一个多月回到长安。他背负书箧，绕着一家宅院来回高唱。门役见他蹊跷，"你卖甚？"

　　"稀世之宝。"

　　门役说："先生找错地方了，我家老爷一生清贫，哪有钱买稀世之宝。"王焉说："你家老爷果真请贫？嘿嘿。如今奸佞当道，贪饕横行，'廉泉'一瓢饮，价值几何？"言毕哈哈大笑。门役见他有为而来进去通报。片刻转回，"先生请进。"伏湛衣服有些破旧，站在客厅门口温雅笑着，"先生所贾何物？"看见王焉解下书箧放在桌上，"莫非先秦儒典？"

　　"伏大人不愧先贤伏生之后，所重者只有儒典，真叫人敬佩。在伏大人看来，除了儒典世上再无稀世之宝了？"

　　伏湛字惠君，琅邪东武人氏，是汉初大儒伏生之后。秦始皇焚书坑儒之后，又经陈胜吴广暴动、楚汉之争，二十余年的战乱，儒家经典所剩无多。伏生因家藏《尚书》二十九篇未遭兵燹，本人又饱读经书，便成了硕果仅存的儒学宗师。他和几位劫后余生的儒者，重建了摧残殆尽的儒学。否则，博大精深的儒学很可能湮没在历史长河中了。伏湛重视儒典，自在不言之中。

　　"奇珍异宝、金玉古玩，下官毫无兴致，先生另找旁人吧。"伏湛淡淡说。

"哈哈。"王焉一阵大笑。"若是'稀世奸恶'呢？"

"稀世奸恶"属于伏湛职权范围，"这，下官倒有兴致。"

"此宝太原郡明码实价七百金，长安少说也值一千金。"

"下官……"

"哈哈。"王焉又是一阵大笑。"但饮一瓢廉泉水，捨却千金何足惜！"伏湛说："先生谬赞。下官先看看这'稀世奸恶'如何？"显然他不想被大言所诳。

"请。"

伏湛读了几行，就目不交睫飞快浏览起来。不到一盏茶功夫，他读完奏折，翻了翻万民签名，脸色十分凝重："此折可是丁宛交给先生传与下官的？"

王焉摇摇头，把峡谷中得到万民折的经过讲述了一遍。

"青犊？太猖獗了！"伏湛曾经查缉过几桩私铸铜钱案子，对太行山中冶矿情况知之其详。大行山中有两大矿工帮会：一个用青铜铸了一头幼牛作标志，称为"青犊"；一个用纯铜铸了一匹骏马作标志，称为"铜马"。铜马和青犊势力很大，行事毒辣，连官府也惧怕三分。他急切问，"丁宛现在何处？没被那帮奸贼坏了性命吧？"

王焉拱手，"详情小民不知，听人传说被太原郡关在狱中。"

"来人！"伏湛高叫，幕宾应声走出。"速发四百里快传驿马，直赴太原郡，传御史台敕令：胆敢损伤丁宛一根汗毛，杀无赦！”幕宾应声走出去。

伏湛说：“事关重大，下官当拟折上奏。请先生暂住衙中，若有缓急，可随时领教。”

王焉拱手，“小民疏懒成性，无羁无状，只恐有碍府衙戒规。不如住在客舍，自由自在。伏大人若有传唤，小民随传随到。”

“也好，有慢先生了。”

过了两天，伏湛派人把王焉请进衙内，告诉他万民折告发的太原贪腐案，一时还难以查处。

“难以查处？”王焉诧异，“万民书所列罪行，一笔笔一宗宗有根有据，详尽具体，怎么难以查处？官官相护，不想查处吧。”

伏湛默默无言。事关官府内部，他想说又不想说。良久，他神情沉郁地长叹一声，还是说了出来：“有桩悬案牵连丁宛，有人疑心丁宛是谋财害命之徒。”

“悬案？”王焉强烈表现出不信任。“欲加之罪吧。”

“唉，怎么说呢？”伏湛无奈地叹气。那神情分明告诉人们：悬案的确是悬案，欲加之罪也的确是欲加之罪。

这事要从三年前说起，三年前江夏有位乡绅控告丁宛。据这位乡绅说：十年前他的儿子到长安求学，从此杳无音讯。前年他亲自到长安寻找，才知儿子早已死去。又经多方查询，打听到儿子当时所住的学舍。听人说：他儿子是在九原士子丁宛搬进学舍的当天死去的。苦主说，他儿子手上有黄金十斤，还有许多珠宝。一口咬定丁宛见财起意，谋害了他的儿子……

王焉忿忿说："过去了十年，这不是一件无头公案吗？请问有谁能证明他儿子手上有大量金银珠宝？即便有又有谁能证明是丁宛谋财害命？击杀还是毒杀？尸体在哪？葬于何地？即便找到坟墓，尸骨早已腐烂，也无法确定致死原因。种种疑难无法破解，岂不是永远查不清吗？"

"是啊。前年苦主向京兆尹衙门投诉。京兆尹衙门觉得时间久远，疑点其多，不予受理；他又向御史台投诉，御史台也不受理。案件压下去了，这回御史台有人找到苦主又翻出来了。"

"一件疑案，怎能推倒一桩铁案？"

"疑案不清，铁案难立啊。"

"什么疑案？称得上疑案吗？"王焉冷笑，"无非有人袒护太原郡贪官污史，有意设立障碍，从中阻挠罢了。"

伏湛又无奈地叹了口气。

"丁宛这不是没事找事引火焚身吗？贪官污吏毫发未损，自己倒要瘐[yǔ]死狱中了。小民也是多事，鬼使神差得到万民折，反而害了自己的同窗！"王焉真想大声唾骂这个魑魅[chī mèi]世道魍魉[wǎng liǎng]官场，但忍住了。

"同窗？先生与丁宛同窗？下官正想寻找了解丁宛的人调查呢。丁宛是太学生，同窗好友一定不少，不难查出他的为人。"

王焉明白他的用意。一件疑点很多以致不能立案的"疑案"，只要涉案人无劣迹，那就说明不了什么问题。有人想拿它阻挠查处太原贪赃案也就徒劳了。他兴奋说："小民之友刘缤与丁宛同舍多年，对他敬重有加。想必丁宛人品不差，相信不会做出谋财害命的事来。"

"下官也确信丁宛绝非谋财害命之徒。只要读读万民折，慷慨激昂，义正辞严，仁者之心溢于言表。怎么会是谋财害命宵小之徒？文如其人啊！"

"说得对！小民想起来了，丁宛的业师是许子威大夫。许大夫一定对他了解。"

当下伏湛起身，"先生何不随下官一道去拜访许大夫呢。"

王焉拱手，"小民欣然从命。"

许子威正在给两个弟子授课，边诵边讲，意兴风发。伏湛待立一旁，等他讲完，"浩浩哉学海无涯，洋洋乎如沐春风。"许子威躬身一拜，"伏大人枉驾光临，必有教老夫。"伏湛还拜，"许大夫颠倒了，学生亦如堂上诸子特来求教。"

二人坐定，伏湛刚刚提起丁宛，许子威就极口称赞：

"回也，三月不违仁。"

这是孔子称赞他的高足颜渊的话。许子威脱口而出拈须微笑，显示出一位师长对弟了的赞许和欣慰。伏湛一声低呼：

"啊！"

许子威笑容可掬，"伏大人以为过誉？"伏湛说："许大夫阅人甚多，品评甚严，怎会过誉。"许子威说："并非老夫偏私爱徒，实因丁宛宽仁过人。遍观诸生无人能及。"伏湛说："如此说来，许大夫愿为丁宛人格担保了。"许子威不假思索，"当然。"伏湛说："许大夫若肯担保；下官将不惜冒犯权贵，直奏圣躬，躬请圣裁。"许子威大惊，"怎么回事？莫非丁宛犯了什么案不成？"

"是啊，许大夫不幸而言中。"伏湛把事情原委说出，一个立于许子威身后的学子忍不住插言，"掘墓开棺，即可为丁学兄辩诬。"

掘墓开棺？没头没脑冒出这么一句话，众人无不愣忡，只听他说：

"丁宛师兄志刚金石，意严冬霜，是位异行卓德之士。家兄曾与他同舍五载，对他极其敬重，曾对晚生说起这件事，这正是丁学兄不同凡响之处。"

"令兄可是蔡阳刘縯？"王焉问。

"正是。"

这个学子名叫刘秀，浓眉俊眼，阔口隆鼻，年龄二十二三岁，颏下青须茂密，显得分外英武俊美。他告诉众人：

十年前，丁宛搬进学舍的当天，同舍学子已经昏迷不醒。这位学子只比丁宛早到一天，没来得及登记注册就病倒在学舍了。他确实有黄金十斤和一些珠宝，由于病情凶猛神志不清，来不及说出姓名就断了气。丁宛四处打听这个学子的状况毫无结果。尸体不便过久停放，只得让死者入土为安，于是用一斤黄金安葬了这位学子，余下的黄金珠宝都随灵柩下了葬。

随柩下葬，叫人不可思议！

这里有个疑问：学子进辟雍求学，死在学舍之中，居然打听不到姓名籍贯，岂非咄咄怪事？说出来也没人信，伏湛当场提出来。

王焉是过来人，知道其中原因。当时万间学舍刚刚落成，万千学子从全国各地涌来，师生各不相属，情况十分紊乱。

许子威回忆，"当时乱得很啊。许多识字不多，甚至目不识丁的人也混进学舍住下。必须一个一个甄别，把这些人遣返回籍。整整花了半年时间才算有个眉目。哪有精神管旁的事？有人死在学舍，无法查出姓名籍贯不足为怪啊。"

伏湛连连点头，调头向刘秀询问，"可知葬于何地？"

刘秀摇摇头："晚生不知，家兄不曾说过。"

"啊，不知？"伏湛大失所望。

王霸说："敝友刘縯为人谨慎，不当说的绝不对人说。如果口风不严泄露出去，贪婪之徒掘墓盗金，岂不泯灭了学友高洁之志，玷污了高士卓尔之行？"

伏湛一眼见到这位美须眉的太学生，就觉得他有一双诚实的眼睛值得信赖。他再无怀疑，喜不自胜，"丁宛有救了，万民折有救了。"

回到御史台，伏湛传召幕宾，准备发出四百里快传驿马到蔡阳去请刘縯。王霸深知刘縯为人，官府传召未必听从，连忙起身，"小民愿往蔡阳去请敝友。"

伏湛大喜，"如此甚好，只是千里迢迢，辛苦先生了。"

"能为故人昭雪，小民甘之如饴。"

大约过了一个多月，王霸带着刘縯一行人到达长安。刘縯是刘秀的大哥，足足比刘秀大十岁。陪同他前来的还有从兄弟刘嘉刘赐。刘嘉刘赐与刘縯曾经一同游学长安，都是丁宛的同窗好友，听到丁宛蒙冤，一起到长安来了。

王焉带领刘氏兄弟去见伏湛。他们气宇轩昂，言行举止无不流露出沛然正气。伏湛见了暗暗惊异：

"诸位不远千里，为朋友辩诬，为官府解疑。见义不辞劳苦，为公不避嫌隙，忠肝义胆下官嘉许之至。"

"大人过奖了。"刘縯沉静说："涸泽之鲋，相濡以沫；雀巢之鸟，相哺以食。鱼鸟尚且如此，何况人呢？朋友有难，岂可袖手旁观？我等草民不过鱼鸟而已。鱼鸟私情，何言忠肝义胆？"

他身高八尺长须及胸，目光炯炯神采飞扬。眉宇间不怒自威，不矜自重，凛然不可轻侮。身穿青布长袍整洁挺拔，突显出庄敬自强风度。他是前汉宗室，汉高祖九世孙，汉景帝的后人。王莽篡汉他深恶痛绝，发誓光复汉朝，恢复先祖大业。这次来到长安，除了为丁宛辩诬之外，也是激于义愤，为太原百姓申冤。

伏湛见他不卑不亢，就把丁宛案情说了一遍，向众人暗示：有人故意大做文章，阻止太原案立案：

"诸位多与丁宛同窗，对丁宛人品有所了解，只要诸位愿意为他具结担保，再加许子威大夫的考评，下官自有辨法堵住刁难之口，不一定要开棺取证。"刘绩问，"大人担心墓中无金？"问题既已挑明，伏湛反问，"下葬之日，莫非先生在场，亲眼目睹？"

"不曾。"

伏湛说："既然先生未曾目睹，焉能确知有金？"刘绩说："朋友相交，重在诚信。至交之言不信，天下谁的话可信？"

"说得好！"伏湛大为激赏，拍案叫好，当即宣布掘墓开棺。

坟墓在青石岗上，离学舍不过二三里。墓木已经起拱，坟场一片绿荫。虽然多年无人祭扫，但坟头隆起，宛然如初。掘墓的那天，御史台众多官吏以及万间学舍的太学生数百人前往观看。

苦主是个五十多岁的老人，痛失爱子须发皆白。伏湛把刘绩一番话对他说了，苦主哪里肯信？他说："绣衣执法大人在上，天底下哪有这等事！"伏湛说："掘墓开棺，便知端的。"苦主痛哭，"大人不可！吾儿生前惨遭杀害，死后又开棺勘验，太惨了呀！"伏湛说："老丈且请止哀。棺中若无所言金银珠玉，此墓则可断定并非令郎之墓，老丈何悲之有？"苦主说："此等不经之言，大人也信？"

刘纈上前叩拜，"小民愿画押具结。若所言不实，愿担诳语欺官，掘墓开棺之罪。"伏湛说："先生三思。"刘纈说：

"自信信人，小民无须三思。"

伏湛说："既如此，请画押吧！"一个幕宾在他耳边轻声说："大人不可！棺中若无金银珠玉，刘纈获罪不说，丁宛本没谋财害命也变成谋财害命了。再说事隔十年，也不敢断定没人盗墓。还有，大人的官声……"伏湛拈须大笑，"刘纈笃信其友，未曾亲见甘愿画押具结。千古高义，本座焉可不信？掘墓开棺！"

坟墓挖开，棺木已经腐朽，尸骨尚完好无缺。骷髅脚下有一个瓦坛，瓦坛里盛着着金银珠宝。用秤一称，黄金正好九斤。苦主见到祖传的珍珠美玉，放声大哭。

伏湛走到刘纈面前，"敦敦友朋，相待以诚。自信信人，千古高义。丁宛得以昭雪，死者骨殖得以回归祖茔，万民折得以上呈金阙，太原父老冤情可望得以伸张，皆先生之功，请受下官一拜。"

刘纈还拜，"敝友丁宛忠肝义胆，为民请命。而今身陷囹圄，尚望大人早日解救，小民就此告辞。"说罢带领刘嘉刘赐与王焉拱拱手，径直走上大路直奔蔡阳而去。

五十一　皇太孙宝钱说币制 绣衣使受命

肃贪饕

　　皇太孙王宗站在勤政室大殿黄门之外，看见伏湛走来，快步迎上施礼，"皇上在风阁等着大人。伏大人，请！"

　　风阁位于勤政室东北角，与之相对的是雨阁。雨阁下面有片荷塘，下雨天不但可以观雨，还可以听雨。风阁则八面来风，王莽身体胖硕畏热多汗，已入秋凉仍旧住在风阁。

　　"皇太孙请。"伏湛连忙还礼。他收到万民折后，连夜积思苦虑，挥毫疾书草就奏章，进宫面圣来了。

　　王莽一生礼贤下士，登基之后对大臣也不简慢。每有年高德劭之大臣入宫觐见，往往亲自降阶以迎，或者命皇太子皇太孙出迎。伏湛今日受到这种殊荣，心里感激，难以言状。

　　王宗在前引路，身上的佩玉珠宝发出悦耳的叮当声。他们从侧门进去，经过长长游廊。拐了两个弯走进一间上房。王兴迎上来，领着他们向一条狭长走廊走去。长廊尽头有楼梯向上，迎面有十多个悬挂珠帘的小门。王兴推开其中一面小门，清风扑面，遍体凉爽。里头安装着绿茵纱窗，正对波光浩渺的沧池。右侧一张大床，床比民间略高，大约半尺有余。床下铺着毡席，上面放着几个坐垫。床上铺着鹅黄色锦绣绒毯，床顶上悬挂着杏黄色绫罗帏帐。

王莽斜倚在圆枕之上阅读奏章，旁边一张几案上堆满了竹简。听到传报，王莽起身下床，不待伏湛请安就嘀嘀笑着说：

"今日秋社，乃普天同庆之日。予案牍如山，只得如牛负扼不可或离，无法出宫与民同乐。卿何独选定今日进宫上奏？"

"今日是社日？"伏湛一怔，惘然摇头，"臣倒忘了。"

"哈哈哈。"王莽一阵大笑，"想必卿也与予一样笔耕刀削，精思苦想，日夜辛劳，不知今夕何夕。若非宗儿提醒，予何尝知道是社日？"

王宗哧地一笑，"这叫有其君必有其臣。"

西周以降，民家于立春、立秋后第五个戊日祭祀土地神。那时二十五户为一"社"。祭祀之时民家以"社"为单位，结成"社会"，杀牲祭祀于大树之下。土地神是社神，所以这一天叫"社日"。春天社日叫"春社"，秋天社日叫"秋社"。社日是邻里同乐的日子。二十五户人家在一起做社饼社饭，祭神之后，全社老少聚集，共同享用这些祭祀后的牺牲。大家饮社酒，吃社饭，大鱼大肉，大吃大嚼。直喝到日影西斜杯盘狼藉，家家扶得醉人回家。

伏湛慌忙跪下，"君父劬（qú）劳，臣子何敢稍怠？微臣未能分君之劳解君之忧，致使秋社之日，陛下也无片刻清闲，实在愧受隆恩，愧领褒奖。"王莽虚扶了一下，"伏卿请起。时逢社日，你既来了，你我君臣何不忙里偷闲，放纵一下，同食社饼，同饮社酒，共谋一醉？"殊恩骤临，伏湛不知受领谢恩好，还是谦辞告退好，伏在地上没有动弹。王莽见状，不觉一怔：

"怎么，卿之所奏，十万火急？"

吏治糜烂，国之痼疾。痼疾不除，国体难安，但危亡却不在漏刻之间。这叫伏湛很难回答，不过他看出皇上的确很辛劳很寂寞，很想和人聊聊天谈谈心。他怎可怫悖其意？

"臣愿侍奉陛下左右。"

王莽大喜，招招手，"卿且前来。"伏湛走上前，王莽纡尊抑贵凑在他耳边说了一句话，而后大声叫喊："传膳。"

王宗闻言转身向外走去，二人哈哈大笑。王宗这才省悟，刚刚的悄悄话原来与他有关，只好站住。

王莽乐不可支，嘿嘿笑着，"王兴，今日秋社，予破一回例。令膳房珍馐尽呈，膏粱满桌。让宗儿大快朵颐，免得他听见传膳就逃。"

王莽生活一向节俭。登基之后每顿四素一荤，荤菜只有一小碟。吃不完下顿还得端上来，不准倒掉。并且常常训诫：一粟一菽，来之不易。坐天下者不可吃油了嘴，否则就会专吃民脂民膏了。王宗哪能受得了这种清苦日子，听到传膳就开溜。王宗脸刷地通红，"谁逃了？大父皇冤枉人。"

"刚才不是逃，是溜？是不是？"言毕为自己的俏皮话感到很开心，王莽又是一阵大笑。

今日的御膳十分丰盛，社日食用的社酒、社饼、社饭、应有尽有，而且山珍海味，佳肴纷呈。王莽一边与伏湛闲谈慢饮，一边笑眯眯看着王宗狼吞虎咽，那神态比吃进自己口里还香。

伏湛虽非佞臣，这种场合也知道专拣皇上喜欢的说，"臣有一孙，与皇太孙年龄相仿，顽劣异常。比起皇太孙，微臣不胜云泥之感。"王莽说："伏卿谬赞了。伏氏自伏生以来，二百余载世世书香，代代簪缨，若非家教渊远，安能如此？"伏湛说："臣族人甚众，莨莠不齐，不肖之徒代代都有。今日长安街头热闹非常，皇太孙依旧承欢陛下膝下，要是臣孙早就跑得没影儿了。"王莽深知伏湛为人从无诳语，听到他的夸奖，大为开怀，笑声不断。

伏湛不胜酒力，回到家躺下了。刚睡得迷迷糊糊，黄衣力士策马前来传旨召他进宫。不用说王莽还没休息，看完万民折召他前去问话了。当他再次进入风阁，看见太师王匡、司命孔仁、长史陈崇都跪在地上。王莽满脸酡红，指着掷于地上的万民折大吼，"尔等尸位素餐，深负予望！"

他慌忙跪在他们身后，王莽霭言说："伏卿且请安坐。"伏湛叩头，"臣亦有亏职守，深负圣恩。"王莽扫视了一阵，大袖一挥，"都起来说话吧。"

四人一齐谢恩，翻阅万民折。万民折控诉太原郡县官员利用"兴办井田"，强拆民房，强抢民财；利用"钱币改制"，强兑强换，反复盘剥。有顷，王匡奏言："我朝承继汉制，郡县官吏皆为旧臣。前朝吏治松弛，贪饕[tāo]之徒所在多有。臣等再三纠劾，不惜苛法重典。杀者有之，刑者有之，徙者有之，贬谪革职者不可胜数。不意太原一郡吏治依旧糜烂至此！微臣震惊莫名。臣性驽钝，鲜德少能，幸赖天恩，忝居首辅。请陛下降臣失察之罪。"

王匡是王舜之子，承袭王舜太师之职。按西周官制，太师掌握兵权。王寻王邑贬谪后，陈崇孔仁接替他们的职司，但王莽没封他们做大司徒大司空。王匡就成为朝廷"首辅"了。

他神态卑谦低声下气，骨子里圆滑之极。一席话除"震惊莫名"表述自己心态，再无一言发自内心。

"见到万民折，微臣亦'震惊莫名'。"陈崇说："吾皇陛下一生摈斥奢靡，克勤克俭，百官景行，万众景仰，可谓一身廉而天下廉，一身正而天下正。我朝开国以来，诚如太师所言，郡县皆为旧臣，贪饕之徒不乏其人。但总体而言，廉泉遍布，吏治清明。太原一郡十七县所有官吏无一清廉，微臣实在不敢相信。微臣非不信太原郡确有贪官污吏，微臣不信太原郡竟无一人受陛下巍德高节之感化。孔子云：‘君子之德风，小人之德草，草上之风必偃。’莫非太原郡水土有异，草上之风不偃？”

他巧于辞令，巧就巧在他把自己的见解建立在王莽固有的品德基础上。话说得王莽爱听，也能听进去，甚至能够左右他的思绪。

王莽力戒奢侈，锐意改制，宵衣旰食，勤于政事。他决心效仿他的先祖虞舜超迈前朝，深信以身作则的感化作用，深信风行草偃的巨大效应。然而虞舜之时天下大治；文景之时天下大富；为什么他的天下偏偏乱象丛生？

孔仁走到烛台之前招手，“皇太孙，请过来。”王宗走上前去，孔仁说：“请吹熄烛火。”王宗说：“孔大人挡住烛火，小公如何吹得熄？”

“不错。”孔仁上前，“皇太孙吹不熄烛火，是因为微臣挡住了他吹的风。皇上的德风吹不偃小草，是因为有佞臣从中挡着。”

他言辞犀利直斥权臣，接着说："陛下之盛德卓行，有幸亲眼得见者，不过朝中大臣而已。朝中许多大臣，尤其前朝老臣，不但自己骄奢淫逸，子孙无不声色犬马。正是这帮权臣悍将挡住了陛下之德风，故廉洁之风不能流布宇内，而奢靡之风风行四方。"

孔仁是新贵。他所说的"前朝老臣"，指的就是"金匮辅臣"中的老臣及其继承者。三个大臣出现了分歧，王莽爱取兼听之术。从分歧中找出事情症结，从争辩中获得破解方略。

"依孔司命所言，不光太原一郡十七个县官吏靡烂，全国三十六郡六百九十三县官吏也都靡烂：不光郡县靡烂，庙堂也都靡烂。"王匡咄咄逼人质问，"不知孔司命欲将长史陈大人置于何地？欲将绣衣执法伏大人置于何地？欲将区区在下置于何地？又欲将司命大人自己置于何地？"

王匡肆意扩大事实归谬对方；又当面质问当面难以回答的问题，无疑是一种刁蛮无状的强辩。但王莽听来并不觉得强词夺理。他很难想象，更很难相信，全国吏治业已靡烂。不但他以身作则的身教毫无意义，自己还成了古今一大昏君，这是他绝对接受不了的。

"王匡欺君！"王宗突然说："大父皇，王匡欺君，其罪当诛！"

"嗯！"王莽摆摆手冷斥一声，"宗儿，大臣议事，小孩子不要胡乱插嘴！"

"王匡欺君！"王宗上前跪下，"大父皇，臣孙有事奏闻。别的事臣孙不懂，钱币的事，弊端实在太多。"

"嗯。"王莽见他郑重其事，微微有些吃惊。王宗从腰上丝绦上解下一枚"布（鞴）货"钱币呈上，王莽一看，不知何意，"小孩子不要胡闹。"王宗说："臣孙不敢胡闹，这是一枚用之不尽，越用越多的宝钱。皇姑给臣孙特意佩戴在腰上的。大父皇看看，可有特别之处？"

王莽听说是女儿给佩戴的接到手里。这枚"布货"钱币，面值壹百钱，是"布货"中形状最小，面值最小的一个。"布货"是一套形如小锄，面值从壹仟到壹佰，大小从大到小的铜币，曾经通行于西周。始建国元年，王莽仿古改制，下令发行的一套货币，钱币也按西周样式铸造。

王莽仔细看了看，并无特别之处，"究竟怎么回事？"

"容臣孙慢慢奏来。"王宗说。那是两年前的事，他住在新都。新都在新野附近，姐姐托家人王福上街买胭脂，他随王福一同上新野去了。王福拿这"布货"钱在胭脂铺买了二十文的胭脂，他只要店家找给他四十文"五铢钱"。到了丁字街，肚子有些饥了，就到御食铺去吃包子牛肉面……

"御食铺？新野哪有御食铺？"王莽说。

"大父皇忘了？当年您在凤邸常去吃牛肉面的那家铺子？如今已经改成御食铺了。"

"你是说丁字街包子铺？"

"正是。臣孙与王福吃饱了，花了六文"五铢钱"。不久后，王福拿三十三文"五铢钱"又换了一枚"布货"钱。结果买了胭脂，吃了包子牛肉面，"布货"钱还是"布货"钱，倒赚了一文"五铢钱"。这钱不是宝钱是什么？"

在场的人，除了王莽，都知道他命意所在了。"什么？倒赚了一文"五铢钱"。你倒说说，尔等倒说说，这是怎么回事？嗯？"王莽一迭声问。

原来，新币不断在贬值。有时只抵旧币（"五铢钱"）五成左右。拥有权势之人，新币却可按面值一换一，兑换成同样面值的"五铢钱"；例如一面值一百的"布货"钱，换成"五铢钱"后，又可按黑市价格，五十"五铢钱"换一"布货"钱，结果换成双倍新币。不久，新币又贬值，有些地方三十三文"五铢钱"就能换回一"布货"钱。

王宗顿了一会又说："当时，臣孙真的以为是枚宝钱。皇姑到新都的时候，臣孙拿给她看，皇姑就给臣孙佩戴到腰上了。现在才知道，王福那狗贼狗仗人势渔肉乡亲。"他狠狠剜了王匡一眼，"臣孙就不信，王匡不是这么做的！"

王匡慌忙跪下，"侄臣不曾做过。"

王宗冷冷一笑，"堂堂太师，自然不会拿一枚壹佰文的"布货"钱换来换去。你敢说你家里人不是这么做的！？"他满以为可以质问得王匡哑口无言，谁知王匡极其圆滑，一句话就推诿掉了：

"侄臣家中是否有不法之人，待侄臣查明之后奏报。"

王莽听完"宝钱"故事，知道这类事情，对有权有势的人来说，即便并非生性贪婪也很难避免，而生性贪婪的人比比皆是。他终于明白事态的严重了，他下床蹀躞（dié xiè），踏踏声响震得每个人耳朵发麻。

王莽称帝之前，已为官多年。一直知道有私铸"五铢钱"的情况存在。在三次"钱币改制"过程中，以为主要的问题是发现有私铸新的货币，私用"五铢钱"的情况，且久禁不绝。刑罚已经重到无以复加的地步了：私铸钱币，私藏铜炭者就连邻居都要收到牵连。然而，今日，皇太孙告诉了他一个更为严峻的问题，那就是权势之人在这"钱币改制"的过程中，强取豪夺，渔肉百姓，恐怕整个商贾制度都被破坏了，民怨怎能不沸腾？

他突然发问："陈崇！你做过没有？"陈崇跪下说："臣不

曾做过，但臣家人保不准做过。"王莽又问，"伏湛，你呢？"
伏湛跪下，"微臣家人早年有人做过，微臣多次申戒皆不能绝。
后来微臣严禁家人使用老钱。使用者逐出家门，送交官府，才
得以禁绝。"王莽觉得二人的回答还算老实，"二卿请起。"单
把王匡晾在当场。

"宝钱"的故事，在他心头搅动。币制混乱，社会必定混
乱；官吏巧取豪夺，民心必定怨恨。他不大相信太原官吏靡烂，
现在看来全国官史官吏都可能靡烂。王莽越想越觉得严重，越
想越觉得害怕，却听王宗说："大父皇，王匡欺君，您看见了
吧？"

其实王宗只知其一，不知其二。不过今日的故事，倒是使
王莽彻底明白了。王宗一少年，激昂所指自然也不会空穴来风。

王莽一双赤红的眼睛，有个火星在闪烁，在跳动，在凝聚，
死死盯住王匡，却听王宗又说：

"万民折王匡早就知道，借口有人状告丁宛，阻挠伏大人
上奏。结果如何？"王宗把掘墓开棺前前后后的事绘声绘色说
了一遍。

王莽猛地捶案，"果有此事？"王匡、孔仁、陈崇、伏湛都
跪下，"确有此事。"王莽紧绷着脸，赤红的眼睛喷吐怒
火，"王匡，该当何罪？"

　　王匡匍匐在地不敢出声了。王宗走到阶前跪下，"大父皇，太原贪饕遍及全郡，王匡失察于前；万民折送达京师，王匡阻挠于后。失职欺君，理当问斩。"

陈崇奏言，"太师确有失察失职之罪，微臣亦有失察失职之罪，若太师罪当问斩，臣罪亦当问斩。"

　　王匡叩头，"太原贪饕之盛出人意表；丁宛金银随葬世所罕见。臣井蛙之才难窥全豹；庸人之见难度奇人腹心。臣诚有罪，罪在不赦。"

王莽不觉点头，"如此贪饕恶行，如此奇人异事，前所未闻，难以置信，予就不责怪尔等了。伏卿，太原一案交你全权办理。"

伏湛慌忙跪下，"臣德鲜力薄，难当此项重任。"王莽说："莫非棘林棘手，心存顾忌？"棘林是古代断狱的地方，荆棘丛生，自然又恐怖又棘手。

　　"肃贪除奸臣职司所在，虽汤镬斧钺，臣何惧哉？只因太原一案并不单纯。适才皇太孙所述宝钱故事极其普遍，实乃吏治一大症结。不但牵涉郡县官吏，也将牵涉朝廷重臣。稍有差池纲纪非惟不振，吏诒非惟不清，反致朝野惊恐，大局动荡。"

　　"伏卿深谋远虑，甚获予心。予意以太原一案为契机，整饬全国吏治！严办严惩，雷厉风行。绝不姑息，绝不手软，让全国贪官污吏惊怖震恐，以申国法，以快民心。"他很痛心很激动，在场的人无不屏气敛息。他又说：

"吏治糜烂，必失民心。如不痛下决心肃清吏治，听任贪官污吏侵渔百姓，敲骨吸髓。予何以面对苍天，面对臣民？"

"臣遵旨。"伏湛叩拜。

王莽又说："伏卿可选贤任能，另组'宪台'。"

"宪台"是御史台的别名。御史台是朝廷最高监察官署，对皇帝有权进谏，对百官有权弹劾。所有司法、吏治、治安都归御史台直接或间接管辖，权势极大。新朝立国以来，御史台先由王邑后由王匡掌控，绣衣执法只是其中一名官员。王莽要他另组宪台，暗示他不受王匡节制。

退朝之后，伏湛差人把王焉请进府中，把朝廷的旨意告诉了他，"先生舍生忘死把万民折献与朝廷立了大功。下官欲举荐先生共办此案，为朝廷肃贪为百姓除害，望先生勿辞。"

王焉拜谢，"伏大人谬赏，小民愧不敢当。小民疏懒成性，不堪重任。"伏湛说："先生之才，宜当济世。下官切盼先生襄助，共建功业。"

王焉大废踌躇：太祖师伯叫他济世，这无疑是济世的好机会；太祖师伯说过他的"尊容"，"看一眼准做噩梦"，斥他"丢头露面"，"生怕旁人记不住"，已经得罪了严尤孙豫一干权贵，官场不是他混的地方。他长揖在地，"小民只求悠游岁月，安渡余生。伏大人美意，小民心领了。"

伏湛不再勉强，王焉告辞离去。伏湛送出大门，目送他的身影远去。刚回到客厅，王焉匆匆返了回来，伏湛大喜，"先生复回，莫非萌生屈就之意？"

王焉揖拜，"伏大人求才若渴，小民着实感动。小民无才报效，愿荐贤才追随大人，以补小民之过。"伏谌问，"先生所荐何人？"

"魏成大尹李焉。"

伏湛说："先生目光锐利，可谓知人。李子瑜政绩卓著，下官早有耳闻。若得李子瑜相助，何患事功不成？"

潼关南依秦岭，北带渭洛，滔滔黄河抱关而下。出了潼关进入晋地，山峰连接，森林摩天。山下沟谷深切，绝壁悬崖，中通羊肠小路，仅容一人一骑。伏湛李焉带领一百多人从长安出发，直赴太原。二人缓辔前行，仰观云崖，俯视旋流，胸中都禁不住荡起雄奇峥嵘之志。

一行人越过一道山梁，晋西重镇平陆关就在眼前了。李焉马鞭一指：

“古虞国到了！”

伏湛精通经史，四间看了看，捋须微笑，“古虞国还在前头吧。”

“啊，嗬嗬。”李焉笑着。“学生想起古虞国宫之推，竟把此地说成了虞国。”过了一会，“白云苍狗今悠悠，物换星移百年秋，宫之推至今安在哉？”

伏湛见他执着这个话题，“李大人发思古之幽思，定有感悟。必有教下官。”李焉忙说不敢：当年晋献公假虞伐虢，宫之推讲了一通“唇亡齿寒”的道理。宫之推之所以名垂千古，就因为“唇亡齿寒”有如黄钟示警，响彻千年。他说：

“国与国如此，人与人亦然。今者贪鄙猖獗，贿赂公行，使君奉旨查处太原贪赃案，太原的贪官污吏不会束手待毙，其他郡县的贪官污吏也不会袖手旁观。只怕进入晋境再无宁日了。”伏湛问，“不知有何因应之策？”李焉说：“此去太原凶险必多。学生以为，敌有明有暗，我亦应有明有暗。学生持使君节旄，张使君官仪，乘驿马住驿站煊耀于明；使君微服绕道，轻车简从，潜行于暗。恶贼狡吏摸不清使君底细，就不敢轻举妄动了。”伏湛不待说完哈哈大笑，“伏某岂是贪生怕死之人？更不屑诿难于人，独安于世。”

李焉听他这样说，不便往下说了。

傍晚到达平陆关，在馆驿住下。伏湛李焉带的从人各不相同。伏湛带的是他的幕府，全是文人墨吏；李焉带的是他的宾客，都是壮士死士。李焉见伏湛不听劝谏，住下之后对宾客说："此去太原，诸君当处处留意，以防不测。"宾客大多是江湖豪客，其中燕子徐波、金刀于行，江湖上名声响亮经验丰富。众人轰然说："我等愿效死力。"

夜半天气突变，雷电交加，大雨倾盆而下。雨下了三天，大路一片泥泞。他们只得等到路面干爽之后上路。谁知刚晴了两天，又下起雨来。时下时停的，拖拖拉拉半月有余。头几天宾客日夜戒备，日子一长逐渐松懈了。

这天夜里，马厩里的驿马发出异样的嘶鸣，声音十分凄厉。守夜的宾客情知不妙，提刀跑去一看，马厩里冒着呛鼻的黄烟，五名马夫全都倒在地上哀号。

伏湛李焉闻报赶来，一百多匹驿马栓在木桩上，有的试图挣脱缰绳，昂首长嘶；有的乱蹦乱跳，乱咬乱叫；有的倒在地上，四蹄朝天乱踢……它们挣扎跳起，又都颓丧倒下，身上黄烟滚滚，痛苦万状地发出撕心裂魄的惨叫。

他们都曾听王焉讲过青犊用胆水杀人的惨状。今日亲眼见到，仍然禁不住心惊肉跳。李焉令人把马夫抬到干爽地上，用清水往他们身上冲洗。五个马夫在地上翻滚哀嚎很长时间，最后还是死了，只是他们的骸骨没有化成一滩黄水。

附近的百姓跑来观看，把马厩围得里三层外三层，议论纷纷：

"太惨了！吓死人了！准是铜马干的！这帮人全是天降的煞星，杀人也杀得叫人惊心动魄！"

"莫瞎说，铜马杀富济贫，专门与官府作对！全是响当当的英雄好汉，专杀那些狼心狗肺的贪官！！"

"啧啧，一百几十匹马哪！住的准是大官！"

"当官的都该杀！当大官的更该杀！铜马今日为何不杀官光杀马呢？"

"管他杀啥呢？这下可把那当官的吓个半死，解恨！真解恨！"

伏湛当真吓了一跳，不过不是铜马吓的，而是这些议论吓的。他是绣衣执法，查办过几起大案，知道一些民情，也知道这些年官吏腐败大失人心，不曾料到民众如此仇恨官吏。看到这惨不忍睹的景象，居然没一人指责杀人者，反而痛骂官吏，足证民怨沸腾民愤冲天了。

伏湛李焉商议了一阵，派人把县令传来。县令年纪不到三十岁，名叫文聪，模样很精明，"怎么回事？谁干的？竟敢在本县治下作案，太凶残太猖狂了！来人哪，快快查明这一大案要案！本官一定正之以法，严惩不贷！"

他显得很痛心，咋咋唬唬四下察看了一阵，慰问完了伏湛，慰问李焉，又一一慰问他们的幕宾，最后跪到伏湛面前请罪，"下官治下出现如此大案，让伏大人受惊。下官责无旁贷，请治下官失职之罪。"

伏湛说："现在还不是追究责任的时候，缉拿凶犯才是当务之急。"

文聪说；"伏大人所言极是。下官不才，到任以来保境安民，劝农劝桑，虽不敢浪言路不拾遗，夜不闭户，但家给民足，政绩卓著，却是有口皆碑。"他把州郡督邮视察结语，以及州郡大员表彰情况，如数家珍叙述了一通，最后说："今日之事，不知何方巨盗流窜入境作此大案，确实叫下官防不胜防。不是下官推诿罪责，而是禀明实情，请大人明察。"

这个县令狡猾得很，口称认罪却在表功，把责任推得一干二净。好个"有口皆碑"！听到刚才百姓的唾骂，他所说的"碑"只怕不是功德碑，而是民间的诅咒木！伏湛心里反感，但他涵养很好不露声色。待他说完，"文大人真不知谁干的？"

"下官确实不知。"

"铜马你也不知？"伏湛冷笑，"太行青犊铜马胆水杀人天下皆知，文大人你独不知？"

"铜马？伏大人是说窑花子铜马？"文聪说："他们栖身

太行深山老林之中，杀人如麻。敝县向无铜马，也从未发生胆水杀人之事。不知伏大人怎的与那些山猴子结了怨，招来了这帮杀人不眨眼的煞星。"

伏湛微微一怔，想不到这个县令把责任往他身上推，冷冷说："依你看来，铜马犯案倒是本台招惹的了。"

"下官不敢妄言，不过案件发生在伏大人下榻的驿馆。按理说应该与大人有关才是。"文聪说话棉中裹铁。

"哼！"伏湛一声冷笑，"恶贼在你县内杀死马夫，毒死驿马，公然恐吓本台。本台倒要听你盘查审向了。"

"下官不敢。"文聪连连叩头，"案情重大。凡所涉及下官都不敢稍有疏忽；方方面面下官都不能不详加究察。适才大人所言'恐吓'，就令下官茅塞顿开，给下官解开了恶贼只杀驿马的疑惑。"

这个县令表面上毕恭毕敬，暗地里却咬住"结怨"不放。把一桩恐吓钦差大臣的不轨案件有意往私人恩怨上扯，企图使受害人成了涉案人。一个小小县令敢于在钦差大臣面前搅浑水，身后无疑有强大靠山。

李焉在伏湛耳边说了几句话走出去。伏湛调头，"文大人，恶贼手段残忍，案情重大，必须尽快破案。本台路过贵县，人生地不熟。兼有钦命在身，不能多所羁留，缉拿凶手还须文大人大力协助。"

"那是，那是，下官尽力就是。"文聪起身走出驿馆。

天明不久，李焉带领徐波、于行等五个宾客在北门外生擒了十二条汉子，押进驿馆。打开他们的包袱，都有一个唧筒和一套黄布衣裤，不用说他们就是铜马"十二太岁"。

伏湛大喜，"李大人神算！"李焉说："这叫做自作聪明，自陷万劫不复之境！"二人开怀大笑。

文聪一番作态，殊不知露了自己的马脚；李焉一一看在眼里。文聪进入驿馆之后，口口声声缉拿凶犯，却不派人前去严守城门下令城中搜索。一个浅显的道理：案发时是深夜，城门是关着的，凶犯不可能出城，及时搜捕可望擒获凶犯。如果是个颤颤预预的糊涂官，不知采取有效措施，那倒情有可原，却偏偏是个自以为精明的县令，岂不令人生疑？

聪明人总是过高的估计自己的聪明，过低的估计别人的心智。文聪以为自己的话天衣无缝，伏湛拿他无可奈何，放心回衙睡觉去了。

天明之后，十二太岁以为无事，大摇大摆出了北门。走了二三里，有片树林，两个樵夫把两挑柴禾立在当道。看见他们来了，一个樵夫大笑，"哈哈，十二'大憨'来了！"另一个樵夫说："人家是太岁。"这个樵夫却说："没顶胆水的太岁，不就变成大憨了？"

"大憨"是大恶人或者大笨蛋的意思。

树林中又跳出四条汉子大声喝采："说得好！"

十二太岁见他们特来寻衅，又只有六个人，动起手来。谁知这六人拳脚功夫好生了得，以一敌二，几个回合就把他们打翻在地，捆绑起来……

文聪睡得正香，县里的狱吏啪啪敲门，把他惊醒。文聪披衣出来，听说十二太岁被擒，呆住了。良久才说："不会吧？"狱吏说："属下也觉怪讶。"在他俩看来，伏湛身边的人都是一些手无缚鸡之力的文人墨吏，少许几个亲兵怎能擒得住十二个凶狠骠悍的太岁？文聪说："只怕其中有诈吧。"

惊疑间伏湛派人来传，文聪只得忐忐忑忑前往驿馆。伏湛请他在堂上坐下，大喝一声，"传十二太岁！"

十二条汉子押到堂上，他们不肯下跪，挺身站着。伏湛听说他们就擒之时，都有自戕寻死的举动，是群重诺轻生的血性汉子，也就不勉强，语调平和说："谁是首领？站出来，回本台的话。"一条黑得冒油的大汉跨前一步，"老爷便是。"伏湛冷冷一笑，"好个老爷！嘿嘿。尊姓大名？"黑大汉说，"叫俺七七爷便是。"伏湛并不动怒，若无其事地说："本台熟读经史，只听说有姓第七的，没听说姓七的。"黑大汉说："老爷就姓第七。"伏湛说："这么说，你是京兆长陵人氏了。"黑大汉说："你怎知道？"伏湛哈哈大笑，"你我几代世交，怎能不知？"黑大汉说："俺不认识你。"伏湛说："田伏两家世代交好近二百年，你也不知道？"黑大汉说："俺又不姓田。"

"胡说！"伏湛勃然大怒，"数典忘祖的东西！难怪堕落成贼头，可杀不可留。"黑大汉迷怔怔望看他，说得好好的，怎么一下子动怒了呢？

文聪坐在一旁也很困惑。

谁知一阵暴怒之后，伏湛又平和下来，耐心解释给第七七听，竟如一位教习谆谆教诲一个无知的学童。原来，齐国的国君本是姜太公吕望的后人，后来被田姓的人篡夺了王位，史称田齐。秦始皇灭掉齐国之后，把田氏家族都迁到长陵，不准他们有自己的姓名，都用数码称呼。田氏共有十三家，次第称为第一、第二、第三……第十三。到了汉代，这些次第就变成了姓氏。

"第七七听着！"伏湛突然疾言厉色，"尔等杀死五名马夫，一百几十匹驿马。手段残忍，罪大恶极。本该全部凌迟处死，但上天有好生之德，五条人命以尔等五人抵命；一百几十四驿马以尔等一人抵命，本台只杀六人。尔等十二人只要谁说出内情，供出指使之人，本台就饶他一命。但机会只有六个，谁说得早说得好就可活命；说晚了或者说假话，那就是死路一条！都听清楚了吧？”

文聪听他一直言不及义，绷得紧紧的心弦渐渐松弛。刚才一席话顿时叫他瑟瑟颤抖。想在他面前掩盖真像难上加难，今日之事只怕凶多吉少了。

李焉满怀敬佩望着伏湛：这可真是大纵大擒的大手笔。京师口号：“庖丁解牛，游刃有余；伏湛审案，挥洒自如。”这个绣衣执法果然老辣。

第七七大叫，“都是俺指使的，要杀就杀俺一人吧！”伏湛哈哈大笑拱手说：“第七世兄，你知道本台念在世交之谊不会杀你。何必硬充好汉呢？你若真讲义气，是条好汉，本台给你一个机会。只要你开口招供，本台就多饶一人死罪；招供得好，还能戴罪立功，本台全赦，如何？”

这番话又有真又有假；又是拉又是打；又宽仁又刻毒，搅得第七七心里乱糟糟的七上八下。

李焉一旁说：“第七七，伏大人念在世交情谊，网开一面。你若辜负了他的苦心，那就枉送了你五个弟兄的性命。伏大人饶了你，天也不会饶你。”一个幕宾也开口劝说，“第七七，尔等铜马说什么杀富济贫，尔等杀的却是马夫。指使尔等的人，在下敢断言：不是官吏就是豪强。干嘛要为一个阴险毒辣的奸贼枉送五个弟兄的性命？”

伏湛摆摆手，“尔等不必劝他，人各有志，由他去吧。第七世兄，本台一言九鼎，你不说，本台不杀你，也不勉强你。”他冷哼一声，“不过，你要想清楚了，你不说，他们会说。多死五个人，可是你造的罪孽啊。”说罢大喊一声，“来人哪，把十二太岁带下去，分头审问！”

十二太岁押走之后，伏湛冷冷问，“文大人，本台审案，可有弊病？”文聪心头发颤，忙不迭点头，“伏大人宽大为怀，下官钦佩之至。”伏湛说：“可有‘结怨’之嫌？”文聪慌忙离座跪在地上，“下官妄言，伏大人恕罪。”伏湛森然说：“本台肯恕你之罪，不知文大人自己肯不肯恕你自己之罪。”文聪连连叩头：“下官愿……愿……”

“哼！”伏湛见他还是不想招供，满脸不屑，“文聪，你不说，自有人说。本台正告你：你的身家性命全在你一念之间，别幻想有人救你。谁也救不了你，只有你自己才能救自己。”

一个幕宾走进堂来：“主公，已有九人招供出了指使之人。”

“谁？”

“本城大户贾禄。”

伏湛问，"第七七招供了没有？"幕宾说："第七七不发一言，顽固不化。"伏湛说："把他带上来。"幕宾应了声出去了。

不一会，第七七押进来，伏湛笑着，"第七世兄，你真是心硬如铁，五个弟兄性命全不放在心上。现在已有九人招供，本台再给你一个机会。你若招供，那两名死不认罪的太岁，本台也赦了。"第七七知道隐瞒不了，"你说话可算话？"

"哈哈。"伏湛一阵大笑，"文聪，你看见了？第七七肯招了，你肯不肯招？十二太岁本台肯赦，你的身家性命本台有什么不肯赦的，就看你了！"文聪还有什么指望呢？只有招供一途。

不一会，贾禄押了进来，整个案件真相大白。平陆大户贾禄和太原大户蒋杰都是太行山私铸钱币的豪强。蒋杰在万民折上有名，便与贾禄密商，在途中除掉伏湛。这样，贾禄出重金收买十二太岁。这时立国将军孙建的家人孙富来到平陆找文聪，叫他设法在境内恐吓伏湛一下，使其知难而退。文聪曾是孙府家臣，因为聪明伶俐，能说会道，孙建为他谋了个官职，发放平陆。主子的话，他岂能不听？文聪就与贾禄合谋，在驿馆对驿马下了手……

伏湛说："文聪，本台言出如山，这次不予追究。转告你家主公：本台看在他的金面，放你一马；也请他看在本台薄面，不再阻挠本台办案。去吧。"

文聪千恩万谢去了。第七七叫嚷，"为何不放俺们？"伏湛诡笑，"第七世兄，刚刚相识，怎舍得你走呢？其他十一个太岁倒是可以走了。"第七七说："你要扣押俺？那就扣押吧。你赦了俺十一个弟兄，杀了俺，俺也没二话。"伏湛说："第七世兄说的哪儿话？本台不过想与你多亲近几天。"第七七说："当官的肠子弯弯多，俺转不过来。反正俺这一堆这一块，你爱咋样就咋样吧。"

第七七下去后，李焉拱手，"使君引而不发，实在高明！以彼之道还治彼身，大手笔啊！何况'彼之道'是败亡之道，只能称作'打草惊蛇'；伏大人之'道'，足以棒喝各路尊神，休得轻举妄动，收到'敲山镇虎'之效。"

伏湛叹一口气，不放文聪又能怎样？莫非直指孙建？如果孙建把孙富杀了，或者把他藏匿起来，他拿孙建能怎样？"敲山难镇虎，虚声恫吓罢了。"

五十二　日中天证人俱成鬼 月缺夜被告亦归阴

太原城头旌旗招展，一千多名士兵手持枪矛，列队排列在城门两旁。伏湛一行人驰到城下，大尹马新、都尉傅行率领三十余名僚属快步迎上跪在当途，"下官恭迎钦差大人。"马新傅行都是万民折上有名的人物，

伏湛并不下马，"不必多礼。"说着冷冷向城门两旁挂甲持械的士兵投去一瞥，猛地提缰径直向城中走去。

城中关门闭户。街道上铺了沙，洒了水，打扫得干干净净，没有一个行人。伏湛提缰止步，神情森然，"本台此行，不过为皇上办差而已，如此迎迓太过张扬，本台不敢举步了。"

"嘿嘿。"马新干笑着。这人四十多岁，身材稍矮微胖，成天笑口常开，笑声不断；就是不开心的时候也是不停的干笑，"伏大人奉旨查案，不远千里，驾临敝郡，下官敢不扫地除尘以迎天使？"

扫地除尘？简直是清道跸路，犹如皇上出巡"横索"一般。伏湛眉头深锁，"马大人的美意，本台担当不起。迹近横索，岂非陷本台僭越之罪？"

“嘿嘿。”马新依然不停干笑。“伏大人德高望重，清名远播，下官纵然隆极其礼，盛极其仪，也不为过，何僭越之有？”

“谦谦君子，卑以自牧。伏大人的风采，末将今日有幸瞻仰了。”傅行拱手说。这是一个年近花甲的武官，身材瘦削，三绺长须垂在胸前，给人儒雅之感，“伏大人既然怪罪，末将不得不据实禀明了。近日有一衣冠禽兽，纠合一群刁民诬告全郡官绅。甚至勾结太行山贼扰乱治安。为了伏大人的安全，不得不清道戒严以防不测。区区苦心尚望见谅。”

他一下子就把万民折的事挑开了。并且公然把丁宛称为“衣冠禽兽”，加上“纠合刁民”，“勾结山贼”的罪名，隐隐露出威胁意味，摆明了一种针锋相对的对抗架势。

伏湛神色冷峻，“傅都尉之意，太原治安混乱，本台随时都有生命之虞了？”傅行说：“刁民山贼作乱，不可不防。伏大人倒也不必太过紧张，有末将在，可保伏大人万无一失。”伏湛冷冷一笑，“哼哼！本台深受皇恩，身负重托，纵然龙潭虎穴也义无反顾。”他与李焉交换了一个眼神冷讽说：“傅都尉的美意，本台日后多有仰仗了。”说着提缰夹马向前走去。

到达郡衙，伏湛立刻升堂。他请双方官员落坐之后，“丁宛何在？”

大堂之上近百名官员顿时哑默。马新发出几声干笑，声音格外刺耳，似欲说话，却又久久不发出声来。隔了好一阵子，傅行替他打破了沉默：

"还在监狱之中。"

伏湛大怒，"还在监狱之中？本台敕令竟敢不遵！"马新笑容可掬，"下官岂敢不遵御史台敕令？御史台敕令，只限不得伤害丁宛一根毛发，未曾敕令……嘿嘿，不得追究丁宛滔天之罪。"

伏湛质问，"丁宛所犯何罪？"

"嘿嘿。"马新还没开口又干笑起来，"说起丁宛罪行真是罄竹难书，数不胜数。实在太多太多了。"

伏湛厌恶地猛蹙眉头，"拣紧要的说！"

"嘿嘿，要说紧要，哪条都紧要。下官就把丁宛这个衣冠禽兽逼奸未遂，害死一条人命的案情禀报给大人听吧。下官接到大人敕令之后，没敢耽搁，当日就将丁宛开释了。没想到丁宛回家不过数日，居然犯下了这桩丧天害理的罪行。"他吩咐狱吏江兴把案卷呈上，让伏湛自己观看。

狱吏江兴瞎了一只眼睛，满脸横肉。他把案卷呈了上去，伏湛浏览了一遍，心下一沉，"竟有这事！"说罢，传与李焉观看。

苦主是本城人氏，住在丁宛家隔壁，名叫郝延。他的妻子田红原是丁府之婢，经常出入丁府。丁宛出狱第六天夜晚，田红从丁府出来，说丁宛要强奸她，寻死觅活啼哭不休。到了半夜，趁郝延熟睡上吊自杀了。

马新得意地说："人证物证俱在，铁案如山。丁宛本人也供认不讳，画押在案。嘿嘿。"

案卷中有：

郝延的控状；

丁宛签名画押的供状；

丁府两名仆役看见丁宛非礼的见证；

郝延三个邻居目睹田红寻死觅活的见证……

伏湛冷笑一声，"本台要提审丁宛。"马新满脸堆笑连连点头，"是，是，传丁宛，快传丁宛！"李焉手一扬，"慢着！下官亲自去提。"说着与衙役一同走出去。

丁宛由两名衙役架着走进大堂。伏湛迎上去把他扶住，"丁宛先生！下官来晚了！"丁宛脚下虚浮站立不稳，泪如雨下，"大人，可盼着你来了，小民冤枉哪！"伏湛扶他坐下。见他骨瘦如柴，毛发脱落，指着马新，"你就这样遵从本台敕令！"马新依旧挂着笑容振有词，"下官从未动过丁宛一个指头，更不用说动刑了。伏大人若是不信，请问丁宛好了。"

伏湛正要动问，李焉轻咳一声。他省悟监狱之中折磨人的伎俩层出不穷，何必一定动用大刑？问也是白问，反受奚落。他大喝一声，"传郝延！"

"传郝延！"堂下差役的应声极其整齐响亮，动作也很迅速。四个人奔出堂去。可是过了一会回来报告："郝延不知去向。"

大堂上的官员无不暗暗吃惊。

伏湛把两卷木牍掷到地上，"把上面作证的人全给本台传到堂来！"

四个差役应声去了，过了半个时辰，他们回来同样报告说："作证一干人等全都不知去向。"

上的官员多少看出了一点端倪，露出一丝会心微笑。

"好啊，干得真绝！"伏湛斜睨着笑意更浓的马新，"不过可惜得很，弄巧成拙。既然原告不敢出堂控告，证人不敢出堂作证，本案不再能够成立；倒是应该另立新案，追究原告诬告，证人伪证之罪，恐怕还要追查幕后主使人。不知马大人以为如何？"

马新起身拱手，"天使主断，何容下官置喙？嘿嘿。只是原告、证人一齐不知去向，致使丁宛一案变成了……悬案。既是悬案，就应按悬案处理。"

"如何处理？"

　　"这……自然……等到找到原告和证人之后，开堂再审。倘若原告确系诬告，证人确系伪证，再立新案追查主使之人也不为迟。"马新不断干笑着，"嘿嘿，这……当然……天使主断，嘿嘿。"

　　"案悬人不悬，丁宛当堂开释。"伏湛断然说："不能因为原告、证人神秘失踪，案子变成无头公案，良善当遭无头冤狱。"他显得很激动，声音异常宏亮，震得大堂嗡嗡作响。

　　话声刚落，傅行站起，"末将一介武夫，不谙律例，从不过问政事。有几句话不知当讲不当讲。"

　　"请讲。在座的有话都可以讲。嘿嘿，何况本台的安全还要仰仗傅大人呢。"伏湛轻松笑了笑。

　　"谢大人。"傅行施礼，"原告、证人不知去向，原因甚多，怎可一概视为不敢出堂？进而宣判本案已不成立？丁宛奸淫罪本人已经供认不讳，岂可一笔勾销？"

　　"大人！"丁宛突然离座跪在地上，指着马傅等人痛骂，"这帮贪官污吏心毒手狠。他们将小民关在阴湿牢房中，借口驱湿解潮，四周升起火盆。小民热昏渴急，他们胁迫小民签字画押。小民临死不签，居然三天不给水渴！后来小民精神陷于恍惚，不醒人事，堕入他们彀中。"

　　伏湛捶桌，"马新，你又如何解释？"

马新脸上还是挂着微笑，"回伏大人：丁宛所言是真是假，下官毫不知情。容下官问明情由。江兴，本官如何吩咐你的？"

江兴跪到堂上，"回大人：御史台敕令下达后，马大人吩咐不得损害丁宛一根汗毛。属下见牢房潮湿，令狱卒生火。全是一片好意，请大人明察。"

"大胆狡徒！"伏湛大喝，"三日不给水渴，也是好意？"

江兴叩头说："卑职失职，卑职该死，这都是狱卒路三贪图钱财，勒索人犯所致。下官发觉，已将他乱棒逐出。"

伏湛大叫，"传狱卒路三！"

"传狱卒路三！"堂下的又是一阵呐喊。

李焉手一扬："不用传了，狱卒路三也已不知去向，是也不是？"

江兴说："卑职不知。"

"不知？为何不知？狱卒路三生于城中，长于城中，住于城中。被你逐出，你怎不知他在何处？"李焉连续追问。

"卑职确实不知。"

"这么说，你是已经知道他'不知去向'了，是也不是？"

"这……"江兴一只眼睛眨巴眨巴，没料想这人绕了个弯子，拿话把他套住了。这是怎么回事？他又没说错什么，实在想不通，再也不敢出声了。

李焉拱手，"伏大人，请速派人前去传唤狱卒路三上堂。倘若果真不知去向，狱吏江兴难脱干系。只要把他给丁宛先生的那番'好意'奉还给他，真相即可大白了。"

"传狱卒路三！"伏湛大声发令。

"大人……"江兴吓得失声叫了起来。傅行轻咳了一声，他匍匐在地，浑身发抖。

过了半个时辰，差役回报，狱卒路三也不知去向。

伏湛说："丁宛一案有关人等，全都'不知去向'，可见此案黑幕重重，怕见天日。本台正告有关人等：检举者将功折罪，隐瞒者罪上加罪。"

他突然顿住了，逼视着江兴不断摇头，吓得江兴心里卟卟乱跳。在场的人以为他要拿江兴开刀，打开缺口。谁知他长长叹了口气："唉！江兴，你想死还是想活？"

江兴吓得两腿一软双膝跪下："伏大人饶命！"

"哈哈。"伏湛大笑，"你求错人了！"

江兴一只眼睛眨巴着，琢磨不出他的含意来。

"你想想刚才不小心，透露了多少机密？你身上又藏着多少机密？而且很不幸，又被本台盯上了，人家还让你活吗？"伏湛嘲笑着，"本台敢断言，下一个'不知去向'的就是你！"

江兴心头猛撞，瑟瑟颤抖起来。

“你是一个聪明人，一点就透，要想活命应该怎样做。”
伏湛突然宣布："今天就此打住吧。"

半夜，烛光猛地抖动了一下，伏湛从梦中惊醒，突然坐起，
"丁宛先生故去了！"慌忙披衣起床，"来人哪，速请李大人！"

二人备马匆匆向丁府驰去。残月从云层中露出头来，残破
的边缘时浓时淡，显得更加残缺晦暗，无精打彩地斜睨着这座
死沉沉的城市。夜风卷起尘土和草屑在街道上打着旋儿，拍打
着破落店铺的破旧门窗，呜呜地在房角和孔隙中穿行。远近没
有一丝亮光，黑黝黝连成一片。浓的是屋是树，淡的是影，灰
白的是路。一群马急驰而过，惊醒了几个睡梦中儿童，引得满
街的狗一齐狂吠。

到达丁府，果然合家上下一片哭声。丁宛刚从书房梁上解
下来，早已断气多时。据他的长子丁毅说，父亲出狱三天来，
一直关在书房里，在竹简上写个不停，问他也不说写什么。今
日深夜，书房里一直亮着灯，他推门进去看，父亲吊在梁
上⋯⋯

桌上有一方素帛，上面写着：
一生沽名钓誉老来伤天害理

无颜面对子孙一死以谢天地

"恶贼，好狠！"伏湛切齿痛骂。这方素帛笔迹很像丁宛笔迹，内容很像丁宛绝笔。伏湛一看就知道是假的。他是大儒，书法精湛，反复披阅万民折，丁宛的笔迹熟记在胸，赝品怎能逃过他的法眼？

李焉仔细查验尸体，颈部和胳臂都有几处显眼的青痕。这是身体受到剧烈掐伤和扭伤之后，血脉淤积留下的痕迹。丁宛之死显然不是自杀。从伤痕推断，他是被人掐死之后，挂到梁上去的。

在丁府中杀人，做得人不知神不觉，肯定是江湖豪客干的勾当。

丁宛写的竹简不翼而飞了。

回到驻地，伏湛久久不语，在房中来回踱躞。突然气血翻滚，气得他双手不停挥动，"这帮人简直疯了！疯了！制造冤狱，杀人灭口，挺而走险，无所不用其极！眼中还有没有王法？还有没有朝廷？还有没有圣上？"

"使君暂息雷霆之怒，这帮人确实疯了，什么事都干得出来。我等应未雨绸缪，预先防范啊。否则还会有更严重的事体发生。"李焉心事重重。

"哼！谅他们也不敢对本台怎样！"

"眼下还不敢。"

伏湛踱着，情绪逐渐稳定下来，"丁宛先生之死，本台难辞其咎啊。怎么没想到呢？应该想到的啊。在平陆目睹官府与豪强勾接，豪强与黑道勾结，手段残忍，行为极端。前车有鉴，怎么疏忽了呢？"

"使君不必自责，该责备的是学生。"李焉也很沉痛，"丁宛先生之死，并非学生没有想到，只因虚名所累，担心言而不中，日后徒遭杞忧之讥，没敢给使君提个醒。"

他们沉默了，烛光摇曳着，使得映在墙面上的身影不停抖动。残月已经埋进深深云层中去了，窗外一片漆黑。院墙边古柏上一只鸟在扇动翅膀，发出卟卟的声音。也许准备展翅离巢，大约看到这没有星光和月色的天宇却步了吧？

李焉说："他们杀死丁宛先生，学生以为凶手的真正意图，在于把他们一手制造的逼奸案变成真正悬案。他们杀死了所有原告、被告、证人，手里却掌握原告控状、被告供状和证人证词。凭着这些再也无法对证的证据，他们可以把丁宛先生继续打成罪人，贬损他的人格，证明万民折不可信，达到保全自己的目的。"

"是啊，丁宛冤案不翻，本台寸步难行！"伏湛冷哼一声，"本台倒是不信，他们能一手遮天！"李焉说："在他们的地盘上，官官相卫，官匪勾接。上欺朝廷，下压百姓，蒙蔽一时倒也不是不可能。"伏湛恨恨说："该死！该死！"李焉说："正因为该死，而又不想死啊！"

伏湛心头一震，他觉得李焉一语道破了事情的底蕴。他们怎么舍得死呢？荣华富贵，金银珠宝，良田广厦，美人醇酒……太原郡贪赃案涉案者三十四人，就是三十四颗人头，加上他们的家小，关系四五百人的命运。趁着他们手中还有权柄，能不拼死抵抗吗？怎么能够指望他们面对斧钺甘心引领受戮？

"哼哼。"伏湛捋须冷笑，"他们暗杀成功，我等何不佯装不知，就当丁宛先生自杀，让他们自以为得计呢？再从另一个地方下手，打他个措手不及！"

"伏大人之意，可是蒋杰？"李焉说。

"不错。"

李焉微微一笑，"下官已有安排，如果所料不差，今天必有消息。"他派出好几个宾客监视江兴，如果有人杀江兴灭口就将其擒获。他估计指使凶手灭口的人是蒋杰。

天明时分，燕子徐波、金刀于行来报：半夜时分有二人潜入江家，将江兴带走。江兴没有反抗，江妻没有声张，估计彼此熟识。他俩一直跟在后面，出了北门进入柳庄，看见他们进了蒋杰家后院。

这回蒋杰没派人杀江兴，而把他带到自己的家。蒋杰是案中关键人物，则是毫无疑问的了。

王莽鸡鸣即起，直赴勤政堂，坐在御案披阅奏折。大殿四处点着黄灯笼，形成无数光晕。光晕外围依旧盘踞着清晨的黑黯。灯光下三尊青铜古鼎蒙着一层阴影，俨如三只蹲伏的巨兽；绕柱盘龙在半明半暗的光影中张牙舞爪，仿佛随时破空欲出。金炉里燃着檀香，升起袅袅芳香，摇曳着梦幻般迷蒙。

看罢最紧要的奏折，轻轻吐出一个字，好像在叹息，"传。"就这样，开始了他一天纷繁的政事。

最先进殿的是皇太子王临和皇太孙王宗，二人请安之后，王莽总是把王临支走，让王宗留在身边。这会儿王兴高唱，"传大司马甄邯、立威侯孙豫进殿。"

甄邯年过六旬，满脸络腮胡子都已花白。身高八尺有余，腰板挺直，或行或立势如钟鼎，气派非凡。二人行礼后，甄邯奏报：

"陛下，近日朝中大臣对太原贪赃案议论纷纷，臣亦疑云重重。太原一郡官吏贪饕不法，竟无一人清廉，岂不怪哉？太师不信，长史不信，臣亦不信。果不其然，近者查明：丁宛乃衣冠禽兽，现已含羞自尽。臣请陛下召回绣衣执法，还太原一郡官吏清白。”

“不会吧。”丁宛料理陌生士子后事，随葬埋金，给他印象十分深刻。

孙豫把马新的奏报呈上去，里头包括郝延的控状、丁宛的供状、证人的证词，以及丁宛绝笔抄件……王莽一一翻阅，心中狐疑不定。

王宗在一旁说，“物各有主，貌贵相宜。卫将军，下面怎么说来着？”王兴说：“窃张公之帽也，假李老而戴之。”王宗说：“这个鲁国的鱼，亥时的豕呀，上回是‘张冠李戴’，这回该‘李冠张戴’了。”

王莽厌恶地瞟了孙豫一眼，孙豫胀红了脸。

“鲁鱼”、“亥豕”字形相近，容易混肴。偶尔写错认错不足为奇。如果总把鲁念成魚，亥念成豕，那就是无知之辈了。孙豫常常认错字说错话，长安三贵胄“就把“鲁鱼亥豕”当成了孙豫的外号。

上回孙豫几次三番密奏严尤“杀使抗旨”，显然是“张冠李戴”，这回是不是“李冠张戴”呢？只有天知道了。

王莽对甄邯很客气，当即派四百里快传敕令伏湛回复。挥退孙豫后，与甄邯亲切交谈良久，亲自送出殿去。

太原府正堂上，伏湛一声断喝，"传贾禄、第七七！"

马新傅行不露声色冷眼旁观。丁宛死后，丁家无人上告，蔫不惝把人埋了。这表明丁家接受了丁宛含羞自杀的事实；市面上也四处流传丁宛的绝命书；丁宛万民折很难立足了。伏湛不得不调换方向，向他们痛下杀手。

贾禄、第七七二人被捕的消息，平陆方面早已传出，他们也曾商议如何把他俩救出来。但伏湛住进郡衙客舍后，一直没人见过他们。当二人押进大堂，简直就像从地底下钻出来似的。

伏湛说："尔，等杀死本台驿马，企图杀害本台，罪大恶极，尔等可服罪？"二人訇訇着，"罪民服罪。"伏湛说："尔等既然服罪，就当将大奸大恶之人揭发出来立功赎罪。本台将酌情赦免尔等罪愆。"

贾禄就把蒋杰请他出头以重金收买铜马"十二太岁"，在半路谋害伏湛的计划当堂讲出。伏湛问，"贾禄，你所供言，可有不实之词？"贾禄说："绝无半句虚言。"伏湛问，"贾禄，你可敢与那蒋杰当堂对质？"贾禄说；"罪民愿与蒋杰当堂对质。"伏湛大叫，"传蒋杰！"

堂下的差役有气无力应了一声。有人故意拖着长声，七参八差很不整齐。伏湛目光炯炯扫视他们，多数人垂着头，有几个居然腆起肚皮东张西望。伏湛早已预料到差役阳奉阴违，但没想到他们会藐视他的权威，公然表现怠慢不恭；内心不由得一紧，如果公然抗命，局面可能骤变。于是选了一个平日比较听话的捕头，"赵捕头！"

一个小吏耷拉头低声回应，"属下在。"

"本台令你带人传蒋杰出堂受审，不得有误。"

"是。"他一直低垂着头，好像做了什么亏心事似的，不敢正眼看伏湛一眼，带了八名捕快，匆匆下堂去了。

伏湛暗暗舒了口气。如果这个赵捕头抗命不从，马新傅行的喽罗趁机鼓噪，当场就可能激起事变。他手中没有一兵一卒，情势很难控制，他们就将面临被人轰出太原的危险。蒋杰住在北门外柳庄，来回少说也得一个时辰。候传时间常常是官吏闲聊时间，赵捕头一出大堂，就有人窃窃私议：

"知道吗？丁宛自杀身亡了。"

"这个该死的东西，死了好！"

"听说还留了绝命书，忏悔自己的罪过，什么'一生沽名钓誉，老来伤天害理'，啧啧。"

公然在他面前大造舆论，不是准备发难吗？不能给马新傅行等人制造事端的时机。他轻咳两声，示意有话要说。旋即嘿嘿笑着一脸轻松，就像闲暇之余与人聊天那样：

"诸位都看见了吧？那位谈虎色变的'十二太岁'渠魁第七七？嘿嘿。十二太岁都叫本台生擒了，本台释放了十一个，只留下了这个第七七，本台也准备放。这是为何？像第七七这样的人按律该杀，不但要杀他本人，还要杀他全家。"说着环视众人，"诸位都已居官多年，精通律典，对于第七七这样的人是不是非杀不可呢？换言之，像第七七这样的人，是不是只有死路一条呢？本台倒愿意与诸位切磋一二。"

马新傅行一听就知道他要施展攻心之术了。不过他的手法与众不同，不是官冕堂皇的正面宣讲；而是提出一个众人生死攸关问题与众人讨论，就像让众人讨论众人命运似的。而这样的问题，又是众人不能不关心的。

伏湛说："诸位或许以为本台宅心仁厚，宽大为怀。"他摇摇头，"不错，本台办案一向宽大为怀，但绝不宽大无边。"他的目光扫视了一下，"诸位或许以为本台见第七七有悔改之意，心生恻隐。"他又摇摇头，"不错，恻隐之心人皆有之。但罪大恶极者不可恻隐。诸位或许以为第七七举揭了别人，戴罪立了功。"伏湛还是摇摇头，"不错，第七七举揭了别人，然而十二太岁本台全放了，难道他们全立了功？"他停了好一阵子发问，"这是为何？"

堂上鸦雀无声，没人回答。不过看得出来，他们都在思考。这是好兆头，那种一触即发的紧张局面舒缓多了。伏湛精神倍增，神态更加轻松自在，声音也更加沉宏有力了。他伸出两个指头：

"机运。"

马新傅行都很困惑，有种受愚弄的感觉。机运？这是可遇而不可求的。莫不如说，皇上做了个好梦，大赦天下好了。更叫他们惶惑的是，伏湛信口开河，不知怎的谈起前朝绛侯周勃来了：

"吕氏作乱之时，周勃只身进入北军。北军是吕禄统率多年的军队。且不说北军八校都是吕禄的亲信，就是仟长、佰长、什长也多半是他家的宾客和奴仆。周勃一声'刘氏左袒，吕氏右袒'，全军就左袒了。这是怎么回事？诸位不妨设想一下，北军之中，为吕氏助纣为虐者还少吗？狼狈为奸者还少吗？为虎作伥者还少吗？为非作歹者还少吗？怎么可以想象他们依旧效忠刘氏？说'左袒'就'左袒'了？他们不怕秋后算账？不怕杀头抄家？"他笑盈盈望着众人，"诸位，谁肯赐教？"

他见没人回答，点名询问，"马大人，有何高见？"

"嘿嘿。"马新话声未出笑声先起，"下官才疏学浅，不知其中奥妙。少读《史记》，只知司马迁这么说，下官也就囫囵吞枣知道这么一点点。嘿嘿。"

伏湛捋须微笑，"傅都尉有何见教？"

傅行冷冷说："末将一介武夫，读书甚少，伏大人若有所示，不妨明说。以古喻今，皮里春秋，末将不懂，枉费了伏大人一片苦心。"

几个属吏跟着说："请伏大人明示！"

"伏大人不是以周勃自况吧？"

"哈哈。"伏湛一阵朗笑，"本台候传之时几句闲话，居然引起诸位的疑虑，岂不可笑？诸位非吕氏，太原非北军，本台怎能以周勃自况呢？退一步说这里就是北军，本台也非只身之周勃。本台身边一百好几十人，其中不乏侠义之士。十二太岁就擒于平陆刀不血刃，可见其身手了。当年周勃进入北军之时，并无一兵一卒可为后盾。本台各州各郡均可调兵，身后自有雄兵百万。即便太原真有吕氏，试问谁敢轻举妄动？"

字字金石，掷地有声，四座顿时静默。

伏湛目光锋利的环视每个人，口中笑声不断，"哈哈，闲谈，闲谈，当不得真。本台意在诠释'机运'二字，并无他意。诸位请还是听本台讲周勃收北军的故事吧。"

他说，他的先祖伏生对此事知之甚详：周勃进入北军后，首先宣布：过去的种种，无论是忠是奸是善是恶不再追究，譬如昨日死；今日的种种，一言一行一举一动必须慎重抉择，譬如今日生。随后他才宣布：刘氏左祖，吕氏右祖，这样全军才一律左祖了。

"吕禄在北军中的爪牙帮凶得以赦免，就是因为他们适逢其时适逢其会。这就是机运。周勃为何赦免他们？宽大为怀吗？否！恻隐之心吗？否！周勃的目标在吕氏，在首恶元凶！对于一帮趋炎附势助纣为虐之徒就网开一面了。"

在这里谁是首恶元凶，谁是趋炎附势之徒，还用说吗？马新傅行十分恼怒，这不是当着他们的面分化瓦解吗？看见那些原打算借丁宛之死鼓噪的属吏都缄起了口，心里只有暗暗叫苦的份。

赵捕头踉踉跄跄上堂来了，双膝跪下，"启禀伏大人：蒋杰拒捕，将我等打出来了。属下无能……"

伏湛知道全是鬼话。瞧那模样，脸上红光满面，不知在哪儿吃了酒，说不定就在蒋杰家喝的呢。他也不打破，"蒋杰拒捕，罪加一等。傅都尉，蒋杰豢养江湖豪客死士气焰嚣张，非派兵前往拘捕难以制服。本台令你急速发兵，将其逮捕归案。"

傅行拱手，"末将听令。"转身走出去。伏湛冷峻望着他的背影，内心大定。他知道他的那番话起作用了。

过了一个多时辰，傅行风风火火回来了，伏湛笑笑，"傅都尉必有佳音。"傅行说："末将迟到一步，蒋杰已焚庄逃窜，不知去向。末将到达之时唯见一片大火。"伏湛没说什么，挥挥手，让他下去。

退堂之后，李焉说："伏大人，好险啊，学生捏了一把汗！"幕宾说："使君，成天鱼游釜中，断非长策。不如返回长安，请旨再办。反正事有事在，他们跑不了。"李焉说："万万不可退出太原郡！且不说伏大人有负君命，我辈性命亦难保全。"幕宾诧然："这是为何？"李焉说："留在太原郡，马新等人不管怎样嚣张，还不敢公然杀害我等。离开太原郡，他们就会痛下杀手，把罪责推给山贼草寇。为今之计，只有向朝廷请兵。"

"请兵？"伏湛摇摇头。平陆县令身后有"金匮辅臣"孙建撑腰，何况太原郡？他们握有兵权，能不设法阻挠？消息走露激起事变，谁也无法收拾。"贪吏作恶，国之大患。本台已无退路，也不想退，有死而已。"

这种襟怀，李焉大为感动："使君忠义，铭感五内，学生愿随左右。"

"疾风知劲草，板荡识英豪。下官得遇子瑜，三生之幸。备酒！今日下官要与子瑜一醉方休。"伏湛不善饮，也不嗜酒，今日扬言一醉方休，是不是太过突然了？

"学生奉陪。"李焉自然知道他的用心，仰面大笑。仁者乐山，那是因为他们像山。不论何时何地，不论荣辱安危，永远像山一样安然泰然岿然。

二人开怀畅饮。从日中到日落，郡衙之中酒气熏天。马新的家眷住在后院，与伏湛下榻的驿馆一墙之隔。听见伏湛笑声朗朗，马新笑口常开的脸上一丝笑纹也没有。掌灯时分，伏湛的笑声刚停，马新的笑纹才慢慢爬上眼角眉稍。这时傅行匆匆来了，"使君，好消息！"

"啊，嘿嘿。"马新发出笑声。

"丁宛丑行已达天聪，圣上极其重视。发出四百里快马，敕令伏湛急速回复。"

"怪不得没了笑声呢。"马新说："你不知那院酒肉飘香笑语喧哗哪。怎么？撤席了？笑不出来了？哼哼。"

"他不笑咱笑，他不飘香咱飘香。"傅行说。

"备酒！"马新高叫。二人当真畅饮起来。

"我辈不必强颜欢笑了。"听见那院的笑声，伏湛内心安定了不少，至少稳住了他们，一时半会不会狗急跳墙了。他令人草拟奏章，把丁宛万民折与绝命书原件一并送达长安，伏湛撤了席。

王莽看到马新等人为了诬陷丁宛，居然使原告、证人、狱吏、狱卒一切涉案人等，全都"不知去向"，故意使案件变成无头公案。手段之残忍，用心之毒辣令人发指。赤红的眼睛顿时喷射怒火，"该死！"

王宗伸头过去观看奏章：

"贪饕狡吏相与奸利，污万民之书，绝父老之望。陷人冤狱于前，悬人房梁于后，迫人诬告伪证而后杀人灭迹，使之死无对证，永世沉沦。毒如蛇蝎，凶如虎狼，人神共愤，天理不容。官者，为民之师而命以民事，何期残民虐民涂毒黎庶一至于此！盘踞一方抬手以遮天；上下勾接沆瀣而一气。欺上压下，奸伪并作。如此贪官已非君父之臣；如此贼吏何堪黎元之师？当是之时，整饬吏治若救火扬沸，绝民之望，社稷必危。惟陛下察之。”

姚恂把丁宛的绝命书等证据一并呈上。王莽比照绝命书和万民折的笔迹，他也是一个大儒，越看越不像，低声说：“传国师。”王兴转身要走，他又说：“把唐林、扬雄一并传来！”

不移时，王兴引刘歆进殿，“唐林扬雄在偏殿等候传宣。”

刘歆看了万民折和绝命书一眼，“依臣愚见，断非出于一人之手。”王莽说：“予亦犯疑，未敢遽加决断。”刘歆说：“二者笔迹，唯框架相近，三分形似而已。绝命书起笔、落笔、运笔毫无气韵可言，若行尸依样涂鸦。而万民折笔刀劲遒，气势若虹。此其字；读其文，绝命书何其萎琐不堪，何如万民折义正辞严大气磅礴！”王莽连连颔首，“正是，正是，与予不谋而合。”

王莽令王兴把绝命书和万民折拿到偏殿，让唐林扬雄二人分辨。不一会，王兴回来奏报，“唐扬二位大人俱言绝命书为模仿者所为。杀人者制造自杀假象，不意留下了谋杀证据。”

唐林曾是太子王临之师，时人誉为：“博道旧闻，德行醇备。”道德学问，名重一时。扬雄是辞赋家，华采辞章风靡天下。二人都是一代大儒，他们之共识，自然可为定论。

五十三　苦肉计赖蛋擒恶霸　疯魔术刁妇揭元凶

榛莽中一条小路通向樗林，林中有许多人正在砍伐樗树。樗树高百尺，粗数围，树干弯曲多叉，树冠如盖。树上开放白绿色小花，散发难闻的气味。樗树是一种不成材的树木，不能用作房屋舟车。如果不是做烧柴，那就是做鹿砦。

山麓有个村庄，名叫黑螺寨。黑螺寨背靠峭壁，地势险峻，正在大兴士木。村里赶建屋舍，村外抢修栅栏。一个彪形大汉，风风火火里外指挥。紫铜色脸膛上油汗闪闪，他就是蒋杰。黑螺口是他老家，这里遍地都是孔雀石铜草花。他就是在这里开矿，冶炼，铸钱，成了家累巨万的豪强。半月前他带领家人和宾客一百余人来到这里。老家早已残破，他必须扩建房舍，重修寨墙。

村里一棵槐树下扎着一个草人，上面写着伏湛的名字。一群小孩围着观看，光着屁股，衣服破破烂烂。东头走来一个锦衣小童，年龄和那些孩子差不多。他手持弓箭，身后还跟着四个小厮，指着草人，"他是俺家大仇人，烧了俺家们屋，毁了俺家的庄，把俺家赶到这山沟沟里来了。射死他！射死他！”说罢一箭射去，正中草人鼻子。

“孙少爷好箭法！”四个小厮拍手叫好。光屁股小孩瞪着惊奇的大眼睛，怯生生望着他们。

这小童是蒋杰的孙子，名叫蒋英。他把弓箭塞给一个小孩，“小山猴子，你射！”那小孩身子一闪躲开了。蒋英说：

“俺家的仇人，你敢不射！少爷一箭射瞎你的狗眼！”说着拉开弓把箭头对准他。小孩吓得转身就跑，蒋英一箭朝他后背射去。小孩扑倒在地，背脊上鲜血直流。幸亏箭头是木制的，力道也不大，没伤及性命。村里的小孩吓得四处奔逃。

“孬种！小山猴子！全都是孬种！”蒋英跺脚骂着。大概骂腻了，领着四个小厮喊起口号：

“杀死伏湛，灭此朝食！”

小孩的爹是个“窑花子”，采矿为生，外号叫“赖蛋”。赖蛋没啥能耐，只有一股不顾死活的赖劲。这赖劲比起那些横的愣的不要命的，还要厉害几分。见到儿子伤成这样又心疼又气愤。井下干活的时候，对工友说起这事，工友说：“这事得找马爷。”

“马爷”就是铜马。

赖蛋说："马爷不是栽了吗？听说七七爷还叫官府押着呢。"工友说："谁说的？七七爷是官老爷的世交。"赖蛋不解，"啥啥？世交？"工友说："世交就是……换脑壳的交情……"

赖蛋找到一个太岁。十一个太岁早已知道蒋杰回了老家，第七七令他们设法擒住蒋杰交给伏大人，好让他在伏大人面前露露脸。蒋杰也知道第七七归顺了伏湛，回山之后戒备格外森严。他之所以抢修栅栏和鹿砦，与其说防官兵勿宁说防铜马。

十一个太岁正在想方设法与黑螺寨的窑花子接近，赖蛋正好找上门来了。

三天后初更时分，蒋英去上茅厕，有个小厮跟着。小厮被人一斧剁掉了脑壳，蒋英不见了。蒋杰去找赖蛋，赖蛋一家人前一天到黄合聚上去找郎中治伤，再也没有回来。显然与这事有关。

蒋杰亲自跑到黄合聚找到郎中。郎中说赖蛋昨日确实来过，买了不少药给儿子治伤，还留下一个木板，上面有幅画，说有人找他，就拿木板给他看。木板上的画，画得不大像。端详半天才看出，一边画的是一块肉，一边画的是一堆钱。蒋杰知道是什么意思，恨恨詈骂，"该死的东西！"

当下蒋杰命人把郎中绑起来。走出门，有个刖者当道发问，"来人可是蒋大爷？"刖者蓬首虬须，上肢长得魁梧，坐在地上铁塔似的，只是两只脚被人砍去了。汉文帝以来废除了刖刑、劓刑、墨刑，但太行山一带，豪强仍旧动用私刑，不少人被他们刖去双脚。

"甚事？"蒋杰一行人停住步。

"俺猜也是的！"刖者冷笑，"要不，谁这么豪横，随便绑人！"蒋杰大怒，"你找死！"刖者仰面大笑，"老爷叫仇家刖了脚，生又何欢？死又何惧？就怕你孙儿，小小年纪死了可惜！"

蒋杰慌忙换了副面孔俯身垂问，"你有在下孙儿讯息？"刖者又是一阵大笑，"大爷你站着，瘸子俺坐着，谁在上？谁在下？"蒋杰只得拱手，"蒋某得罪了。"刖者嘲笑，"俺说了，不会也把俺绑起来吧。"蒋杰说："蒋某岂敢？"刖者说："适才有人要俺传话：一斤肉，一斤金子；一手交钱，一手交人；后日申时在丁家废井碰面。"蒋杰说："还有什么？"刖者说："只准你一人前往，否叫就见不到你孙儿了。"蒋杰又问："还有什么？"刖者说："没有了。"

蒋杰突然翻脸，阴森森说："没有了？你的死期到了。"说着抬起手掌。一个宾客说："且慢！留活口，说不定哪天派上用场。"蒋杰做个手势，几个宾客扑上去把刖者绑起来。

刖者破口大骂，"姓蒋的，你不得好死，你孙子不得好死，你全家都不得好死！"蒋杰冷笑，"你知道吗？你落得今天，就是嘴太损。"

一个宾客把他挂在马鞍上，在地上拖着走。刖者头上身上满是血。看来刖足之前，他一定是条响当当的硬汉子。

丁家废井井深三百多尺，井下地形复杂。蒋杰到达后，从身上解下包袱打开，露出金灿灿的黄金大声叫嚷，"赖蛋，蒋某带金子来了。你在哪？让俺看看孙子！"赖蛋抱着蒋英在井口露了个面便钻进漆黑的巷道中去了。蒋杰年幼时也曾是窑花子。对井下颇为熟悉，听见前面的脚步声，紧紧跟上去。

井下一丝光儿也没有，脚下高高低低。蒋杰听见孙儿磕磕碰碰发出的哀叫声，心如刀绞喊叫，"别伤俺孙子！"赖蛋说："乖乖给钱吧，伤不了。"说着，脚下正是一个下坡，赖蛋走得极快，一忽儿听不到声息了。

蒋杰没走多远，有条岔巷。他不知往哪走，大声问，"赖蛋，你在哪？"喊了一阵没人应。心中正在着急，却听赖蛋在他身后五六丈远的地方，"你把金子放在这儿，俺就告诉你孙子在哪。"蒋杰只好把背上的金子放在地上，"俺孙子在哪？"赖蛋说："你一直往前走，就看见你孙子了。"大约走了二十多步，听到赖蛋在后面破口大骂，"姓蒋的！你好狡滑！再也休想见到你孙子。"蒋杰走过去冷笑，"穷急了眼，歪心思想到大爷身上来了，你也配讹诈大爷的金子！"

原来，他在头一天晚上派了好几个身手不俗的宾客潜在井下。只要赖蛋一说出他孙子下落，立即将他擒住。果然，赖蛋落到了他的手中。"英儿找到了没有？"一个宾客说："还没找到孙少爷。"赖蛋大叫，"你下辈子找你那龟孙子吧。"蒋杰哈哈大笑，"有你攥在大爷手掌心，还怕找不到英儿！"

赖蛋押进黑螺寨后日夜拷打。赖蛋真正算得个赖蛋：一打就告饶，一告饶就招供。一会说蒋英藏在井下东头，一会又说藏在井下西头。蒋杰爱孙心切，每次带人前去，每次都扑空，但每次总能找到一些孙儿物件。一条裤子啦，一只鞋子啦，或者一块玉佩一个香囊什么的。回来之后照例一顿毒打，赖蛋照例告饶招供，照例胡说八道。赖蛋果然有股不死不休的赖皮劲。

到了第三天，赖蛋被折磨得奄奄一息，口里喃喃，"黄狗……俺家的黄狗……"蒋杰问，"你家的黄狗怎么了？"赖蛋呻吟，"俺就要死了，黄狗……咋还不来……"蒋杰唾骂，"别装赖！快说，黄狗，咋回事！"赖蛋慢吞吞说："黄狗今日申时要来，俺不把……不把……给它衔回去，就当俺死了，把……把你孙儿……杀，杀了。"蒋杰问，"衔啥？快说！"

"俺不说，说了，你们……就抢，抢去……"

"你不说？打死你！"

这回赖蛋显得意外强硬，"不说！说了也是死，让你孙儿陪着俺死。"

蒋杰把赖蛋放在寨门口。到了申时，赖蛋家的黄狗果然来了。见到赖蛋，摇着尾巴汪汪叫。赖蛋见四周没人，把脚下的破草鞋脱下来让狗衔着。黄狗衔着草鞋，箭一般冲出了寨门。

两条狼狗窜了出来，跟在黄狗后边飞跑。蒋杰带着六名宾客，手持兵器追上去。赖蛋大声哭嚎，"这下俺死定了，死定了！中了狗贼的计了！"

黄狗跑进榑树林，脚步放慢了。蒋杰等人都追上去，双方保持一定距离向前跑着。黄狗向一条山谷跑去，里头越走越窄，蒋杰等人冲了进去。蓦地，一股胆水迎面射来，跑在最前的两名宾客，一声惨叫，倒在地上。蒋杰调头就跑，迎面跳出两个太岁，拿着唧筒对准他，"跪下！丢掉兵器！"蒋杰这才知道中了赖蛋的"赖皮计"……

沉寂多日的郡衙今日又开堂了。这些天，伏湛成天在驿馆饮酒，太原官吏给他取了两个绰号：一个是"绣衣酒囊"，一个是"执法干雷"。按规定卯正开堂，郡衙二十多个官吏巳初才到齐。伏湛今日脾气格外好，连"干雷"也没轰两下，满面笑容，"本台昨日醉酒，夜得一梦：有一鬼魂在榻前申冤。本台答应今日一早就开堂，为他昭雪冤情。本台已坐候多时，鬼魂尚未出现；本台再燃上一炷香，如仍不出现：本台人事已尽，不再恭候了。"
众人都觉得好笑。
一炷香将要燃尽的时候，怪事出现了。江兴的妻子江于氏披头散发哭喊着闯进大堂。她抱着头倒在堂上满地打滚，说冤魂缠身，求伏大人解脱。江于氏是城里出了名的刁妇，特别难缠，比起她的独眼丈夫还要歹毒三分。马新傅行和城中大小官吏看见她疯魔样子，无不骇然。

伏湛问，"冤魂，有何冤情？快快禀来，本台替你伸冤。"
江于氏并不回话，只喊头疼。伏湛思忖片刻，"冤魂，你若
有灵，寄语卦中，本台一看便知道了。"说着课了一卦，
"可是要本台到北门外去？"江于氏也不回话，安生一些
了。伏湛大声，"车马侍候，移驾北门外。"

郡衙的差役对伏湛的号令一直虚与应付，见到这种怪事，好
奇心大炽，也都齐声响应。片刻车马齐备，伏湛吩咐把江于
氏载上。自己却不上车，偏要在地上步行。马新傅行以及一
帮官吏只得跟着步行。太原街头官冕衮服鲜丽光妍，走出长
长一串，成为罕见的奇观。伏湛不让清道，也不张"肃
静"、"迴避"令牌。街道两旁观众密如堵墙，更有许多好
事者跟在后边，形成一里多长人流，向北门外走去。

到了柳庄。这里原是蒋杰的村庄，已经烧成一片废墟。到处
残垣断壁，分外凄零。伏湛卜了一卦，令车骑停下。

在一处空地上，伏湛的幕宾从车上井井有条卸下公案。转眼
间布置好了一个公堂。围观的民众围成一个圆圈，如同一堵
人墙。

马新傅行都是精细之人，见这架势就知伏湛韬晦了数日，精
心策划了一个局，又要对他们痛下杀手了。只是不明白江于

氏怎么叫嚷冤魂缠身，难道他们之间有了勾接？马新傅行对视一下。傅行一挥手，几个小吏跟着他向外面走去。

"且慢，傅都尉！"伏湛说："卦上冤魂有话：今日到场之人，皆与冤情有关，不得擅离。"傅行冷笑，"冤情与末将何干？末将一生急公好义，修德行善，冤魂冤情都与末将沾不上边。"伏湛笑笑，"说不定冤魂要请你这位大善人替他伸冤呢。"傅行说："伸冤是伏大人的职司，末将另有公务。"

李焉和徐波、于行拦住他的去路。

"傅都尉，何必着急？"伏湛说："稍等片刻，一炷香时间自有分晓。"傅行心想，一炷香时间他能玩出什么花样，便退了回去："末将就等一炷香！"

伏湛又卜了一卦，"赵捕头！"

"属下在。"赵捕头弓身出列，显得很恭顺。

"速带人到东边树林。向西南五十步，老槐树下有一堆新土。下挖一尺，如有所见，速来回报。"

赵捕头领命去了，许多民众也跟去看热闹。老槐树下有堆新土，挖了几下发现一具尸体，抬出来一看，竟是江兴。江于氏发疯似地扑上去，嚎啕大哭。

伏湛又指出几个位置，捕快们又挖出了几具尸体。这些尸体埋在地下大约有一个月了，腐烂得很厉害，然而还是可以看出大致模样来。有的家人在场，有的熟人在场，死者的身份很快辨认出来，正是郝延、路三和那几个证人。

尸体一具一具抬到空场上，亲属们的哭声响成一片。正午明亮的太阳也被哭得天昏地暗。真像是冤魂显灵似的，围观的民众，奔忙的捕快感到又神秘又恐怖。心里七上八下很亢奋，连马新傅行也都瞠目结舌。

有人到城中给死者家属送信，人越聚越多。

江于氏向一个掾吏扑去，其余的家属也与几个掾吏撕掳起来。"还我夫君！是你杀死了他！是你杀死了他！"怒吼声此起彼伏。

掾吏们纷纷辩解，"不是我杀死的，不是我……"

"肃静！"伏湛大喝一声。差役们也都来了精神跟着吆喝。

然而家属都不住手，有的族人也帮着撕打。打得几个掾吏满场逃窜，嗷嗷哀叫。

这时一队官兵从城里开来，傅行招了招手，官兵吆喝着冲进场中。傅行大吼一声，"住手！谁胆敢殴打衙门官吏，统统以悖逆论处！杀无赦！"

撕打的人包括江于氏都住了手。

傅行抱拳，"伏大人，请速回衙。"伏湛说："本台在此开堂，岂有中堂辍案之理？"傅行说："回衙开堂，也不为迟。"伏湛指着地面停放的几具尸体，"此地办案，神灵鬼助。必可一举昭揭冤情，查明真凶。"傅行说："近日山贼猖獗，大人身在城外，一旦有了闪失，末将担当不起。"伏湛说："本台身处万民之间，为民伸冤，何惧几个山贼？傅都尉不是说过？有你在，可保本台万无一失吗？今日傅都尉就站在本台身边，护卫本台，不得擅离。"傅行一时口塞。

伏湛调头叫喊，"江于氏！"江于氏规规矩矩跪下，"本台问你：适才你疯疯颠颠声称冤魂附体，是怎么回事？从实说来！"江于氏说："适才，适才……民妇也不知怎么回事。"伏湛又问，"现时可还有冤魂附体？"江于氏说："没有了，没有了！"

"本台有话问你，你听仔细了。"伏湛指着一个掾吏，"你为何指证此人杀死你夫君？"江于氏说："那天夜晚，就是他和一个差役到俺家，说傅老爷叫俺夫君有事。俺夫君走后再也没回家。"

伏湛正要审向那个掾吏，城门口传出一阵哀乐，一群人披麻戴孝，抬着一口棺材走了过来，原来是丁氏家族的人来了。

他们把棺材停在空场，三十多口人跪在伏湛面前喊冤。

"开棺！"伏湛大喝。

棺木打开之后，伏湛站起身对马新说："请！"

"下官……"马新干笑着，却不知伏湛要他做什么。

"请验尸。"

"嘿嘿。"马新干笑两声："丁宛不是自尽的吗？"

"马大人没听见喊冤？民既举，官不可不究啊。"伏湛说："马大人，你说是吗？"

马新干笑着，只得跟了过去。尸体四围安放了许多冬天收藏的寒冰，还没腐烂。两个幕宾小心翼翼地翻动尸体，把颈上和胳膊上的青痕指给他们看。伏湛问，"马大人，你看这是自杀吗？"马新干笑着不作答。伏湛招了招手，"都来看看。"郡衙里的掾吏和捕头都走来，其中"治中"、"曹"是管刑名的；还有些捕头捕快对验尸办案内行。他们之中有些人对内幕多少有所耳闻，讳莫如深。但也有几个敢于直言的人十分气愤，"这不是自杀，是谋杀！"

丁宛的长子丁毅跪在案前大声哭喊，"伏大人，要替家父伸冤啊！家父上万民折，遭到贪官污吏嫉恨。他们先是制造冤狱毁他清誉；家父不服，进而杀人灭口：真是伤天害理，天理难容啊。"

伏湛说："丁毅，你可知万民折内容？"

丁毅说："小民铭刻在心，能一字一句背诵出来。"丁毅背诵起来，他的声音铿锵有力，全场的人都能听见。背诵完毕，"万民折上署名的有一千多名父老乡亲，仅太原城一地就有六百二十三人。家父关在狱中受尽折磨，不曾吐露一人姓名，署名之人才未遭毒手。如今家父遇害，父老乡亲当不忘家父遗志，与贪官污吏抗争啊。"

在万民折上署名的人，到场的就有二三百人，他们一齐走进场内跪下，一面叩头一面呼喊，"伏大人作主啊！替丁教习伸冤啊！"

四周围观的民众也都跪下，"替丁教习伸冤啊！"

马新脸上依旧浮现笑纹，傅行脸上依旧冷气森森，心里都叫苦不迭。阴谋只有背着人在黑暗中潜行，光天化日之下，众目睽睽之中，就难以施展其伎了。然而白天过后是黑夜，还用等多久吗？

伏湛把江于氏等家属及其有关掾吏传到案前审问，这些掾吏看见民众激愤的神情，从心底冒出寒气。有的人心惊胆跳，开始招供，都说受傅行指使，逼迫证人做假证。然后又把他们诱到柳庄交与蒋杰……

马新见势不妙敛尽脸上笑容，沉声叫喊，"傅都尉！"

傅行走到他面前，"末将在。"

“本府接到可靠情报：今日申时山贼将侵扰太原城。本府命你速带兵回城，加强戒备，不得有误！”

“末将听令。”傅行转身就走。

“站住！”伏湛喝令。“只怕你走不了了。”这时，李焉和徐波、于行又站到了傅行的对面。

马新却挥手，“速去执行军务，不得延误。但凡有事，本府一人承担。”

伏湛霍然站起，“你好大的胆！你承担得起吗？”

马新快步走到案前：“下官下令本府下属执行公务，乃朝廷授与下官之职司，有何承担不起？”

“傅行乃谋害丁宛之主犯，你没听见他属下的招供？以回城执行军务为名，行放纵凶犯之实，你可知罪？”

“傅行乃钦命册封之都尉，朝廷并没解他之职，亦无确凿证据，下官令他执行公务，有何不妥？”马新鄙夷地指点那几个招供的掾吏，“他们一面之辞，焉能当成证据？伏大人不妨再劳神问问，说不定又不认帐了。傅都尉，你走你的。”

“走？哼哼。”伏湛一阵冷笑，“看看四周父老乡亲，能放他走吗？”李焉扬声高喊，“乡亲们，傅行要走，你们答应吗？”

“不答应。”四面民众吼叫起来。

"乡亲们，不可受人蛊惑，诋毁朝廷命官。"马新高喊，"胆敢阻挠官兵者，傅都尉，格杀勿论，本府承担一切责任！"他已铁了心。只要手中握有兵权，在这片土地上没人能把他怎样。

官兵中有几个官模官样的人掣出宝剑，"谁敢阻挠公务，立斩不饶！"

几个宾客走出来："今日非不让傅行走，看谁敢当众行凶！"

"不准当众行凶！"民众吼声如雷。

伏湛没有料到这个成天笑声不断的马新，居然在关键时刻不计后果，有这么大的担待。他扬声高叫，"请尚方剑！"

李焉捧着一柄黄帛包裹的宝剑交给他。伏湛打开黄帛，露出缕金嵌玉的剑鞘，沉声喝道："马新，还不跪下！"

马新只得跪下，"万岁万岁万万岁！"

伏湛高举宝剑，"太原军衙人等听着：助纣为虐残害民众者，罪上加罪；悔过自新配合本台办案者，可赦之罪赦罪，可减之罪减罪，立功者免罪，立大功者有赏。"

"肃清贪官！为民除害！"李焉领着人高呼口号。

五十四 谴原姬君恩翻云雨 崩文母亲情哭
无泪

"孙豫求见。"

家人把他引进书房，刘歆的书房，长宽皆逾十丈。一排排紫檀木书架直抵房顶，装满竹简、木牍、甲片、兽骨，以及长短不一粗细不等的素帛卷轴。简直就是书的仓库，书的殿堂。

二人坐定之后，孙豫垂着头不说话。刘歆看他神情，心里明白了一大半，必是与太原贪赃案有关。太原官场一片漆黑，大小官吏，无一不贪。伏湛大有乘胜追击之势，直指权臣政要，致使朝廷震动，天下震动。现已追逼到孙建身上，孙建招架不住了。

"家父……家父……"孙豫啜嚅，"为了前线战事，给自己的亲兵呀，精兵呀，多发了些粮饷；自然给别的军队少了些。伏湛抓住不放……还有太原马新、傅庆，平陆文聪一帮忘恩负义的狗徒，一口咬定家父……"

刘歆全明白了，克扣军饷，渔肉地方！"唉，该死！少堂怎么这样胡涂！"孙建字少堂。

孙豫又跪到地上叩拜，"家父只求让他死在沙场，别……"

他哭起来，说不下去了。

应该整肃吏治支持伏湛，还是顾念旧情袒护孙建？刘歆思忖有顷，"尽力而为吧。"

孙豫千恩万谢去了。

空旷的书房，他的心也空落落的。朝廷对匈奴用兵，孙建克扣粮饷中饱私囊，闹得军队哗变沦为盗贼。匈奴军队深入国境如入无人之境，横冲直撞，奸虏烧杀，孙建能辞其咎啊！然而几十年的交情，也不能眼睁睁看着他斧钺加身呀。该死！该死！就让他死在沙场上吧。

他徘徊着，心情烦乱。他能尽什么力？又该尽什么力？他后悔不该说出那四个字，然而他知道，最终他还是会尽力的，哪怕是逆鳞。

一个家人匆匆走来，"启禀老爷，大司马来访。"刘歆吃了一惊：一个刚走，一个又来了；一个来探口风，一个该谈正事了。贪贿互利，权臣暗结，这如何得了！"啊啊！快快有请。"

家人说："大司马带着礼盒，径直朝老爷书房来了。"他又是一惊，"礼盒？"这是什么花样？这么急迫，这么诡秘！他快步迎上去，甄邯已经到了门口，笑声宏亮，庭院皆闻，"子骏啊，你可真能！老哥越想越佩服，忍不住跑来与你叙谈叙谈。唉，还记得吧？十多年前有点事，老哥不管白天黑夜，就爱往你这儿跑啊。有好几回把你从老婆的热被窝里拖出来。哈哈，谁叫你是智多星呢？"这番话说得叫人心里热呼呼的，有怀旧，也有奉承。

刘歆忙说："老哥光临，蓬壁生辉，欢迎之至。"

"唉！"甄邯长叹一声沉默了。良久他站起身，情绪很激动，"那个伏湛呀，他当他是谁呀。捕了太原一郡大小官员不算，嘿，又咬上了我和少堂了！怎么就不掂量掂量身上骨头几斤几两，大臣是他可以随便咬的吗？旁人不说，少堂拥兵在外，手下雄兵十万，他要去捋虎须，哼！"

刘歆听他口含恫吓，真是人急拼命狗急跳墙啊，口里却说："伏湛能对老哥不敬吗？传闻而已，何必当真。"

"谁当真了？"甄邯爆出一阵大笑，"少堂和你我相交几十年了，他是那样的人吗？我是那样的人吗？人生在世，饕餮大口吃八方，可拉的只有一个屁眼。我就不信，谁的屁眼不沾屎。谁他娘嘴硬，扒掉裤子看看！哈哈哈。"他用粗野的笑声把他有意放出来的意图轻轻俏俏遮盖住了。刘歆随口应声，"是啊。"甄邯说："子骏啊，一些腥不腥臭不臭的事，也值得小题大作？闹得大臣人人自危。伏湛这样做，是不是有意制造君臣不睦，唯恐天下不乱？"刘歆说："你我追随圣上数十年，凡事要相信圣上。太原一案牵连甚广影响甚大，圣上会有分寸善后的。"他把"善后"二字咬得很重。

"'善后'！说得在理，还是子骏站得高看得远啊。"甄邯称赞，"太原的事关键在于善后，只是不知皇上能不能听进你的忠言啊。"

刘歆连连摆手，"老哥谬赞，一孔之见而已。圣上从善如流，忠言有时逆耳，但最终还是会听的。"

"这就好，大家都好。"甄邯说："这可是你国师公功德一件啊。子骏啊，老哥备了一份薄礼，还请笑纳啊。"刘歆说："你我兄弟，还讲这些俗礼？有何吩咐，只要小弟力所能及，尽管吩咐好了。"甄邯说："子骏啊，看都没看，怎知是俗礼？"他又爆出一阵大笑。

刘歆打开礼盒，里面有个陶钵。陶钵里装着一只梨和一根麦穗。他看了一眼就知道什么意思了。麦穗隐含"秀"字。秀，"禾实也，有实之象，下垂也。"刘歆于建平元年改名为刘秀，麦穗无疑指他。梨，隐含"邯"字。邯旁为甘，甘棠为梨。把二者放在一起，不言而喻，是希望彼此结盟，共进共退。

"子骏啊，你一向料事如神。这回错了吧？哈哈哈。"

"小弟乐意认错。"刘歆拱手，"多谢了。"

"哈哈哈。"笑声中，甄邯告辞离去。

太原贪赃案涉及"金匮辅臣"，他们手拥重兵，必须妥善处理。尤其在这多事之秋必须慎之又慎。考虑到圣上忌讳权臣暗结，略去了孙豫甄邯凌晨造访。秉笔疾书，就事论事。深感国步艰危，圣上必须尽快做出明智抉择。写完奏章，已是巳时，急忙驱车诣阙上书去了。

一进东宫门，三个黄门郎热情迎了上来，其中一位名叫侯浚，文章辞赋，名重京师。他躬身下拜，"国师公进宫，晚生愿效微劳。"

他们能效上什么劳呢？无非跑跑腿报报信罢了。年轻时候，他也曾在宫中做黄门郎，懂得他们的心思。黄门郎大多没有固定职司，成天东游西逛闲得无聊。每每见到自己敬重的大臣就上前巴结，乐意讨些事情做做。如果遭到谢绝反当受到轻视心生怨恨。他微微一笑，"有劳三位黄门了。"三人乐颠颠去了。

望着他们的背影，当年的情景又浮现到眼前。他和王莽扬雄做黄门郎的时候不正是这样的？记得当时王莽表现得最热情最殷勤，跑得最尽责最起劲，累累受到大臣夸奖。世事如棋啊，如今王莽贵为天子！

不一会侯浚把他的长子刘垒次子刘东都找来了。刘东任侍中，警卫王路堂，责任十分重大。宫中只讲国礼，不叙家礼，二人立于道边相迎，"国师公，请。"随后跟在后边默默走着。

到达尚书台，姚恂和两名小尚书都在门口迎接。叙礼后他把奏章交给姚恂。姚恂忙说：“下官立刻上呈。”

姚恂走后，刘歆冲两个儿子挥挥手，“尔等做事去吧。”刘叠刘东躬身告退。

室内只剩下两名小尚书和侯浚三名黄门郎。小尚书言谈谨慎，侯浚等人就不同了。他们极想显露自己的才华，无不口若悬河侃侃而谈。刘歆觉得三人言辞敏达，交谈投契。

姚恂进入长乐宫，把奏章交给王兴。王兴哪敢怠馒？径直到寝宫把奏章交给原碧，“国师公呈上奏章，有要事进谒，请……代为上奏。”他不知如何称呼她，贵人？贵妃？娘娘？只好含糊带过。

原碧心中不快，“圣上则刚睡着，睡得正实。”

“这如何是好？国师公等着，还是请……请叫醒圣上吧。”

“卫将军说的什么话？贱婢何等人，敢去打扰圣上？”原碧眉毛一挑，“要叫就请卫将军自己去叫吧。”

王兴心里明了：她的不快是因为他没有用尊号称呼她。皇上没有加封，他怎敢乱叫？在局外人看来，原碧不近情理，其实不然。在后宫宫女受到宠幸，宫中就暗中以尊号称呼。有的只是讨个欢喜，有的却是透露消息，受幸宫女无不企盼别人以尊号称呼。何况原碧进宫以来并非皇上一时之兴，而是夜夜专宠。封赏是早晚的事。王兴明明知道其中奥妙，但自恃皇上亲信，与原碧摽上了劲，偏要原碧先奉迎他不可。唯其你敬我一尺，我才敬你一丈。如果恃宠而骄，他才不买这个帐呢。

王兴显得很着急，"是不是要小将对大臣说圣上大白天睡觉啊。"

原碧抢白，"卫将军不会推说圣上有事请他稍候？"

王兴暗暗冷笑，把她的话传下去了。

刘歆等了两个时辰不见动静，尽管他与三个黄门郎谈兴甚浓，心中也隐隐不安。见到刘垒来了，忍不住问，"不知圣上有何要事？"刘垒躬身，"圣上现在长乐宫，小将不知。"

长乐宫是后妃居住的地方。后宫的事涉及宫帏，外臣怎敢与闻？他只得耐心等下去。然而，既然"有事"为何不叫他暂且回府？既言"稍候"为何过了两个时辰仍无回音？他觉得受到了有意的冷落，更加惴惴不安。

三个黄门郎巴结权臣，无非为了攀高结贵。见皇上把他晾在这里，不是出了事吧？抑或失了宠？谁也不想惹上麻烦，先后借故溜走了。

快到申时，刘东走进来，"国师公，请回吧。"

"圣上传下旨意了？"

"不曾。"

"你好大胆，竟敢假传圣旨！"

刘东望了兄长刘垒一眼欲言又止。刘歆更怒，"还不跪下请罪！"

刘东迟疑片刻跪下，"圣上今日寅时回宫，至今酣睡未醒……"

刘歆不待他说完就站起身，对刘垒看也不看一眼拂袖而去。心里十分生气，尤其对刘垒。身为五官中郎将，皇上在后宫酣睡他不可能不知道，却不肯露出一点风声，不惜让老父枯坐干等几个时辰，无非替皇上掩饰偶尔的倦惰而已。

他从尚书台出来，红日已经西垂。天边的彤云燃烧着，如同火焰一样升腾跃动。四围夕烟初升，金玉装饰的大成殿放射华光异彩；远处沧池波平如镜，万寿台瘦柳如丝，暮霭欲吐。云蒸霞蔚的仙境大概也不过如此吧？

斜刺里走来一个人，他扬手招呼，"子云兄！"

扬雄走来。扬雄字子云，辞赋绮丽脍炙人口。过去他俩同为黄门郎，而今地位天壤有别了。这么一大把年纪了，还得天天到天禄阁校书，早出晚归不胜烦苦。他故作轻松打趣，"国师公啊，久违了！进宫来可是又有新符命献与皇上？"

前汉末年许多人献符命拜爵封侯青云直上。朝中大臣用

“献符命”打趣那些官运亨通的人；前些日子甄寻献符命闹得家破人亡。一时间，“献符命”变成政治赌博的替代词了，用来奚若那些时常往宫里跑，给皇上打小报告的人。扬雄一向心高气傲，大约为了掩饰自己的沮丧吧，见了面不免口里带刺。刘歆襟怀坦荡，不打小报告。今日上本受到冷落，心里不痛快。见到老朋友，就把进宫不遇的事说了出来：

“唉，圣上昼寝。”

“昼寝！”扬雄笑了起来，“近日宫中盛传圣上宠幸一名宫女。嘀嘀，昼寝！”

二人悚然一震，慌忙止住笑，哑默了。《论语》中有这样一个故事：

“宰我昼寝，子曰：‘朽木不可雕也，粪士之墙不可杇也。’”

刘歆不知怎的脱口吐出这两个字；扬雄也不知怎的跟着说出了这两个字。有谁相信像他们这样的鸿儒不是在背后含沙射影，恶毒咒骂圣躬呢？

二人自知失言，默默走了一路。出了东宫门，分头自去。

从窗口望去，燃烧的晚霞喷吐出眩目的红光之后渐渐熄灭，化成了灰烬，天边一片灰黑。暮霭漫延开去，御苑中的花枝都隐没到淡淡夜色中了。天空瓦蓝，月亮升起来了。荷塘里的水发亮，幽幽闪光。

月亮正对着窗口。原碧一袭白纱，托腮在窗边坐着。

她的父亲在她七岁时故去了，李府收留了她。李焉喜欢她，她的命运似乎定了。没想到李焉把她送给严尤，严尤不受，跟李充进了长安；更没想到太子看上了她，黄皇室主把她要进了建章宫；在她幻想进入东宫的时候，却进入了长乐宫。

秋天的夜空像白昼一样青，云像白昼一样白。然而白昼却是白昼，黑夜却是黑夜，不容混淆，世人也没人混淆。当然她也没有混淆，只是不明白这云这天为何白昼黑夜相同？窗外月光如水，室内烛光也很柔和，但不像水。像什么呢？她说不上来；她的身体是沐浴在清白的月光中呢？还是沐浴在明亮的烛光里？她也说不上来；她的命运舛错呢？还是幸运？她更说不上来。她的思绪在云天中徜徉，不觉痴了。御榻上突然响起一声抽搐似的鼻息，把她的思绪从云端拽回来。那高一阵低一阵的鼾声，提醒她留意寝宫动静。她进宫好几个月了，王莽高大的胖硕的至高无尚的身躯她感受到了。然而没有感受到至高无尚的雨露之恩有什么至高无尚的欢愉。她极力讨好他取悦他谄媚他，他快乐不快乐她不知道，但她知道她一点也不快乐。

鼾声终于停止了，王莽坐了起来，看见满屋灯光，"卯时了吧？"原碧卟哧一笑，"酉时了！"

"酉时？"王莽大吃一惊，"予整整睡了一天？"

原碧过去给他穿衣，"陛下睡得真香。"王莽伸了个懒腰，"嗯，睡得真香。予好久没睡得这样酣畅了，都是爱卿的功劳。"

"奴婢？"原碧正要谦辞几句，听见他嘿嘿笑着，笑得很邪。脸一红不吱声了。

昨夜，王莽看罢紧急奏章已经寅时了。寅时回宫对他来说是常有的事，往常回宫之后倒床就睡。谁知原碧给他准备了几样小菜，跪请他喝两口酒，压压饿心再睡。王莽觉得盛情难却，也确实有些饿了，就坐下来喝了几尊酒，闹得一点睡意也没有了。原碧给他脱去衣服，替他轻轻按摸。不一会，他觉得一团火一样的欲求在体内喷发，伸手就把她揽进了怀里。原碧娇声一笑，柔软的身躯像密糖一般粘上了他。

他曾任射声校尉、大司马，虽然赖于福荫，骑射功夫亦非泛泛。他只觉得骑在一匹温驯的良驹上，信马由缰在驰道驰骋，平稳，怡怡，安祥。春风徐徐吹拂，胸口的躁热渐渐驱散，浑身感到一种飘飘欲仙的轻松。不知不觉间马儿跑快了，耳边响起呼呼风声。屋舍一晃而过，树术一晃而过，崇山峻岭也一晃而过，踏踏踏的蹄声响个不停。倏然马儿一声长嘶，人立起来，他紧紧贴住马身搂住马颈随着它侧斜，随着它弹跳，随着它窜跃，随着它飞腾……这时一股男儿狂傲的好胜的激情盈溢在心头：战胜它！征服它！双手更加用力死死抱着，身体更加使劲压着，长长的马鞭呼呼抡着，抡着，在黯黑天宇中叭叭作响。胯下的马儿也变得暴烈起来，时而前立，时而后仰，他们较着劲儿，马背濡湿了，他也大汗淋漓，最后马儿一声长嘶，不停呻吟起来……

他仿沸还骑在马上，驾着白云飞到了天上。天上的宫阙更华丽更宏伟，天上的林苑更青翠更鲜妍，天上的仙女个个都像原碧。满目都是快意的美景，满耳都是快意的妙音，满天都是快意的芬香……

原碧侍候他洗嗽完毕，把刘歆的奏章递给他。王莽接到手里叹了口气，"予少孤贫，一生唯勤唯谨。今日偶一偷闲就简慢了大臣。"正要开封，原碧端出莲子羹又娇又媚说："白天看，黑天看，这些竹片片能治饿不成？"王莽放下奏章嗬嗬笑着，"好，好，依你。"他吃了一匙又甜又香，胃口大开。喝完一碗连连说，"好吃！再来一碗，嘿嘿。"原碧抿嘴一笑，"瞧圣上！请你吃，你不吃，吃起来就没够。"王莽说："真好吃！"原碧说："真的？"王莽说："真的。"原碧说："骗人！圣上吃惯了山珍海味，还希罕这莲子羹？"王莽哈哈大笑，"你陪予用几天膳就知道了。"原碧说："臣妾卑贱之身怎配陪陛下用膳？"王莽说："就怕你像宗儿一样听见传膳就逃跑。"说罢又一阵开怀大笑。

吃完莲子羹，王莽说："速传国师陛见！"

王兴领命去了。

王莽打开奏章，"贪饕，国之大疴；动乱，国之大祸。与其惩治贪饕引发动乱，不如养疴避乱，暂缓图之。"他的脊背冒出冷汗击案唾骂："这帮权臣胆大妄为，哼！予还怕了尔等不成？简直丧心病狂，罪该万死！"

不一刻王兴回来奏报：刘歆已经出宫多时了。王莽更加怒气冲冲：走了？如此重大事件，扔下奏章就走！眼里还有没有君国？还有没有社稷？

王兴瞟了原碧一眼，心中暗暗冷笑，"国师公巳时进宫，申时出宫。只因听陛下在后宫'有事'，以为事涉宫帏，出宫去了。"

王莽猛然捶桌，"谁说的？"

原碧慌忙跪下，王莽问明原委，指着她怒斥，"贱婢！谁叫你自作主张胡言乱语的！你当你是谁，哼，慢予大臣，误予大事！此风不可长，此婢不可留。王兴，再不准这个贱婢跨进寝宫一步。”说罢跨门走出去。

勤政堂设有神龛，它是王莽居摄之时设立的。每日早晚都要跪在神龛下面祈祷，时泣时诉自言自语，诉说他的胸臆，倾吐他的忧惧，忏悔他的愆失，祈求神灵佑助，情浓之时呼天呛地嚎啕大哭。这是他的日课，十余年来无日或辍。

今天，他跪在神龛前思绪异常紊乱。贪吏遍及宇内，权臣充列朝中，不杀不足以平民愤，不杀不足以正朝纲。然而这一刀杀下去，只怕变生肘腋啊！

“皇天啊，诸神啊，列祖列宗啊，予将何如啊？”

说着，说着，他的双手扑打到幔帐上。心中灵光一闪，“幔”不就是“慢”吗？这大约是天启吧？慢，慢慢来，对！对！不可操之过切，还是从长计议吧。是啊，法不责众啊，霸王硬上弓，大杀大砍不行啊，还是另辟蹊径好了……子骏奏章不正是主张“养疴避乱”吗？看来他的见地符合天意。片片思绪，纷至沓来，眼前又觉天宽地阔了。他连连叩头，感谢上苍的启示。

“传国师进宫。”

王兴没应声，不觉眉头一皱沉声叫喊，"王兴！"叫了两声不见回应，"咦，这奴才哪去了？"正要动怒，却见王兴踉跄奔来远远跪下泣不成声：

"陛下，文母陛下……驾崩……"

昨天他还到王政君榻前问安，饮食起居并无异样。姑侄不睦有年，见到他没好话，还抢白了他几句。怎么崩了呢？他顿时懵了，赤红的眼睛像要流血，红得像火炭。宫中哭声震天，他直愣愣看着人一言不发，好像痴迷一样。

王临王宗王兴惊呆了，忙把"金匮辅臣"召进宫。众人见状一齐痛哭。

王兴哭喊，"文母千岁，你怎么就这样走了呢？微臣愿以身代啊！"他触柱留下的月牙形伤疤，原可以用头发覆盖上。他却把头发高高束起，让它显露在外边。这是他忠诚的标记光荣的标记。王盛也哭喊，"陛下，不可太过悲伤，有伤龙体啊！文母娘娘八十四了，这在民间，可是喜事啊！"

王莽赤红的眼睛有如利剑一样厌恶地瞥了他一眼。"微臣该死！"王盛吓得打了个冷颤，叭叭扇自己耳光。王莽懒得理会，只是怔怔地空茫地望着号哭的人们。

　　王宗悄悄问刘歆，"大父皇可是效吕后干哭故事？"

刘歆正色说："此言若非出于皇太孙之口，老臣实不敢与闻。圣上何等人？吕雉又是何等人？圣上所虑何等事？吕雉所虑又是何等事？圣上人中龙凤；吕雉人中鸱枭，二者岂可相提并论？"王宗谢罪，"谢国师公教诲，小公知罪了。"刘歆也谢罪，"还望皇太孙宽仁，恕老臣僭越之罪。"王宗见话不投机，告辞欲走，刘歆却说："皇太孙莫非欲效张辟疆故事？"

吕后干哭与张辟疆故事是同一回事，只是换了一个说法，换了一个角度。汉惠帝刘盈驾崩，吕后干哭，一滴眼泪也没有。刘盈是她唯一儿子，这很不寻常。张良之子张辟疆年仅十五岁，对丞相陈平说："太后啼哭无泪是因心中不安。欲使太后心安，亦为大臣免祸，请授太后兄弟吕禄吕产兵权。"陈平听了他的话，主动上表吕后。吕后名正言顺把南军北军的兵权授与了吕氏兄弟。果然她哭出了眼泪，而且很悲哀。角度这么一换，既显出刘歆的老成持重，也不使王宗反感。

王宗说："小公愚驽，安敢与张辟疆相比？"刘歆说："皇太孙过谦了。皇太孙天纵聪敏，日夕陪伴圣上体知圣意，张辟疆焉能为俦？"王宗听了十分受用，笑而不语。刘歆微微一笑，"皇太孙所言，定有所指，必有教老臣。"王宗说：

"国师公可知今日未到之人？"言毕，神秘笑了笑匆匆离去。

今日未到之人是甄邯。

昨日凌晨，孙豫甄邯相继找他。日间他在宫中听说，甄邯孙建与太原官吏勾接克扣军饷，中饱私囊。皇上大为震怒，以为前方战事失利都是这帮蠹虫贪赃枉法所致。今日甄邯没进宫吊唁，家人推说卧病在床。其实甄邯藏身在新丰大营军中。莫非真要孤注一掷负隅顽抗？还是等候他的"善后"之策能否被皇上采纳？还有，适才王宗之言仅仅是猜测之辞？抑或负有使命传话与他？由他出面排解这一死结？

刘歆去找王临，觉得太子出面化解这一死结比较适宜。王临虽是半子，刘歆待他比亲子还重几分。奏章上没提到孙豫甄邯凌晨叩访，对王临也一五一十说了。二人仔细商议了一阵，王临径直上新丰大营去了。

申正王临匆匆进宫，把大司马印授和新丰大营虎符呈与王莽。王临奏言，"儿臣愿赴太原善后。"王莽问，"你将如何善后？"王临说："儿臣以为吏治腐败之根源，在于'兴办井田'和'货币改制'。究其症结乃因制之未立，法之不行。如能断根绝源，对症下药，吏治清明，政通人和，不难实现。"

王莽一天一夜没有合眼。根源云云症结云云使他脑袋发胀，

"说具体些。"

"是。井田虽好，但国库虚空，朝廷无力承担农户迁居建庐之资；官吏贪鄙，百姓不信郡县宣导之言。种种弊端皆出自此，臣意暂缓兴办，此为断其根。"

兴办井田是王莽的理想，也是他千古一帝的国策。然而兴办以来反对者甚多，而今连儿子也公然反对了。他觉得十分刺耳。无奈官吏贪饕，兴办不力，他也没有办法堵住天下器器之口。

"至于货币改制，可用'伏湛家法'。"王临接着说。

"伏湛家法？"

所谓"伏湛家法"，就是伏湛在风阁所言禁止家人使用旧币之法。当时伏湛说："微臣家人早年有人做过，微臣多次申戒，皆不能绝。后来微臣严禁家人使用老钱，使用者逐出家门送交官府，才得以禁绝。"这番话本是家常，如果成为国策，那就是"严刑峻法，果决手段"。

"新币旧币并用，弊端良多。唯痛下决心禁绝旧币，方可正本清源。儿臣请父皇于文母大丧之后诏告天下：限定黎庶在规定日期前将手中旧币兑换成新币，买者不得以旧币付钱，卖者不得收旧币卖货，禁止流通，禁止使用，违者依

律惩处。决不手软，决不姑息，决不轻饶。不禁绝旧币决不罢休！"

他长得与父亲很相像，激动起来眼睛发赤。这会儿他的眼球喷着火，他父亲却两眼汪汪，犹如决堤之水嚎啕大哭。

担忧大于悲痛的时候，大约都会像吕后那样干哭吧？甄邯的事叫王莽犯踌躇。真的激起事变，那就大费周章了。太子与甄邯恰谈妥了：一方交出兵权，一方免予追究，甄邯乖乖就了范。这样也好，何必大张挞伐，诛杀故友呢？岂不更能张显他的仁德吗？心事一除眼泪冒了出来。

勤政室四处悬挂素帐，满眼银灰，光线却更加黯淡。翌日，殿前黄衣力士来报：

"承新公甄邯前来吊丧！"

王莽忙说："传！"

甄邯步履蹒跚地走进来，老态龙钟的样子，像换了个人似的。王莽仔细端详，断非装佯。一个骤然失势的老人无异行尸走肉。他自己就有亲身体会，当年汉哀帝免去他大司马之职，打发他回到封地------偏远的新都。那种绝望心境，他体验得够够的了。望着这个曾经一度患难与共的老友，胸中漾起一丝怜悯。

"陛下，惊闻新室文母与世长辞，微臣摧心裂肝，痛不欲生。但贱恙缠身，昨夜不能下地行走。"说着趴在地上恸哭。

"甄卿平身。"王莽说。甄邯身子蠕动了几下爬不起来，王兴上前扶起。

甄邯落座后，脸上仍旧涕泗横流，"文母陛下和陛下多年拔濯微臣，于微臣有再造之恩。然微臣失德，有负文母陛下，有负陛下，无颜见陛下于天地，亦无颜见文母陛下于黄泉。"王莽劝说，"人非圣贤，孰能无过？知过能改，善莫大焉。予有望甄卿再建勋功，文母亦有望甄卿重振雄风。"

甄邯听出已得赦免，心中大定，起身告辞。王莽看望他离去的背影，心想虽没杀他，但离死也不远了。

五十五 大丧日贪吏遇大赦 落叶路酒肆传噩耗

新室文母驾崩，大赦天下。诏书到达太原，王莽对伏湛李焉慰勉几句后，令二人回京述职。半月前，太原官吏和豪强遭到逮捕，家家焚香祝祷，万民遮道欢呼。现在又一一释放出来。

清晨，秋风萧瑟，伏湛李翼步出衙门，被一群人拦住。

"尔等想走，没这么便宜！我家被尔等抄了，封了，还我家来！"这帮人气势汹汹，仿佛要把人吃了。他们都是刚刚大赦出来的贪官和豪强，不知从哪儿传来的消息，说伏湛把案子审错了。皇上龙颜大怒，召他回京查办。这些人大喊大叫，"看哪！伏湛这帮狗官想逃出太原城，不能让他们跑了。"

李焉大声喝斥，"尔等犯罪之人，幸遇大赦，不知感圣上之恩，戴朝廷之德，幡然悔悟，反而聚众生事，该当河罪！"

有个掾吏大声说："尔等对忠臣循吏大兴冤狱，罗织罪名，屈打成招。幸赖圣上圣明，识破尔等奸计，赦免我等。尔等若不还我清白，休想一走了之！"他转向众人问，"诸位，下官说得对不对呀？"

"大人说得对！"众人大喊，"不还我等清白，休想出太原城！”

这些人蛮不讲理，伏湛却嘀嘀笑着，"子瑜，你我政绩不错呀。有人舍不得你我走啊，哈哈。不走就不走吧，上表圣上，和太原贪官污吏周旋到底。"他也大声问，"诸位父老乡亲，好不好呀？"

"好！"四周一声呼应，有如雷鸣。原来这些闹事的犯官后面，站满了太原百姓。独木不成林，三人才为众。犯官气势汹汹，因为他们聚了众。只可惜他们聚的只是小众。

伏湛指着那个掾吏，"你要本台还你清白，好。你就当众说说，本台宣判的罪状，哪一条诬陷了你？"掾吏不言声了。

"本台问你：你霸占杨三老汉儿媳妇，当堂打死杨三老汉，逼得杨三老汉儿媳妇上吊。一案两命，可是诬陷？"掾吏见势不妙，耷拉脑袋往外挤。

"说！说！"民众一阵喝叫，"拦住他，不让他溜了。"人缝钻不进去，地缝又没有，掾吏只得在众目睽睽下站住。

伏湛问，"还有哪一位要还清白的呀？"闹事的犯官都垂下了头。他接着说："尔等与本台打交道也不是一天两天了。本台对尔等秉性可是摸得一清二楚；尔等对本台的秉性怎就一无所知呢？本台要是尔等呀，巴不得本台早点走，快点走，走得越远越好，死了最好。尔等应该知道，只要本台在，哪怕是关进了大狱，也是尔等罪状的一本活书。”

“伏大人不能走啊！”民众呼号起来。

“这就对了！”伏湛说：“要留本台的应该是太原父老，不是尔等有罪之人！”

“伏大人不能走啊！”呼号之声四起，喊声更大更整齐。

伏湛拱手，“君命在身，不能多留啊。”

民众闪开一条路，一直把伏湛李焉送到城外。他俩在太原相处的日子不算长，彼此都有好感。风清云淡，霜白叶黄，二人同行谈古说今，倒也不觉落寞。

伏湛摇头，“新室文母早不薨晚不薨，独独现在薨。大赦令这一下，贪饕还反不反了？吏治还清不清了？”说着连连苦笑，“我本无意补天，不意自不量力前来补天，命运弄人啊！”

“下官略有耳闻，权臣手握兵权从中阻挠，圣上望而却步了。”李焉说：“双方达成的交易：权臣交出兵权，皇上免于追究。”

“圣上对贪饕让步，是怕他们造反。错了，大错特错了！”伏湛说。“他们反得了吗？这帮人气焰嚣张，可是百姓一说话，他们就蔫了。整饬吏治，肃清贪腐，人心所向。贪官污吏想造反，百姓跟他吗？将士听他吗？就拿孙建来说吧，别看他手下有十万大军，可边境无人不切齿唾骂。他若起兵造反，将士们第一个杀的就是他。圣上这一退让，绝了百姓的望，伤了百姓的心，断送了太原肃贪所形成的磅礴之势。”

李焉说：“更可笑的是朝廷发布的禁绝旧币流通敕令。据说与大人有关，出自‘伏湛家法’。”伏湛叹息，“家法尚可，国法不行。刚刚大赦天下，又要大兴杀戮。忽仁忽暴，摇摆不定。只怕国无宁日了。”李焉说：“禁止旧币流通禁了几回，这回肯定还是禁不了。新币旧币并行流通对谁有利？全国官吏。革除这一弊端依靠谁？全国官吏。让获利者革除他们获利的弊端，岂非与虎谋皮？不，与鲸谋鱼！天柱折，地倾覆，女娲再世也补天无术了！”

二人相与叹息。

落叶满路，囚徒满路，噩耗满路。每天都遇到押解到边塞的囚徒，过了一队又一队，长长的队列不断溜。有的因为抗拒井田，有的因为抵制新币，他们是农夫，是商贩，是工匠，一家老小用绳子栓住，在大路上跋涉着，蹒跚着，向北，向北。今上好生之德不忍杀戮，让他们去“填边”。到达边塞，绳子断了，一家人散了，边官强拉男女配对，闹得夫妻离散，父子分离。

　　茶楼酒肆到处谈论着边境传来的消息。匈奴世子登烧死之后，匈奴单于囊知牙斯发誓投仇。箭伤尚未全愈便倾巢而出，频频进犯定襄、平城、右北平。尤其是益州地面早已归化的胡人配合匈奴入侵杀死大尹。一些胡人归化地区纷纷响应，杀死朝廷官吏和汉人，三边尽反……

　　“这天下是不是……”李焉想把心里话倾吐出来，顾忌伏湛深受王莽信用，欲言又止。不意伏湛接下说：“这天下只怕要乱了。外患激烈，内政紊乱，满目疮痍啊。”说罢一天没开口。

　　到达黄河渡口，听到孙建于定襄又被匈奴射伤，医治无效身亡。伏湛长叹一声：

　　“失失头，子子亡，草草了事。”

　　李焉知道他说的是谶语，但不知何意。伏湛又叹息了一声，“子瑜解不破？唉，事先解不破，事后解破又没啥意思了。”

　　李焉不好多问，寻思片刻明白了，这则谶语是说：孙建死于箭。“‘失’，‘失头’”是“矢”，“子子”是“孙”，连起来不正是“孙亡于矢”么？

　　“是啊。这则谶语五六年前就听说了，今日印证了。”伏湛又是一阵感慨。

　　“五六年前就有这则谶语？”李焉十分懊丧。当时王焉他夜观天象，将星坠落，兆边关大将身亡，以为应在严尤身上。二人密谋策反，如果知道这则谶语，怎会白白搭上原碧？

　　"谶语太神妙了！每个人的命运早已注定。"伏湛说："只是事后才知道，当时谁能说得清？"

路过合翔聚，墟上摊贩不多，生意清淡。他们在一处卖猪的地方，看见猪圈里有七个男女，头上插着稻草，在那儿出卖。猪圈里淤积着几寸厚猪屎猪尿渗和的黑稠稠泥浆，七个男女就跪在上面。四个男人只穿一个裤头，全身都裸露着，从他们的筋骨看，年龄在二十岁上下；三个女人衣衫千疮百孔，除了胸部和羞部而外，其余的部位全都半裸不裸的。仲秋天气不算寒冷，他们都冻得瑟瑟发抖。

李焉掏出一把铜钱扔过去，有人惊叫，"哎呀，老爷！你当施舍给他们呀，全便宜了人贩子。"话没说完，猪圈旁边走出一个牙齿黄得发黑的中年男人，弯腰去拾钱，一边在身上擦着污泥，一边嘿嘿笑着，"谢了，老爷，谢了！"

李焉说："你不会待他们好点。"

"真是个善心老爷！"人贩子呲着牙谄媚说："老爷若是多赏点钱，今日就给他们一顿饱饭吃。"

伏湛说："你真贪心！"

"嘀嘀，老爷！"人贩子满脸堆着笑，"不是小的贪心，嗨！这年头，啥啥都贵，啥啥都涨价，就这会说话的牲口不值钱！小的有啥法？嘿嘿。"他笑了笑，"瞧二位老爷，善眉善眼，你俩就行行好，把他们买去，小的赔上血本买给二位，如何？小的要是赚二位一文钱就不是人养的！"见二人并无买意，人贩子冷哼一声，"没钱就少在这里说空话充善人！"

伏湛双眉一蹙，"大新律令不是禁止买卖奴婢吗"人贩子上下打量了他一阵，翻了翻眼睛，两手一叉，抬眼望天去了。

"唉！"旁边一个老者叹息，"这档子事官府睁一只眼闭一只眼。想起来管一下；不想起来就是迎面碰个筋斗，也懒得管。"

人贩子指桑骂槐说："瞧你这老倌子，也不是官府里人，偏爱管官府闲事，真是吃饱了撑的！告诉您老吧，这帮牲口要不是咱给买下了，早他娘死毯了。"

他说的倒是实情。由于奴婢不能自由买卖，许多中道衰落的人家居然丧尽天良，宁肯把奴婢折磨致死，也不肯恢复他们人身自由，任其自谋生路。奴婢被主家打死、杀死、毒死的恶性事件累累发生。富户因无利而杀奴，官吏因无利而纵容，人心人性就这么狞恶。

伏湛心情异常沉重：今上贬谪新都的时候，他的二儿子王获杀死一个女婢，今上把他押进官府，亲自送去毒酒把他杀死了，这事在新野传为美谈。登基之后又禁止奴婢买卖，怎么奴婢的命运反而更加悲惨了呢？

老者嘟囔，"这世道，枭獍倒发起慈悲来了。"

"你骂谁是枭獍？嗯！"人贩子冲到老者面前质问，"我像枭獍吗？我配当枭獍吗？我要是枭獍就好了。吃香的，喝辣的，用得着贩卖这帮牲口？我看你是老糊涂了。想闹个谤上连逆的罪不是？可别连累了我。去去，离远点！"

"真是活得不耐烦了。"看热闹的闲人也说。

传说枭是食母的恶禽，獍是食父的恶兽，民间骂恶人为禽兽，枭獍是禽兽的禽兽。近年来骂禽兽似乎不解恨，枭獍成了"口头咒"。据说始于蓝田：三年前有个后生骂今上大奸大伪大恶，最是个枭獍！居然不胫而走，骂遍了蓝田市井，蓝田县令剁下了好几颗脑壳才没人公开骂了；谁知骂到了长安，骂到了洛阳，骂到了全国，成为"国骂"了。不知剁了多少颗脑壳，骂声才沉寂下去；谁知在合翔聚又听见这"国骂"。

伏湛还有什么话说呢？默默出了合翔聚。登上一道山梁，面对远近群山，落木凋残，气得顿足，"仁政！仁人之心！一至于此！"李焉没言语，伏湛更加激动，"这禁止奴婢买卖，总该算仁政仁人之心吧？"李焉依旧不说话，伏湛急了，"子瑜你说，总该算吧？"李焉冷冷说："政之为政，上令下行。各级官吏不听不管不执行，大人亲眼看见了。政不为政又怎算仁政仁人之心？"

"民无信不立啊。先师警言，今日才领悟到了。"伏湛是当代大儒，但对《子贡问政》中去兵去食存信的论调，一直抱有怀疑。

子贡问政，子曰："足食，足兵，民信之矣。"子贡曰："必不得巳而去，于斯三者何先？"曰："去兵。"子贡曰："必不得巳而去，于斯二者何先？"曰："去食。自古皆有死，民无信不立。"

眼见今上把一个好端端的国家折腾来折腾去，弄得千疮百孔，他才知道失信于民，会给国家带来多么深重的灾难！

李焉冷冷笑着：遥想前汉之时今上种种美德善行，博得百官景仰万民拥戴，都以为他是当世周公。结果怎样？篡汉自为，大奸大伪！民众怎么想？百官怎么想？他们还信今上宣扬的为人之道为臣之道吗？不宣扬还好，越宣扬越不信。一个大奸大伪宣扬的仁义道德一文不值，只能使人厌恶。当官的一旦不信仁义道德，他们信什么呢？他们只信吃到嘴里的美酒佳肴，拿到手里的金银财宝，搂到怀里的美女娇娃，他们能不贪饕？能不贪饕成风？能不贪饕遍域中？

李焉总想明白申说自己反新复汉的理想，一直不知从何说起。突然想起那则谶语，低声吟道：

"失失头，子子亡，草草了事。"他又意味深长地感叹，"大人只说失失头，子子亡，草草了事更寓深意呐！"

伏湛说："是吗？"李焉说："大人不觉得'失失头'是一个字；'子子'是一个字；'草草'也该是一个字吗？"伏湛说："按说是这么个理，但没'草草'这个字呀。谶语不可常理推断呀。"

李焉说："下官以为有这个字。"伏湛说："李大人赐教。"李焉说："这个字说不得。"伏湛啊了一声，顿时领悟了。

上头一个"廿"，下头一个"廿"，不是"莽"吗？联系前两句，"草草了事"的寓意不是很彰显吗？伏湛缄默无言。

随着孙建的灵枢运抵长安，边关告急羽书雪片似飞来。王莽赤红的眼睛红得冒火，墙上悬挂的帛书有人篡改为"桎梏天下，生民皆为隶奴；四海汤池，百姓火热水深。"槐林传唱，巷陌传唱，叫他怎能忍受？

"该死！该死的东西！"他恨恨骂着。这都是他亲信爱将闹的！尤其是孙建，作战无能，贪饕有方，致使军队沦为盗贼，千里边疆成了匪患世界，深深刺痛他的一片心。

然而该死的已经死了，难道要把他从灵柩中拖出来鞭尸不成？他蹀躞着，切齿蹀躞着，良久，他手把长须伫立沉思。突然右手紧握，把胡须往下一顿，低声叫喊，"王兴，传旨成新公府，予亲往吊唁。"

王兴愣住了，君主多变也没这样变的。听到孙建受伤的消息，皇上不但不痛惜，反而天天唾骂。恨不得派出缇骑锁拿进京枭首莱市。他以为听错了，站住没动。

"嗯！"王莽脸一沉。

"遵旨。"王兴躬身去了。

孙府接旨之后，哭声摇动山岳。临街大门洞开，大门两边搭起鼓乐厅，二百多名缁衣鼓乐手齐声吹奏。横梁上悬起素帏，立柱上缠上白纱，四处陈列着人甬、车甬、马甬，兵甬。偌大的孙府一夜之间变成了幽冥世界。灵柩停放在正厅之上，一群巫祝在一旁念咒诵经。时而唱招魂之歌，时而跳祭犯之舞。大厅里烛光晃动，人影幢幢。

午时管竹呜咽，钟磬哀鸣。孙建生前好友刘歆平晏甄邯联袂吊唁。朝中文武百官，包括"金匮辅臣"中三位新臣哀章王兴王盛也都来了。

孙建的灵柩到达长安已经三天。三天中谁都躲得远远的，深怕沾上边，满朝文武只有刘歆一人前来哭灵。孙府上下战战兢兢不敢铺张，准备停放七日之后运回老家下葬。不意天恩沾霈尚未穷尽，皇上亲临吊唁了。

申正五官中郎将刘垒率领大队虎贲，封锁了孙府四周街区。少顷数百黄衣力士驰马而来。他们下马之后，把马栓在后街，一对一沿街站好，直至孙府大门。接着，宫庭卤薄吹吹打打走来。龙旌凤帜、雉羽宫扇遮满了整条街道。这时，八名黄衣力士簇拥銮驾出现在大街之上。前头有人擎着九龙华盖，四角有人提着檀香提炉，袅袅升腾的香烟环绕銮驾，弥漫在街道上空。

孙豫护着銮驾进入大厅，孙府家人和文武百官一齐跪下，地下一片雪白，哭声大起。

王莽下舆之后，径直走到灵下深深一拜，随后亲自祭酒，朗读祭文：

呜呼少堂，征虏戍疆，亲冒矢石，血洒沙场。天夺其魄，予曷不伤？酹酒一尊，享予甘蒸。吊卿少壮，从予交游。高朋雅集，尽得风流。唯卿忠直，唯卿勤谨，不计马前，甘附骥尾。对酒放歌，同榻醉卧。生死与共，手足何如？吊卿盛年，伟功厥建。急公赴义，去恶锄奸，不避艰险，不辞火汤，唯予是从，奋勇当先。亦弟亦友，如股如肱。《诗》云："之子于征，劬劳在野。"枕戈待旦，露宿风餐。感卿辛劳，予泗挥涕；感卿高义，刻骨呕心。呜呼哀哉，伏惟尚飨。

王莽读得极富感情，谁说他要治孙建的罪？抄没其家枭首菜市？皇上这样大仁大德之人怎会不顾旧情？当他读到"高朋雅集，尽得风流。"平晏刘歆甄邯一齐哽咽。等他读完，平晏等人呼喊着孙建的表字："少堂啊！"嚎啕大哭。

王莽的祭文激起了他们的旧情，也触动了他们的心事。遥想前朝之时他们追随王莽在朝中纵横捭阖，胁持上下，使得王莽步步高升最终禅汉成功。那时他们的友情真如祭文所云"对酒放歌，同榻醉卧"！然而新朝立国之后，皇上重用哀章等人刻意制约他们。他们怎能不利用这个机会来渲泄自己的怨尤忧伤？其实王莽哪里会重用哀章之辈？他们无能无行岂堪重任？只不过把他们豢养成一群恶犬，向那帮居功自傲的老臣狂吠罢了。而当朝廷有事就必须求助老臣的智慧了。匈奴猖獗，必须有人挂帅出征。今日他亲临吊唁，就是借这个机会会晤昔日的老友。果然他感动了老友，老友们的哭声也感动了他。王莽不觉泗涕横流了。

平晏抬头说："陛下，老臣年迈多病，衰朽无能，不能领兵出征，为陛下雪耻，为少堂报仇。臣请陛下速选良将，北伐匈奴。"

许多武将也都抬起头来齐声说："臣请缨出征，北伐匈奴。"

王莽心中暗喜，上前把平晏搀起，"诸将皆欲出征，卿为予选一二良将如何？"

平晏对王莽的心事岂有不知之理？但不能直说出来。逢场不可不作戏，作戏不可不当真。否则被人识破，产生不出皇上预期的效果，还会遭到皇上疑忌。他落得今日下场，不正是因为对皇上知道得太多太深吗？他拜了拜，"陛下贤臣侪侪，良将如云，无不可担此大任，叫老臣如何挑选？"

平晏深知王莽，王莽又何尝不知平晏？平晏在百官面前示好，他也不能不示好，"予之臣工，贤良者甚多。然各有所长各有所短。卿素孚众望知人善任。依卿之见，遴选何人统领大军北伐匈奴，厥建伟功？"

平晏早知他胸中己有成算，只不过要借他的口说出来罢了。他还知道，不可贸贸然一口说出，必先延宕一下，"臣观一人，长于征战，短于自专。依老臣愚见，北伐匈奴以克敌制胜为上。自专之短，只要陛下严加督导当可避免。不知此人符合圣意否？"

这个人的名字几乎可以呼之欲出，王莽却佯作不知。他嘀嘀笑着，"啊？有这样一员良将，卿说来听听。"

平晏当即跪下，"臣冒死举荐讨秽将军严尤。"

"严尤？"似乎大出意料，王莽沉吟，"他能当此大任？"

刘歆一直在地下跪着，也抬起头来，"臣亦冒死举荐严尤。"

"臣等冒死举荐严尤。"许多大臣一齐说。

"众卿都举荐严尤？"王莽叹了口气，"不错，严尤善干征战，但深违予意，大失予望。唉，并非上上之选啊。"

平晏揣摸到王莽想启用严尤，也注意到他"选一二良将"的暗示。三年前皇上想严惩严尤重治其罪。如果只用严尤一人，龙颜岂不无光？另有一人陪衬，他的尊严就保全了。平晏拜了拜，"臣老迈昏聩，所虑不周，臣愿再冒死罪加举一人，同严尤一齐出征。二人取长补短，必可建立大功。"

"爱卿欲举何人？"

"宁始将军廉丹。"

王莽连连点头，"二将出征，甚合予意，宁始将军廉丹是员猛将，必不负予望。至于……"他望了跪在群臣中间的严尤一眼，"至于众卿所荐，待明日陛见之时，视其知错认罪之心，再作定夺吧。"

"臣严尤领旨。"王莽的话尽管不是面对严尤说的，但严尤在场，不得不有所表示。

　　王莽转身向外走去，王兴一声高唱，"起驾回宫！"哀乐轰然吹奏起来。

北宫门外鼓乐喧天，金盔金甲的虎贲排列两旁。阙下立着一头高大雄骏的枣红马，浑身披挂着彩带彩球。严尤刚刚跳下乌龙驹，五官中郎将刘垒就迎上前躬身下拜，把一柄包金嵌玉的马鞭高举过头，高声宣呼：

"敬请严将军执鞭上马。"

御苑走马是一种极高的礼遇。严尤万万没有料到：昨天皇上还对他那么冷淡，当众要他"知错认罪"，今天却给他这样的殊荣。他完全懵了，如坠五里雾中，慌忙跪下，"皇恩浩荡，小将戴罪之身，受之有愧，实不敢当。"

刘垒的身份比严尤高，但他一直高举马鞭，表现出极大的敬意，"陛下赏赐，严将军不可谦辞。"

天恩勿辞，天谴勿避。严尤只得接过马鞭深深一拜，"刘将军，小将僭越了。"说着跳上了枣红马。

"请！"刘垒上前执缰牵马缓缓前行。

御苑走马，必披红挂彩，饮御酒，游御街，敲锣打鼓。这一切全免了，只有刘垒一人牵马陪行。按礼仪，牵马随蹬侍郎即可；却偏偏让刘垒这样一个位高权重的大臣执缰：这似乎是一种更为超常的恩宠。严尤满腹困惑，随着刘垒在御道走了一圈，礼成，他骑马到勤政室谢恩。

王莽背着手在勤政室外踱步，好像降阶以迎，又好像户外闲步。严尤远远看见他巨大的身影，慌忙下马疾奔，还隔四五丈远就跪到地上爬行向前。快到跟前，王莽好像刚看见，连连说，"严卿请起。"

严尤一直爬到他脚下叩了三个头。王莽俯身，"免礼。"严尤再次谢恩，恭恭敬敬站起。

王莽并不进殿，背着手向沧池踱去，严尤默默跟在后边。到了湖畔，沿着宫堤走了一程，在玉波亭停下。王莽凭栏伫立，望着波光灰白的湖水出神，仿佛沉浸在悠悠往事之中。严尤心情激动，极想表达感恩之情，却又担心打乱皇上思绪，只得躬身垂手站在一边。最后还是王莽打破沉默：

"还记得吧？卿与予就是在这儿结识的。那天刘歆带卿来见予，是吧？"

"是。"严尤连连点头。

那是汉成帝阳朔年间，王莽拜爵新都侯，官授光禄大夫。不但地位显要，名声更为煊赫。他事母惟孝，事亲惟恭，所得俸禄全都散发给寒士和宾客。当时天下之士谁不以结交王莽为最大荣幸？

那天刘歆带他进宫面见王莽，他还是一个布衣。平生第一次进宫，心情十分激动，说话结结巴巴。王莽执着他的手嘘寒问暖，神态恳切。他记得很清楚，王莽的手很柔软很温暖。此后王莽见他家贫，亲自送米到他家，对他的父母像对自巳父母一样恭敬。不久向成帝保奏，封他为侍郎。一年多时间的交往，使他深深感到王莽是位谦谦君子，忠信人杰。

王莽长叹一声，"好像是成帝年间的事，有三十多年了吧？唉，说起来就像昨日一样。"严尤说："陛下说得不错，那是阳朔二年三月十二日。"王莽又叹了一声，"严卿记性真好。嗨，老了，老了。"严尤忙说："陛下日理万机，旧事尚且不忘，微臣安敢或忘？"

景色依旧，物事全非。当年汉家宫阙，而今新室园苑。两人的感触很复杂也很特别：既不同于沧桑巨变之苍凉，也不同于翻倒乾坤之豪雄，倒像在追寻他们往昔的情谊和逝去的韶华。

严尤入宫做了侍郎之后，不久进入北军当校尉。两年后领兵作战，成了将军。新朝建立迁东宫总管，统领太子府兵马。若非王莽赏识，怎能步步提升？若非皇上宠信，怎会交托护卫储君？受点委曲就耿耿于怀，岂是丈夫胸襟？受点挫折就不计国事，何谈臣子节操？他跪下高声说，"臣请重返边塞，与匈奴决一死战！"

"严卿这是……？"王莽好像从回忆中惊醒，"啊啊，今日召卿进宫，是为商议军机，予倒忘了。唉，人老了，眼下的事再大也客易忘掉，过去的事再小也忘不了啊。"

几句话，明明是假话，说得严尤热血中肠。他哽咽着，"陛下，匈奴猖獗，国土沦亡，陛下寝食难安。微臣怎敢安坐家中，不思为君排忧为国雪耻？"

"卿之所言忠勇可嘉，令予动情啊。"王莽又是一阵叹气，"予想忙里偷闲叙叙旧，散散心，也不能够啊。严卿起来吧，回殿商议吧。"

时近午时，王莽传旨：御膳赏赐。膳后，王莽说："严卿此去，山高水远。有何进谏，不妨直言。"

严尤奏言，"微臣以为新室之忧，不在匈奴，而在域中；不在草莽，而在庙堂。"

王莽沉吟不语，这话在几年前原也不错。那时边境并无战乱，战乱是他一手挑起来的。如今匈奴肆虐，再这么说，就未必适宜了。严尤接着说：

"匈奴陷我边城，杀我边民，必须迎头痛击，而后许以和亲。恩威并济，边境不难安靖。"

还是旧话重提，无非为他擅放胡虏轻许和亲辩护罢了。王莽的心凉了半截。这个人哪，无论斧钺加身还是恩宠沛霖，也是初衷难改积怨难消啊。他又何尝不是如此？一心只想"带四海作汤池"清狄灭胡！虽然累受挫折，初衷改了吗？积怨消了吗？改变一个人的成见比砍掉一个人的脑壳难多了。成见是无法改变的，脑壳却是可以砍掉的。砍掉了脑壳还有初衷积怨吗？看来君主之威，不在动之以情晓之以理，而在杀戮啊。

严尤见他听不进去，缄住了口。王莽干笑两声，"严卿之言，予当深长思之，尽可畅言。"

严尤迟疑了一下，"微臣以为陛下不应前去吊唁孙建。"

"啊！"王莽一怔，又轻轻啊了一声，"接着讲。"

严尤鼓起勇气，"太原官吏盘据一郡，依仗甄邯孙建等权臣渔肉百姓为害一方。他们制造丁宛血案，将原告被告证人乃至狱吏狱卒一齐杀死。手段之张狂亘古罕有。而当太原贪吏伏法，朝中权臣罪行大白，天下黎民莫不延颈以望，吏治清平有日。陛下却亲往吊唁，赐罪臣以哀荣，变贪赃为勋劳。贪吏弹冠相庆，百姓相与而泣了。"严尤把积郁在心头的话一口气吐了出来。

近年来王莽没听见这样率直的谏言了。面对面历数他的缺失，真叫他如坐针毡。但他忍住了，因为其中许多事都是违意的。他何尝想去吊唁，不得己而为之呀。然而这些话怎好向他说？也许只有等他再打一个大胜仗，国威大振君威大振之时，他定要拿那帮奸佞之贼贪鄙之臣开刀！

严尤见他缄默无言，连忙解释，"微臣一介武夫无权议政，但吏治不清，粮饷不济，前线军心不稳，难以对敌啊。故不惮妄言，望陛下恕罪。”

“放心好了。”王莽摆手，“前方粮饷，予将派人督察。谁胆敢拖欠，你可直奏予躬。只管用心作战吧。”

“谢陛下。”严尤当即跪下。

“予只望你打胜仗！打胜仗！还是打胜仗！只要你打了胜仗，一切都好说！”王莽一连说了好几个胜仗，看来胜仗是他眼下最需要的，也是他唯一关心的，“愿严卿早传捷报，朝廷将不吝封赏，以迎将军。”

严尤谢恩告退。

朝会之日，严尤廉丹二人身披铁盔铁甲，一身戎装上朝向皇上辞行。二人起舞山呼之后，伏于丹墀之下。忽听王莽一声大吼：

“严尤！”

严尤吓了一跳。不知道又出了什么事，叫皇上如此盛怒。是不是过于直言了？或者又有什么人进了谗言？

“前番你轻许和亲，擅放胡虏，闭门思过多日，不知是否知罪了？从实奏来！”

严尤没想两天前还金风和煦，今日又雷霆万钧了。君恩不可恃，天威实难测，他连连叩头，"臣知罪了。"

"廉将军请起。"王莽却对跪在一边的廉丹和颜悦色，把严尤置于众目睽睽之下。殿堂上下，肃杀死寂。王莽霍然站起一声暴喝，声震屋宇，"严尤！"他挥舞双臂大声嘶吼，"今番你戴罪出征，只许胜，不许败！为予犁庭扫穴！为予掘历代单于之墓！鞭历代单于之尸！为予征服匈奴永绝胡患！为予威镇朔方大张国威！"

这番豪言壮语叫人目瞪口呆。谁能想象得出皇上会爆出这么一番话？即便秦皇汉武再世，蒙恬霍去病再生，也未必做得到。严尤十分为难，他不是一个爱讲大话的人，只好说："臣效死战以报陛下。如不能胜当马革裹尸而还，绝不苟活人间，让国威受损，使陛下蒙羞。"

这无异当廷立下了生死军令状，王莽大为满意，"好！说得好！你戴罪之身，本不该封赏。但这次你与廉将军一道出征。特赐你二人姓征，册封二征将军。并命太子北宫门送行，以壮行色。"

赐姓是很大的荣耀，严尤廉丹一同跪下谢恩。

"散朝。"

皇上停止议事，亲口宣布散朝，无异下令满朝文武前往送行。这是浩荡的皇恩，莫大的荣宠，廉丹大为震奋，严尤也热血沸腾。刚才严辞切责，权当深切期许，严尤的眼睛不禁潮湿了。

严尤廉丹退出王路堂，看到文武百官跟在后面，慌忙让在一旁，恭请刘歆王匡走在前面，又与其他官员谦让了一阵才向北宫门走去。哀章王兴王盛孔仁受到露骨的藐视，尴尬极了。却又不敢拂袖而去，讪讪跟在后头。

五官中郎将刘垒在御道两旁排列了数千羽林军，长长一里有余。旌旗招展，盔甲鲜明，军容整肃，威武雄壮。霎时鼓乐喧天。

到达北宫门，王临立于华盖之下，头戴玉珠衮冕，衣穿华虫龙袍，腰系镶玉绿带，脚穿句履朝靴，早在城阙之下等候了，他满脸堆笑迎上去。

严尤廉丹都曾在东宫任职，一度与太子相伴，私谊甚厚。二人一身戎装，按礼仪行个军礼也就罢了，却都振衣下拜，恭恭敬敬跪在地上，"叩见殿下千岁，千千岁！"

王临慌忙搀扶，"二位将军快快请起。"他执着二人的手，向国师公刘歆、太师王匡走去。刘歆等人连忙振衣欲拜，王临远远挥手：

"免了！免了！"说着，跨前几步笑嘻嘻说："国师公对小王行国礼，小王得向国师公行家礼。严将军廉将军本是小王家臣，应向国师公、太师行大礼，国师公、太师得向严廉二位将军行送行之礼。礼来礼去，今日拜个没完了。不如彼此一拜了事，如何？"

"殿下，痛快！"王匡头一个叫好。

刘歆目光一黯，眉头轻轻一蹙。王临太像他父皇了。试问"礼让"群臣与"讨好"群臣谁能分得清？他父皇一生礼让，最终禅汉自立；他也这么礼让，会给人什么联想？他深知两个过于相似的人很难相容，这位东床快婿的前程未可乐观啊。思忖间只听王涉大嗓门响了：

"今日二征将军出征，小侯本不该说些恼心的话。只因为严将军抱屈，如骨在喉不吐不快。小侯闹不明白，严将军出征干什么，为何不让那两个饥食虏肉渴饮虏血的东西前去灭绝胡虏？"

"两个不知天高地厚的东西，军旅之事他们如何懂得！"王闳疾言厉色，"哼，不带粮秣！别说出征匈奴，就是把五千人马带到边陲，他们也不可能做到。"

王涉是王根之子，王闳是王商之子。王根与王商都曾上表举荐王莽，王莽感恩，一直善待王涉王闳二人。王涉为人忠直敢于直言，王莽封他为直道侯；王闳为人本份说话诚实，王莽封他诚勉侯。

"九皇叔，十二皇叔，何必与无知之辈一般见识。"王匡在一旁说。王匡是王舜之子，王舜与王涉王闳同辈：王舜排行老三，王涉排行老九，王闳排行十二。

他们当着文武百官的面痛斥哀章等三个新臣，全然没把他们放在眼里。哀章等三人只得硬着头皮听。一旦离开了皇上的视线，没有皇上庇护，莫说国师公、太师，就是朝中大小官员也敢把他们生吃了。

刘歆笑笑，"严将军廉将军，嘿嘿，适才直道侯、诚勉侯所言，是要严将军明了：公道自在人心，功劳不会泯灭。皇上不忘严将军大破匈奴之功，晋升严将军为二征将军；直道侯、诚勉侯也不忘严将军大破匈奴之功，不容宵小诋毁。望二位将军此番出征，不可心怀顾虑，一心奋勇杀敌才是。"

"严将军廉将军，见到国师公太师的风采了吧？"太子王临笑盈盈，"他们才是我大新朝股肱之臣，栋梁之材，擎天之柱呢。"

"太子殿下！"严尤拱手，"末将一介武夫，为报圣上、殿下知遇之恩，此番出征，誓与胡狗血战到底！"

廉丹说得更干脆，"太子殿下！此番出征，若非前方捷报，便是末将噩耗。不成功便成仁！"

"壮哉，二征将军！"王临大喊，"拿酒来！"

五官中郎将刘垒领着几个羽林军吹吹打打走了过来。有人托着御盘，有人托着御酒，刘垒亲手在金尊中斟满酒，送到众人面前。

各人拿起金尊，王临说："诸位，举尊！祝二征将军旗开得胜！"

众人举尊，一饮而尽。这时，严尤廉丹上前辞行。他们先向王临叩拜，王临谦让，"二位先向国师公行礼吧。"刘歆忙说："太子殿下在此，老臣安敢僭越。"严尤廉丹却向他走去了，刘歆直往后退，谁知王涉王闳硬生生把他推到前边。一个说："国师公乃国舅，太子理当让先。"另一个说："国师公位高德劭，无人能俦，当受此礼。"

二人称颂，刘歆心头一颤，油然兴起今昔之感。当年他们八人：王舜甄丰孙建已经作古，平晏甄邯也将不久人世，王寻王邑贬到封地，只剩下自己一人独享圣眷了。君恩不足恃，故人零落殆尽，何日轮到自己？周围一片欢声笑语，他的心头笼罩一层阴影，浮游着淡淡感伤。

"叩别国师公。"严尤廉丹戎装跪倒，身上甲片一阵作响。即便拜别皇上，出征将军也不必行此大礼，可见二人对他的敬重。

五十六　御览阁至交论改制 国师公领命亲督阵

送走了廉、严大军，王莽对外宣布为新室文母王政君服丧三年。服丧守孝本是春秋战国时期，国君贵族们为了纪念至亲仙逝，表达哀思，垂范孝行，彰显仁德的仪式和安排，儒家的先贤们将服丧发展成了礼制。儒家的弟子们如无合理说法，而不按礼制行事，则成为不仁不义，大逆不道。

三年之丧，诏告天下。要求天下节俭，循规蹈矩。王莽亦深居不出，除了上朝，并不踏出长乐宫和王路堂半步。王莽时常不是伏在新室文母的祠堂的堂前沉思，就是伏在御览阁案前潜心研读经书。就连上朝也时常由王兴临时取消或推迟。群臣有事要奏则竹简书牍密奏。

刘歆平晏莫不深知王莽的心境，他们亦深感迷茫。如若他们追随多年的王莽，在他们的一手托举之下，不惜冒天下之大不韪，禅汉登上了帝位，使得制定而天下治：井田，货泉，量衡，整肃官制，开疆扩土等一干人共同的理想得以真正展开。然而现在情况真的不容乐观。如果王莽变得从此意志消沉，他们也不知道何去何从。未来亦显得黯淡无光起来。

十一月（公元 13 年 11 月），太史令宗宣来报，夜空发现彗星，而且连续多日并未消失。一时间群臣议论纷纷。平晏来找刘歆，刘歆之前已在宗宣的陪同下，登灵台亲自观察过了。

平晏对刘歆说："小弟闻议论纷纭，大多视彗星乃不祥之兆，预示强弩之末乎？"

刘歆将了将胡须，意味深长的答道："彗星并无吉凶，乃示勇进则胜，退却则败也。"

平晏听着想了半晌，叹了口气，幽幽的说道："只恐怕今时不同往日了，皇上与你我已是君臣有别，只怕进退有别了吧。"

刘歆没有回答，看了看眼前的平晏。他目光空洞，全无表情，一幅无精打采的样子。平晏接着说："小弟已身心疲惫，看来是到了主动请乞骸骨的时候了。"

刘歆当然明白王莽与平晏的微妙关系。不禁回忆起平晏父亲平当当年与前朝大司空孔光的风采来，孔光将平晏介绍给了刘歆。刘歆又把平晏介绍给了王莽，做了王莽最重要的幕宾。刘歆不觉一阵心酸，含着泪对平晏说道："贤弟真乃深明大义，愚兄我愿举荐贤弟重新担任太傅，辅佐太子，还望贤弟勿要推辞，为国为民而操劳尽瘁啊。"这时平晏也哭了，哭得无可奈何，哭得隐忍，道："我其实真的无意再有所作为，兄长如果真的认为我有必要出力，皇上需要我为江山社稷，黎民百姓再做些事情的话，我自当是责无旁贷。"

刘歆连声称赞。与平晏谈了许久，才将平晏送走。回到书房，立刻写下书简，差人送至宫中。

王莽身披孝服，在新室文母的祠堂里坐了好几个时辰，昏天黑地的，也不记着用膳的时间。周围伺候的貂铛和侍从也不敢轻易的打扰他，都怕他一怒之下治了罪。只好等王莽自个儿饿了，吩咐膳食时，他们才将时时热着的膳食端上来。

戌时时分，王莽觉得饿了，吩咐用膳，隆冬时分，虽然服丧期间要求吃素，但御膳房在菜里放了肉汤，王莽吃着羊肉汤煮的土薯（山药），味道很香甜，脸色也红润起来，突然他不知道哪来的胃口，吩咐贴身貂铛弄点羊肉来吃吃。多时，貂铛回报，羊肉当日已无，只有羊骨，并端了上来。王莽有些诧异，温怒道："岂有此理！御膳房不许予吃肉吗？"貂铛答道："回禀陛下，小的刚刚训问过，御膳房回话说，实乃物资贫乏，一只羊要供宫里这些人吃上好几天呐。陛下如想吃羊肉，明日定当准备……"

"罢了，罢了"王莽挥了挥袖子，气冲冲的向御览阁走去。一桌的饭菜也没有吃几口。

御览阁的案台上摆放着三堆堆积如山的竹简。一摞是刚送进来的奏报，一摞是其已经看过但没有批复的奏章，还有一摞是他每天潜心研究到深夜的古典经文著作。

他本打算继续研究经文，但随手翻看了一下刚送进来的奏报，想看看都有谁来奏事。这时发现国师公刘歆的奏章，这是较为罕见的。他急忙打开竹简，里面只有寥寥几个字："臣请面圣议改年号"。王莽大喜，感觉刘歆好像和他想到一块儿去了，也不问已是戌末时分，急传国师公陛见。

半个多时辰的光景，刘歆风尘仆仆的赶来，竟没有穿棉袍，而是穿着一身麻制的孝服，胡须和眉毛上都结了白白的霜，冻得有些瑟瑟发抖。刘歆一进殿就叩拜："臣深夜惊扰陛下休息，实感忏愧不安……"王莽连忙上前，将其扶起。亲切的说："子骏，这么晚要辛苦你了！"见其衣服实在是单薄，将自己身上穿的棉衣解下，欲披在刘歆身上。刘歆连连推辞。王莽环顾四周，貂铛拿来熊毛皮坎肩给王莽穿上，刘歆这才心安了一些，穿上了王莽赐给他的棉衣。

王莽吩咐送些姜茶来。他拉着刘歆的胳膊，请刘歆入座。并说："子骏啊，今日予有好多事想和你商议。"

刘歆连忙叩拜，道："臣感念圣恩，请求面圣矣求与陛下一诉衷肠。"

"好，甚好，正和予意！"王莽应和着，开启话题道："子骏啊，予与你相交都三十多年了吧，你可还记得差不多十五年前，我们二人在合翔聚共谋一醉，一抒豪情的情景吗？"

"臣时刻感念。那是元寿二年夏天的事了。当时臣参悟天象，从长安前去禀告天意。陛下顺应天意不久就连续铲除董氏，宦官等朝中奸佞，以安天下啊。"

王莽想起他被众臣及长安众学士们举为安汉公的情景，那是他前所未有得意之时。不过想到这里，他又黯淡和警觉起来，探试着说："子骏啊，予愧对于你，有愧于天啊。予本想一心安辅汉室，效周公故事，造福黎民百姓，颂扬大汉国威，怎奈天意弄人……"说完不经意的看了一眼刘歆。

刘歆神情恳切，并未抬眼看王莽，十分郑重的拜了拜，然后才说："陛下乃顺天而行，善莫大焉！汉室气数衰微，皇天不佑，此乃天意！"

王莽还是继续叹道："唉，予得知近日天空有彗星出现，而且连续数日，这是何意啊？予应该将皇位还给定安公了。"

"陛下万万不可！"刘歆急忙打断王莽，刘歆也感到了王莽很可能是有意试探他的来意的。"彗星并非天谴之意，也非吉凶预测之兆，而是昭示着正义顺天的事业，只要勇敢前进将会取得功绩啊，陛下！"

王莽露出诧异的神色，"偶？怎么解释，给予说来。"

刘歆拱手作揖道："诺。《左氏春秋》有载，武王伐纣时，天空出现彗星，当时人们都以为这是一个凶兆，但周武王的军队勇敢善战，毅然进军。商纣王残暴无道，所以那场讨伐是正义的，是顺乎天意的，最后取得了胜利。秦王嬴政7年，天空出现彗星，持续多日，当时秦王同时与六国作战，因为秦国军队骁勇善战，后来统一了六国，成就了如今辽阔的疆土，那也是顺应天意啊。"

王莽一听，面露喜色。但只是勉强的干笑了几声，说道："啊啊啊，好啊，看来我边关战事定能取得胜利了。如能开疆扩土，予也能报效皇天了。"

刘歆也跟着笑道："定当如此！四夷臣服，开疆扩土，当指日可待。陛下功德卓著啊！"

王莽招呼刘歆喝暖暖的姜茶，显出一副高兴的样子。重新坐定后，不觉收起了脸上的笑容，面带郁郁之色的说道："子骏，你奏章中提到改年号的事情，予近日也查阅经文，冥思苦想此事呢。不知你有何主张啊？"

刘歆知道王莽的忧虑之事。新朝建立以来，王莽全力推行改制，井田，奴婢，货币，商贾等制度进行不断的推成出新。本以为可以出现一个崭新的新朝新面貌的，但现在王莽已经意识到在推行井田和货币改制上问题的严峻。年年赈灾，但涌入长安的灾民越来越多。国库日渐空虚，连官员的俸禄都开始捉襟见肘了。而与匈奴的战争成了现在唯一能振奋人心，传颂威德的希望了。王莽就盼着胜仗的消息。然而他也开始意识到战争所带来的经济压力了，而这是他之前为官这么多年从未考虑的问题。

刘歆答道："启禀陛下，我朝自改制以来，田制，币制，奴婢，商贾，量衡等政策无不是为天下百姓福祉而制定，无不是为先贤称颂之良策，无不是为天下大治之制也。实乃施行不力，官制不合，所虑不周所致啊。"

　　王莽一听这话，是又喜又气。喜的是有刘歆这个至交理解他，认同他。气的是这些政策他都是事必躬亲的，刘歆认为有所虑不周，令他还是有些生气。王莽温怒道："营利小人钻营货币之策实在可恶，前朝官制偏离圣贤之制可谓大谬矣，国师公见解与予不谋而合啊！"

　　刘歆本想设法告诉王莽，当务之急是增加国库收入，尽快结束战争凯旋归师，同时货币制度需要尽快稳定下来。但他听得出王莽的心意是认为改制是对的，只是不够彻底，官吏腐败。于是顺着这层意思，说道："陛下明察。制定而天下治。然而如今制未定，治未达，宜勇往直前也。勇进可胜也。"

　　王莽大喜，红红的眼眶里闪烁着晶莹的光芒。他猛的站了起来，并拉住刘歆，兴冲冲的冲向他的案台。王莽叫道："子骏啊，你来看，予近日潜心研究经书，发现古制能得以施行，成就圣贤之制，而今新室改制重重受阻，官吏无所适从的原因乃是前朝庸人将圣贤之制给随意篡改了……"王莽说着起劲，打开一摞又一摞的藏书简轴，指着说，"你看，《周官》，《王制》里面的的官名，郡名如今都到哪儿去了？"刘歆看着频频点头，意味深长的说，"确实今古有别了啊。"王莽继续说道："予新室士子博士如云，无不熟读经书。唯有将官名，郡名加以校勘，恢复至圣贤之制，士子大夫们方能体会予与尔等用心之良苦，方能按照圣贤传下的经书来施行新室之制啊。"

刘歆听着也觉得有道理，如果改制能得到广大太学生，广大士子，广大仕大夫的理解并推行，自然会更容易获得成功。只是他觉得春秋战国时期，各国有各国的货币，各国有各国的度量衡，这并非圣贤之制，而是由于各国的管辖范围有限所致。统一之后民间虽有怨言，但并无呼声要回到多种货币，多种度量衡的制度，而是怨恨衡器不精准，货币易遭私铸等。刘歆不仅饱览群书，而且对民间有所体察。

刘歆回道："陛下圣明。圣贤之制对官制，政制都做了全面的制定，那就是让后人们学习效法啊。而圣贤们却没有对币制，衡制做出制定，所以这就给奸诈小人留下了可乘之机啊。"

王莽听着大为感动，有种茅塞顿开，又有种信心满满的感觉，他的眼前豁然开朗起来。之前的改制缺乏官制，王制的配合，因而井田制实施不力。而币制实施不力是由于多种货币并非圣贤所制定，因而应请当朝圣贤来重新制定。这当朝圣贤岂不就是这殿中二人吗？

王莽想着想着，不觉哈哈乐了起来："哈哈，太好了……子骏，你今日来的太是时候了，哈哈……予之新室有望了。哈哈哈"王莽压抑多日的心情突然间爆发了起来。王莽突然爆喝道："来人，拿酒来！予要与国师公举杯庆祝一下！"王莽也不顾已是丑时时分，他兴味正浓。

刘歆已渐渐老迈，熬夜已倍感疲惫不堪，但难得看到王莽如此高兴，他们也多年没有单独喝酒深谈了。只好咬紧牙关，舍命陪君子了。

王莽与刘歆重新坐定，膳房把祭祀新室文母的祭品，重新加热后端了上来。虽然王莽在服丧期间，但膳房知道他的心思，并不忌讳给他准备一些祭祀牛羊菜品。王莽平日里吃得不多，但并不拒绝。

王莽举樽向刘歆敬酒："国师高贤，扶新辅予，定能定制平乱，匡扶大道！予与子骏相交实乃天下之幸事啊！予先干为敬"说完豪饮一樽。

刘歆也有些感慨，不知是感概时隔十五年，二人再度聚首，直抒胸臆，愿为天下人一展抱负；还是感慨自己已是垂暮之年，而身陷残局。谢恩之后也豪气地一饮而尽。

王莽又开启了话题："予正琢磨着改年号，迁都的计划呢。国师公有何高见啊？"

　　刘歆吃了一惊，迁都可不是件小事情，涉及到方方面面，而且劳民伤财，刘歆感到现在这时候真不是好时候。刘歆答道："臣近日确有思考新的年号，以振奋国人，以鼓足改制之勇气。但从未曾想过迁都之计，愿闻陛下之深谋远虑。"

　　王莽道："子骏啊，你看那周朝经历过劫难，曾将都国迁往洛阳，之后便一切平顺，天下太平了。而今这长安城满是前朝的官僚，如今又涌入大量灾民，满城遍地，这常安（王莽曾将长安改名常安）不常安了。所以予也琢磨着唯有效法先贤，迁都洛阳，方可避此劫难，安定天下。可好？"刘歆思索着，一时没有回答。王莽又邀刘歆喝了一樽，接着说："倒是年号，予倒没曾细想过，只是觉得是时候改年号了。子骏，你给起一个吧。"

　　刘歆此时郑重的答道："臣以为迁都不无不可，只是需要做通盘谋划，充分准备啊。"王莽连连点头。刘歆继续说："臣以为我朝已经建立，当求贤而治，辅天治世，以安天下。陛下授命于天，更年累月事必躬亲，如今天象所示，勇进则胜。陛下宜一鼓作气，功业在望啊！因而臣想到了'天凤'这个年号。凤者，百鸟之王，祥瑞之兆也。凤者，长袖善舞，多钱善贾也。乃国之所需啊！"

王莽捋着胡须，琢磨着，他似乎觉得这个年号并不太合他的心意。他更愿意起一个"天龙"之类的年号。但转念一想，忽然想起去年驾幸黄山宫，突遇暴雨，飞龙在天，风云际会，凤凰来仪的一幕……况且刘歆的美好心意也着实让他感动。这个天凤岂不就是国师公刘歆吗？王莽口里应和着："好，好啊，这个年号甚好，国之重器，国之所需啊！那就改年号始建国天凤吧。"

刘歆本就是借改年号之机，劝说王莽此时此刻要振作，勇往直前，另一方面告诉王莽国库空虚，商贾税赋下降，需要提振。今日这两个目标都实现了。王莽对改制显得信心满满，王莽对刘歆提出的重新制定币制和衡制十分赞同，在这关键时刻倚重他国师公刘歆。他已经很满足了，哪里还在意王莽非要在天凤前保留始建国呢。

元正（公元 14 年元月），百官朝拜，国礼威仪。王莽身披孝服，庄穆而精神抖擞的步入朝堂。宣读国策：据查今年是《箫韶》诞生二千八百周年，"《箫韶》九成，凤凰来仪"，改元更年，改年号为"天凤"，大赦天下。授命国师公刘歆领衔货泉和量衡政策之制定和施行，宣布迁都洛阳计划，命大司空王邑主持筹备工作。复拜平晏为太傅，命其辅佐太子。王莽诵读《周礼》及《乐语》段落，声音虽然沙哑，但宏大有力，显示出坚定的决心。

百官无不感触，王莽的感召力似乎又回来了，一个个心中冉起了一丝希望。然而，散朝之后，这种感受也就立刻作鸟兽散了。不少官员们府上连改岁的饭菜、礼品都置办不齐了。

正月十五还没过完，刘歆就专门派人去各地了解情况。进入三月陆续回报，让他看了听了心惊肉跳。他对情况素来有一定的了解，原先在王莽下令废除"五铢钱"之时，民间的"五铢钱"久禁不绝，发行的"大小钱"用来换"五铢钱"，但发现大量私铸的劣质"五铢钱"，用来换取新铸的"大小钱"。后来又发现私铸的"龟宝""贝货""布货"，主要是私铸大额的"龟宝"和"贝货"，不久"大小钱"就变得越来越不值钱，物价飞涨。官铸的"大小钱"也越铸越小，越铸越粗糙，不足额，而这不足额就又导致出现大量粗糙不足额的私铸"大小钱"。而现在回报说民间除了"大钱"还在用，私用"五铢钱"的情况十分普遍。光改岁期间不少年货价格竟涨了三倍有余。太子王临曾上奏主张严肃法纪，然而抓了很多人情况依旧如此严峻。私铸之刑更为严厉，但是旧有的货币已经彻底混乱，私铸和官铸的货币或者同时流通，或者流通不久就被民间彻底弃用。

刘歆顿感捶胸顿足，焦虑不已。请来平晏商议对策。平晏沉吟了半响，显得无可奈何。只是回忆道："圣上当年居摄皇帝位时，开始了第一次改用新币。圣上是觉得'金刀'，'错刀'，'五铢钱'上无不有卯，有金，有刀，这些无不象征着'劉'。小弟我曾提醒圣上货币乃国之大衡，不可轻举妄动啊。哎，现如今……"

刘歆打断了他的话："贤弟贤能啊，事到如今，还是看看有无应对私铸之策吧。"刘歆现在也后悔当年王莽与其商议新币之策时，他虽谨慎但认为币制应当一并予以革新。

平晏感念刘歆的爱护和提携，虽然心中仍存忿忿不平，但诚心的回答道："私铸屡禁不绝，实乃官僚豪强庇护勾结所致。当年孙少堂曾主张将刘氏豪强一切封国，财产全部罚没充公，圣上并未完全采纳，而是罢了刘氏官职，免除刘氏贵族爵位。然而现在的不少官吏与前朝刘氏贵族官吏有着诸多联系啊。"

刘歆明白了，当年刘歆也是主张对刘氏进行安抚的。刘歆自己也是刘邦之弟楚元王刘交的五世孙。圣上将刘氏贵族的爵位和官职都免了，唯独尊他为国师公。给刘氏赐了姓，唯独没有改他的姓。

本想避免一场腥风血雨，没想到现在成了新室的心头大患，陷百姓于水火啊！刘歆想着想着，心中不觉渐渐发凉，似乎看到一场更大的血腥烽火将在所难免。

这时平晏起身说："为今之计，恐怕也只能有赖国师公的精确高超之术了。"说完作揖告辞。

刘歆忙作揖，但拉着平晏的手说："迁都洛阳之事，恐未到天时啊。"平晏点点头，叹了口气，并未说什么，径自走了出去。

刘歆想着平晏的话，不敢想象如果发起一场对整个刘氏，对整个官僚体系的大清洗，后果会怎样？这是要治世还是要乱世呢？刘歆不禁觉得脑袋重重的，躺到床上沉沉的睡去。

刘歆一觉醒来，居然已是第二日午时时分，差不多睡了十个多时辰了。起来感觉饿了，来到前堂，饭菜已经摆在桌上。他喊来家人，一起吃了起来。刘歆想想自己已年过六旬，耳顺之年，自与王莽相交，开始得以重用，怎能看着自己毕生的努力最后落得个天下大乱的局面呢？他越想越心有不甘，决意迎难而上。

刘歆召集他器重和信任的官员，让他们亲自奔赴各郡，彻查并统计正在流通的金，银以及"龟宝"，"贝货"的数量。尤其是鉴别官铸的，剔除私铸的"龟宝""贝货"，并登记"龟宝""贝货"的数量，并要求各郡定期报告"龟宝""贝货"的数量。一旦发现数量变化，就立刻调查抓捕。

刘歆着手设计了一套新的货币，叫做"货布"和"货泉"。"货布"就一种，一个大小，一个面值。形状与之前的"布货"相类似，但精美的多。"货泉"也是一种，一个大小，一个面值。形状圆圆的，内有方孔，与之前的"大钱"和汉朝"五铢钱"相类似。这套货币设计凹凸有致，形状较为复杂，文字篆刻精美，最关键是铸造时还掺入了锡，并秘而不宣，一般的私铸作坊拿铜摹刻铸造出来，外观会有明显的不同。呈给王莽看后，王莽大喜，赞不绝口。刘歆深知一旦大举铸造并替换原有大小钱，恐怕很快私铸的货布货泉也会出来，百姓们很快也会失去对这套货币的信心。刘歆将货布的价值与标准量衡的粮食，食盐，酒等最容易涨价的货物联系起来。让百姓对这套货币有信心。

天凤元年七月，王莽兴冲冲的依据《周官》，《王制》的记述，颁布将全国的郡县名称，官名进行修改，全面改成周朝时的名称。并根据周朝的官制，设立了新的官职，并诏令天下士子，士大夫效法圣贤《周礼》等经书，推行周朝的田属和税赋制度。赦令废除大小钱，停用"布货"和"钱货"，事实上民间也无人愿收"布货"和"钱货"。改用新铸的"货布"和"货泉"，并大幅调整了"龟宝""贝货"与之的兑换关系。不过由于民间已习惯使用"大钱"，因而允许其与"货布""货泉"并行使用逐步替换。一大钱本来值五十，然而此时二十五"大钱"才能换一"货布"，与一"货泉"等值。到那时，一"大钱"也就差不多相当于一文钱用了。而"龟宝""贝货"已在严格的监控之下，实际使用已大大降低。

新币政策宣布推行，而市场上并没有多少新币。于是刘歆奏请王莽说周朝有泉府官，收购市上的滞销的货物，给予人们想得到的，即《周易》所说的"用正确的辞令来治理财货，禁止百姓为非作歹"。王莽就下诏说："《周礼》有赊贷，《乐语》有五均，传记上各自有斡官。现在开放赊贷，实行五均，设立各斡官，是用来统一百姓，抑制兼并。"于是在长安以及五都设立五均官，改长安东西市令以及洛阳、邯郸、临甾、宛、成都的市长各为五均司市师。东市称作京，西市称作畿[jī]，洛阳称为中，其余四都各用东、西、南、北来称呼，都设置交易丞五人，钱府丞一人。工匠、商人能开采金、银、铜、铅、锡并进献龟贝的，都自己向司市钱府申报，按照一定时机来开采。

又根据《周官》上收取百姓的税法：凡田不耕种为不生产，要交三个劳力的税；城郭中住宅周围不栽树木果实及菜蔬的为不种植，要交三个劳力的布帛；百姓游荡不从事生产的，交劳力役使的费用一匹。其中不能交布的人，做散工，由政府来供给衣食。所有猎取各种物质，包括乌兽、鱼鳖、百虫于山林、水泽以进行畜养牲畜的人，喂养桑蚕织丝缕和纺织缝补的妇女，工匠、医生、巫师、卜祝以及方技、商贩、商人坐列在市场和客舍的人，在各自向自己所在地的政府申报自己的所作所为，除掉他的本钱，计算他的利润，收取十分之一的税，再以其中之一作为贡，有胆敢不自己申报的，自报不合实际的，全部没收他所收获的，再为政府劳作一年。

各司市经常在四季中间的一月按实际情况确定所掌管的事情，制定货物上、中、下三等的价格，各自适用自己市场稳定即可，不必拘泥于其他地方。所有人买卖五谷、布帛、丝绵等物，祗要是百姓所需要的而又滞销的，均官考查检验确实，就用他本来的价格收购，不要使他折本。所有货物涨价，超过平衡价一钱，就以平价卖给百姓。价格跌落至平价以下的，听任百姓自行参与买卖，以防止囤积居奇的人。百姓想祭祀和办丧事却没有费用的，钱府就用所收入的工匠、商人交的贡不计息赊给他们，祭祀不要超过十天，丧事不要超过三个月。百姓有的穷困，打算贷款来治理产业的，要多少贷给多少，除掉他的费用，计算他的所得收取利息，不超过一年的十分之一。

这些政策的颁布，措施的施行和强化，很快就见效了。国库亏空的情况开始有了好转。小商小贩，普通农民百姓倒也相安无事，然而另一方面，商贾巨富，地主豪强们却开始怨声载道了，而他们可不是发发牢骚，暗自哭泣这么简单。民众们已成惊弓之鸟，且历次货币改制都抓了大量的人。这次是最好的一次。

廉丹，严尤时常有战报传来，每每皆是胜绩，不大不小的，就是不能彻底消灭匈奴。刘歆建言应采取和亲或者收买办法，否则军饷粮饷难以支撑长期屯军缘边。果不其然，缘边大饥，人相食。

朝日，谏大夫如普出班建议调回边关军队。他进言说："军士久屯寒苦，边郡无以相赡。今单于新和，宜因是罢兵。"校尉韩威是卖饼儿王盛的随从，模仿着王盛几年前在朝堂之上的慷慨陈词，高声抗声道："以新室之威而吞胡虏，无异口中蚤虱。臣愿率勇敢之士五千人，不赍斗粮，饥食虏肉，渴饮其血，可以横行！"

他说得慷慨激昂，但群臣听着他狂妄的夸夸其谈，心中无不忿忿然。

王莽听着，惆怅不已：当年粮草充足，而今已是真的钱粮奇缺，这仗是真的无力打下去了。他面无表情，冷冷的夸奖道："将军言之雄壮，威震四夷，助予之王师早日平乱凯旋。"

说完，未等散朝，就当即诏令征还在边的诸将，免陈钦等十八人，又罢四关镇都尉诸屯兵。王莽采纳国师和太子的建议，收集大量金银财宝笼络贿赂匈奴，可那单于一面贪图王莽的金银财宝的贿赂笼络，表面上像过去汉朝时期一样臣服于新室王莽，然而内部对新室王莽极不信任，时常小规模的策划和实施寇掠。又当匈奴使者回来，单于得知其子单于登之前被王莽杀了之后，心中怨恨，便从左地进入不断的劫掠。

王莽派去的使者责问单于失信，单于则推脱说："乌桓与匈奴的无状狡黠之徒一起为寇入塞，就好比中国有盗贼而已！咸初立持国，威信尚浅，尽力禁止，不敢有二心！"几次下来，王莽也心知肚明，但他进退维谷，不好当众戳穿，只好下诏以其他理由，再次屯军。

天凤元年，有一股蛮夷侵扰益州，益州大尹程隆被杀。王莽不得不调集军队前去征缴。这时，他发现竟然全国已没有多少军队，没有多少将领可以调遣。刘歆来告诉王莽只可速战速决，否则官员的俸禄都会发不出来。王莽封冯茂为平蛮将军，派遣其调动巴郡、蜀郡、犍为郡的官吏、兵士，国师公刘歆好不容易从老百姓那里征收足够的赋税作为军费，以便进击益州蛮夷。可是冯茂出征三年，因疾病瘟疫死的人占十分之七，巴郡、蜀郡因此骚动不安。天凤四年，王莽召回冯茂诛杀了他。改派宁始将军廉丹與庸部牧史熊，大力调动天水、陇西郡的骑兵和广漠、巴、蜀、犍为郡的官吏、百姓十万人，加上转运军需的人总共二十万，进击反叛者。刚到时，斩杀了好几千人。到后来，军粮运输跟不上，兵士饥饿染疾，三年多死了几万人。

天凤年间，国师公刘歆全力稳住了币制，可是国库仍旧空空如也，收来的税赋全部用去打仗了。经济勉强能运转，全国官吏几乎施行一种特殊的配给制，经济情况每况愈下，饥民，囚犯越来越多。其中有三年，全国官吏几乎没有钱财俸禄。王莽号召百官节衣缩食，祭天祀地，祈求胜利。

五十七　卜算童沙盘现谶语 皓首叟榻前

践前约

五年不知不觉已经过去，到了天凤五年（公元 18 年），整个朝政，除了王莽他自己，也就只有国师公刘歆在拼着老命撑着。那些个本来是为了制衡老臣的"新派"官员，在这段艰苦时期，早已被王莽抛弃到了一旁。刘歆在朝中的威望极高，权力也极大。可问题是时局依旧每况愈下，困局重重。大厦将倾，独木难支。王莽和刘歆都感到了疲累。刘歆在民间有赞的，有骂的，有寄希望的，有下诅咒的……

里社是祭祀土地神的庙宇，据说按周朝规格建造。门外两侧各有一个石桌：这两张石桌原本专为卜者和史者设的，所谓右卜左史。而今都成了算命相面的摊位。在石桌算命相面，面对面摆摊，如果没有真才实学，不出一个时辰不是被对面的卜者气走，就是被地面的泼皮哄走。石桌算命相面的江湖方士，一天要变换几个。真是你刚唱罢我登场前赴后继。石桌从未空过，闲人也从未断过。

　　午后来了个方士，年纪轻得吓人，只有十四五岁。长得面如冠玉，唇红齿白，身穿白衣，头扎童髻，自称"卜算童"。瞧那风采，还真有几分仙气呢。他在石桌上铺上一方白帛，白帛向外垂下，正中画着一个八卦。右边放着三卷竹简，左边放着一个写字的大沙盘。

　　很多人围桌观看，一个蓝衣汉子上前，"哪来的黄口小儿，乳臭未干，也敢到里社骗钱，老爷倒要看看你准不准！"

　　卜童自称少君，高傲地笑笑，"少君年龄虽小，行卜有年。救人济世，消灾禳祸，从无不准。"蓝衣汉子说："嗬，口气还满大的呢！你可知道里社地面的规矩？"卜童说："有何规矩？"蓝衣汉子说："卜得准便罢，卜不准老爷扭送你进官府！"

　　"好个府！"卜童在沙盘上划出广、人、寸三字，冷冷哼了一声，"何为准？何为不准？莫非也要你这小人裁判？"

　　蓝衣汉子说："你敢骂老爷小人！"卜童仰面大笑，扇柄指着沙盘，"瞧瞧！上头写得明明白白：广，广宇也；寸人，小人也。你不过是官府家奴，也敢在这儿称老爷！"蓝衣汉子不作声了，向外挤去。

　　"瞎猫子碰死耗子吧？"又有一个人挤进来，"小子，给你家老爷卜卜，卜得不准，老爷要你当众吃屎！"

　　"好个屎！"卜童有模有样的摇着羽扇，用扇柄在沙盘上划出尸、米二字，偏着头念，"尸，米上之尸。"他冷笑着，傲气十足扬起头，拿羽扇点着那人哧之以鼻，"你该知道自己是何许人了吧？"

"好啊！"那人大怒："你骂你家老爷是死尸！"

卜童羽扇平摊，"列位，小子说他是死尸吗？"他摇摇头，"他没死，小子也没说他死；可他是尸，米上之行尸。列位说了，尸能行走吗？你看见尸行走吗？嘿嘿，多着呢。芸芸众生，行尸走肉比比皆是。可见尸有死尸，还有'行尸'。嘿嘿，米上'行尸'，小子所言不虚吧？"

那人冷笑，"你骂老爷行尸走肉，你就不是行尸走肉？而今谁不是行尸走肉？"

卜童摇头，"不知自重的东西，莫非真要少君说出你是何许人也？"

那人撸起袖子，攥着拳头，"你说！你说！你若说不出，老爷叫你满脸开花！"

"哼哼。"卜童满脸不屑，"说他是'行尸'，高抬他了。列位，有谁看见'行尸'天天在米上走的？没有。这位仁兄天天在米上走吗？不会。尸者，另有一义，替代也。能在米上天天行走者，有一物替代。列位，何物替代？"

"老鼠。"有人笑了。

那人气势汹汹，抬手欲打，"你骂你家老爷是老鼠！"

卜童羽扇一挡，"列位，都看见了吧？他是人，不是鼠。小子怎斗胆说他是鼠呢？列位有所不知，老鼠有多种，其中一种叫'城狐社鼠'。"

所谓"社鼠"，是在里社墙中打洞的老鼠。欲除社鼠，恐坏社墙。社鼠有社墙依托，格外难以灭绝。"城狐社鼠"就成了比喻倚仗别人势力胡作非为的坏人。卜童拱手作了个罗圈揖，"哪位爷台是此人的主人，叫他快走吧。小子投鼠忌器，嘴下留德了。若再纠缠，小子对尊驾也不客气了，闹得您老面上不好看。"

话声末落，有人大声呵斥，"别在这丢人现眼，还不快滚！"

两手一露，满场叫好。这时有人在外围喊叫："让开！让开！国公爷驾到！"人群纷纷向两侧闪开，王盛走进来，身后跟着几个武弁【biàn】家奴。

富贵不还乡，无异衣锦夜行；当了官不在乡亲面前显摆，官不是白当了？而且王盛的官不是一般的官，而是大新"全匮辅臣"，堂堂的国公爷。所以王盛不时出入里社抖尽威风。他把身边一个武弁往前一推，

"去，问问那个小毛娃子，你姓甚？"这个武士两手插腰，站在石桌前面，歪着脑袋，"小东西，你家老爷姓甚？"

卜童拱手，"军爷，小子卜吉凶，决疑难，不卜姓氏。"武弁冷冷一笑，"小子，卜不出吧？要是卜不出，放个响屁。只要给国公爷叩个响头，从这滚出去，老爷不为难你。"卜童又露出高傲神情，口气也变了，"少君上可请动天堂神灵，下可调遣地府鬼怪，前知五百年，后知五百载，卜你姓氏又有何难？"

王盛不耐烦了，晃动身子上前，"少耍嘴皮子！快说出他的姓来！"卜童将羽扇往前一伸，"少君行卜，无论王孙公子，还是贩夫走卒，只可金求，不受威逼。国公爷若要问卜，先拿一百铢来。"

真是狮子大开口。一百钱往常可买谷七十余石，而今物价飞涨也可买三十余石。

王盛说："你先说出他的姓氏，要多少钱给多少钱。"卜童说："少君只取一百钱，少一钱不卜，多一钱不取。"王盛发怒，"小子，你怕本公短你的钱，太瞧不起本公了！"卜童却伸出羽扇，"拿来！"

双方僵住了：一个故意刁难，一个巧生枝节；一个心悭百钱，一个逃遁有术；一个暴发国公，一个江湖骗子。围观的人喊了起来：

"快给钱！"

也有人说："光说不练，耍嘴皮子！"

卜童摇着羽扇，哈哈一笑："各位客官，老少爷台：小子初到贵地谋生，巴结国公爷还来不及呢，岂吝百钱？小子破回例，先给这位军爷卜卜如何？"

围观的人轰然叫好。

卜童摇了摇羽扇："这位军爷的姓氏就写在军爷身上，老少爷台没看见？"

一开口就语惊四座，人们仔细端详武弁：见他两手插腰，腰带上挂着一块金牌，悬于两胯之间，身后佩戴一柄刀。姓氏写在哪儿？简直一头雾水。

"老少爷台认不出？嘿嘿。"卜童轻松笑着，"请看，军爷两手插腰。如果拿一柄钢刀从军爷头顶劈下，把军爷一辟两半，并排摆在地上：军爷的姓氏看出来了吧？"

武弁大怒，"小鬼头好大胆，阴损老爷！你若故弄玄虚，说不出老爷的姓氏，当心老爷一刀从你头顶劈下！"

"唉！"卜童摇着头，连连叹气，"小子一再点破，你还不省得。莫非军爷目不识丁，不知自己的姓氏如何写的？"

"刘！"人群中有人吐出一个字来。

众人循声望去，是位年轻士子。"不错，刘！是刘！"有人跟着喊。

众人恍然大悟：武弁双手插腰，如果当头一刀劈战两半，岂不是一个"卯"字？此人腰带上悬着一块金牌，岂不成了"卯"下之"金"？身后佩一把刀，就是一个"刀"字。卯、金、刀不正合成一个"刘"字吗？

武弁的姓氏显然被卜中，心怀敬畏，不敢再撒赖，掉头望王盛。王盛也不敢斗威风了。

不意卜童满脸发青，浑身颤抖，"老少爷台请了：自古以来，卜吉卜凶，问祸问福，未见问姓问名的。姓氏祖上所传；名字父母所赐。明知故问实为刁难。卜者，神之使，鬼之媒。刁难卜者实为刁难鬼神。常人刁难鬼神，祸及家身；公侯刁难鬼神，危及邦国。小子被迫卜人姓氏，意在眩耀。一念之差已违天条。而今神灵附体，小子手不能停，目不能视，不知沙盘写些什么。如有冒犯，诸公见谅。"

人们见他说得神神秘秘，不禁肃然生畏。卜童口中念念有辞，手里拿着一个乌黑铁石，在沙盘上空乱晃。倏然，沙盘中显露出一个字来：

刘！

"刘！刘！"站在石桌旁边的人都喊了起来。

卜童如有鬼魂附体，那只拿着乌黑铁石的手欲停不止欲罢不能，不停地在沙盘上空晃动，沙盘又接着显露出一个字来：

秀！

"劉秀！"人们念着。(刘歆早已改名叫刘秀)，有人高叫，"国师公！"

沙盘陆续露出两行字来：

劉秀发兵逋不道

卯金修德当天子

在场的人无不愕然。谁都看得清清楚楚，卜童的手虽然忽高忽低，但一直悬在空中，离沙盘一两寸高，从未碰到沙盘。沙盘里的字，显然不是乌黑铁石划出来的。这位卜童莫非真有神灵附体？犹如一只无形的手捉住了人们的心，把它提到了嗓子眼，全场一片哑默。少顷有人嚷起来：

"刘氏又要复兴了！"

"国师公刘秀要当天子！"

人们一边嚷着，一边往前挤，都想亲眼看看沙盘里显现的神迹。挤来挤去，沙盘撞翻了。王盛突然清醒过来：这不是蛊惑人心谋反作乱吗？抬头一看，卜童不见了，他大声喊起来：

"捉妖人！追！抓住妖人！胆敢反抗，格杀勿论！"

掌灯时分，丁隆在里社遇到一个熟人，听到里社卜童的

"沙盘谶语"，慌忙打马赶到国师公府报信。刘歆闻言如雷击顶，当即朝南跪下，连连叩头。

丁隆将他扶起，"夫子，倒是想出因应之策要紧。"

刘歆仰天长叹，"天哪，这是怎么回事？老夫从小追随圣上，数十余年忠心耿耿，皇天可鉴。圣上若不信老夫忠心，老夫唯一死明志而已，用得着什么因应之策？"

"圣上圣明，不疑夫子。只怕宵小之徒从中进谗，圣上一念……"丁隆吞吞吐吐，"当然，圣上明察秋毫，不过……"

刘歆焉能不知他未尽之言？左手向上一抬，"去吧，容老夫想想。"

丁隆刚走，次子刘东匆匆从宫中跑回来，神情异常紧张，"父亲，适才哀章王盛孔仁三个奸贼进宫，听说他们联名上奏，要我满门抄斩，皇上……"

刘歆心头暗暗一震。从儿子神色看，皇上对他已经起了疑心。他与王莽相交数十年，深知王莽笃信鬼神。神秘卜童的神秘谶语，他还能不信？看来局势十分严峻。只因事关君臣大节，宫中动态他不便过问，只好淡淡说："知道了。"

"大哥……嗨！"

刘歆见他欲言又止，"垒儿怎么了？"

"大哥只知尽忠！把自己关进一间房里，派八名虎贲在外看守。自己把自己囚禁起来引颈就戮，向皇上表明心迹。"刘东一跺脚，"只知愚忠，不管家人，都什么时候了？置老父老母不顾！"

刘歆只觉一把利刃捅进胸口，一滴滴鲜血从心头往下滴。有子如此，他真不知道是德还是过，是福还是祸。他挥挥手，"你走吧。"

不一会，刘棻刘泳也都神色慌张回来了。刘棻激愤，"父亲，快拿主意，我辈绝不束手待毙！"刘泳问，"三哥，你有了腹案？"刘棻说："大主意得父亲拿，我有什么腹案？总之我辈绝不束手待毙！绝不！"刘泳苦笑，"小弟还以为你有什么高招呢。依小弟看，里社一个小小方士的话，没那么严重吧？"刘棻说："你怎的不解事！那是谶语！谶语就是天机！就是符命！难道你不知道皇上就是靠符命禅汉称帝的？甄丰怎么死的你总该知道吧？他岂容另一个受命之人取代他的天下？"他挥挥手，让他们退出去。

"受命之人？"他在书房里踱着，喃喃低语。他最喜欢三子，每每觉得他们之间心意相通。看来棻儿对"沙盘谶语"出自天意，深信不疑，一点也不怀疑可能出于恶意伪造。莫非他真是"受命之人"？

那是建平元年的事，离现在二十多年了。他父亲刘向沉疴不起，时时陷于昏迷，偶尔清醒就问家人："异人来否？"家人以为昏话，都没在意。

有一天，果然来了一位皓首叟，"贵府家翁与某有百年之约，幸未来迟。"家人把老人带到父亲榻前。说也奇怪，父亲正处弥留之际，立即清醒。皓首老人高声吟诵：

刘秀发兵逋不道

四野云集龙斗野

四七之际火为主

父亲刘向问，"吾子歆改名秀若何？"皓首叟笑而不语。父亲再三请教，老人却说："百年之约已践。且记斯言，日后必验。"言讫扬长而去。

当晚他父亲刘向与世长辞，他也因此改名为刘秀……

他平生研究天人之应，考证日月之度，却对与自己密切相关的谶语无法解读。这"不道"指何人？建平以降哀帝昏庸多病，平帝年幼无知，似乎还谈不上"不道"。其后就是今上了。他与今上相交数十年，无论为人还是施政，似乎都不能说"无道"。这"不道"就一直让他困惑不解。

另外、"四七"是哪年？是四加七一十一年？是四乘七二十八年？还是四十七年？或者一百一十年？二百八十年？或者四百七十年？还有，"四七"从哪年算起？从建平元年算起？

从汉高祖建国元年算起？还是从今上始建国元年算起？

从皓首老人的谶语看，并没有暗示他是"受命之人"，日后登基称帝。若以他平生抱负而言：皇天可鉴，他从无称帝野心。而今他为官身居枢辅；为学公推泰斗；位极人臣，平生之愿足矣，似乎已经应验谶语隐现的轰轰烈烈景象。当年皓首老人的谶语早丢到脑后了。

今日里社出现的"沙盘谶语"，气象大不相同。其中"卯金修德为天子"，一扫朦胧迷雾，意象十分明晰。天子为龙，汉德为火。"龙斗野"，"火为主"都不难解读。至于"不道"也不言而喻了。今上篡国有术，治国无方，黎庶陷于水深火热之中。"不道"之恶谥只怕今上难以推脱了。不错，他曾帮助过"不道"，然而史乘之中，助"不道"而后伐"不道"者不是大有人在？

不错，里社"沙盘谶语"很可能是伪造，很可能有人阴谋陷害他。然而许多谶语常常是"出口成谶"，"弄假成真"。何况今日之"沙盘谶语"与皓首老人之谶语如此契合，那就不是简单的人为巧合了。其中必有天意。这是皇天要将天命加之于他？还是催促他注意"修德"？

天命也好，陷害也好，眼前的危机却是严峻的。今上猜忌心极其可怕。他不念亲情更不讲友情。杀念一动，两个儿子都叫他杀了，别人还能指望他开恩？杀他这个老友的头，杀他全家的头，今上不会手软。不过杀人之前，今上要做足文章，以免日后留下不教而诛的骂名。这是他的"德政"，也是他的"德性"。

今上会做文章，他也会做文章；今上喜欢大做文章，他也要大做文章，做一篇洋洋洒洒文章的文章。

他很自信：卜童玩的是方技，方技难不倒他；谶语也是"语"。只要是"语"，也难不倒他这个语文大师。

他觉得自己有了主意，满天的阴霾霎时消散，胸中涌动着一种前所未有的豪迈之情，去面对斧钺，面对明天……

书房里很静，静得森人，这与平日的感觉迥然不同。这间宽大的书房，是他心灵的避风港。过去无论有什么忧惧，进入书房就轻松了解脱了。就像一个迷恋珍宝的人进入他的宝库，爱好花草的人回到他的苑圃，感到怡怡、安逸、满足。比起那些人，他自信还多一层清高和雅致。

他久历仕途，不会不知道宦海风波。他曾对门生弟子说过："吾生于斯，长于斯，立德于斯，立言于斯，惟求进于斯，退于斯，死于斯。"这里是他想象的归宿。既是最好的归宿，也是最坏的归宿。现在看来也许只是虚妄的奢求。就像迷恋珍宝者的宝库随时可能被人掠夺，爱好花草者的苑圃随时可能被人践踏，他的归宿还能笃定期待吗？

半夜，后院隐隐传来哭声，那是他四个儿子儿媳的住处。他感到烦躁，把一个老家人唤来吩咐，"传话下去，不要啼哭。"谁知哭声反而更大了，他提着一柄宝剑怒气冲冲奔到后院大声吼着：

"尔等都给我听着：天不杀我，人奈我何？天若杀我，我亦杀我！尔等哭就是要杀尔等目已，杀我刘家满门！谁再敢哭，我就亲手杀死谁！"

朝日，王路堂森严肃杀，王莽紧绷着脸端坐在上面。刘歆出班启奏，"日前里社有一卜童利用方术装神弄鬼，厚诬老臣，蛊惑人心。"

"啊，有这等事！"王莽佯作不知，随口回应，"何种方术？说来听听。"

刘歆说，"卜童沙盘显字，犹如神灵。不过故弄玄虚，小巧而已。"

"小巧而已？"王莽听到王盛奏报后，这两天又有多人奏报。无不说得神乎其神，吓得他背上一阵一阵发麻。真是变生肘腋啊，日后讨伐他取代他的竟是自己生平好友！然而天意幽隐，"沙盘谶语"在闹市暴露，不是上苍向他示警吗？他勉强笑了笑，"子骏大才，必可破解，嘿嘿。"

"老臣正要当廷演示。请陛下传臣家人进殿。"

"传。"

一个家人端着一个沙盘走进殿来。刘歆把沙盘放在丹墀之上，拿起沙盘边上一个乌黑铁石，在沙盘上空晃动。沙盘陆续显出字来，王莽眼睛顿时直了。刘歆放下乌黑铁石，沙盘清晰显露："敬祝吾皇万寿无疆。"他奏言，"沙盘可显任何文字，请陛下示下。"

"万世其昌吧。"

刘歆把沙盘抹平，乌黑铁石晃了一阵，上面果然显出"万世其昌"四字。王莽开心了："嘀嘀，神乎其技。别光给予一人看，让群臣开开眼，免得受人蛊惑。"

刘歆把沙盘搬到殿中，演示给群臣看。沙盘显出大臣指定文字，或篆或棣，十分便当，群臣无不惊叹。他举着乌黑铁石说：

"这是磁铁，也叫吸铁石。"接着把附着在乌黑铁石上的黑粒抹下来，给班列两排的大臣看："这是什么？诸位当是沙。不，这不是沙，是铁屑。吸铁石只吸铁不吸沙。只要把铁屑混进沙盘中，用吸铁石吸，沙盘就显出字来。"

满天阴云被他轻轻一拨，露出了阳光；重重杀气被他淡淡一笑，化成了氤氲。班列两旁的群臣，有的摇头晃脑，有的捋须微笑。

刘歆叩拜，"卜童杜撰谶语，其心也可诛，其言也可鄙。究其实不过黄口小儿年幼无知而已。卜童不知典故，误将笔划拼凑在一起，老臣不屑一辩。但为堵塞妖人哓哓之口，老臣理当揭示真相，以正视听。"

"嗯，说得是。"王莽颔首微笑，"真相毕现，奸佞立退，妖孽立散。"

刘歆说："《春秋外传》编撰过程中，左丘明删去了古刘国'国语'。古刘国'国语'记有'刘禾乃发兵逋不道'。卜童将'禾'、'乃'二字，别有用心合成'秀'字。此其一。其二，《神仙传》记有卯氏兄弟故事。其文曰：'卯阴修道一心为神仙；卯金修值一心为天子。'值，古德字。其文隐含讥刺之意。神仙出于天命，非凡夫俗子修道所以企及；天子也出于天命，也非凡夫俗子修德所以企及。此卜童将'卯金修值一心为天子'中之'值、一、心'三字，拼成今文'德'字。居心之险恶显而易见。众所周知，卯为姓氏，至今尚有卯姓之人。'卯金'为人名，并非'刘'之拆写，望陛下明察。"

春秋时期诸候国数以千计，各国都有各国的史籍。这些史籍统称"国语"。左丘明进行了筛选，选定三十余国'国语'，编撰成书叫《春秋外传》。刘歆之父刘向仍嫌芜杂，进一步编辑校订，最终选定周、鲁、齐、晋、郑、楚、吴、越八国"国语"，共二十一卷。书名仍叫《春秋外传》。这就是世传《国语》。余下的诸国史籍，依旧存于天禄阁中。

王莽年少博览群书，曾在天禄阁读过《春秋外传》以及余下的诸国史料。古刘国确有其国；刘禾确有其人；但"刘禾乃发兵逋不道"记不得了。《神仙传》他也曾读过：卯确为姓氏，卯阴修道亦确有其事；但"卯金修值一心为天子"毫无印象。听了刘歆的话先信了七八分，嘿嘿笑了，"子骏，你可真是学富五车。"

刘歆暗暗舒了一口气，正要谢恩回班，哀章出列奏言，"陛下，刘歆的典故只怕是杜撰，必须出示证据方能服众。"

王涉出班驳斥，"陛下，哀章浪言国师公杜撰，不知有何根据？莫非哀章读的书比国师公还多？厚诬大臣，岂有此理！"

他说话情绪激愤，声如宏钟。王闳当即出班，"陛下，定请敕令哀章说出根据，否则便是血口喷人。朝堂之上岂容恶犬狂吠？"

两位御弟出奏，群臣纷纷响应。不一刻阶下跪成一片，站立者不过寥寥数人。王莽眉头差不多皱到一起了。他见了刘歆的演示，听了刘歆的辩辞，想到他的长子刘叠划地为牢自囚宫中，心中疑虑大体消除。但见朝中大臣一边倒，大有恃众压主之势，心中陡生不快。大臣擅权他再也不能容忍了。冲王兴瞟了一眼，王兴上前高唱："退朝。"

回到勤政室坐定。孔仁来报，"通缉钦犯甄寻已被擒获，请陛下示下。"

甄寻逃匿了五六年，今日终于抓到了，这个该死的家伙！王莽大手一挥，"不肖之徒杀掉算了。"孔仁跪着不动，王莽两眼一瞪，"怎么？你要饶他一命？"孔仁说："传言甄寻左手手纹现'天子'二字，臣反复验看，果然隐现二字……"王莽大怒，"你是说甄寻是真命天子？"孔仁说："臣只知他是死牢钦犯。不过，倒是有人认他是真命……"王莽击案：

"谁？"

"别人不说，至少长安三贵胄余下的二位贵胄。"

"你是说刘棻王奇？"王莽环眼一凝赤光闪现，高度警醒了。

"长安三贵胄，风流天下传，国师三公子刘棻为其翘首。逆贼就擒，附逆者焉能不究？"

　　甄寻由一个华山道士指引，藏匿于华山洞穴五六年。这个道士自号势利生，不用说他是王焉。荒山野岭远离人寰，甄寻实在耐不住这份清苦，三年过去曾偷偷潜回长安。他的香巢除了水巷之外，柳林还有一处。起初他十分小心，屡屡平安无事之后，他便又越来越肆无忌惮起来。可这一两年里，时局吃紧，刑罚极为严厉，动辄连坐，人人自危。这天黄昏时分他模进柳林一处精舍，没等他重整衾被再赴巫山，金屋里的小娇娘暗中派人报与官府，被孔仁逮个正着。

　　刘歆清癯的身影倏的浮现到眼前。"刘秀发兵……卯金修德……"神秘的谶语神秘的蹦上心头。就像吞咽了辛辣的大蒜，心里一阵异样刺痛。王莽赤红的眼睛熠熠发光，"甄寻被擒的消息不得走露，严加审讯！刘棻等人附逆情状必须审问清楚，做到铁案如山，千万马虎不得。只要罪状属实，有一个算一个，除恶务尽。无论谁人想保，此等匪类定斩不赦。"

　　孔仁这才退了出去。

入夜王莽回到寝宫。一个侍寝的宫女迎上去。王莽大手一挥，"滚！滚出去！"

　　登基以来他夜夜独寝，直到原碧入侍，他的欲望又喷发出来。那天他斥退了原碧，欲念却无法遏止。王兴替他找了个宫女，结果很不满意，气得他恨不得把这个宫女杀了。王兴只得不断给他调换，换了六七个，没一个叫他满意。今天他下决心罢黜他的老友刘子骏，自然想起了因刘子骏斥退的原碧。坐下之后，手抚碧玉，默默无言。

王兴躬身说："陛下，再换一个来？"王莽两眼一瞪："换什么换？"王兴眼角偷觑了一下，弓身退了出去。

不一刻，原碧浓妆艳抹走了进来，王莽眼睛顿时一亮。原碧伏在地上请安，他伸手虚伏了一下，"碧儿，起来，快快起来。"原碧站起，他牵着她的手，"这些日子还好吧？"原碧低垂着头不敢作声。他也不再追问，只是轻轻抚摸她的手。少顷他的手背感到有水点滴在上面。抬头一看，原碧两眼挂满了晶莹的泪珠。心中大痛，伸手就把她搂进怀里，"爱妃，你受委曲了。"

原碧的身体柔若无骨，像泥鳅一样滑溜，居然从他的拥抱中滑落下去，跪在地上谢罪，"贱婢不敢委曲，是贱婢的错，误了皇上大事，望皇上恕罪。"

王莽把她扶起："爱妃无罪，予错怪了爱妃。从今以后，卿是爱妃，予之爱妃。"

　　宫中消息数黄门郎最灵通，传播最活跃。散朝后不久，廷争的内容就在黄门郎中传播开了。侯浚前不久在天禄阁读过古刘国的史籍。他有过目不忘之能，却记不得刘歆所说的典故，大起疑惑，跑到天禄阁去翻阅。

　　天禄阁是皇家图书馆。刘向编辑《春秋外传》就是利用天禄阁收藏的典籍，在天禄阁完成的。《春秋外传》只收了八国八语，其余各语或因国小地偏，或因事微言简，弃而不录。侯浚跑去查询，却叫侍中丁隆前一天全都借走了。哪有这么凑巧的事？丁隆是刘歆的弟子，此中消息还须多言？

　　侯浚失望之余，忍不住向扬雄请教，"扬大夫，您可知古刘国'刘禾乃发兵逋不道'之事？"

　　"啊嗬嗬。"扬雄虽是一个两耳不闻天下事的人，但天禄阁里的同仁，这几天窃窃私语，谈论着"沙盘谶语"，无意中听进耳中，"老夫只知'刘秀发兵逋不道，卯金修德为天子'，哈哈哈。"

　　扬雄说话一向思前虑后，担心惹出麻烦，"酒肆传闻而已。"他嘿嘿笑了几声，"侯黄门所言，如老夫所料不差，必刘子骏自遁之词。"

　　"自遁之词？这么说国师公是杜撰了。"

　　"情急之中杜撰典故，逞一时之快，乃儒者通病。何独刘子骏其然？"扬雄又是一阵大笑。

"天下无道久矣，天将以夫子为木铎，学子仰之若泰斗。"侯浚仰天长叹。"国师公为一己之私信口杜撰，泰山为之倾，北斗为之斜。木铎谬传，天下乖谬！"

扬雄见他神情郑重，微微一笑，用谆谆长者口吻说："侯黄门言重了。杜撰典故先秦诸子不乏其人，何必厚责今人？识者一笑而已；不识者可当未决之学案。任千古纷纭聚讼倒也有趣。何必认真呢？"

"断非儒者所为！"侯浚很激愤，"庄周之辈杜撰典故，是为阐发自己的学说，不得已而为之。哪有为一己之身家性命而任意杜撰欺罔天下的？儒者杀身成仁，舍身取义，朝闻道夕死可也。惜身废道，士者不齿！"

"身家性命？"扬雄吃了一惊，"莫非酒肆流言传进了天阙，遭致上忌，祸及子骏一家？"
侯浚把廷争的内容讲与他听，扬雄听了，心里后怕。刘歆杜撰并非"逞一时之快"，倒是他本人犯了"儒者通病"：炫耀学识。顿时脸色发白，背后虚汗直流，身体摇晃险些摔倒。幸弓侯浚在旁把他扶住。侯浚很诧异，刚才还好好的，怎么一下子就病了？"扬大夫贵恙欠安？晚生送您回家养息去吧。"
"谢了，老毛病了。"扬雄掩饰着。

侯浚闻言告辞走了。

扬雄看着他的背影，心里差点悔断肠子。自古以来文人相轻，刘歆无论官场权位还是学界声望都远远超过他，心里一直不甘。但刚才那番话，很可能要了老友一家老小的性命。虽说是无心之过，但如果真发生了什么事，世人怎么说他？后人怎么说他？他还是人不是？

王宗进到勤政室，三十余名宗室大臣正在那儿议事。太子却不在场，这多少有点特别。

他们谈论王氏宗室永葆王氏江山。有人奏请重修宗庙，广其域，崇其厦，比超前朝；有人奏请广聘年高德劭的宗卿师，对宗室子孙严加管束……

王莽不时捋须微笑，称赞几句，好像很专注群臣的奏议。其实他沉浸在自己的思绪里，只有零星字句飘进耳中。而他可以凭据这些零星的声响做出得体的反应。这是他朝会时高坐皇位历练出来的功夫。约摸群臣讲完了，他说：

"朗朗乾坤，我王氏之天下；广袤万里，我王氏之江山。上赖祖宗之福，予禅刘自立。得天下难，坐天下尤难，永保我王氏天下更是难之又难。只有靠世世代代王氏子孙争气，出力，团结一心，才能将我王氏天下传之万世。重修宗庙，严教子孙，实为长治久安善善之策。"

话音刚落，一位宿老大声颂扬，"圣上之恩，天高地厚；圣上之言，语重心长。凡我王氏子孙永不忘圣上之恩，永不忘圣上之言：争气、出力、团结一心，保我王氏江山永远姓王。"另一位宿老颂扬，"天下万事，惟孝惟大。以孝为教，国运恒昌。陛下重修宗庙，严教子孙，可谓高瞻远瞩，深谋远虑。"二位宿老言罢，颂扬声一个接着一个：

"天地有吾皇，日月吐辉光；人间有吾皇，百姓喜洋洋；王氏有吾皇，恩霈万年长。"

"陛下圣德齐天，隆恩如海，凡我王氏子孙，生生感恩，世世戴德。"

盈耳颂声中，王莽心中若有所动。望着这金碧辉煌的殿堂，涌动一股雄思豪情。勤政室高门嵯峨，飞阁插云，立柱华观，梁坊彩绘。四墙之内，满眼都是云气、仙灵、龙凤、花草，处处体现王者的尊贵王者的荣华王者的气派。就在前一刻，这一切他几乎视若无睹，心里只牢记先祖虞舜的遗训："以天下为桎梏"。宵衣旰食，日夜勤政，哪里知道王者应享天下所不能享受的王者之尊？满足天下所不能满足的王者之乐？

"念我独兮，忧心殷殷。"他低声哦吟。

这大殿这宫阙这皇城，只供他一人独占一人独有，任何人不得分享，任何人不得觊觎。巍峨！宏伟！华丽！多么具有王者气派。什么是王者气派？天地之大，唯我独占；亿兆之众，唯我独尊。这就是王者气派。"大"和"独"，构成了王者气派的主轴。唯其大，大到包容五洲四海；唯其独，独到不容一言一人。不大不足成其王者；不独也不足成其王者。不容任何挑战，不容任何潜在挑战，不容任何潜在挑战威胁。挑战者必毙，潜在挑战者必灭，潜在挑战威胁必扼杀在摇篮之中。

王莽等众人颂扬完毕，轻咳一声准备讲话。然而他又迟疑了，"不过，眼下……"他又缄口不言了。人们都不敢插嘴，大殿一片死寂。过了好一阵子，他似乎又想开口说什么，临了却化成一声长叹。显然难以启齿。

王匡上前奏言，"君父之忧，臣子不敢臆测。然天子之忧，实为天下人之忧。臣为王氏子孙，有忧于家亦有忧于国。臣之忧虽一己之忧，愿奏之陛下，或可与陛下之忧略同。"

"奏来。"

王匡说："我王氏取刘氏天下而代之，微臣以为最可虑者莫过刘氏。先父为此忧惧而死，微臣亦日夜怛惕。先有'刘氏当兴'之妖言，近有里社沙盘之妄语，陛下不可不防。"他的父亲王舜在王莽篡汉之后日夜忧惧神智错乱，白日见到鬼魅，不治身亡。这给王匡极深印象。

王宗总以为自己最善窥视大父皇脸色，最善揣摸大父皇心思。两天前他遇到侯浚，听说刘歆杜撰典故欺君罔上，就想奏与大父皇。但是顾虑到刘歆是大父皇倚重的大臣，还是太子的岳丈，关系非同一般。闹得不好反遭训斥，自讨没趣。听王匡一说，心里才省悟大错特错了。瞧，大父皇不说禅"汉"而说禅"刘"，不说"新室"天下而说"王氏"天下：有意突显王刘不两立。今天太子没到会，显然因为刘歆是他岳丈。尤其大父皇一向笃信谶语符命，"沙盘谶语"能不耿耿于怀？种种迹象自己未能留意，都被这个王匡觉察到了。看来自己那点察言观色能耐，比起这位堂叔不过小巫见大巫罢了。

不意王涉不识相，"陛下登基以来，刘氏宗室人还在，心不死，的确不可不防。不过凡事不可一概而论。不能以为凡刘必奸，凡刘必除。微臣以为：刘歆不但是我朝开国之勋臣，且为我朝立国之栋梁。若为妖言所惑，忠奸不分，正中妖人奸计，请陛下三思。"

三十多个宗室大臣差不多都跟着说起来：

"直道侯言之有理。"

"听信妖人妖言自残股肱，陛下万万不可。"

王莽眉头微微一颤，宗室之中也有这么多大臣维护刘子骏！他今天召集宗室聚会就因为"沙盘谶语"给了他强烈震撼。刘子骏的演示和辩解，他相信可能出于诬陷。但鬼神天命之事，宁可信其有，不可信其无。事关江山社稷，事关子孙万世，即便过虑也不为过；即便出偏也不为偏。他要先给家里人打个招呼：告诉他们他要和刘子骏分道扬镳了，尔等不要再跟刘子骏跑了。

王宗看得真切，心中大喜：时机到了！他向前走了几步，径直跪在王莽膝下，左手向王涉一指，"王涉是大奸臣！"

王莽眉头一蹙，"宗儿，不要胡言乱语！"

"臣孙不敢胡言乱语。"王宗叩了个头，"王涉帮刘歆说话，就是大奸臣帮大奸臣说话！"

"放肆！"王莽心头兴起一股热望，企盼这个聪颖过人的孩子替他说出他不好开口的话，猛地捶桌斥叱，"谁叫你在此厚诬大臣的？今日若不说个明白，绝不轻饶！"

"并无古刘国'刘禾乃发兵遍不道'之事，只有'刘秀发兵遍不道，卯金修德为天子'。"王宗把侯浚告诉他的话说出。

王莽这些年来，一直利用哀章等人遏制老臣，但收效甚微。他的许多施政方略，往往由于老臣反对无法施行。老臣之魁首早先是平晏，现在是刘歆。刘歆权倾朝野，大有拥众压主之势。这种状况必须改变了。这正好给他提供了一个机会，"这是真的？"

王宗说："臣孙才疏学浅，扬雄侯浚说的话，臣孙想编也编不出来。"

王涉跪下，"微臣不信刘歆欺君罔上。请陛下速传扬雄侯浚，以正视听。"

"以正视听？"王莽冷冷说："你要正谁之视正谁之听？难道予还用得着你来正视正听不成？"

王宗不待王涉回答就抢着说："他是想给刘歆通风报信，让刘歆好编些稀奇古怪的理由来骗大父皇。臣孙说他是个大奸臣，他就是个大奸臣！"

"不准胡说！"王莽喝斥。"宗儿所言，是是非非，下次朝会都清楚了。不过老九，予要告诫你：宗儿年幼，说轻说重说对说错，为王不为刘。这一点你不如他。你身居要职，你要记住：你姓王不姓刘。你所思者，唯我王氏天下；你所虑者，唯我王氏江山。不可须臾或忘，更不可须臾偏离。若有偏离，非予之臣，亦非我王氏子孙，懂吗？"

王涉叩头，"微臣谨遵教诲。"

五十八　闻淫贱迁怒成震怒 度天命疑心
变异心

　　"皇上，该回宫了。"王莽忙到深夜，王兴在他身边轻声说。"回宫？啊啊，几时了？戍牌？"他想起了原碧，嘿嘿笑了。

　　这老来颠狂他未曾享受过，简直是极乐！只要想到寝宫与原碧独处就回味无穷。他笑了。眼在笑，眉在笑，浑身的毛孔都在笑。他觉得他的快乐不同于淫乐，而是一种身心愉悦的感受。一天辛劳之后缱绻一番，就像负重的牛解除重轭走出黯黑的丛林，眼界豁然开朗，浑身豁然轻松。完事之后飘飘然，陶陶然，仿佛一柄神妙的钥匙插进神奇的锁眼，开启出妙不可言的梦境。微乏慵懒，浮想翩翩，思绪在快乐中自由飞翔，飞得很远很远……

　　进入凤阁，皇后王静烟还没睡，佝偻着坐在那里，看样子在等他。王莽轻言细语问候，"皇后今日可好？"王静烟说："托皇上的福，臣妾还好。"王莽又问，"皇后没歇着，不是有事吧？"王静烟说："臣妾能有什么事？是皇上的事，不知当奏不当奏。"王莽听她口气不善，就知道准是原碧的事。

"皇上要加封原碧，纳她为妃？"

王莽心想：他俩夫妻数十年，他私幸宫女次数虽不多，她从不过问。为什么独独原碧引她不快？大概看出他真的喜欢上另一个女人了。一颗数十年如一日眷恋她的心将离她而去，再迟钝的妻子也能觉察男人变心；再贤淑的女人也免不了嫉妒。

"不错。"他坦诚。

她叹了口气，"臣妾就知道会这样。"他说："皇后不高兴？"她说："皇上高兴，臣妾怎敢不高兴？只是不屑与这等不干不净的淫贱女子平起平坐。"他眉头一皱，"淫贱女子？"她讥诮说："皇上是真不知道，还是假不知道？不会疑心臣妾诬蔑皇上的爱妃吧？"他大惊，"予实不知，皇后明言吧。"她冷笑说："瞎老婆子能'明言'什么？哼，臣妾就知道皇上叫那贱婢狐媚住了，连她不干净也不知道。她在嫌儿之前是李充的爱妾。"他心头猛震，"李充？"她冷笑说："皇上不会疑心瞎老婆子无中生有吃醋吧？不如派人去查查。"

他大袖一拂向寝宫走去。

"皇上驾到！"宫娥一声呻唤，原碧披着一袭如雪如雾的白纱，犹如从天宫随风而降的仙子含笑走到门口，正要下拜，王莽满腹狐疑，不说九五之尊，即便以他多年德行，也是不应该与不洁女子苟且的。他摆摆手，"出去！"

原碧不知出了什么事，满心困惑，哆哆嗦嗦直起身，想问又不敢问，埋下头往外走去。

"站住！"王莽沉声说。原碧慌忙跪下行礼，"臣妾告退。"王莽死死盯住她，原碧不敢抬头，但感应到一种压力，头越垂越低，终于伏在地上无声抽泣。头上的凤钗在灯下摇曳；香肩搐动，身上的白纱漾起波纹。那是一堆软的香温的玉白莹莹的肉。满脑子狐疑变成了粗壮的喘息。

过了好一阵子不见动静，原碧抬起头，"臣妾……臣妾……"

"贱婢！"他想动问，又觉难以启齿，变成切齿叱咤。

"贱婢……"原碧不敢再称臣妾。一想到昨天他还郑重其事说她是爱妃，眼泪就奔涌出来泣不成声了。

真是玉容寂寞，梨花带雨，那含怨滴落的泪眼，那哽咽起伏的胸脯，在他心头引起阵阵痉挛。蓦地他奔过去，一把拽起了她。原碧不知他要怎样，吓得差点闭过气去，谁知他一把把她推到了御塌上……

朝中大事如麻，到了午时还没散朝。孔仁出班上奏，"上次朝会所议里社妖言，刘歆一番表演，一番说辞，自以为决疑解惑，其实疑惑更甚了。且不说卜童是方技还是妖术，只说'沙盘讖语'之由来，刘歆辩虽滔滔，国将哀国公不信，臣亦不信。哀国公请刘歆出示证据，有些大臣反要哀国公出示证据，本末颠倒竟至于此！臣齿冷三日，深以为耻。"

两旁班列的群臣见他出语伤人，无不侧目以视。只听孔仁接着说："有人以为哀国公读书不及刘歆多，拿不出证据。错了！大错而特错了！哀国公的证据多得不可胜数。倾万人之力，竟百日之功，也数不完哀国公之证据。"

"啊，竟有此事！"大话炎炎，王莽也为之一怔。

"微臣以为：天下之书简皆可为哀国公之证据！"

出语惊人，班列愕然。孔仁自问自答说："何以言之？只要书简之中并无刘歆所云典故，即可为证！"

辩虽狡辩，却是绝辩。两旁群臣不得不承认他的辩才。

他调转头面向群臣拱手，"各位大人，下官一愚之见，不知各位有何见教？"他稍候片刻得意地笑了笑。调头振衣下拜，"陛下！一犬吠影，百犬吠声，此风断不可长。微臣以为刘歆应出示证据。唯其如此，是非可辨，纷争可解，朝廷幸甚，国师刘歆幸甚。"

"啧啧，你可真是小眉小眼，不见棺材不落泪。"王莽轻蔑地咂咂嘴，随后亲切叫喊，"子骏，你就拿出书简让哀章孔仁这帮不学无术之徒开开眼，也可堵塞奸人之口，化解朝野疑惑之心。"

刘歆跪到阶下，"先父编纂之《春秋外传》，挂一漏万。近年来民间史籍多有发现。臣令博士李充再行编选，以为补遗。书简皆在李充手中。"

李充！王莽胸中顿时涌动杀气，眼中喷射愤怒，沉声问，"《神仙传》呢？"

刘歆说："李充好神仙之术。《神仙传》颇多不经，李充深信不疑，决意取证。《神仙传》一直在李充手中把玩。"

又有李充！几天前他与原碧温存缱绻，歆享王者极乐。谁知她竟然是一个被人玷污的淫贱女子！玷污她的人就是李充。就是这个李充，他的尊严他的快乐化为乌有。不知是愤怒催发嫉恨，还是嫉恨引爆愤怒，他死死盯住刘歆大吼一声：

"传李充！"

钦天监宗宣出列奏报，"启奏陛下，李充前往荆楚考察，出京多日了。"

"哼！"王莽发出一阵阴森冷笑，"真是怪事，偏偏这么凑巧！不知李充到荆楚考察什么。"

"臣失职，臣有罪！"宗宣连连叩头，"容臣退朝之后面奏陛下。"

"奏来！"王莽大怒，"何事鬼鬼祟祟，不可当廷奏明！"

“事关重大，陛下！”宗宣又一阵叩头。

“奏来！”王莽大喝。

宗宣只得说：“今年四月孛星犯境，国师公唯恐陛下焦虑，朝野惊恐，教诲微臣谨慎从事，故派李充前往荆楚实地考察。”

“如此说来，荆楚将有灾变？”王莽的注意力不由自主从书简转移到孛星，由李充转移到灾变。然而嫉恨像游蛇随着血液游动，钻进心灵深处。

宗宣有意渲染，全身匍匐在地上，“臣不敢言。”

王莽急了，“快快奏来！”

“四月孛星出于张，行于冀轸。孛星乃‘恶气’所生，它一出现，世间就有刀兵之灾；‘行于冀轸’预兆刀兵之灾将出现在荆楚之地。”

“天象！”他冷哼一声。五年多前孛星出现，刘歆与他在御览阁论道改制，改元更年的一幕不禁浮现于眼前。

“其言若验，荆楚大地将兵连祸接，生灵涂炭。琅琊吕母作乱，天无异象。这次孛星犯境，正值荆楚大旱，陛下，天象千万不可轻忽啊。如有民变，其祸远在吕母之上。臣……不敢……再言……”

“啊！”王莽轻呼。心忖道：“还能再信国师公刘歆吗？”

始建国天凤四年(公元 17 年)琅琊郡吕母作乱。

吕母是个寡妇，她的儿子在海曲县衙当差，犯了一点过失，县令把他给杀了。吕母决意替儿子报仇，在家中酿造好酒。凡是来买酒的穷汉都赊给他们，有时还送给他们衣物。过了几年，许多受到她施舍的年轻人都想报答她。她说："老妇周济诸君，并非为了弁利。只因县令枉杀老妇儿子，老妇要替他报仇，不知诸位能否体谅一个母亲的心？"许多年轻人慨然允诺，其中有个壮士名叫猛虎，串连了一百多人冲进县衙杀死了县令，提着他的头到吕母儿子坟前祭奠。随后引兵入海，驻扎在海岛上，前来投奔的壮士越来越多，发展到一万余人。

对于吕母作乱，王匡主张镇压，刘歆主张招安。王莽听从了刘歆意见，派人前去招安。吕母感朝廷不杀之恩，猛虎等人随之解散。谁知到了天凤五年(公元 18 年)，发现这伙人又聚合了起来，转移到另一个海岛上，大肆招募逃亡壮士。人数据说又多达一万余人，吕母自任将军。王莽派人前去问讯，为何又聚合到一起作乱？众人说："法禁烦苛，无法安心力作。一年劳苦所得，不足缴纳赋税。闭门家中，又因邻里犯罪连坐。奸吏横行，人民穷困愁苦，只有去做盗贼。"

而今民怨沸腾，盗贼蜂起，孛星犯境的凶兆传扬出去，必定惑乱朝野震惊天下。李充惧怕与原碧关系败惧露，主动请求前往荆楚实地考察，以避祸害。

宗宣说："彗里飞流，日月相蚀，迅雷飓风，怪云乱气，此皆阴阳之精孕育于地；郁结激荡，积聚升腾，呈现于天。故圣人云：'政失于此则变见于彼，如影之像形，响之应声。'明君睹之感悟，退而思过。革除弊端，刷新朝政，祸除而福至。这才是'自然之符'显现的效应。"

这番天象解说，演变成了委婉地进谏。针对刘歆的锋芒，一下子对准了皇上。朝堂之上气氛骤然紧张，紧张得叫人透不过气来。

"嘭！"一声钝响，声如闷雷。

"放肆！"王莽心情烦躁，厉声叱咤。王莽心中更是笃定了起来。

王盛见局势急转直下，心里着急忘了形，猛地跺了一脚。没料想肃静之时声响如雷。听到皇上质问，心情更加紧张，急得脱口大叫，"陛下，莫听他们！陛下，胡说！"

班中发喊，违背朝仪。王兴走到丹墀前沿斥责，"大胆！无礼！卫士，将王盛逐出殿外！"

几名虎贲冲进殿中，架起王盛往外拖。王盛大叫："陛下，我……微臣不服，死也不服呀！"

"放开他！"王莽挥挥手，"让他说！"

王盛跪在地上，爬到阶前又叩又拜，"陛下，刘歆说什么刘禾，又说什么《神仙》，要他拿出来看看，却说李充拿走了。要传李充，李充又去了荆楚。这……这明明是……推三阻四。明明是……欺君罔上。怎么七说八说他们变得处处有理，反而我等……不不，陛下的不是了。微臣不服，死了……死了……也不服。"

哀章接着出班，"前将军冒死陈辞，请陛下三思。刘歆及其门生借孛星天象危言耸听，实属罪大恶极。"

宗宣抗声，"陛下，孛星天象，《星经》载明，绝非危言耸听。若依哀章之言，臣请乞骸骨。"

王涉出班，"陛下，孛星犯境，事关社稷。千万不可听信奸佞小人之言，贻误大事。陛下应谢过禳灾，祛祸祈福，以黎庶为重，以社稷为重。"

"愿陛下为民禳灾，为国祛祸。"刘歆义无反顾，当即出班跪在阶下，给王莽施加压力。

两旁的大臣一个接着一个走了出来，跪在刘歆的后面。王闳迟疑片刻，厕身到大臣之中……

王莽气得两眼喷火，这帮跪着的大臣表面上低眉顺眼骨子里气焰嚣张。什么禳灾？什么祛祸？要害在谢罪。要他向天下人认错！权臣骄横拥众压主，可恶之极！前汉时他也曾拥众胁迫朝廷，没过多长时间，居然在他的朝廷重演！

"好吧，予谢过禳灾。"

"皇上圣明。"群臣齐声高呼，谢恩回班。

唯独王盛还跪在阶下磕头如捣："陛下，不可放过刘歆，还有里社妖人、同党……"

王莽一向把王盛等人看成一群狂吠的狗。只要吠对了人，他们说些什么，一向不放在心上。今日却产生了同感，而且很强烈。"刘歆一伙子人"，"七说八说"，"变得处处有理"，"反而我等"，他——"陛下的不是了"。这，王盛不服，他也"不服"哪。

孔仁出班，"陛下宽仁，谢过禳灾。天下感德，苍生感恩。凡我臣子能不涕零？"说着两行眼泪流了出来。

王莽知道，这不是感恩的泪水，而是失败的悲涕。他多么想一掬同情之泪！然而他现在需要的不是眼泪，而是智慧。只听孔仁接着说：

"朝廷派出六百里快马，敕令李充回京交出竹简，以正视听。里社妖人、同党，应立即缉拿归案，查明真相。"

他失望了。孔仁提出的因应措施无疑是必要的，但缺乏那种挽狂澜于既倒的政治智慧。这一回合算是彻底失败了。王莽只觉胸中憋满了怒气，他以为只要一开口声必如裂帛，气必如奔雷，谁知发出的声音，有气无力：

"准奏。"

昏黄归寂寥，春眠多烦忧，刘歆绕柏徘徊。他的府邸曾为汉初留侯府旧址，后院长着一排古柏。这排古柏，留候张良在世时就已二人合抱。现在高可百尺，森茂摩天。他估计树龄恐怕高达千年。

每当夏夜，他就喜欢在柏下散步。古柏是他的近邻，繁星是他的远亲，他与它们为伴，一颗心飞向远古，飞向永恒。这时候他的身心圆融在宁静之中，陷于深邃幽远的沉思。方寸间一泓止水，变幻出波澜壮阔的汪洋。庄严浩瀚，博大精深。使他俯视朝政，纵观时局，洞幽烛隐，深谋远虑。他深知"宁静致远"，其实就是哲人的境界，学人的学养，儒者的修为。

自从里社"沙盘谶语"出世，他的宁静打破了。三个儿子尤其是棻儿，天天在他耳边叫嚷：捉妖人！捉妖人同党！他们的理由官冕堂皇：弄清真相，为君除奸，为父辩诬。其实他们要捉的，不是那个自称"卜算童"的卜童，而是一个与他同名的蔡阳士子刘秀。知子莫如父，他们的小心眼焉能瞒过他？他们太相信"沙盘谶语"了！岂能容忍另一个刘秀存在？说起来这个刘秀也太蹊跷了！皓首叟出现在他父亲病榻前的那一天，他改名刘秀，而那个蔡阳士子刘秀正好在那天降生。这是天意？还是偶合？这不但叫三个儿子疑心大炽，也叫他犯嘀咕。

"此事断不可为！"

然而他们不听他的话，自行其事。三天前，他们带领家人进入辟雍，准备私下擒拿那个蔡阳刘秀。谁知那个蔡阳刘秀偏巧辍学回家去了，离京还不到五天。巧！巧得令人畏惧。也许那个蔡阳刘秀才是"受命之人"，鬼使神差逃脱了儿子们的罗网。罢了，他也别妄想了。这大概就是天意吧？

不，这不过是巧合。是皓首叟应父亲百年之约把谶语传授与他的，不是他还能是谁？唯有他的声望足以动摇朝廷；唯有他的势力足以取而代之。舍我其谁？请问，舍我其谁？

儿子们叫他烦心，朝廷的事更叫他忧惧。日间平晏来访，

"子骏啊，皇上'谢过禳灾'，你也得'抱病避祸'啊。"

这是劝他交出权力悄然隐退。平晏的话是皇上的意图？还是朋友的规劝？他没有问，只是连连叹息，没作正面回应。然而这几句话在他胸中轰轰隆隆，整整一天不得安宁。

抱病避祸，避得了吗？

这一次他之所以能够脱险，就因为他权倾朝野，足以"拥众压主"。不错，由于"沙盘谶语"出现，皇上对他产生了猜忌，又由于"拥众压主"而对他憎恨了。恋栈吗？笑话！皇上刚愎自用，政局危如累卵，这官有什么做头？交权吗？一旦交出权力，只能是一只任人宰割的羔羊。他该怎么办？方寸间波澜起伏。他知道这是心血烦乱的躁动，而非慧泉的涌起。古柏繁星都不能像往日那样和他娓娓交流，给他无穷的智慧。

家人来报："广新公甄邯来访。"他暗暗吃惊，"有请。"他快步走到大门迎接，只见甄邯身体佝偻老态龙钟，与上次造访判若两人。他们进入书房分宾主坐下。甄邯说："外间传言，你要抱病隐退？"他吃了一惊，日间平晏来劝他"抱病避祸"，晚上就传开了？是平晏散布出去的？还是皇上散布出去的，迫他就范？他微微一笑：

"小弟近日饮食渐少，时常目眩头晕，困倦乏力，总爱忘事。虽想为朝廷殚精竭力，可就是力不从心。与其尸位何如让贤？唉，寄情林泉，颐养天年，不正可歆享老来之乐吗？哈哈。"

“老来之乐，哼哼！何谓老来之乐？”甄邯说：“有权就有老来之乐，无权只有老来之苦！看看老哥就什么都知道了。”

“唔。”刘歆沉吟不语，心里却倒海翻江。

甄邯继续说：“子骏啊，有你在朝中，我等老臣还没人敢作践；你要是退下来了，孔仁那帮人不把我等老家伙吃了？你不为我等老友着想，也该为你儿子们着想啊。老哥敢说，今日你退了，明日就有人拿你儿子开刀。子骏啊，你满肚子学问，难道不知道有权的幸福，失权的痛苦？”

轰隆隆，有如雷霆滚动。刘歆平静拱手，“谢老哥忠言，容小弟再想想。”

甄邯离去后，他觉得甄邯的话应该不是空穴来风。他隐约预感，有人盯上了他的儿子们。他有四个儿子，刘垒忠孝勇毅无可挑剔，其余三子尽管都不如刘垒，但是要拿他们做文章。又能做什么文章呢？

“跪下！”他把三个儿子叫来，“为父本想隐退，回家享几天清福，适才广新公告诉为父：为父今日退下，明日就有人拿尔等开刀。尔等在外头到底干了些什么不法勾当，今日都给我说清楚！”

刘东直捅捅说："孩儿没做什么不法勾当。"刘泳也说："孩儿也没做不法勾当。"三子刘菜嘴最甜，"孩儿一向恪守父亲教诲，以大哥为榜样，忠君，孝父，悌兄，信友，怎么会做不法勾当？甄世伯说的，无非劝父亲不可交出权力，让儿孙受到委屈。"几句话说得他的心不再忐忑。

刘东接着说："父亲不可隐退。孩儿以为：现在正是父亲大干一场的时候。"

"二哥说得对！"刘泳说："父亲现是公，百尺竿头，再上一步。"

他要儿子们坦诚各自的不法勾当，儿子们反倒劝起他来了。要说三个儿子如何如何好那是溢美之辞；要说他们干什么不法勾当那也是言过其实。他心里有数：无非酗酒使性眠花宿柳之类。对于权贵公子来说，值不得大惊小怪；相反，没这些不端行为才值得奇怪呢。嗨，今日怎么了？思虑不周就把儿子们唤来问话，问能问出什么呢？真个心血烦乱灵台躁动，沉不住气了？

刘东说："四弟真不会说话！再上一步，岂不折了父亲的洪福？告诉你吧，不是一步，是两步！"

他是公，进一步是王，再进一步就是君王了！他喝斥，"这是什么话？这种话也是可以瞎说的！"

刘东谢罪，"孩儿出言不当。"

"出言不当！哼！哼！"他冷笑不止，"皇恩父荫使得尔等一身纨绔恶习，膏粱骄气。有一天皇恩断绝，父荫尽失，只怕尔等连开口说话都不会了。"

"皇恩断绝，父荫尽失"！三人听出话中有"话"。这"话"就是抛官弃爵，彻底决裂，分庭抗礼。这是他们期待已久的，一齐叩拜，"孩儿承教了。"

"出言唯恭，出言唯谨，是尔等日后做人第一用心处。从现在开始就应该去掉贵胄子弟浮华习性。一个人如果心怀大志，就应该有吃大苦耐大劳经大难受大罪的思想准备。"

刘泳兴奋说："父亲，您是真要……"刘菜没等他说完就打断了他的话，"父亲刚才怎么说的？你有耳朵没有？"刘泳说："小弟看父亲有志进取，一时高兴，忍不住想问。"刘菜说："问也得看怎样问！"

"父亲！"刘东说："为了替父亲辩诬，孩儿等自作主张，决意追捕……"

他当然知道他们要追捕谁，拦也不是，不拦也不是。刘歆打断他的话，佯作不懂，挥挥手，"出去，都出去，为父乏了。反正以后凡事小心。"说完他就后悔。这不是默许他们滥杀无辜吗？是不是有伤阴骘？

三个儿子走出书房后，他又暗暗安慰自己：也许儿子们是对的，天命原本曲曲折折，岂可以寻常是非曲直揆度？否则天命怎么会那么神秘莫测？

朝日，丹陛大乐刚刚停息，王兴手托金盘快步走出，立于丹墀右侧。盆中有只血淋淋的手，群臣无不懔栗。甄寻逃亡将近五年，近日被捕，这是甄寻的断手。王莽说："逆贼甄寻妄称手纹呈'天子'二字，私下以'天子'自命。我朝奇闻异事真多啊，百年难得一见，愿与众卿共赏。"

刘歆立于右列班首，位居百官之首。王兴托着金盘首先走到他面前。王莽叫喊，"子骏啊，仔细看看，确是'天子'吗？"

刘歆拿起观看，只觉气血翻涌，断手血色殷红，指掌还有弹性，砍下时间不久。手纹隐现"天子"字样，但皇上表态于前，焉能再以"天子"回复？好在手纹长短不齐，走向各异，时断时续，也可视作"一六子"。刘歆回奏，"臣未见'天子'，但见'六子'。"王莽朗笑，"是吗？嗬嗬，众卿都看看。"金盘传与众臣观看，众臣莫不回复，"确为'六子'。"

王莽嗬嗬嗬一阵快意笑声，"予与子骏论交四十余年。四十年来君未逆予，予未逆君，莫逆之交啊。天涯咫尺，心意相通。今日予又与子骏所见相同啊！逆贼手纹确为'六子'。'六'与'戮'同音，六者戮也。明明是该戮之凶象，却说受命之符命。逆贼不知谨慎怛惕，一味蛊惑招摇。利令智昏，一至于此。"

群臣齐声说："逆贼受戮，天命已定。"

"砰！"龙颜骤变，雷霆迅发，王莽猛击御案："更有不逞之徒，朝逆贼山呼万岁。意欲颠覆我朝另立新君，为首的就是与逆贼并称'长安三贵胄'的王奇刘棻！"

刘歆头嗡地一声，走出班列跪在殿中。

王莽嘶声说："现已查明：附逆者不止王奇刘棻二人。这些贵胄公子呀，飞鹰走马玩腻了，玩起谋逆造反来了！孔仁，宣布附逆名单，让这帮见不得天日的逆贼晾晾太阳。"孔仁应声走出展卷宣读，一口气念出了一百三十七个名字。他们都曾口号"刘灭嬴秦王替汉，造化旋转归一甄"，面对甄寻山呼万岁。长安三贵胄鹊起于哀平之世，从游者都是前汉高官子弟。一百三十七个名字牵连八十三名臣僚。班列中不时有人走出来跪在刘歆身后。新朝臣僚多由前汉臣僚承袭，今日跪在殿中的包括刘歆在内就有四十二名。

"拿下！"王莽喝道。

黄衣力士扑向刘歆，王莽斥驾，"狗徒，不长眼睛！竟敢拿予爱卿。记住！子骏任何时候都是予之爱卿。"说着走下丹墀把刘歆扶起来，"子骏啊，你生下了坏儿子，也教出了好儿子。"他扬声说："尔等知道吗？五官中郎将刘叠闻知里社妖言，自囚宫中一月有余。律法如天，尔等以为予偏袒子骏是不是？尔等有子如五官中郎将者可免其罪。谁？谁？说出来，予决不食言。"

跪在阶下的四十一名大臣沮丧的垂下头。

"子骏，走，偕予把五官中郎将接出来。嘿嘿，纠纠武夫，予之干城。"他看着四十一名大臣押下殿去，神色十分轻松。

天命幽隐，神秘莫测啊！三个儿子都已离开长安，去追杀那个蔡阳士子刘秀，本是滥杀无辜，想不到却逃过了此刼！过了两天，家人来报："三位公子俱在蓝田被捕。"

"你说什么？"刘歆大惊，"东儿？棻儿？泳儿？被捕！"

"孔仁亲自带人逮捕的。"

"这……"他依旧信不实。

消息陆续传来，甄寻落网后他的三个儿子就被孔仁盯上了。

三个儿子出城，孔仁带人尾随其后一直跟到蓝田，在城外密林下了手，秘密押回长安。朝会上皇上那番做作，简直就是捉弄，还能求他恩赦吗？刘歆口吐鲜血，一病不起了。

王莽效仿诛杀元凶的古制，把甄寻押解到三危山，把刘棻押解到幽州，把王奇押解到羽山，同日行刑处死。然后把尸首装在车上，运到全国各地示众。直到尸首腐烂得臭气熏天才弃之沟壑。从游者刘东、刘泳、丁隆三百余人枭首菜市。

王孙跨骏马，挑灯看娥娘，最是少年贵胄得意时光。

王宗娶妻了，妻名口儿，相貌酷肖吕焉。不单明眼人说像，瞎眼人也说像。婚前王宗带口儿进宫谒见祖母，王静烟在她头上脸上肩上背上摸了一阵又一阵，居然搂住她"焉儿焉儿"哭喊。在场的王嬿刘愔也都跟着落泪。

口儿姓江，还真是吕氏之后。吕宽全家受戮之后，吕氏举族流放合浦。途中吕宽堂弟媳江氏产下一女。途中产下的女婴不在流放人犯之内，江氏托付船家把婴儿送回长安娘家。江氏曾与吕焉过从甚密，与于雯刘愔熟识。感慕于雯侠肝义胆，以血书相托。女婴随母姓，名字口儿就是于雯取的。意谓为吕家留下一口。

于雯死后，刘愔照看此女，王宗与此女结识也是刘愔促成的。始建国三年(公元 12 年)，王嬿把王宗姐弟从新野接到长安，王临在太子宫设宴接风。刘愔谎称江口为远房亲戚，把她接到东宫来玩。

那天是二月二龙抬头。传说有个君主惹恼了天帝，天帝传谕龙王三年内不得降雨。龙王看见下界饿死人的惨状心生恻隐，降了一场雨。天帝大怒，把龙王压在一座大山之下。山上立了碑，上面写着：

龙王犯天条当受千秋罪重登灵霄阁金豆开花时

人们为了拯救龙王，到处寻找开花的金豆。二月初二这天，家家晾晒金黄的玉米种子，猛然醒悟：把玉米炒一炒，不就是金豆开花吗？于是家家户户爆玉米花，设案焚香供上开花的"金豆"。天帝见了，放了龙王。

也是天缘前定，王宗与江口邂逅一见如故。两个孩童抢玉米花吃，把笑声和玉米花撒满一地。二月二太子设宴，自然有"龙抬头"的寓意在内。刘愔没有想到的是：抬头的龙未必不是这个年幼的皇太孙。

也是合该有事，一日王昉说："近日姐儿夜夜梦见父亲母亲，音容宛在，无不与贤弟贤弟妹相同。何不请画师绘于素帛，日夕祭拜？"王宗说："都说小弟肖父，小弟媳肖母，我却信不实。"王昉说："是真的，一个模子磕的，像极了。"王宗说："照我和口儿的样儿绘父亲母亲遗像不大妥当吧？姐若思念父亲母亲，把我和口儿唤过去让姐看个够。"王昉说："总不能对着你俩祭拜吧。"

王宗拗不过姐姐，请来丹青妙手为父母画像。王宇为前汉新都侯，王宗是新朝功崇公。王宇的画像当着汉时官服还是新朝黻黼？尊爵当为侯还是公？王昉倪："父亲罪不当死，今日当为太子。即便不为太子，亦当与三叔相同。"三叔王安的尊爵为新义王。于是王宇画像戴上了王冠，穿上了王服；吕焉画像也一色王妃服饰。画像悬在神堂，请太子太子妃和黄皇室主前来开光。三人都说像大哥大嫂。

岁末年终，最是皇家走动频繁的时候，王莽不召太子进宫，王临也称病不出。他早有易储念头。但王临循规蹈矩向无差错，拿不出像样的理由昭告天下。可是一想到"沙盘谶语"，一颗心就七上八下了。

刘氏三兄弟被捕后，孔仁奏报，"三人出京意在追杀蔡阳士子刘秀，可见刘氏父子笃信里社妖言，其志不在小。"王莽亲自查阅三人卷宗，确认刘歆早已心怀异志，一脸苦笑，"莫逆莫逆，小莫逆而大逆，嗨。"

刘歆可怕，刘愔也可怕，他百年之后，"沙盘谶语"会不会因王临懦弱而应验？王氏天下不就成了刘家天下？这个念头一经萌动，夜夜如同梦魇一样折磨着他。

不久朝野出现了拥戴太孙，废黜太子的呼声。哀章王盛孔仁轮番上奏，大有公诸朝市之势。唯有王涉直言谏阻，"太子仁孝，天下归心。臣请妄言者斩！挑拨父子不和，激发骨肉相残，大不敬，大不祥，杀无赦！"

他不喜王涉之言，却又需要王涉之言。而今老臣凋零，满朝都是新人声音。正如当年启用新人钳制老臣，他要保持不同声音。世有五音：宫商角徵羽。无宫不成歌，无羽不成调，缺了哪种声音都不成。废黜太子必将引发地动山摇，当此内忧外患，不是给自己平添许多忧患？他实在下不了这个决心。

太子宫门可罗雀，王临和刘愔过得很清闲。宫内有片梧桐林，秋风一起落叶片片，夫妇俩把枯枝败叶扫成堆，无风的日子点上火，刘愔称为放"秋烟"。秋烟直直的腾上天空，淡淡的，灰灰的，如同袅袅上升的炊烟，全未央宫都能看得见。他俩乐此不疲，差不多每天都要燃上几堆，似乎在提醒人们这里还有户人家正升火做饭呢。

一日，王涉前去探望，二人扛着竹扫帚回殿，刘愔说："殿下只管啼哭，不可言语。"王涉拜见后，王临的眼泪不断线垂落出来。王涉劝慰，"老臣知道太子受了冷落，愿冒死进谏。"王临想说什么，一阵哽咽哭出声。

"九皇叔可别这么说。"刘愔在一旁说："太子没受冷落，惹得父皇不悦都是太子的不是。太子愧对父皇，愧对九皇叔。子不为父喜，何意存活人间！只是父皇的处境堪忧，太子不能自弃啊。他所思者唯独父皇；他所忧者唯独父皇。"几句话说得王临号啕大哭。

王涉大惊，"皇上处境堪忧？"刘愔欲言又止，王涉说："王妃但请直言。"刘愔吞吞吐吐好一阵子，"九皇叔没听说黄衣力士秽乱宫帏？这等事做儿子的怎好说出口！"

王涉紧皱眉头，"这事儿……"看得出，他也有耳闻。

刘愔说："内宫是皇上的内宫，谁能染指？"王涉说："投鼠忌器啊。"刘愔说："只怕不是鼠吧？而是色中饿虎啊。万恶滛为首，斗胆秽乱宫帏，还有什么做不出来？"

王临哭得差点闭过气去。

王涉越寻思越觉得问题严重，眼睛都直了。

王涉拜别后，驱车进宫，跪在王莽面前久久不起。王莽说："老九，今日怎么了？"王涉望了望左右不说话。王莽瞟了王兴一眼："都退下吧。"

王涉说："今日臣弟要效五官中郎将自囚宫中。"王莽双目一瞪，"你这是干什么？"王涉说："臣弟之言陛下必不爱听，臣弟之言陛下必不会信。但臣弟之言，陛下必须听，必须派人查证。如有不实，臣弟以死谢罪。"王莽见他说得这样严肃，"予依你，说吧。"

王涉说："黄衣力士出入后宫，多与后宫有染。此事已经传到宫外，且不说有损陛下名声，陛下的安全也十分可虑。"

黄衣力士！王莽心头一震。他效仿黄帝乘坐"华盖登天车"，企盼有一天像黄帝那样登天。黄衣力士是随车武士也将随车登天。他们不但是威武之士忠贞之士，还是纯洁之士虔诚之士。必须一尘不染百邪不浸，日后才可望护驾登天。他不是不知道历代皇宫用阉人的道理。皇后与他四十年夫妻，已是瞎眼老妪不会与人有染。他又没有三宫六院，怕什么秽乱宫帏？何况黄衣力士又是选了又选挑了又挑的纯良之人，怎会做出这等污浊之事？所以在他清除了宫中"少府"之后，毫不犹豫用黄衣力士取代貂铛。而今他有了宠爱的侍女，他第一个反应：莫非碧儿做了这等苟且之事？

王莽两眼赤红凶光疾闪，"你说是谁？报上名来。"王涉说："不止一人。"王莽更怒，"你拿出证据来！"王涉说："陛下派人查去。陛下不查，怎会有证据？"王莽击案嘶吼："岂有此理！"王涉叩头，"陛下可斩臣弟之头，可割臣弟之舌，但必须派人查证。社稷幸甚，陛下幸甚。"王莽暴怒地击打御案：

"传刘垒。"

刘垒传到陛前长跪不起。

王莽惊诧莫明，"你不接旨！"

刘垒还是不作声。

自古皇帝三宫六院嫔妃如云，加上侍奉后妃的宫女多达万人。她们年少入宫，成年累月难得一见男人。偶然见到一个男人，搔首弄姿也是人情之常。新朝建立，王莽没选采女。但汉平帝时入宫的采女而今只有二十多岁；汉哀帝时入宫的采女也只三十出头。姿色正艳，体态正妖，最是撩人的风情年华。黄衣力士出身行伍，体格强壮，像貌英武，进宫后同样难得一见女人。旷夫怨女一个照面，几个眼神，彼此就勾搭到了一起。

刘垒是个非礼勿听的人。但后宫秽乱的流言直灌他的耳朵；他是个非礼勿视的人，但后宫宫女的凝睇也曾叫他面红耳赤。好在他很少出入后宫，如果时常出入，没听人说吗？常在河边站，哪有不沾鞋？谁能保准不做出秽行来？

惊诧之余，王莽惊心了。咬牙切齿，"无论哪个贱婢，查到谁决不姑息决不包庇。去吧，放心大胆去查。"

刘垒带领一队虎贲进入后宫，不到两个时辰就查出三十多个宫女与黄衣力士有染。他把这些宫女关进掖狱后，带兵到勤政室捕黄衣力士。

"慢！"王兴黄巾黄衣，一身力士打扮。大手一扬，把虎贲挡在门外，"刘垒，胆敢诬陷黄衣力士，为三个忤逆兄弟翻案。办案为名，作乱其实。瞒得了别人，瞒不过本座！"刘垒沉声说："黄衣力士秽乱后宫，何谓诬陷？本座奉旨查办，何谓翻案？"王兴说："我黄衣力士奉天之命，护卫天子，侍奉天子。生为天子生，死为天子死，黄衣力士不容诋毁！"刘垒说："秽乱丑行，秽声冲天，你敢与本座面薄圣上？"王兴说："圣上正与皇亲面议，无暇见你这叛贼之兄！"刘垒大怒，"你要封锁消息蒙蔽圣上！"

姚恂看见双方剑拔弩张，慌忙到御览房奏报。王莽捶案立起，王涉牵了牵他的衣角，王莽发红的眼睛血色大炽，迅疾黯淡。他坐下摆摆手，"两人争执不下，传谕皇太孙前去息争解纷。"

"不妥。"王涉叩拜。

"有何不妥？"王莽问。

王涉没作声。姚恂说："微臣也以为不妥。"

王莽望着二人，心头大震。王兴是王宗的姐夫。如果王宗偏袒王兴，查证一定失败，未央宫必定受到黄衣力士控制。诚如王涉所言，不但名声受损，安全也十分可虑。

姚恂说："不如同时传谕太子太孙。"

王临接旨后当即起身，刘愔问，"殿下哪里去？"王临说："进宫劝架息纷呀。"刘愔说："殿下当去北军。"

"北军！"王临一怔，"闹得朝野惊惶，有损父皇令誉。"刘愔冷笑不语。

王临意识到事态之严重，机遇之难得。太子妃纤手一指，点中了王宗的死穴。他只想到黄衣力士秽行败露，王兴失宠。何如调动北军，京师震动，逼得父皇不得不认真追究王兴罪责，王宗还能脱身吗？一心阴谋废黜他的人，落得自己被废黜。"这，下手是不是狠了点？"

"都怪他像他父亲心存妄念。"刘愔清亮的眼睛秋水般肃杀，清瘦的面颊秋霜般冰冷，她的话不容置疑，"身处高位胸怀野心的人，所搏者无不关乎生死。不成功便丧命，这是千古铁律，概莫能外。"

王临前往北军的同时，王宗驱车直奔勤政室。日影偏西，勤政室的尖顶飞檐闪烁夕晖，向地面投下长长阴影。王兴见王宗来了，胆气更壮，"刘垒乱捕宫女，屈打成招。厚诬黄衣力士，志在不轨。"

王宗喝斥，"皇宫之中，天子面前，尔等还要大动干戈不成！都往后退，往后退！"

虎贲向后退了三丈，黄衣力士也向后挪了挪。

王宗拱手，"刘将军，自古拿贼拿脏，捉奸捉双，你摁在床上了吗？床第之事关乎名节，何况皇宫之内，关乎圣上声誉，切不可听风是风，听雨是雨。"刘垒躬身施礼，"启禀皇太孙，末将虽不曾捉双，但证据确凿。"王宗说："这么说，刘将军有物证了，不妨让小公见识见识。"

男女通奸焉有物证？王宗伶牙俐齿问得刁，但语气平和不露刁钻神态。

王宗说："刘将军既未捉双，又无物证，抓了一干宫女屈打成招。这也能够成其证据吗？"刘垒说："末将不曾刑讯。"王宗说："刘将军该不会说不曾威逼吧？嘿嘿，刘将军何不把被捕的宫女一个一个拉来让小公问问。看看不在威逼刑讯之下，她们是不是也承认通奸。小公倒要看看这些宫女是不是想男人想疯了，得了通奸臆想症？或是恨男人恨疯了，得了男人迫害狂？"

黄衣力士笑了，有人叫喊，"拉出来皇太孙问问！"

刘垒一时语塞，黄衣力士鼓噪起来，"黄衣力士不容诬陷！"

刘垒说："末将愿与皇太孙面见皇上，听皇上圣裁。"王宗说："小公正是奉旨前去处理此事的。刘将军是不信小公还是抗旨不遵？"刘垒说："那也要等到太子殿下驾临。"王宗说："你是小觑本公了？"刘垒抱拳，"不敢。"王宗说："不敢就放人！"

"放人！放人！"黄衣力士阵阵发吼。

虎贲这边有人高声讥笑，"奸夫心疼淫妇了。"

天色黑了，勤政室门前点上了黄灯笼。黄衣力士驻守勤政室，越聚越多，有人还带有刀枪。他们的情绪越来越激动，有人大叫，"走！他们不放人，我等到掖狱去救！"刘垒虽然口拙但一口咬定，"太子殿下不到，不叫放人，本座决不放人！"看见黄衣力士冲向掖狱，铁塔似的身驱往前一站，"都给本座站住！谁敢乱动，本座的铁拳不留情！"

王兴喝叫，"刘垒，休得扩大事端！"

刘垒针锋相对，"妄图制造动乱的是你！"

王宗曾经侥幸王临未到，可以按照自己的意愿三下五除二平息纷争。一可为姐夫解困，二可在大父皇面前露脸。面对这愈益紧张的局势，他才知道王临另有异谋了。奸滑！他差点骂出声来。这不是把他往漩涡里推吗？黄衣力士出入后宫难免有些不干净，姐夫心虚不会让步；刘垒是出了名的纠纠武夫，只认死理，决不会让步。双方一旦动起手来，他在大父皇面前再无立足之地了。

他抢步上前推开二人，"后退！后退！如若惊扰圣驾，我取你二人项上人头！"

不料王兴一把拽住他，"皇太孙，速与末将前去面圣！刘垒挑起事端图谋不轨！"一个黄衣力士跟着叫嚷，"弟兄们，有种的跟皇太孙前去面圣！"许多人争相响应，"我去！我去！"

呼啦一下，数十人推开勤政室殿门，涌进殿中。王宗顿足，"不可！万万不可！"王兴却拽住他的手往前走。

"报！"一个黄衣力士跑来，"太子殿下带领北军开到皇墙下，封锁了北宫门、东宫门。"

王兴切齿，"看见了吗？太子领兵冲我黄衣力士来了，我黄衣力士甘心受人宰割吗？眼下只有求皇上作主一条路了！"

"求皇上作主！"黄衣力士一齐鼓噪。

"奸贼！"王宗骂出声来。这时他才琢磨出王临真正的企图心。不来解纷排难，而去请兵靖难，居心叵测地促使黄衣力士胁迫大父皇。如果混乱之中有人把大父皇杀了，王临就可名正言顺荣登大宝。

"不！不！"他想挣脱。

王兴铁箍似地拽着动弹不得，"皇太孙，我等只有一条生路，唯一一条生路！迟疑不得。"王兴果然打的就是这个主意，正中王临的套儿。

一群黄衣力士涌到御书房门口。王兴拽着王宗叩拜，"陛下，替微臣作主啊！"黄衣力士跟着叩拜："替奴婢作主啊！"王涉挺身上前，"都来干什么？出去！出去！"黄衣力士哪里肯动？王兴忿忿说："我黄衣力士无端遭人诬陷，微臣实难忍受。我黄衣力士日夕聆听陛下教诲，企盼护驾登天。沾污我等事小，影响陛下登天，我黄衣力士就罪无可赦了。不如一死以谢陛下。"说着掣出短刀。

黄衣力士齐声说："我等愿一死以谢陛下。"他们同时掣出短刀。

王涉暴喝，"尔等！竟敢在圣上面前亮刀亮剑！出去，都出去！"

王兴却跳起来："陛下不给我黄衣力士作主，我等不想活了。"黄衣力士也都站起："我等不想活了！"他们气势汹汹步步逼近房门。

正在这时，一群铁甲武士踹开紫房，王临带领北军八校从复道进入勤政室。殿中一阵惊呼，王宗突然跳到王兴面前，张开双手指斥说：

"黄衣力士秽行败露，聚众闯宫，胁迫大父皇，罪该万死！"说着挡着门口，显得无比忠勇，"谁敢踏进御书房，先杀死小公！"

王兴止了步，黄衣力士也止了步。这些力士多与宫女有染心里有鬼，早就胆突突的，听到北军八校腿都颤颤了。王临率领北军八校抢步进入御书房，"儿臣护驾来迟，请父皇降罪。"王莽胆气激增，嘶声吼叫，"拿下！"

王兴颓了，黄衣力士也颓了，哪里还有反抗意志，一一束手就擒。

刘垒查明，五十余名黄衣力士与宫女有染，王兴本人则为其中之最。他所秽乱的宫女都是王莽幸后撵走或幸前斥退的。这些宫女从挑选到接送都由王兴一人经手。她们被王莽逐出寝宫又羞又怕，又在深夜，只要王兴好言劝解几句，就会扑到他身上哭泣，两个身体揉摸一下子就碰出火来。这等事只要有一回，就不愁第二回第三回；路子趟出来了，也不愁第二个第三个。

王兴王盱双双酖死狱中，任命王涉为卫将军。黄衣力士尽数清除出宫。前朝的貂铛死的死老的老，王涉召募少壮净身入宫。宫中又重新活跃貂铛身影。

王莽查明王宗一直偏袒王兴，临了反戈一击。弃亲保命毫无道义可言，连连摇头，"这孩子怎会这样！像谁呢？也不像宇儿呀。"王涉说："皇太孙依违两端，乖巧玲珑，其实心怀异志。"王莽大惊，"竟有此事？"王涉说："自有画像悬于神堂。"王莽令刘垒取来画像，拍案大骂，"小儿安敢若此！"

王宗哭诉原委，"这是亡父亡母遗像。画成之后，臣孙请太子殿下太子妃殿下黄皇室主殿下开光，大父皇明察。"

"你父你母遗像？"王莽看着，的确很像。

王临却说："启奏父皇，儿臣确实看过。宗儿口称大哥大嫂遗像，更似宗儿夫妇画像。"王宗说："太子殿下怎可这样说话！当时殿下与王妃赞不绝口，还夸小侄孝心。"王临正色，"聪敏反被聪敏误！宗儿获罪，就因一向虚而不实，谎话连篇，怎可当面撒谎！把你四婶传来对质如何？"王涉在一旁说："我朝王冠黼黻，怎会是宇儿焉儿！分明掩人耳目，觊觎神器。"王宗大哭，"大父皇，冤枉啊。"

没过多久，刘垒在他府中搜出三枚图章，暗含帝王之志。江口的身世也随之暴露，王莽降旨，"酖死。"

王宗央求，"臣孙有罪，死不足惜。臣孙媳怀有身孕，请效亡母故事，产后处死。"王莽狠狠说："当年予一念之仁，生下你这谬种，再不可让谬种流传！"

五十九　大干旱饥民起南阳 遭庭杖相逢在长秋

荆襄大地两年没下一场透雨，赤地千里，禾苗不生。到天凤六年(公元 19 年)已经大旱两年了。夏天，天气特别炎热，像下火一样。成村成聚的饥民离开自己的祖宅，告别自己的乡井，到他乡去乞食；而他乡的饥民同样离开自己的茅房，告别自己的故土到外乡谋生。他们离开残破的家园，投奔同样残破的家园。大路上，原野上，到处游荡着饥饿的绝望的觅食人群……

一天，两群饥民在一片大水泽中挖掘野荸荠充饥。有片水泽荸荠比较密集，两群人争夺起来，打成了一团。两个过路的人，一个身长八尺高大魁梧：一个矮矮矬矬满脸发青，冲上前去拉架。两个人力大无穷，一边吆喝，一边撕掳，把两方好几个后生小子拉倒在水泽中，双方住了手。

"打，打个鸟！刚吃了几个野荸荠，肚里有点食不是？"那条八尺汉子指着头上流血的几个后生小子申斥，"饿没把尔等饿死，就得流血流脓把尔等疼死烂死是不是？尔等想了没有？尔等死了，叫他们怎么活？"

八尺汉子指着站在双方背后的妇孺，几个年老的妇人忍不住抹起了眼泪。

"你！"八尺汉子指着一个殴斗的饥民，"你说说，为什么打架？"饥民余怒未消恨恨说："我等先挖出这片地，他们见了眼红就来抢……"八尺汉子抢白，"这地是你家的？你村的？你挖得人家挖不得？你就晓得你饿，不晓得人家也饿？"

对方饥民一齐赞同，"大爷说得对！"

"对个屁！老子嫌尔等舔屁股舌头粗！不光粗，还长刺刺钩！"八尺汉子斥骂，"凡事有个先来后到，见人家地场荸荠多就眼红？老子瞧你媳妇顺眼就来抢，你让不让？嗯？"骂得这几个饥民都耷拉下了脑袋。

饥民见他分辨公平，围了拢来。一个上了年纪的饥民说："大爷，别说了，都怨我等穷，我等一家老小饿呀……"

"穷！饿！就打架？要是打架可以治穷治饿，老子才懒得管呢。"

"天哪，天哪，我家两天没吃东西了。儿子昨天饿死了，今天才吃了几个野荸荠，男人还打得满头是血。不说没药，包头的片巾子也没有，天哪，这叫我等怎么活啊……"一个妇人哭喊起来。

两边的妇人跟着号啕大哭。哭声撕心裂肺，叫人的心猛地蜷缩，缩成一小团，缩得又疼又硬，叫人难受得吐不过气来，憋得发慌。

"这位大爷说得不对！"一个瘦得皮包骨的饥民突然说："打架可以治穷治饿。"

"啊！"八尺汉子眼睛一鼓，"打架可以治穷治饿？"

"不错。"他挺着骷髅也似的胸脯，"只是少个头，缺个胆。"

水泽地里静了下来，连妇人也停止了啼哭。谁都懂得他的话：这是他们心头无数次闪现的念头，也是他们心头无数次破灭的念头。蓦地两边人一齐吼：

"打他娘的，抢他娘的，横竖是个死！"

一声怒吼之后，突然哑默。肚子里鼓得足足的气一下子全泄了。古老的，原始的恐惧攫住了每个人的心。一个巨大的阴影磐石般沉重梦魇般悸怖，笼罩着人们的心头，水泽地里静得瘆人。

一个后生的喉结蠕动了好下，咽了一口口水。

另一个后生的喉结蠕动了好下，咽了一口口水。

又一个后生的喉结蠕动了好下，咽了一口口水，终于痛下决心，把压抑在心头的话喊了出来：

"不就是造反吗？不就是杀头吗？有什么可怕的？造反是个死，杀头也是个死，总比饿死强，要死也不当饿死鬼！"

"不当饿死鬼！"

两边的后生小子，举起棍棒锄头吼叫起来。吼声从压抑禁锢的胸膛迸发出来，具有一种原始的野性激情，显得分外雄浑有力。它如浪涛似地向水泽四周扩散；又像潮汐似地随着涌来的人群返了回来。老人孩子妇女也一齐吼叫，吼声更高更响更激动了。

突然两边的人一齐向这一高一矮的汉子跪下，七嘴八舌说：

"当我等的头领吧！"

"救救我等吧！"

这一高一矮的汉子是新市人王匡、王凤。二人贩盐为生，成年往返绿林山。半个月前他们的毛驴被饥民抢去吃了，开头两三天，手头上还有一点银钱，换点食物下肚。最近一些日子就全靠啃草根嚼树皮度日，今天还没找到一点可食的东西塞进肚里。他们心里都很清楚，用不了两天也和这帮饥民一样样了。"不当饿死鬼！"也是他们共同的心愿。

二人谦辞了一会，答应做他们的首领。当天夜里，王匡王凤把各家各户的铁器集中起来，领着一帮后生小子，模进五里开外一个村庄。杀光了村里男女老少，吃光了村里猪羊鸡狗，抢光了村里衣物粮食，最后放了一把火，把村庄烧成一片瓦砾。他们把肚子吃得圆鼓鼓的，美美消受了几天，派人到附近村庄去侦察，扑向另一个村庄……

旬月之间，四方饥民前来入伙，由一百余人发展到了三千余人，投奔的人还像潮水似地不断涌来。王匡王凤胆量越来越大，他们原意抢劫两三个村庄填饱肚子，再弄些干粮，最好发点小财上绿林山讨生活。现在他们干脆称起"义军"与朝廷分庭抗礼。三千人马时而合兵进击，时而分兵掠夺，荆襄大地聚聚血洗，村村冒烟……

"荆襄告急！"尚书台把好几封文书呈进御览阁，王莽跪在神龛前叩头。去年四月孛星过境，他迫于刘歆压力，夏至日西郊祭天禳灾谢过。一心只想报复刘歆，毫无诚意可言。而今应验了，莫非天下真要大乱？

"舜祖爷，百世祖宗，一百三十三代孙莽儿错了！心不诚意不专，欺神慢鬼，不敬苍天。愿灾难降在莽儿一人身上，不害中国，不祸亿兆。"

王莽泪水涌动，索性放声大哭。烛光在黄缎上闪耀，香烟在黄缦中袅绕，泪眼中恍如无数神灵在头顶高翔。神不弃予，予其惧谁？胆气一壮，他觉得畅快多了。

"传平太傅陛见。"回到御览阁，他轻声说。王涉回奏，"平太傅病势沉重，看样子过不去这个冬天了。"王莽一惊，"什么？怎不见报？"王涉垂下眼廉，王莽这才想起王涉曾奏报多次，咳了一声，"怪不得这几日时常想起平太傅，大约他也思予，有话要对予说呢。起驾太傅府。"说着便往外走。

"请陛下稍候。"王涉在身后说："街道尚未'横索'。"王莽出行不仅开路清道，半个长安都得戒严。

王莽说："予不乘'华盖登仙车'，轻车简从吧。"王涉长跪不起，他瞪大眼睛："怎么了？非横索不可？"王涉还是不作声。王莽发赤的眼睛黯淡下去。而今贼寇蜂起，不逞之徒作乱四方，还能轻车简从吗？曾几何时，符命天降，万众欢呼，而今防民如防贼，防民如防火！

"予不去了，哪儿也不去了！"他气呼呼回到御览房。

黄灯笼点燃了，日近黄昏，勤政室提前进入了黄昏。王临进宫，"日间儿臣探望平太傅。平太傅气息奄奄，拉着儿臣的手不放，说他天天思念陛下，夜夜梦见陛下。儿臣对他说陛下也常常思念太傅，梦见太傅。平太傅感动得流出泪来，说他数十年与陛下心意相通，梦境相连。”

他很感动，差点流出泪来。感动中又升起了疑云：他今日陡然想起平晏，太子恰恰就在今日到平府探望，是不是王涉把他的意向透露给了太子？近臣与太子勾接，这是绝对不能容忍的。历史上弑父弑君的惨祸，不都是这样演化出来的？他冷冷问，“平太傅还说些什么？”

王临说：“速调二征将军平定荆襄之乱。”

王莽沉吟了。近日严尤廉丹与囊知牙斯在定襄打了一仗，杀得匈奴铁骑抛盔卸甲大败而逃。正是天国雄师乘胜追击胡虏，实现他“清狄灭胡”宏愿的历史性时刻，怎么可以半途而废？

王临说：“平太傅以为新室之忧，不在匈奴，而在域中；不在草泽，而在庙堂。”

这不是严尤的话吗？平晏怎会说同样的话？而今时移势异，匈奴累累挫败，的确不足为忧了。然而当年严尤所说新室之忧在“庙堂”，是指孙建甄邯一干贪饕权臣；而今旧话重提指谁呢？莫非以平晏之名，借严尤之言，为诛杀刘歆三个儿子翻案？

他沉默着，御览房静得森人，王临粗壮的喘息声听得清清楚楚。紧张什么？慌乱什么？是不是干了见不得人的勾当？黄色的灯光照得王临一脸黄恹恹病色，心里一阵生厌，挥手要他退下。

他越想越不放心，派人前去太傅府问讯。临近子夜，平府上下都被唤醒，平恒跪在堂前垂泪叩拜，"臣父昏迷不醒，不能接旨。"

这个貂铛名叫王业，二十出头，人很机灵，长相有点像蔺苞。王莽相信蔺苞忠诚，也认定王业忠诚。封王业为中常侍，留在御前使唤。王业声称皇上有要事垂询，必须进病房传旨。看见平晏两眼深陷，骨瘦如柴，离骷髅相去不远了。

"皇上再三致意，望太傅珍摄身体，早日康复，効力朝廷。"平恒啜泣，"臣父命在旦夕，来日无多。烦请上奏皇上，臣父感念皇上知遇之恩。今生难报，只冀来世了。"王业说："太傅一息不停，皇上寄望一刻不息。即便太傅弥留，皇上也希望能够听到太傅临终遗言。"

日间王临离开平府后，平晏嗟叹良久，"唉，皇上一定会派人来问讯。"不幸而言中，果然派人来了。"父子相疑，如何是好。"心里特别凄凉，闭上眼睛不理睬。平恒推说昏迷，没料到王业守着病榻不走。这情景仿佛非要亲眼目睹他死去才放心。过了半个时辰，平晏长长喘了口气，平桓低声说："家父醒了。"

平晏张开双眼向两旁瞬动几下，看见王业，好像要说话，嘴唇翕动了几下，泪水从眼角流下来。平恒垂泪，"家父看见圣上派人探视，感动得流下眼泪，只是他老人家不能说话了。"平晏闻言，嘴唇又翕动了几下。平恒说："家父还能听见，圣上有旨意，请公公快传吧。"王业说："圣上关怀太傅病情，本欲亲临探问。但因荆襄动乱，诸事缠身，才派卑职前来。"平晏两眼发直，木木望着，毫无表情。平恒说："请公公长话短说。说多了家父听不明白。"王业只得说：

"适才太子来访，太傅授以平乱之策，可是调二征将军前往剿灭？"

话没说完，平晏闭上了眼睛，眼角又冒出泪珠来。王业不放心，继续追问，平晏再不睁眼。身体上下颤动，好像遏抑着巨大悲痛，但始终没发出声音。

平恒请他退出病房，王业见问不出什么，告辞回了宫。王莽听了嗒然若失。他猜想平晏没有昏迷，也不是不能说话。而是不愿搭理，敷衍一下也不愿，他失悔没有亲自去了。然而平晏为什么哭呢？而且哭得那么伤心。故人即将离去，这临终啜泣显然不是感恩，似乎也不是怨恨，那是什么呢？

二征将军捷报频传，荆襄告急文书同样频传。王莽把荆襄文书推到一边，只盼塞北前线战报。只要灭绝了匈奴，域中贼寇能不闻风丧胆？雄师调转马头，贼寇立可荡平。黄室黄帏黄灯笼照耀下，夜漏声声，他常常问王业："几时了？"

"子牌了。"

"塞北有战报吗？"如果听不到塞北消息，他一夜也不能安眠。

进入十月，塞北战报沉寂了，急得王莽嗷嗷吼叫："六百里快马敕令严尤廉丹奏报，不得有误！"不久消息传来了：匈奴逃到沙漠深处失去了踪迹。王莽高举拳头咆哮，"快查，给予查！逃到天边，也要将匈奴彻底剿灭。"到了岁末，严尤廉丹探知囊知牙斯病故，右呼犁汗王夺得单于宝座。新单于王位未稳，请求按蔺苞密约与新朝和亲。严尤廉丹再也不敢作主，快马送到长安。王莽把表章掷到地上发狠说：

"哼，功亏一篑，予决不半途而废。予意不可挠，予志不可屈，不灭胡类，绝不收兵。妄言和亲者，杀无赦。"

就在这几个月，王匡王凤纵横荆楚，跨州连郡，声势更加浩大。这年冬天，雪下得特别大。王涉上奏，"天寒地冻，贼寇缺衣少食，正是朝廷用兵时候。当年翟义刘信叛乱，就是隆冬时节剿灭的。"

"此言甚合予意。"王莽频频颔首。他痛感人才凋零，亟想召回王寻王邑。当年平定翟义刘信叛乱，王邑是统兵作战的将才，王寻是筹粮筹款的干吏。但二人是他贬逐的，他希望有人提出来，"唉，可惜当年的主帅贬逐在外，不在予身边啊。"王涉却说："请陛下用太傅之计，速调二征将军平定叛乱。"王莽嗤嗤一笑，依旧暗示，"非调二位将军不可？别人不行？不不，予两个拳头出击，两面作战，安外攘内并举，灭胡平叛两不误。"王涉说："贼势猖獗，非集中优势兵力不可。"王莽把住胡须双眉猛蹙，心里十分不快，"灭胡良机稍纵即逝，予决不错过。哼哼，予就不信，不挖肉就不可以补疮。去吧，予意已决。"王涉还是不识相，"这不是挖肉补疮，这是好钢用在刀刃上。"

"竟敢坏予灭胡大计！"王莽大怒，"予有言在先，你当耳边风，藐视予躬。来人呐，庭杖三十！"

两名貂铛走进御览房，王临手一抬，"慢！"王宗酖死后他时常侍立于侧。

"放肆，竟敢阻予！"王莽大喝，"打！拖出去打！"

"父皇息怒。"王临叩头，"贼寇猖獗，州郡难禁，到了朝廷非派重兵镇压不可了。而今匈奴请求和亲，边境无事，二征将军回师清剿，实为……"门外传来哭喊声，吓得他说不下去了。

王莽捻着胡须满脸冷笑，"你当你是太子就不受责罚？哼，先关进掖狱，朝日当众加倍庭杖，看还有没有人敢坏予灭胡大计！"

朝日，貂铛把王临押进王路堂，班列两旁的群臣纷纷跪下求情，王莽说："予志灭胡类，百折不挠。有些人只顾眼前，鼠目寸光。荆襄之乱不过癣疥之疾，灭绝匈奴才是千古大业。荆襄之乱，予将召回王寻王邑领兵清剿；灭绝匈奴，必须二征将军英勇作战。万里征程，予已行九千，岂可半途而废？予再重申，不允许任何人坏予大计。太子受责，只是警告，再敢妄言者，杀无赦！打，给予狠狠打！"

廷仗太子，亘古罕见，王莽开历史首例，群臣无不股栗。虎贲把王临拖到殿中当众廷杖：叭！叭！竹板高高扬起，重重落下。王临哭不敢哭，叫不敢叫，咬牙硬挺着，两侧群臣无不惊讶平日懦弱温文的太子居然如此坚挺。打了一半殿外传呼："皇后驾到！"两个宫女把王静烟搀进来。

王莽慌忙站起，不知该喝退还是出迎。她眼瞎多年，不出长秋宫半步。不说王路堂是个什么样子，就连它在哪个方向也不知道。只见王静烟推开宫女，抢步扑到王临身上，双肩抽动无声啜泣。王莽心下一软，迎上前去。

也许对明眼人来说，黑暗没有什么差别；但王静烟感受到这片陌生的黑暗特有的气息和气氛，蕴结着一种异样的肃穆。当她的手触摸到儿子脸颊上的泪水，感受到他的颤栗，儿子却不敢招呼她，不敢抓住她的手，更不用说扑进她怀里哭泣了。那种寻常人儿子对父亲的敬畏，变成了臣子对君主的恐惧。这种恐惧很快传导给了她，突显出这片陌生的黑暗至高无上的威严。她觉得自己失态，觉得自己莽撞，丢了夫君的脸，妻子特有的羞耻感尖利地刺痛她那枯槁的心，但她已经失去两个儿子，母亲的执着再也不能忍受儿子受到伤害。

她抱着儿子一声不吭，深深垂着头。

群臣一齐伏倒，不敢偷看殿上一眼。

王莽走到她的面前俯身说："皇后，回宫去吧。"

她没有动。

"把临儿也带回宫去吧。"王莽上前把她搀起。她想跪下谢恩，他轻声说："回宫去吧。"

王临抬进长秋宫，她哭出声来。王路堂那片陌生黑暗的肃穆逐渐消散，她的心从高压中解脱出来。两个儿子死的时候，她感到丈夫狠心；今天心里却萌发出一丝恨意。王临不认错，不辩解，不喊疼。他的屁股打肿了，流着血，趴在榻上。她感受到儿子受了委屈，自己也很委屈，哭声更大了。宫女纷纷拥进栖凤阁，有的近前劝慰，有的一旁侍候。王临嗅到一阵异香，抬眼一看却是原碧从母后面前走过，他的眼睛直了。

原碧寻常宫女打扮，玉容惨淡，金钗斜插，垂着头站在一旁。那模样似乎比普通宫女的景遇还不如。王临定定望着她，心里七上八下：父皇对儿子格外严，莫非对宠姬也格外严？谁进入他的生活，或者他进入谁的生活，谁就得受罪。抑或……抑或不像外间传闻那样受到幸宠？想着想着，一颗心全在她身上，居然不知道疼了。

原碧抬头瞟了他一眼，两人目光刚一对上，她躲闪开了。他相信她没有忘记他，还会抬眼看他，但她再也没看他一眼。他不知道她是害羞还是害怕？但他知道后宫嫔妃被人发现怀有私情有多可怕。这时外间宣呼，"太医到。"宫女们纷纷退出，他觉得她要走了，再也没有希望了。不意她转身的时候投来一瞥，电闪火石似的，他的心一阵狂跳。

王莽派王闳前往定襄，督促严尤廉丹进军。探报探明匈奴单于在呼伦结营。严尤廉丹各领三千精兵分两路袭击呼伦。严尤军至呼伦，不说没有看见单于大帐，一头羊一条狗也没看见，那里空无人烟，匈奴已经逃遁无踪。廉丹途中遇到大风迷失道路。在沙漠游荡了二十多天，损兵千人，退回定襄。其时王寻王邑俱已回到长安，官复旧职。谁知二人上任后做的第一件事，不是请缨出征，而是联络十名大臣上书："灭绝匈奴不过扬我国威；域中寇贼实为我朝大患。而今匈奴避战逃遁无踪；二征将军劳师远袭，屡屡扑空。国库空虚，粮饷艰困，不如回师剿贼。"

王莽大怒，掷书于地，"不肯为予分忧，召你二人回京何用！"二人伏地，"臣弟岂是惜命之人？天下纷扰，朝廷再无两面作战之力。安外以攘内，方为可行之策。"他拍案嘶吼，二人再也不敢出声了。

他写了个"忍"字悬于帛书之下，不管付出多么惨重的代价，也要完成"清狄灭胡"的千古大业。

到了天凤六年(公元 19 年)，青州徐州发生蝗灾。蝗虫遮天蔽日，所过之地不说田里庄稼，就是野草树叶都啃得精光。赤地千里，饿殍遍地，又有琅琊人樊崇在莒昌起事。这人手使大刀，勇猛异常。有一次被官兵包围，他力劈十余人，杀得刀口打卷。看见敌将手中兵器挥斩自如，居然扔掉大刀，赤手空拳从敌将手中夺下来。反手一挥，敌将拦腰两断，吓得官兵四散奔逃。这兵器名叫吴钩，状如弯刀，双锋两刃，挥砍勾削无所不能。樊崇从此名声大噪，开始不过三百余人，数月之间归附者多达万人。其后逢安、徐宣等人起兵响应，声势更加浩大。

王莽在神龛前哭了好几回也没想出破贼良策，只得召回严尤。封严尤为大司马，授武建伯，带领五万大军前往荆襄剿贼。

严尤三百铁骑穿越大夹山峡谷，魏成城外十里长亭就出现在眼前了。又是冰雪覆地，又是路断人稀，只是不见那个白巾白衫的王焉。这个人太可怕了：身为布衣目光之深远，手段之毒辣，朝中衮衮诸公无人能及。今天他绕道前来，就是来叩访王焉称谓的"李公"，了结多年未解的心结。

又是夜色如墨，又是朔风似铁，只是魏成城下鼓乐喧天，大红灯笼变成了大黄灯笼。李焉带领吏属列队相迎。严尤跳下马，一双虎目炯炯闪光，执手寒暄，"李公一向可好？"李焉协助伏湛审理太原贪赃案回京后，朝廷明褒暗贬：伏湛转任河内大尹，他回魏成原职，拱手笑笑，"何如大司马大破匈奴，功勋盖世。"二人相视而笑，并辔进入府衙。

我有嘉宾，鼓瑟吹笙，中堂奏起迎宾曲。酒过三巡，严尤停箸吟哦，"有酒无歌，其味索索。"李焉端坐不应。严尤笑笑，"使君素蓄艳姬，何不请出共度良宵，哈哈。"李焉拱手，"下官曾蓄歌姬，本意攀援高尚之士，谁知不入大司马之眼。自愧粗鄙不配风雅，从此罢除侑歌，自守本份。"自从原碧入侍圣躬，李充避祸江南，他也遮掩不及，怎敢再蓄艳姬四下招摇？

"那就请贵友王焉出来一叙吧。"严尤獐头倏然变色，"'刘氏当兴，李氏为辅。'李公意欲辅弼新主，志不在小哇。"李焉问，"大司马何意？"严尤说："李公何必明知故问。实不相瞒，特来锁拿阁下。"李焉说："大司马不是说笑吧？"严尤冷笑，"说笑？哼哼。不知贵友王焉有言吗？'献之阙下，再立一功'。"李焉叫嚷，"下官无罪！"严尤说："蓄意谋反还说无罪！本座发誓揭开蔺苞之死以及‘沙盘谶语’真相，如果阁下愿意配合，本座保你身家性命。”说着推翻酒筵，“把李大人请进公堂。”

四名亲兵早有准备，冲进中堂站在李焉身后。李焉情知事发，默默向公堂走去。公堂上原有的宾客和差役都被驱逐，换成了黑盔黑甲的武士。

严尤高坐堂上，“蔺苞为二人所杀，一人是贵友王焉，另一人就是阁下吧？嘿嘿，贵友得意忘形，自露马脚啊，本座想到了阁下。”

那个欲雪的黄昏，王焉居心叵测请他上宴明楼吃“赚赚”，居然自鸣得意把杀死蔺苞的罪行推到他身上：“蔺苞潜回长安严将军是知道的吧？蔺苞的住址严将军也是知道的吧？蔺苞的死严将军脱不了嫌疑吧？”这给他极大的刺激，使他痛下决心揭穿蔺苞凶杀案真相，也使他注意到获知蔺苞潜回长安秘密的人才可能是蔺苞凶杀案的涉案人。当时知道这个秘密的除了他和楼获，可能还有李焉。因为大夹山峡谷在魏成郡境内，离李焉任职多年的禹县只有二十里。

严尤虎目一凝，“本座把蔺苞混在铁甲亲兵之中，护送到大夹山峡谷交与楼获，不意被你探悉。你与王焉伺机杀死蔺苞，又阴谋酖死楼获，搅得朝廷乱成一团，被杀者几近万人。实属罪大恶极，你可认罪？”

李焉昂然站立，满脸冷笑，一副不屑模样，心里却暗暗叫苦。

大夹山峡谷在禹县东南，离城三十里。谷长八里，南北走向；谷中怪石峋嶙道路崎岖，有处两山断裂形成的"一线天"可通谷外驿道。由于地形复杂便于逃遁，历来多有匪盗出没。这处"一线天"两头都被草木掩盖，非当地猎户和熟悉地形的兵家很少有人知道。李焉长年派人监视这条裂缝，许多案件得以侦破。早在严尤三百铁甲亲兵到达魏成的前三天，有探子来报：一个外乡人多次出入"一线天"。而当博士李充询问严尤是否暗中护送蔺苞时，他就疑心那个外乡人与蔺苞有关了。果然探子来报，严尤手下一名黑甲亲兵与外乡人在"一线天"会合，上驿道走了。

严尤嗤笑王焉自鸣得意，这会儿他自己禁不住自鸣得意了："本座麾下多为郑人，你是知道的；郑人感本座之恩，有为本座立生祠牌者，你也是知道的：禹县发生的事能瞒过本座的耳目？哼。"说着撚须冷笑。

大凡做了什么犯上作乱的事，早已想好种种遁词对应。一旦事发，最紧要的是估量对方知道多少，掌握了什么证据。听严尤一说内心大定，笑意更浓了。

严尤离座上前，"你我论交多年，说起来，李大人还救过本座一命。李大人只要吐出实情，本座拼却一死也要保全李大人身家性命。"说着躬身长揖。

"不敢当。"李焉挪身避让，"下官没杀蔺苞，也没杀楼获，大司马的美意，下官无福收受。"

"那么，"严尤又问，"是贵友王焉杀的了？"李焉斩钉截铁，"王焉也没有杀蔺苞楼获。"严尤獐头变色勃然大怒，"把反贼拿下！"

两名亲兵上前把李焉捆绑个结实，关进了囚车。

翌日，一百余人在城门拦住囚车，"李大人是清官呀，大司马为何好坏不分？"城里城外一片银白，人们一齐跪下。雪花纷飞，寒风在他们头顶呼啸。

严尤拱手，"各位乡亲父老，李焉结交妖人，收蓄壮士，意欲谋反，千万不可受他蒙蔽。"混在人群中的李焉宾客在底下发吼：

"李大人体恤民情，如何谋反？"

"大司马依仗权势，不依法度，擅自锁拿朝廷命官！"

今上兴办井田，李焉阳奉阴违，顶住不办，禹县家给人足；到魏成上任后，声称"振兴井田"，实际上撤散井田。根据井民意愿，愿意分井自耕的任其分井自耕，愿意返回故土的任其返回故土，深得民心。严尤知道解释徒劳，发狠说：

"本座军务在身，胆敢阻拦者，铁骑所至死伤自负。"他摧马扬蹄，民众惊骇站起，闪到两旁。

风雪弥漫，前途又是风雪路，乌龙驹踏雪向前，身后传来一阵骂声，"严尤匹夫，助纣为虐，必遭横祸！"

到达长安，严尤衣不解甲进宫陛见。王莽正与几个大臣在勤政室议事，严尤山呼毕伏地奏报，"李焉勾结妖人王焉谋反，臣未及奏请，现已押解进京，陛下圣裁。"王莽眉尖微微一耸，陡生不快。骄兵悍将，恣肆至此！面色却和蔼可亲，"严卿为朝廷锄奸，忠心可嘉。不知严卿有何证据？"严尤说："臣已查明：妖人王焉曾附赵明霍鸿作乱，后与李焉勾结，播散妖言诋毁圣躬。蔺苞就是二人阴谋杀害的。"他坦诚，蔺苞回京是他护送到大夹山峡谷，然后交由楼获潜回长安的。

"楼获怎会杀害蔺苞？荒谬之极，虚妄之极！"

可不？王莽心往下沉，意识到是桩冤案。

只听严尤接着说："其后楼获酖死狱中，司命孔仁又判定'少府'所为；微臣托何闳打听宫中酖毒流向，王兴以为何闳妄图谋害陛下，结果惨死掖狱。一错再错，一谬再谬，冤案套冤案，枉死者近万人。"

　　王莽想起刘垒曾为何闳辩诬，说有人托何闳打听宫中酖毒流向，原来这个人是严尤。围绕蕳苞之死，孔仁把罪过归结给"少府"，他当时就觉得不尽合理。只因对"少府"不放心，随歪就歪铲除了"少府"。现在看来，平晏无异志，"少府"无异心，不过他不后悔。"少府"当时无异心，谁能担保今日无异心？反正这支异己力量迟早都得除去，早除去早安心。

　　严尤说："另外，臣敢断言：里社妖童之'沙盘谶语'，也与妖人王焉有关。"为平晏翻案不说，还为刘歆翻案，翻案风括起来不怕括翻天？王莽更加不悦，只好搪塞，"严卿即将出征，军务倥偬，李焉就交由御史台审理吧。"严尤叩拜，"陛下不可。王邑孔仁涉案，不能由他们审理。"王莽说："那就召回伏湛审理。"严尤又说不可，"伏湛与李焉交厚。"王莽双目赤光一闪，怒火正待喷射，虑及正是用人之际，眼睑迅疾垂下，"军情紧急，你且直下荆襄。李焉一案，予更选良吏审理，严卿不必系怀了。"严尤再拜，"臣誓为朝廷除此隐患，不惮粗鄙，请旨审理。"王莽再也按捺不住，勃然大怒，"目空朝廷，骄悍至极，乱棍逐出！"

严尤跪着不动。棍棒打在铁盔铁甲上，发出铿铿脆响。王临伏地谏阻，"父皇息怒。"王涉王闳也都跪下求情。

孔仁上前奏言，"楼获杀害蔺苞，铁案如山，休想翻案。"

王涉斥责，"严刑逼供，也是铁案如山？而今大司马说出事实真相，还想抵赖！"孔仁高声辩解，"严尤一面之词，也算事实真相？"王莽大喝，"住口！大敌当前，还要内哄！旧案不是不可以翻，等到剿灭贼寇，只要事在人在证据在，什么时候都可以翻。"

严尤吁请，"假臣十日，必破此案。逾期臣自率师南下效死疆场。"

"请许大司马十日。"王临叩拜，"大司马在京还须准备军械钱粮，滞留十日也不算多。"王闳也表支持，"大将出征，当胸无挂碍。"王莽咬牙说："予就许你。十日为期，王寻同审。"

"臣遵旨。"严尤叩头谢恩。

严尤派兵包围了李府，王焉不在府中。有个道童出面支应，校尉把他带到大司马府中。道童上前叩拜，"师叔出外云游，十日后必回，大司马候望有期。"这个道童唇红齿白，模样与传说的里社妖童相同。他能卜出十日之期，居然不逃不避，轻藐之意自在不言之中。严尤说："只闻里社方技，不知卜童姓名，可否告知？"道童说："少君行不改姓，坐不更名，西门君惠便是。"严尤说："小小妖童，不怕本座杀你！"西门君惠咯咯发笑，"杀了少君，谁与大司马传话？大司马志不在小童，志在小童师叔。"

这时，李母、李妻、李妾、李子被士兵缚来，严尤狠狠说："你去告诉王焉，他若三日不出，本座一日杀一人。"西门君惠说："李母非师叔之母，李妻非师叔之妻，大司马不畏暴戾恶誉，请便好了。"严尤咬牙，"王焉肯出，本座释放李焉。"西门君惠说："大司马位高权重，当无戏言。"严尤说："本座言出如山。"西门君惠拊掌，"果如师叔所言！大司马不欺师叔，师叔必不欺大司马。师叔曾留言：若李大人出入自由，三日后自出。"严尤答应了。

王寻沉着脸，"大司马擅拿李焉，而今又擅释李焉，率意自为，不符法度吧。"

"放人。"严尤说。

王寻见他不顾自己体面，拂袖欲去，"下官告退。"严尤离席一拜，"大司徒留步。李焉不过从犯，王焉才是主谋。主谋者出，案情即可大白，勿需多所株连。"王寻说："李焉为大尹，王焉为布衣；李焉为兄，王焉为弟，主从判然。"

严尤只凭感觉，说不出道理，默然无对。王寻说："李焉出，王焉未必出。一旦李焉逃匿，岂不成为朝野笑柄？"严尤说："王焉必出，李焉必不逃。"

三日后，王焉走到大司马府门前，"转告大司马：故人王焉依约前来。"

门卫在前带路。

严尤高踞堂上，"你果然来了。"王焉昂然，"民无信不立。"

"荧人耳目，惑其心，荡其志。好个尖嘴利牙！"严尤说："本座今日不是听你妖言谬论的，大刑侍侯！"

"哈哈哈。"王焉一阵大笑："大司马必不用刑，何必吓人。大司马非孔仁，也想以冤案冤狱传誉域中？"严尤说："你是怯了。"王焉又是一阵大笑："王某死且不惧，何惧刑仗，何惧恫吓！"

依旧两撇鼠须，依旧白巾白衣，虽非在雪野依旧神情轩昂。

严尤一双虎目越张越大，獐头皱纹越皱越深了。王焉问，"王某结识大司马有年。从相见之日起，请问王某哪句话有错？"

"全错了。"严尤说："你假借天象，预言本座'必死之因'，'自蹈死地'。事隔多年，本座不是好好坐在你面前，荣升大司马，统领天下兵马吗？"王焉说："'必死之因'是说'因'，'自蹈死地'是说'地'，王某说大司马必死吗？"严尤冷哼一声，"狡辩！圣上贤明，礼贤下士，仁德布天下，岂是妖人所能诋毁？"

"烽火燎原，哀鸿遍野，好一个'贤明'！冤狱遍域中，刑徒满道路，好一个'仁德'！"王焉拈着鼠须满脸不屑，"天下倾覆有时，江山易色有日，大司马何独闭目塞听？"

"闭嘴！妖言惑众，死性不改，竟敢把公堂当讲堂！"严尤冷视片刻，低声吩咐，"有请大司徒。"

"嘀嘀。"王焉嘲笑，"借酷吏之手，大司马妙计啊。"严尤说："你若招出杀害蔺苞的经过，本座不伤你毫发。"王焉莫名惊诧，"大司马不可血口喷人，诬陷无辜。蔺苞与王某何干？王某怎会杀蔺苞？"严尤拱手：

"有请立威侯。"

孙豫走上堂，严尤问，"王焉，你可认识此人？"王焉说："不识。"严尤说："好个刁徒！君侯可认识他？"孙豫说："认识，正是那个说'寻在寻处寻'的卜者，指引小侯找到了蔺苞尸体。"孙豫面相平常，王焉一时没有认出。听他一说，心里暗暗叫苦，不由得记起太祖师伯的告诫："一副尊容，看一眼准做噩梦，还到处丢头露面，生怕人记不住。怎不撒叭尿照照，收敛收敛！”当时心里反感，这时才知太祖师伯先见之明了。

"王焉，若非蔺苞为你所杀，你怎知蔺苞尸体所在之地？"严尤说。

太祖师伯白髯老者斥他"张狂"，可他始终改不掉那张狂劲儿，也许这会儿不张狂还不行。"在下有通神之能，能卜祸福吉凶，区区寻人寻物，雕虫小技而已。"说着两个颧骨翘起，张狂得不可方物。

"你不会不知道本座麾下多郑人，而郑人多有感本座之恩的。"严尤又卖弄了一翻，"休想糊弄本座，有人作证蔺苞是你杀的。"

"在下没有糊弄大司马，只怕大司马受人糊弄了吧。"王焉冷冷说。

"有请徐壮士，于壮士。"严尤扬声说。

两个壮士带进堂来，王焉举目一望，却是李焉两名亲信宾客燕子徐波、金刀于行。他们莫非投靠官府了？他的眼珠真该抠下来当泡泡踹。

这时门外一阵传呼："大司徒到。"

王寻气呼呼走进堂来。钦命"同审"，而非虚设。开审之后才给知会，根本没把他放在眼里。不，这个人眼高于顶，反骨峥嵘，也没把宗室放在眼里，把皇上放在眼里！严尤向他拱手，他冷冷抱拳，一屁股坐在一旁。

"徐壮士，于壮士，二位誉满郑地，侠声远扬。"严尤拱手，"请将妖人王焉如何探悉到蔺苞楼获行踪，如何指使二位尾随蔺苞楼获？妖人王焉又如何杀死蔺苞楼获的？如实道来，朝廷重重有赏。"

二人望了王焉一眼，"大司马，你找错人了吧？我等不认识这个人。"

严尤一怔，"前几天二位还说尾随蔺苞楼获进京……"

"不错，我等曾奉李大人之命随蔺苞楼获进京，意在保护二人安全。但非受这人指使，更不知这人如何杀死了蔺苞楼获。"徐波于行在大堂说：

"大司马说李大人的案情复杂，主要责任不在李大人。只要我等指证别人，李大人即可免罪，我等才出庭看看的。"

严尤麾下一名校尉与徐波于行有旧，知道二人曾与蔺苞楼获同行进京。严尤把二人接到军中盛情款待。问及蔺苞，二人告诉他曾奉李焉之命"尾随"蔺苞楼获进京。严尤以为这就足以指控李焉王焉了。严尤逮捕李焉后，当晚找到徐波于行，"只要二位指证旁人，李焉便可免罪。"把二人诓进了长安。

二人的证词，严尤始料不及，下面的文章无法做了，"妖人王焉擅长妖术，二位大约中了邪。且请下去歇息，延后作证。"

"哈哈哈，我非妖人，更无妖术。"王焉内心大定。当年楼获蔺苞离开大夹山峡谷后，李焉一直派人尾随。夜晚二人住进驿站，李焉略施小计，把消息透露给邻郡一个县令。县令率领一佰官兵包围了驿站，徐波于行冲进重围把二人解救出来，结伴上了长安。徐波于行与楼获兄弟相称，成了"楼大侠的人"。李焉指使二人陪伴蔺苞冶游花柳地，乘其不备一剑刺死了蔺苞。二人没有透露杀人实情，没有把罪责推给他，不愧重诺守信的好汉。

"打仗靠'料'，办案可不能料啊。"王焉嘲讽。

"王焉，休得张狂！"严尤猛掌击案，"你敌视新朝，仇恨皇上，唯恐天下不乱，本座必将你正法。"

"啧啧。"王焉说："罪名太大了吧？大司马，可有根据？果如大司马所言，留得蔺将军性命，宗室大将授首者更多，宗室大臣流放者更众，贬谪者更不知几许，这不叫天下大乱？"严尤想起魏成城下的白雪，雪野中的长亭，话到口边，瞥了王寻一眼，又缩回去了。王焉施礼，"大司徒，请记录在案：大司马全凭推测审案。"

王寻哼了一声："休得胡言。"声音缺乏应有力度。那意味，不说与话相反吧，至少言不由衷。

"大司徒心襟博大，岂是宵小离间的？"严尤说："你要天下乱得不清不楚不明不白，乱成一塌糊涂。谁也摸不清头脑，谁也理不出头绪，最后连是非曲直真伪忠奸都混沌不清了。这才是你的居心。"

"请问大司马，又有何根据？"王焉说："现在蔺将军已经遇难，果如大司马所言，当今天下岂非一片漆黑？"他又施礼，"大司徒，请记录在案。"

"大司徒。"严尤拱手，"此人气焰嚣张，不用刑不能打消气焰。"王寻冷冷说："大司马作主。"严尤再次拱手：

"小将自专了。"王焉唾骂，"严尤匹夫，假儒雅，真悍恶，王某死也不齿！"

军棍如雨落下，王焉哼着哼着，昏死过去了。接连两天提审，王焉都在"严尤匹夫"的叫骂声昏死过去。

王寻说："大司马一味用刑，不怕杖死堂上？"严尤切齿，"宁肯杖死堂上，也不能让他存活世上。"王寻问，"大司马不是与此人有私怨吧？如此草菅人命。"严尤冷哼一声，

"大司徒没见此人强硬无比，岂是区区'草菅'？小将从没将此人视为'草菅'。敬告大司徒吧，此人绝非'草菅'，而是我朝最凶恶的敌人。"

把不是当理说，骄横自恣，王寻再也不发一言。

三次过堂，王焉已是奄奄一息，再也不能用刑了。严尤虎目圆睁，击案吼叫，"王焉！你若不招，就将李焉一家五口捉来。一天杀一个，最后杀你，正好十日到期。本座虽未破案，也为朝廷除了一大祸害。"

王焉痛骂，"无信匹夫！"

严尤讥刺，"亏你满口珠玑满腹玄机！哼。你不知大将临敌，眼中只有敌人。对敌人能讲诚信吗？诚信者，对天而言，对地而言，对君而言，对亲而言，对师而言，对友而言，而非对敌。"接着大叫，"把李焉全家拿来！"

王寻危坐睨视，满脸不屑。

严尤冷笑，"严某一介武夫，临敌对阵，不问阴谋阳谋，只知得计失计。兵不诡不行，计不诡不中。只要克敌制胜，仁义礼智信统统踩在脚下。听明白了吗？"他是对王焉说的，也是对王寻说的。

李焉全家带到堂上，李焉大叫，"下官无罪！"严尤不由分说，"先打三十军棍！"堂上一片哭声。行刑毕，严尤问，

"招是不招？"李焉气息微弱，"下官无罪……"严尤下令，"把李姜拉去斩首，提头来见！"

片刻，亲兵提着李姜的头走到堂上，一步一滴血。

"严尤匹夫，绝情绝义！"李焉流出泪来。

王焉大恸，捶胸哭泣，"错！错！都怨小弟修行不深，高估严尤这个匹夫了。"严尤问，"知道错了？知错能改，好啊，说来听听。"王焉说："你不会知道的。"严尤说："你若说出，本座就不杀李焉全家了。"王焉说："我还会信你吗？"

"朝取一人兮拔其尤；暮取一人兮拔其尤。拔而生，拔而兴。"堂下有人高吟，只见太子王临走上堂一阵朗声，"嘀嘀嘀，你错在一个'拔'字。妖人邪术，以为没人知道是吗？"他未经通传，堂下伫听有时了。

王焉倏然一惊。来的是王临，实则刘歆上堂来了。有本古老谶书叫《太乙图谱》，据说是春秋时留下的。刘歆一定也知道这本书。这本书百灵百验可证青史。王临所吟就是其中一则。这本书是王焉的师父华阳真人传给王焉的。"尤"，可视为严尤；"拔"，意谓拔擢。王焉就是根据这句谶语，拢络严尤，策反严尤。但"拔"另有一义恰好与拔擢相反：拔掉，现在他才意识大错特错了。

想起太祖师伯的警诫，知道自己的死期到了。王焉铁了心，

"满堂无头人，又来一个无头人捎来无头人的话。回来告诉那个无头人：背祖附逆，三个犬子丧命只是上天薄惩。继续为虎作伥，满门都将死无葬身之地。"

富贵皆惜命，贫贱不惧死。这等恶人恶咒，满堂怒不可遏。

"往死里打！打死他！"一阵暴打之后，王焉拖到堂下去了。

"太子高才，一语尽挫妖人妖焰。"王寻含蓄说："只是下官不解其义，不知其妙，更不知出于何典。"

王临知道他弦外有音，没好气说："李焉知道。"

"下官不知。"李焉叩头，"太子殿下，请为下官作主！"

王临柔声，"你是能吏颇有政绩。你若吐实，我将奏请父皇，饶你身家性命。"李焉说："王焉擅卜投于门下。下官客礼待之，如是而已。王焉往来于魏成长安之间，自是独行，下官确实不知。"王临说："伪造'沙盘谶语'之妖童西门君惠住在你家，莫非你也不知？"李焉说："下官不知。"王临愠恼，"你是执迷不悟，顽抗到底了。"他不问蔺苞之死，独问"沙盘谶语"，心之所向不言而喻了。

"太子殿下，家父远在魏成，确实不知。"李子叫道。

"你是知道的了？"王临说。

李子说："王嚣与卜童住于别院，出入自由。外间所为，家祖母、家母以及小子从不过问。"

"推得真干净。"严尤讥诮，"李嚣，'刘氏当兴，李氏为辅'，你也不知？"

李嚣默然。

"敌视朝廷，蓄谋叛逆，你也不知？"严尤大怒，"李嚣，你听好了。若不老实交待，明日就杀你妻。本座言出法随，说到做到。"

第二天，他杀了李妻；第三天，他杀了李子。王嚣李嚣依旧不开口。王寻忍不住问，"大司马还杀吗？"严尤反问，"大司徒心软了？"王寻冷冷说："下官心寒了。"严尤毫不退让："那是奸人心太硬了。"

这天夜里，王嚣李嚣见到了刘歆王莽。

刘歆看起来很年轻，只有三十多岁，儒雅礼矩。而王嚣显得面黄肌瘦，眉毛俊美，长耳大目，广额疏齿，口方厚唇，已有六十上下，一副逍遥不羁的样子。刘歆一见到王嚣就哈哈大笑，鄙夷不屑的说道："原来你等道法不过是害人终害己的弄人法术而已啊！"王嚣也不示弱，回敬道："汝等仁义礼智信实则伪私苟愚欺啊！"王莽这时厉声喝道：

"王焉，你阴谋自私，乱我朝纲，天下大乱，百姓遭殃

啊！"王焉冷冷回答："天道即人心，阴谋自私，自毁长

城，涂炭生灵的正是你！"王莽不服气，嚷道："说予伪，

予也认了，实属经书未明言也。可予怎么阴谋自私了？予一

心恢复周制礼乐，一展文治武功啊！"这时李焉答道："周

天子平弱无为，诸侯自治，小国寡民，你可知晓？礼法刑罚

桎梏而法无常法，你可知晓？春秋战国，战火连年，礼恒坏

乐恒崩，耕战成诸侯立国之本，你可知晓？你挑起战争，妄

动国之大衡，强推井田，致使百姓困苦国库虚空，国师助你

官统商贾乃应急之策，必不能长久，而固有制度之弊端毒之

更甚矣！你可知晓？！"

　　王莽不禁黯然。

　　刘歆这时发话道："道儒一家，自成一体。"李焉耻

笑，义正辞严道："儒德道法，势如正邪，水火不容，势不

两立！"王莽阴森森的笑道："仁德，实乃欺世盗名耳——

——"王焉也诘问刘歆道："试问当无为或有为？当性恶或性

善？人制法还是法制人？正邪如何一体？"刘歆答道："儒

隐而法显，切忌外儒而内法；道法无为而儒人有为；人性可

善可恶，法防性恶而儒修善性；人人重道尚法则法治仁道，

仁道则强盛；寡人王道执法则法术霸道，霸道则衰微；法无常法，道无常道，名无常名，故需要人人去怀着一颗求真务实的心不断的去发现，认知，描述和应用基于真实的道理。但是即使认识了某种程度某段时空的真理，还得明白没有不变的真理，真理不一定是排他的而且常常不是排他的，真理不一定会时时刻刻放之四海都是适用的。"

"哈哈哈"众人一起笑道，"痴人说梦！也不问问今夕是何年？绝无可能！没有事实没有规则只有欲念只有权谋……"

刘歆飘然而去，传来他空灵的声音："天人合一，道法自然，仁德若水，滋润无争……"

穿过柏林有片芳草地，每到冬天，这里的积雪都不清扫，专供皇上踏雪。夜色晦暗，王莽踏着松软的雪走着。东北的柏林挡住了宫阙灯光，西南有道柳堤，堤外是冰水各半的沧池。白天可以看见波光粼粼的江心，这会儿融进漆黑中了。雪是黑的，天也是黑的，天地黑成了一起。积雪刚刚没过脚面，雪面平展，雪下也无坎坷，没有方向，没有路径，走走停停，随兴信步，发出嘎吱嘎吱响声。没有风，寒气却在涌动。半空中飘浮的雪尘不时落在面颊上，针扎似的又冷又热。王业提着黄灯笼在前照路，"走开！"王莽挥斥好几回了。王业往旁边挪动几步，又跟了上去。王涉则在后面劝说，"皇上，外头冷，小心受了寒气。"王莽没好气，"怕冷你回去！"

严尤的骄悍他无法忍受；王临刘歆的介入也叫他不安；尤其"朝取一人兮拔其尤；暮取一人兮拔其尤。拔而生，拔而兴"的谶语，把他抓搔得心烦意乱。严尤身应谶语，意味名登天箓，绝非等闲人物。是纵虎驱狼让他领兵平叛？还是借题发挥就此把他除掉？他想到外头冷静一下，理清思绪，谁知不是冷静而是冷冻。身体快冻僵了，思绪结成了冰。向二人发了一通无名火，回到勤政室。

王寻还没出宫，王邑孔仁也在殿外候着，他远远的挥着手，"都走，都走！"

王寻没有挪身，王邑孔仁反而进殿来了，"严尤恃才恃功，骄悍跋扈，臣弟实在看不下去。朝中非无带兵的人，臣弟请缨平叛。"王邑说。

"不容严尤草菅人命！"孔仁说。

身体没缓过来，思绪还没化冻，王莽顿足，"叫尔等走，尔等眼里还有没有予？"三人叩拜，"严尤严刑逼供，滥杀无辜。陛下如不制止，朝纲必将堕乱。"王莽的主意一下子定了，指点着三人，"尔等不是水火不容吗？怎么合着伙儿攻讦严尤？哼，严刑逼供！滥杀无辜！尔等就没有？予说十日为期，还差两天，急什么！是不是有什么见不得人的东西怕严尤审出来？嗯？"

三人喏喏退下。

"传太子。"王莽小声说。

子夜过后，王临来了，看见王莽在西堂踱步，"父皇深夜不眠，不知有何教谕？"王莽背手沉默良久，"太子好长进，通读谶书。"

刘歆早就防到有此一问，已将一套说词教与王临。王临说："儿臣不敢惊美。儿臣不负父皇谆谆之意，日夕不懈书卷，但进益无多。谶书幽晦古奥，儿臣尚未涉猎。日间所吟谶语，皆儿臣媳所授。"

"愔儿？"王莽说："愔儿少从父教，遍读群书。听她之言如闻老友之声，予甚思之。近日子骏可好？"王临说："儿臣媳不见乃父有年，国师公近况不明。"王莽嗔怪，"怎可不去探望国舅？予罪所当罪，不祸及其家。五官中郎将不还是予之干城吗？国师公还是予之国师公。"王临叩头，"儿臣遵旨。"

其实，自从王涉取代王兴警卫禁宫，王临夫妇就时常与刘歆见面。王涉与刘歆友善，太子宫和国师公府成了王莽的盲区。这回刘歆告诉王临这则谶语，就是要揭穿王焉杀害蔺苞以及伪造"沙盘谶语"的真相，掀起翻案风。

"谶语言'拔'，予非拔去不可？子骏……愔儿怎样说的？断予股肱，予甚不忍，朝廷正用人之际。"

"父皇不可。敌欲拔去，我必拔濯。"

王莽唔了一声，"拔擢！"转身踱了开去，挥手叫他退下。

这时，远处传来鸡啼。

天一亮，严尤喝令开庭。狱卒把李母押进公堂，啪！镇堂木一拍，"李焉，今日你招是不招？"

李焉叩头，"大司马，饶老母一命，放过老母吧。"

　"不是本座不饶你母性命，是你视你母性命如草芥。"

严尤一阵冷笑，笑得森人，"你当本座做不出来，错估本座了吧？本座杀了你妾，杀了你妻，杀了你子，本座一言九鼎，言出法随。你若不招，必杀你母。"

　"犯官无罪，如何招啊。"

　　严尤暴喝，"将李母推出斩首！"铁甲武士推拥李母往外走，李焉叫喊，"犯官愿招。"李母转身申斥，"糊涂东西！我媳已死，我孙已死，老妪尚能苟活几日？男儿舍身取义，岂可舍义护亲？我儿不畏强暴，不计身家，娘死也瞑目了。你敢屈志变节，娘就死在你面前，九泉之下也不认你这不肖之子！"严尤大喝，"住口！"李母唾斥：

　　"严尤！闻你大破匈奴，当你是个英雄，不想你狼心狗肺杀我满门！我儿瞎了眼，老妪瞎了眼。"严尤实非嗜杀之徒，沮丧地挥挥手，"都押下去。"王寻拱手，"大司马不审了？今日可是第八天了。"露骨地表现幸灾乐祸。他勉强拱拱手，虎着脸下堂去了。

　　败了，败得很惨。他不惜丧德，不惜丧誉，不惜当酷吏，结果还是败了！他驱车来到太子宫跪于阶下，"小将再无破案之术，只有进宫请罪了。"

　　王临叹息，"民不惧死，奈何以死惧之。"严尤说："臣心不甘。"王临说："不明不白就不明不白吧，国师公早说过，谁不在不明不白中讨生活？唉，就是弄明白了，皇上也不信啊，弄不明白的。好在李焉王焉再也不足为患了。"

勤政室外的积雪扫出一条通道。严尤进宫请罪，看见王莽降阶出迎，疾奔上去跪地爬行。王莽朗声大笑，"十日为期，八日缴旨，不愧我严大司马！"严尤伏地，"臣无能，臣死罪。"王莽怪讶，"怎么了？"严尤跪地不语。

红日当空，照着勤政室广场积雪，照在二人身上，很晃眼睛。"拔擢？拔掉？"王莽心思电转来回盘算。一阵尖冷的风扬起雪尘括到王莽脸上，他打了个激伶，"进殿吧。"上了几级台阶，突然转身，"你走吧。"严尤心头猛颤，跪在台阶上叩头，"臣愿带罪出征，不灭贼寇，臣马革裹尸以报陛下。"王莽头也不回走着，严尤愣住了，望着他的背影一步一步走进殿去。

六十 《紫阁图》出世现紫电 太乙殿论道间太子

孔仁夜过天禄阁，看见紫电从西楼射出，连夜拉崔发张邯二人前去观看。紫电是祥瑞光气，三人奏报王莽。王莽令钦天监宗宣前往查验。四人在西楼紫阁大梁上发现一束竹简。竹简尘埃厚积，不知尘封多少年了。竹简为篆字，当为先秦著作。竹简苇编朽断，散乱无章，且文词古奥很难解读。天禄阁集中博士多人研讨月余，编纂成册。书中所言竟然与当朝有关，读者无不骇异，王莽定名为太乙《紫阁图》。

按照《紫阁图》推算，新期以三万六千年为一纪，延至十纪百纪。子孙亿万，享国无穷。每六年一改元便可消灭群寇，应运昌隆。于是王莽改年号为地皇元年。

书中有言："南方多贼，威斗镇之。"但威斗何物无人知晓，王莽张榜悬赏，有个方士持威斗图言于陛前。这个方士涿郡人氏，名叫昭君。白发披肩，七十多岁了，有人称他太乙真人。他修炼辟谷数十年，能半月不食，半月不寝。他说威斗用五色铜铸造，状如北斗，长二尺五寸，"天降宝书《紫阁图》于陛下，兼有七星护佑，何患群寇不灭？"

孔仁崔发张邯贺喜，"太乙真人诠释太乙《紫阁图》，天意契合。"

王莽令他演示。昭君选定吉日，于太液池边一处高台盘膝而坐。时值七月上旬，烈日当空，间有骤风暴风，他自端然不动。过了十日，百官日夜观瞻无不称奇。十五日圆满，王莽亲迎下台。稍进瓜果后与王莽促膝长谈，精神矍烁，毫无倦色。孔仁崔发张邯等人侍立于侧，齐声祝贺，"陛下得仙人辅佐，国运必昌。"

王莽尊他为太乙仙翁，在太液池畔建立一座太乙殿供他修练。二人常常坐而论道，竟日不休。

这年八月，王莽亲赴南郊主持威斗开铸大典。历时四月，铸成之日，王莽又至南郊盛典跪迎。那天正是大寒，百官人马多有冻死者。张邯赞贺，"威斗朔气，足可杀人，群寇消亡指日可待。"王莽大悦，命司命孔仁负斗入宫。从此出则车前，入则御旁，须臾不离。以为可以销解乱兵，百姓都觉好笑。

好笑归好笑，荆楚战事倒是顺利。严尤大军所向披靡，各路义军望风逃遁。王莽用六百里快马邀请严尤参加初八夜春宴。严尤日夜兼程赶来赴宴，王莽执手上堂，感动得严尤热泪涔涔。

正月初十适逢朝日，有人问，"贼众数万，既无旌旗部曲，又无金鼓号令，他们是如何作战的？"陈崇自恃有才，"黄帝时也无旌旗号令，不是战事不断吗？"严尤说："黄帝时已有旌旗号令，群寇乌合之众，犬羊相聚，愚盲无知，不知旌旗号令罢了。"群臣祝贺，"威斗光照天下，群寇将灭，国运当昌。"

王莽询问荆楚情状。严尤回奏，"天兵大至，群寇不敌，抢掠大批粮食妇女，逃进了绿林山。"

绿林山为原始森林覆盖，方圆二三百里，王凤王匡等人号称绿林军。这里高山深谷，人迹罕至。毒虫猛兽难以垦殖。一旦粮食罄尽，不降即亡。王莽大喜，"群寇溃逃山林，覆亡有日，军中尚需何物？"

"缺氾胜之。"严尤说。

王莽俯首低眉，遥想当年山东剿匪。氾胜之说服山民迁到山下百里，切断盗匪衣食来源，迫使匪首投降。嗣后在商邑兴办井田，安置山民。至今商邑丰衣足食，黄灯笼就是商邑送的，然而氾胜之叫他杀了。就像一瓢凉水当头浇下，满腔高兴劲儿全浇熄了。树欲静而风不止啊，他不再把严尤当悍将，但严尤悍性不改。大廷之上独独提氾胜之，莫非执意揭他的伤疤？发他的阴事？

崔发奏言，"荆楚群寇数万，不同当年山东盗匪，不可招安，更难于安置，当灭而绝之，震慑天下。"氾胜之就是他射死在舍身崖下的。

"法不责众。"严尤抗声，"贼寇数万，更应招安。"

"即成饿殍，何需招安？"张邯诘问。

"不是还没成饿殍吗？没成饿殍就还是人，怎么可以不当人看待？仁者爱人，仁政之志哪里去了？仁人之心哪里去了？"严尤大声呵斥，"兵法云：'围城九重，必阙一角。'必须给人留条活路。如果把人逼到绝境，只有拼命一途，胜败未可逆料了。胜势变成败局史不绝书，读之令人扼腕兴叹。贼寇多为饥民，灭而绝之，必为后世诟病。"

王莽只觉如坐针毡。仁政之志，仁人之心，哪里是驳斥张邯，而是当廷呵斥他啊。发赤白眼睛越发红了。

陈崇出班诘问，"反叛朝廷，抢掠乡聚，毒行恶习，罪恶累累。且不说朝廷物力财力难以安置，如此虎豹豺狼，如何才能安置？贼性难改，谁能保障他们不再反叛？"

严尤说："群寇逃遁之日，正是贼心动摇之时，臣以为安置不会太难。朝廷只要明晓群寇：下山投降者可归故里。借贷犁牛种粮，减免税赋，暂可安心生计。如何使得他们不再反叛？臣以为不在贼性难改，而在革除苛政，整肃贪吏。苛政不革贪吏不肃，不说这些归顺的贼寇，就是良善人民也将揭竿而起。"

王莽问，"革除苛政！予且问你，本朝有何苛政？"

严尤直言，"井田之制、货币之制，奴婢之制……"

"砰！"王莽发赤的眼睛瞪圆了，猛地捶案。庙堂之上大放厥词，全盘否定他的"改制"，就差抨击他禅汉了。谶语不是说"拔其尤"吗？这个"尤"必须拔掉。谶语就是谶语，含糊不得。这个人迟早是个祸害！"予且问你：何谓盗贼？何谓反贼？"

也许为威势所摄，严尤怔住了。

王莽说："饥寒为盗者历朝历代都有。大者成群结队，小者打洞翻墙，哪有结谋成党万千人众的？他们不是盗贼而是反贼，不是饥寒所迫而是蓄意谋反。他们骨子里反对新朝，仇恨新期。这种人不是灭而绝之，还要疼而惜之不成？"他大声嘶吼，"必须将他们困死！饿死！烧死！杀死！斩草除根，一个不留！"

群臣怔住了，匍匐在地，心里怦怦跳。

王莽高扬双臂，语气激昂，"仁有圣王之仁，妇人之仁。黄帝诛蚩尤斩炎帝以安天下，是圣王之仁。姑息养奸，养痈遗患，是妇人之仁。予行大仁于天下，何惧宵小垢病。"

"陛下圣明！"张邯率先搬出法典反驳严尤谬论，"饥民为寇，当以贼寇论之。依律诛灭，天经地义。"

"陛下圣明！"崔发接着列举事例驳斥严尤谬论，"井田推行，圣恩布天下，竺歌起田畴，有目共睹，有耳共闻。岂可诬为苛政？我朝郡国百数，为乱者荆襄青徐不过数郡，十不满一。譬如十指，一指有染而垢九指，岂不谬哉？"

陈崇更是历数严尤罪状，"严尤擅许和亲，囊知牙斯得以喘息，使得战事反复。千万生命丧失，亿万钱粮耗费。骄恣跋扈，反骨峥嵘。"

孔仁则以李焉王焉一案为例，揭露严尤真面目，"严尤满口仁政，所行苛酷暴戾，李焉王焉冤案便为适例。凭空立案，挟忿行刑。目无纲纪肆意妄为。李妻李妾李子三人当堂处死，李焉王焉也因受刑过重瘐死狱中。李母哭诉无门，泪血而逝。凶残骄悍如此，令人发指。"

王莽说："反贼与盗贼的差别都分不清，何以为将？何以为大司马？"当下降旨缴回严尤大司马印绶，褫夺武建伯爵位，交大司空论罪。

"父皇不可。"王临率先跪下求情。王邑回京后官复原职任大司空，他素与严尤不睦，"交大司空论罪"，无异交王邑处死。

"放肆！"王莽斥叱。太乙昭君曾说："而今天下多乱，朝廷多派，盖因陛下家不能'齐'。"这家不能齐，指的就是王临。可不是吗？随着东南叛乱日烈，悍将骄横日甚；悍将战功日高，太子的威权日重。太子以悍将为依靠，悍将以太子为后台，加以百官依附，上下呼应，同气相求。大有拥众压主之势，明里暗里不把他这个皇帝看在眼里。

果然，王涉王闳不惧叱咤出班奏言，"严将军言虽有失，不可因言获罪。朝廷用人之秋，不如令他重返荆楚戴罪剿贼。"

王莽瞪着二人。他们简直成了太子的应声虫。此风非煞煞不可了，他击案嘶吼，"谁再为严尤求情，与严尤同罪！"

"臣言无失。"谁知严尤叫喊起来，"井田货币诸制祸国殃民，苛政不除，贼不能剿，剿必再生。"

有恃无恐，气焰嚣张，王莽更怒，"拉出去斩了！斩了！"

王闳霍然站起，面向百官怒斥：

"都忘了先贤古训吗？斩廷议之臣非君之过，臣之罪也。怎么都不说话，哑吧了？何况我朝设有'欲谏之鼓''进善之旌''非谤之木'，至今都立在王路堂前面呢。开斩廷议之臣先例群臣噤若寒蝉，国何以为国，朝何以为朝！"

虎贲驾起严尤往外走，严尤哭喊，"臣本布衣，受陛下知遇之恩擢为大司马。臣死不足惜，但求陛下远奸佞，去苛政。"

"陛下必不斩大司马。"钦天监宗宣出班说。

真是语惊四座，虎贲止住步，连王莽也怔住了。宗宣说：

"臣夜观天象，东方有将星昏暗摇摇欲坠。臣敢断言，绝非应在大司马身上。"他回忆当年北方也曾有将星昏暗摇摇欲坠。那时正逢严尤送匈奴和亲使团进京，龙颜震怒，占星者都以为应在严尤身上。

"有位高人斥臣眼瞎：连北方与陛前都分不清。结果应在立国将军孙建身上。今大司马又在陛前，陛下仁德，怎会真斩呢？"

"谁？"王莽以为他说的高人指刘歆。殿里殿外，他的对头都跳出来向他挑战了。

宗宣说："一位白髯老者，清奇古貌，年且过百，人称彭城老父。"

"彭城老父？予也曾耳闻，不知是否尚在人世。"王莽头里宽松了许多，盛怒也减弱了许多，无尽的忧患又悄悄爬上眉稍：东方摇摇欲坠的将星会应在谁身上？

严尤也打了个寒噤，不禁想起王焉。王焉死了，是孔仁杀的；孔仁不杀他也会杀的。该杀吗？该杀。真该杀吗？他不敢想了。心里乱糟糟的，很乱很乱。

又有一批大臣跪下求情，他不能食言自肥，对严尤不加惩处：改为削职为民，逐出京城。

严尤带着妻小离开长安，车过茂陵，一骑追至："严将军留步！"严尤车骑站住，来者竟是新任大司马董忠。董忠曾任北军校尉，是严尤麾下战将，与严尤私交甚笃。严尤横刀，"大司马追至，莫非取某头颅？"董忠翻身下马，"麾下追随将军多年，将军当知末将。"严尤大惭，弃刀下马，"末路之人，气量狭小，惭愧。"董忠说："何谓末路？太子寄望将军。宏图大展有时，末将还仰仗提携呢。"严尤感奋，"太子殿下！"董忠说："将军起来说话。"二人携手俱起。

董忠说："太子之意，将军当留长安，以应有变。"严尤问，"太子可下钧旨？"董忠说："钧旨倒是没下，不过天下纷乱，京师不宁，宫阙也不靖啊。"话说得含混，意象更显诡谲。若是太子下旨岂非公然抗旨？"太子之意"就模糊无迹了。"有变"是天下有变？京师有变？还是宫阙有变？意味更觉深长。

"愿听太子殿下驱驰。"严尤令妻小俱归故郡，独自返回长安。回到旧宅，以为人去楼空，冷火秋烟。谁知艳姬出迎，奴仆满堂。怔忡间中堂一声宏笑，王涉走上前来，"太子殿下知将军必返，还知将军必遣妻小回故里，特令下官携妇人美酒以待将军，哈哈。"

"叩谢太子殿下。"严尤振衣向阙拜倒，"太子神算，只是犯官不祥，恐误美人青春。"王涉大笑，"大丈夫所重大节，岂忌妻妾之事？"严尤虎目一轮，忆起当年拒绝原碧不觉可笑。仰面大笑，"哈哈，犯官谬领了。"

王涉到东宫覆命，王临称赞，"还是九皇叔想得周到。"王涉谄笑，"殿下爱将，老臣敢不用心？只要殿下不怪老臣自作主张就好了。"原来送美人是王涉的主意，送去的美人也是他花钱买来的。他确信严尤是位不可多得的将才，日后必有大用。

居数月，无盐索卢恢带领一群饥民冲进县衙，杀死县令县丞，占据县城。荆襄青徐暴乱以来，暴动民众攻陷城池之后，吃光，抢光，烧光，然后弃城而去。哪里官兵薄弱就攻向哪里，哪里有粮食就涌向哪里。抓到朝廷命官不加杀害任其逃走。据城反叛的，索卢恢是第一人；杀死县令的，索卢恢也是第一人。

无盐属东平管辖，原为刘信封地。王莽居摄期间，刘信翟义起兵讨伐，各地响应，全国震荡。王邑廉丹杀戮过重，东平父老恨之入骨。这次索卢恢佔据无盐，深得民众拥戴。王莽闻报大骇，"传严尤！严尤！"

左右都不出声。王莽瞠目，"予贬斥臣下，重新启用不得？"

王涉说："听说严尤已经回归故里。"

王莽嗒然若失，良久无言。王涉出去后，王业走近王莽窃窃奏报，"王涉欺君，奴婢听说严尤已被太子半路追回。"

太子！怎可未经请旨擅自行动？王莽脸色一沉，踌躇有顷，"你去传严尤进宫吧。"王业领旨去了。

严尤艳姬在怀，丝竹绕梁，正在饮酒呢。他拱拱手，"有劳公公上覆圣上，草民病着呢。"王业谄笑，"将军……"严尤说："我实有病。手难举刀，下身未必不能举枪；公公手能举刀，下身却举枪不起。"言毕与艳姬放声大笑。

王业大惭回宫，王莽痛骂，"悍将，予必杀你！"

王涉上前请罪，"臣弟谎称严尤离京，臣弟有罪，罪在不赦。陛下降罪之前，臣弟还要冒死谏言，严尤革除苛政之论并无大错。陛下何不从善如流以安其心，以坚其志，让严尤率兵征伐呢？"说罢砰砰叩头。

王莽发赤的眼睛死死盯住他，颜色却渐渐变淡了。十余年下来，他并非不知井田、货币、奴婢诸制的弊端，但不允许当众批评，私下说说还是可以的。

王莽叹了口气，吓得王涉一阵叩头；王莽又叹了口气，王涉又一阵叩头；王莽抬手，"起来吧。"

"谢陛下不杀之恩。"王涉又一阵叩头。

王莽缓缓说："严尤累违予意，予视他是员战将，一忍再忍，不忍杀他。但他不知好歹，恃功而骄，你去劝劝他，痛改前非，予必重用。"王涉辞让，"臣弟哪有这面子，不如让太子前去劝谕。"

又是太子！军中只闻太子不知天子，身后还有一个刘歆，羽翼日渐丰满。他黑着脸，挥斥王涉出去。

挨了一个多月，青徐形势更加恶化。渤海之中有座琅琊台，由山礁突起形成，方圆七里有余。传说樊崇在琅琊台看见一位老者，面如冠玉，眉如朱丹。有头牯牛从崖下爬上台来，赤眉老者双手把住牛角与牛角力，推得牯牛连连后退，一直把牛推到崖边才放手。樊崇大惊，"老丈神力。"赤眉老者伸出双手要与他角力，樊崇叩拜，"小子怎敢老丈神力？"赤眉老者说："不会把眉毛染红？"言毕飘然而去，倏忽不见，牯牛还在那儿吃草。从此樊崇供奉赤眉大仙，宣传用人血染红眉毛可长膂力。他的徒众都把眉毛染红，对敌之时便于彼此识别，还能形成群胆。勇气倍增，威力也倍增，号称赤眉军。青徐各路纷纷亮出赤眉军旗号，声势旺盛。

王匡进宫请缨，"国难当头，不顾社稷安危拿捏君父，如此悍将，人神共愤。臣忝居太师，请领兵讨贼。"按周朝古制，太师掌管天下兵马。自从王匡出任太师后，掌管天下兵马的大司马一职变成虚衔了。

自从王氏六将枭首，宗室再无人耀武扬威。急难时王匡挺身而出，大有父风，王莽着实欢喜。但他从未领兵作战，虑及重蹈覆辙，只得婉拒，"予与汝父感情深厚，日夕神连梦通。兵凶战危，若有闪失，何以面对汝父英灵！"王匡抽泣，"臣父子受陛下隆恩，敢不以死报效？"王莽十分为难，王涉劝谏，"匡儿勇气可嘉，不可挫伤。而今匈奴逃遁无迹，北边无事，何不调廉丹所部兵马出兵山东，协同匡儿剿贼？"

王莽把廉丹留在塞外寻找匈奴踪迹以求全歼，这是实现他"清狄灭胡"大计留下的最后一支劲旅。望着帛书，"清狄灭胡"啊已成泡影，"扶黎牧民"啊江山破碎，心里隐隐作痛，难道他的宏愿尽付东流了？踟蹰复踟蹰，太息复太息，他令王业把帛书取了下来。墙壁空旷，他的心也空旷啊。泪珠在发赤的眼睛里打转，他背过身去，令尚书令姚恂拟旨，加封廉丹为宁始将军，敕令回师讨贼。

宁始将军原为骠骑将军，位秩在诸将之首。廉丹接旨之后班师回朝。军至长安，已是寒冬。王莽敕命钦天监筑坛迎接凯旋之师，准备隆重举行祝捷大礼。谁知廉丹蓝田下寨，停师不前。

"廉丹要干什么？"王莽派王业带着牛酒前去劳军，守门校尉收下了牛酒，却把王业挡在寨外。王业声称前来传旨，守门校尉却说："军中只闻军令不闻君令。"当年周亚夫就用这句话把汉景帝挡在寨外，何况一个小小貂铛？

夜里廉丹却去拜会严尤。那天雪下得好大哟，天上地下浑沌一片。他改穿便衣，乘着暮色混进城门溜到严府。严尤小小的獐头皱纹深刻，蜷缩成一个野核桃，一双虎目昏昏欲睡。

"将军随太师出征……"他意味深长顿在了，长长嗨了一声。

廉丹明白他的未尽之意，"正是圣意要小将随太师出征，特来问计大司马。"

严尤眼睛眯成一条缝沉吟良久，"一条狗套着脖子，叫人牵着……嘿嘿。"他苦笑一下，"这仗还能打吗？"

可不是？受制一个没上战场的宗亲，军队失去机动，还能伸展拳脚？战而无功，动辄得咎，矢石为谁冒？鲜血为谁洒？这沙场还有什么驰骋头？他停师不前，就是要看看朝廷反应，胁迫皇上改变圣意。廉丹叩拜，"大司马教我。"

严尤眼睛突然张开，精光疾吐，"何不请太子殿下示下。"

"说得是。"廉丹奋然，"我等唯太子殿下马首是瞻。"

翌日，严尤换上戎装与廉丹同赴太子宫。二人黑盔黑甲，从东宫门阙进宫，威风凛凛。王临闻报异常震奋，正欲出迎，刘惜说："且慢。严尤抱病不出，廉丹进京不谒，迎师大典废，祝捷大礼停，二位功高盖世的将军同至太子宫，这不是给父皇好看吗？太子宫开门延宾，父皇会怎么想？"王临顿时省悟，"爱妃之意……"刘惜说："此必严尤之计，殿下何不安坐宫中，乐见其成？"接着，她吩咐貂铛挡驾。

貂铛在宫门说："二位将军大安了？能够走动了？不巧得很，太子殿下近日贵恙欠安，不能接见二位将军。"

廉丹纳闷：严尤抱病，言"大安"尚可；他没病也没抱病，何来"大安"？更不知"能够走动"所云！严尤嘿嘿笑着，只是不言语。廉丹拍着脑门，啊啊连声。回到营中上表称病。

"悍将，都是悍将！目无君父！"王莽掷书地上。二人戎装进宫，威风八面，不到勤政室，而去太子宫，他们心目中还有没有皇上！反贼肆虐，双双装病，他们心目中还有没有大新社稷！

哀章孔仁陈崇崔发纷纷进宫请缨，个个痛斥悍将，人人义愤填膺。不由得叫他想起当年王兴的豪言壮语："臣请勇敢之士五千人，不带粮秣，饥食虏肉，渴饮虏血，横行大漠，荡平匈奴！"豪言壮语荡平不了匈奴，也平定不了叛乱。今日的他已非昔日的他，豪言壮语叫他吃尽了苦头，再也激不起他的豪情壮志。他一一挥退，心里更加恼怒，"悍将！要挟予躬，该死！"

王涉劝谏，"陛下息怒。严廉二位将军故作姿态必有求陛下。不如遣太子前去慰问，探其所欲。"王莽更怒，"他们拿太子压予，你也拿太子压予！"王涉慌忙跪下，"臣弟不敢。"

叱咤归叱咤，主意还是要听的。王临每日都到勤政室请安，王莽总是早早把他挥退。如果下旨传召，岂非自矮身价？好在皇后气喘病犯了，宣他进后宫探视。旨意传进太子宫，王临愣住了，心里七下八下。母后有病，理应传他们夫妇二人同去探视，为何独独传他？刘愔说：

"放心去吧，传殿下探病是假，传殿下议事是真。严尤之计奏效了！"说着咯咯咯笑个不停。

王临黼黻一新进到长秋宫。

栖凤阁里暖香扑面，王静烟斜倚在锦被上。她的气喘病每年冬天都要犯上一阵子，没什么特别。只是特别思念儿子，思念死去的儿子，更思念活着的儿子，一颗心揪成八瓣。她抓住他的手啜泣，"儿啊，怎么都不来看娘哪？安儿不来，你也不来。"

王临握着她的手，一双眼睛却盯着跪在榻旁的原碧。又有一年没见面了，他深情说："我白天想着你，夜晚梦见你，恨不得时时刻刻在你身边，朝朝暮暮和你在一起。只是宫中规矩，不见传召不能进大长秋啊。"他说得很动情，王静烟的哭声越来越响，原碧的头越垂越低脸颊越来越红了。

"这是什么事啊，年是年见不到儿子一面！"王静烟一把鼻涕一把泪，"还不如寻常人家，这皇后我是做得够够的了。"王临趁机说："母后不如请父皇下旨，特许儿臣进出大长秋，不就可以常常看见儿臣了？"王静烟眨了眨空洞的眼睛，"这后宫的规矩，你父皇会答应吗？"王临说："求求父皇嘛，求求嘛。"说着像孩童似地揉着她胳膊，身子一耸一耸往旁挪，直到挨着原碧的身体。

"皇上驾到！"阁外一声传呼。宫女纷纷退下，原碧站起的当儿，王临拉了拉她的裙角，原碧红着脸深深望了他一眼。

"皇后好些了吗？"王莽问。

"不碍事。"王静烟淡淡说："只要没后宫那些臭规矩，臣妾天天能看到儿子，臣妾啥病也没有了。"王莽嘀嘀笑，"怪不得皇后咳嗽见好呢。"王临一直伏在地上，这才上前请安。王莽嗔责，"成天不知忙些什么，也不来看看你母后。"王临叩拜"是，儿臣知错了。"王莽借题发挥，"知错了？你知什么错了？嗯。"王临伏地不动，出声不得。

"出去，别吵了你母后，予有话说。"

看来刘愔的估计不错，召他探视确为晓谕廉丹。他一向不为父皇喜欢，不为父皇看重，自己也觉卑怯，在父皇面前抬不起头来。今天也垂着头跟在父皇后面一步一趋，心里却没有局促感觉。大长秋张红挂绿满目绮丽，他惬然于心。这是一种轩昂的惬心，充实的惬心。

大长秋的东侧为夏宫，是皇后夏日燕居的寝宫；西侧为冬宫，是皇后冬日颐养的寝宫。自从王静烟眼瞎之后，他们夫妇就分居了。夏宫成了王莽夏天的寝宫，冬宫成了王莽冬天的寝宫。二人进入冬宫，窗外有片腊梅树，满枝黄叶尚未凋落，蓓蕾却在叶下突突骨骨绽出。有的还在枯败的叶片中露出头来，迎着阳光开放了。别看只有稀疏几朵，这片梅林有了生机。缕缕芳香暗暗浮在空中，香得格外长久。望着绽放的腊梅，王临心情变得爽快起来。他相信用不了多久，黄黄的腊梅花将开满枝头，那些残叶都会凋谢了。

王临奉旨到城外军营晓谕，刚出城门就有军校率三百铁骑前来迎驾；到达十里长亭，又有八百铁骑在那儿等候。离军营三里，廉丹当道跪接。鼓乐喧天，三千铁骑同声高呼，"恭迎太子殿下！"

王临下车握住廉丹的手，邀他同辇，廉丹坚辞，请执鞭前导。雪野上铁甲武士夹道欢呼，欢声如雷，响遏行云。

大帐坐定，王临说："将军累建奇功，圣上十分嘉许，特赐将军黄金百镒，白帛百匹，御酒百坛。祝将军东进剿贼百战百胜。"廉丹说："殿下亲临慰勉，微臣感动万分。"王临说："将军东进，请偕太师同行。"廉丹默然无对。王临说："将军不必多虑，圣上之意将军不受太师节制。望将军看我薄面，以大局为重，力保太师周全。"廉丹放了心，满口答应，"太子所命，万死不辞。微臣即整旗鼓，明晨出发，不灭贼寇誓不还期！"王临赞扬，"壮哉！"貂铛奉酒，二人对饮三樽。

天低云暗，大雪纷飞，突然雪变成了雨。早春时节雨变雪常有，雪变雨罕见。王匡引兵出城，长老叹息，"此为泣军！只见师之出，不见师之入。"有童谣说：

赤亦丹，丹亦赤，满天赤丹丹。

赤乌乎？丹乌乎？赤乌赤丹丹。

同日，廉丹也拔营起程，他的铁骑刚刚通过灞陵，严尤骑着乌龙驹迎面驰来。这时雨停了，可他满头满身都叫雨浇湿了。廉丹心头一热，打马迎上去。两马驰近，二人翻身下马，执手对视，久久无言。在这雪野纯净的空气里，二人在心里交流着纯净的友谊。

"珍重。"严尤说。

　　王匡旌旗鲜明，衣甲整齐，冲风冒雪杀向无盐。廉丹不紧不慢跟在后边，两军距离越拉越大。王匡知道廉丹想看他的笑话，廉丹却放风说："人家要抢头功，咱位卑人微能跟人家争吗？"王匡军至无盐，按兵法十里下寨，亲自披挂到城下喈战。索卢恢闭门不出，待他靠近城上放箭。王匡只得远远叫骂一阵，引兵回营。到了半夜四周火起，人叫马嘶，像是却寨。闹得王匡心神不安，几夜不眠。无盐是座土城，但墙厚城高。他沿城巡视了一遍又一遍无计可施。

到了第五天后半晌，廉丹率先头部队到达城下，登上一处高台。这高台离城墙不过百余尺，是官府的祭天台。城上箭如飞蝗向他射去，他像没看见似的。多数箭力道不足，狼牙棒轻轻一磕就拨开了，几支力道强劲的箭被他身边的亲兵击到台下。他眯缝着眼睛向城楼轻蔑的冷笑一声，指着西垂的落日朗声向台下发问：

"儿郎们，饿不饿呀？"士兵轰然回答，"饿！"他接着问，"累不累呀？"

"累！"

他把狼牙棒一指，"饭菜在城中锅里，营帐在城中屋里，儿郎们，随我进城。"说着转身一箭射中城楼的旗牌官。

士兵一阵欢呼，一排抛石机推到城下，巨石轰隆隆向城里砸去；接着撞门车开到了城门口，砰！砰！砰！几声巨响，城门撞开了。廉丹一马当先杀进城去，三千士兵呐喊着跟着他冲锋。王匡眼睛都看直了，也带领本部人马进入城中，不到半个时辰占领了全城。

破城之后，索卢恢逃出城去，王匡下令追击。廉丹却令本部人马驻城休整，放任他们抢劫奸淫，城中百姓谁敢反抗就以附贼罪名处死。所杀男丁首级，都作报捷表功凭证。王匡看在眼里，原来仗是这样打的！他也一路追杀。杀死了索卢恢还不解恨，所过村聚烧杀一空，斩首万余。

二人频频出击，出击辄杀人，杀人辄务尽。所到之处杀人盈野，报捷的奏章雪片般送达阙下。地皇二年在凯歌中降临了。新岁伊始，王莽改廉丹临始将军为更始将军，爵位晋升为公；诏书下时，山东父老作歌曰：

"宁逢赤眉，不逢太师。太师犹可，更始杀我。"

王匡生性乖觉，看出打仗不靠廉丹不行，笼络廉丹不讨好太子不行。每有捷报传京，便附上一封给太子的效忠信。盛赞太子仁德巍巍，知人善任，振兴大新的希望全寄托在太子肩上。

王涉王闳多次劝说王莽，"荆楚群寇聚啸绿林，苟延有时，若使残喘得安，养虎遗患，追悔莫及。飞鸟未尽，良弓何藏？陛下速遣严尤重返荆楚剿灭群寇。"王莽不理睬，王匡听到了，知道是讨好太子的好机会，也上奏说：

"近闻荆楚贼势复炽，千万不可小觑。陛下何不乘我青徐胜利，一鼓荡平荆楚？当此大任，臣观诸将非严尤莫属，唯陛下裁之。"不知怎的，他的奏章被宗室长老得知，一些亲贵大臣先后进宫谏言。有人公然主张，只要能够平定叛乱，废除井田货币诸制有何不可？王莽无奈，召集耆贤宿望三十余人，共议国是。这些人当中有前朝的左将军公孙禄，他的腔调竟与严尤如出一辙，言辞尤比严尤激烈。他说：

"新室之忧不在草莽，而在庙堂。崔发造井田，使民弃土业不愿力耕；张邯改货币，使贪饕横行人民破产；宗宣说天象以凶为吉，乱天文误朝廷；陈崇阿谀取容，使下情不上达。宜诛此数人，以慰天下。"

王莽大怒，令虎贲把公孙禄扶出殿去，国是会无果而终。

王临兴冲冲回到太子宫，刘愔在寝宫独自垂泪，忙问其故，她说："殿下出头之日不远了。"王临微微一笑，面带得色。刘愔哭得更哀，"臣妾就知殿下这样。殿下不闻奇幻倏

忽，瞬息遽变？焉知出头之日不会变成断头之时？"王临悚
然，刘愔吟咏，"於铄王师，遵养时晦。"

她吟诵的是《周颂》中歌颂周武王的诗句。周武王有一支强
大的军队，但他不把这支军队派到战场作战，而是藏起来养
起来，等待最有利的时机，出其不意给敌人致命一击。

刘愔说："臣妾只是瞎操心，打破了殿下兴致。"王临长
揖，"承教了。"正说着王业传他进宫，刘愔低声说："父
皇必询严尤之事。"

"左右犯难啊。"要严尤出山讨贼，必废井田货币诸制；废
井田货币诸制，父皇必不肯答应。王临又揖，"王妃教
我。"

"不答应就是了。上次父皇传殿下晓谕廉丹，殿下就不该答
应。试想父皇不做的事，儿臣岂可做？父皇做不到的事，儿
臣岂可做到？从古到今顺上意者安，愚钝者无虞，自是者
危，切记切记。"

王莽先从国是问起，王临忿忿说："前汉遣老狂悖之言，父
皇何需挂怀。"王莽叹惋，"苦无良将啊。"果然说到了严
尤，王临已有准备，侃侃而言，"群寇不过天囚行尸，只待
天威震怒，性命俱在漏刻之间，父皇何足为虑？"

"天囚行尸？何足为虑！你倒说说天威震怒待到何时？"咒骂不足御敌，空话不足慰怀，这是无数鲜血换取的教训，王莽诘问。

"群寇恶贯满盈之日，便是群寇横尸授首之时。"咒骂之后还是咒骂，空话后头还是空话，慷慨激昂的王临还是那么慷慨激昂。

王临原本愚钝，刘惜七点拨八点拨，不那么愚钝了。由愚钝而至不愚钝点拨可以奏效，由不愚钝而装愚钝就不是点拨所能成事。何况知子莫如父，在深谙韬略的父皇面前装愚钝更非点拨所能企及了。弄拙未必成巧，弄巧必定成拙。殊不知这些大而空的豪言壮语叫王莽更具戒心。

"罢了。"王莽要他退下。父子生分至此，他想到刘惜，想到刘歆，他们还会教唆他的儿子做些什么呢？

他把王寻王邑召来商议，三个人很少说话，说的也多是半截话。或者只是一声叹息，一个眼神。而今天下溃叛，谁心里没数？何需言明呢？废除井田货币诸制吗？岂非文治武功都失败了？难道他比前汉昏庸之君更昏庸？比前汉残暴之君更残暴？代汉之举岂非成了赤裸裸的罪恶和阴谋？王莽发赤的眼睛全红了，一遍又一遍涌出的泪水也浇不灭它熠熠红光。

"陛下……"这是王寻的安慰。

王邑阴凄凄眼睛一转，"然而……"又把二人拽回现实。不否定自己将士不肯效命。朝廷没有了，还有性命吗？性命没有了，还有颜面吗？事穷计迫哪。

"只是……"王莽又提出了异议。君父失去了德信，何以成其君父？朝廷失去了威信，何以成其朝廷？

"这……"王寻望着天。

是啊，天授命于予，天必佑予。也许太子说得不错：那些作乱的群寇无非是些"天囚行尸"，一但"天威震怒"，他们的性命俱在漏刻之间。

"天心？"王邑阴凄凄眼睛又一转，叹了口气。

于是三人又开始新一轮对话，直到更残漏断。看上去枯坐无言，其实他们什么都想到了，什么都说到了。翻来覆去，覆去翻来，就像轱辘棒子绞了一圈又一圈终于绞出水来了。雄鸡报晓的时候，王莽抿着嘴顿着长须做出了决断，眼睛红得像团火；王寻王邑匍匐在地声泪俱下。王临前来晨省，看见姚恂正在草拟废除井田货币诸制的诏书，宣告"即位以来诏令不便于民者皆收还之。"

严尤自动进宫请缨，王莽封他为纳言将军，率军南下。

水涨船高哪，随着东南两线捷报，太子的声誉蒸蒸日上。不说在太子宫，群臣纷纷拜谒。刘愔要王临杜门谢客，挡驾者不走，回绝者复至，拜谒的大臣依旧络绎不绝。闹得刘愔也无计可施。刘愔要王临三缄其口，歌功者巧言，颂德者谄笑，效忠的大臣依旧笑语喧哗。长秋宫就更不用说了，这里没有刘愔的规劝。宫女的奉迎，貂铛的恭顺，叫王临身心熨贴。他从小受父亲熏陶，深谙笼络人心，对讨好者示好，对恭顺者恭敬，所到之处都能与人亲和，在这里甚至比在太子宫还要自在。

地位尊崇的人未必享受到被人尊崇的喜悦，譬如衣锦的人未必感受到"衣锦还乡"的荣耀。汉高祖刘邦曾经说"富贵不还乡，无异衣锦夜行"。衣锦还乡是命运大转折之际炫耀性展示，足以吸引亲朋故旧歆羡性尊崇。它是一种身心陶醉的感觉，也是一种四顾踌躇的境界。

王静烟病情见重，呼哧呼哧乱喘不说，还发起高烧，王临刘愔双双奉诏进长秋宫侍奉。刘愔身体娇弱，看护了一夜头晕目眩，坚持不住了，只得回去养息。王临独留榻前足不出阁，衣不解带，困了趴在榻上打个盹，不但母怀大慰，连王莽也很感动。遥想少时，他就是这样侍奉母亲侍奉伯叔的。

宫里规定晨昏定省，原碧一早一晚都要进阁请安。一见到她，王临浑身亢奋，疲劳都忘了。到了七天头，王静烟病情大有起色。娘俩拉着手，一唠就是一两个时辰。有一回王临实在困了。唠着唠着，扯起了鼾声。王静烟好生不忍，令宫女扶他去夏宫寝息。

王业奏报，"太子昨夜宿夏宫。"王莽唔了一声，王业说："不合宫制。"王莽挥手，"去吧。"王业却站着不动。王莽浓眉一蹙，想起王兴及黄衣力士秽乱后宫，抬眼问讯，"嗯？"王业没作声，王莽疑心萌动重重嗯了一声。

"是。"王业退出。

心有所动，王莽坐不住了。过去凡有烦忧，独自跪在神龛前向舜祖爷倾诉；自从太乙昭君进宫，太乙殿成了他倾诉的场地。为表示虔诚，他从不乘辇，步行到太乙殿去。太乙昭君开口便说："后宫阴气甚重，必有男丁夜宿。"王莽大惊，"仙翁神算。"太乙仙翁昭君说："俗家再大的事也是小事，天家再小的事也是大事。天家关天，动辄呈象。凡夫俗子看不见，但逃不过修练者的法眼。"王莽说："皇后患病，太子伴宿，也有不妥？"太乙昭君说："夫妻乃阴阳，父子亦阴阳，是非又何尝不是阴阳？妥能变成不妥，故君子防患未然；不妥也能变成妥，故君子循循善诱。万事万物，盛极而衰，衰极而兴，周而复始，永无穷期。"

一番话云山雾罩，王莽却能从中领悟，那就是防患未然。

这天，王临从勤政室出来。阳光很明亮，没有风，他挥退车驾，信步走进长秋宫。初春的宫苑处处都见积雪，冬青树和长青藤依旧青绿一片。穿红着绿的宫女来往于雪径，悠扬婉转的丝竹飘荡于亭阁，长秋宫仍不失风情与妩媚。一阵芬芳把他带进了冬宫梅林，啊，败叶全都凋谢，腊梅占满枝头。繁枝花影中一个人慢慢走着，不知是沉迷花色还是陶醉芳香，王临走到她的身后都没发觉。他一把搂住了她，她蓦然回头两脸绯红，"太子殿下！"

她是原碧，慌忙掰他的手，"快放开奴婢……"王临哪里肯放，反而抱紧了，"想死我了。"她央求，"人看见了，奴婢活不成了……"她从他怀里挣脱出去跑进冬宫。王临一路紧追，见她进了一间厢房跟了进去。里面没人，他紧紧抱住她，她全身都软了。

这是一间宫女居室。一衾一褥，榻无帷帐，与普通宫女居室一般无二。但梳妆台特大，胭粉齐全，花钿翠翘金钗玉簪琳琅满目，衣裙也极华丽，显然是应召宫女的居室。室中暗香流动，那是原碧的香气，王临确定是原碧的卧室。

外里一阵脚步声，她推开他："有人来了。"等到脚步声从门口过去，她推开房门，追上宫女走了。

一连几天见不到她的影子，他实在忍不住了，夜里潜进她的房间。原碧不在室中，不用说应召去了。他不敢点灯，站在窗前望着空茫的夜色。天上有没有星星月亮，地上有没有人影灯光，什么也看不见，什么也听不见，只觉心里揪得疼。不知什么时候房门啪的开了。惊骇间，原碧跟踉地闯进来扑到床上啜泣。

王临走过去，她也没有察觉。他俯身抚摸她的肩背，她发出一声惊叫，"啊！"他捂住她的嘴，"是我。"她调头一看哭了。王临压低嗓子，"莫哭，外头！"她止不住，遏抑着把被头塞进嘴里。他把她抱进怀里，轻柔抚摸，她哽咽了很久很久。

自从王莽得悉她不洁之身仍旧受到专幸，但封妃赏贵的话再也不提了。需要的时候召进寝宫，完事之后挥退出去。近年来召幸的次数日渐稀少，有时还不能勃起。这时候他就打她拧她，粗暴地把她踢下榻去。今夜她就是踢出去的。

窗口露出一方碧蓝的天空，云影从弦月拂过，一颗明亮的星正对着弦月。哭声停了，门外也没有动静，大长秋沉沉睡去。杜鹃远近啼叫，更显得春夜的静谧。

六十一　赤亦丹满天赤丹丹　赤非丹赤鸟赤丹丹

　　王匡探知赤眉首领董宪在梁郡集结残兵，力主进击，"拿下梁郡，山东可定，毕于功一役。"廉丹诘问，"樊崇在哪？逢安、徐宣又在哪？不斩三贼，怎么谈得上毕于功一役？我军转战数月，将士疲惫，宜当休整养威。"王匡说："惊弓之鸟，闻风丧胆，将军不前我将独往。"廉丹看在太子面上只好答应，"太师先行，小将随后。"

　　然而廉丹的军队可不比王匡的军队，钱粮匮乏。马匹、仓谷、钱货都得靠他自己，或借助太子王临的帮助向各郡调拨，速度慢，所遇推诿搪塞多。到地皇三年（公元22年），实际上已经没有多少粮饷可以用来打仗了，而靠的是官府横征暴敛，军队自己都去劫掠了。

王匡杀向梁郡一路披靡，好不威风。军至成昌，董宪从城中杀出，王匡部将萧强掉枪迎战。萧强出师以来所向无敌，誉为常胜将军。不料董宪骠悍勇猛，二人大战三十回合不相上下。王匡不耐，挥兵掩杀，两军在城下混战在一起。他满以为像往日一样，赤眉军一触即溃，谁知逢安徐宣从东西两翼杀出，王匡腹背受敌，队伍分割成几段。

"活捉王匡！"

"生吞杀人魔王！"

呐喊声在身边震响，王匡没见过这种仗阵，早没了主张。恰好廉丹杀至，才稳住阵脚。廉丹派校尉汝云、王隆分兵迎战逢安、徐宣。自领亲兵杀入重围与王匡会合。董宪不敢向城门退去，廉丹纵马直追，紧跟董宪马后冲进城中，身边不足二十骑。董宪死命逃窜，赤眉军自相践踏，死伤无数。所幸新军进城之后大肆抢掠，董宪乘隙逃出城去。

王匡很识相，在城外安营扎寨，严禁部下进城与廉军争抢财物。安顿之后亲自赍金银携羊酒进城致谢，振衣叩拜，"若非将军赶至，下官性命难保。一已性命事小，兵败事大。我军声威堕于一旦，平难大业功败垂成。幸赖将军虎威，转败为胜，一举攻克成昌。圣上幸甚！太子幸甚！"神情恭谦，言辞恳切，廉丹把他搀起，"太师过誉了。斩贼攻城上赖圣上洪福，下靠将士用命，小将怎敢居功？太师误中赤眉奸计，一时陷于困顿，兵家常事而已。"吩咐军校治酒，二人尽欢而散。

夜半狂风大作，城中数处着火。军校报与廉丹，廉丹酒还未醒，只当兵士纵酒作乐，未能小心火烛，申戒了几句复又睡去。直到风火声呼呼震耳，他才惊醒。四处屋连屋房连房燃烧起来，全城一片火海。廉丹这才发现中了赤眉奸计，每家房顶、柴房、草垛都藏有硫磺硝焰引火之物。新军只顾抢掠财物，哪里注意到这些细节？他冒火冲出城去，头发胡子都烧焦了，吩咐部属，"此番失利皆因大意。赤眉必有高人，速去探明。"下令全军沿大汶河向危山集结。

大汶河在成昌南城脚下流过，溯流向西三十里到达危山。一路高山密林，只有一条羊肠小路可通。

汝云说："太师在城北结营，何不移师彼处互相照应？"廉丹说："赤眉诱我入城，风起火攻，宁无奸计对付太师？我若移师彼处，正中赤眉奸计。你火速前往太师营中，令太师拔营与我靠拢。"

"属下遵命。"汝云领令去了。

危山又名瓠山，形如瓠瓜，也就是葫芦。汉哀帝时这里出了一宗怪事：山上有块卧石突然立起，高九尺六寸，向旁移动了一丈四尺。有人说这是"帝立"之兆，当年东平王刘云仿照卧石形状凿石立于王府祭拜，被人报与汉哀帝刘欣。刘欣降旨治罪，东平王刘云死于狱中。后来刘云之子刘信与翟义举兵反莽，时人以为"帝立"之兆应在刘信身上，曾给起义军极大鼓舞。

新军退到危山，狂风追逐一路，所幸途中未遇赤眉阻截，廉丹以为识破敌军奸计，内心大定。安扎好营寨后清点队伍，三万人只剩一万多人了。廉丹心情沉重，王隆请他去看立石。山上的风很大，廉丹不想动，王隆说："立石乃'帝立'之兆，将军引兵至此，焉知不是上苍安排？预示将军辅佐太子殿下，创立盖世奇勋。"

"看看去。"廉丹来了兴致。狂风怒吼，草木披伏，瓠山似乎也在摇动。走到半路大雨骤至，轰隆隆山顶泥石俱下，击中立石。立石砰然倒下，廉丹惊呆了，从来不知害怕的他，两股不觉瑟瑟发抖。

危山背靠大汶河，正值涨水时节，水阔浪急，无舟楫可济。虽说春夏之交草木繁滋，水分大，湿气重，不易燃烧。待到天晴，如果多用硫磺硝焰引火之物，再用火攻，全军非烧死不可。为今之计唯有退回成昌与王匡会合，方为稳妥。天明之后列队下到山下，早有一彪人马挡在路上。一个满面虬须的壮汉威风凛凛骑在马上。这人手持吴钩高声喝叫：

"廉丹，爷爷在此，还不下马受死！"

"你就是樊崇？"只见旌旗招展，金鼓分明，阵形十分整齐，帅旗上书樊字。贼魁果然是贼魁，气象与众不同，廉丹暗暗称奇。他面对的是一支训练有素的精兵，绝非寻常草寇可比，冷冷一笑，"来得好，本座正要寻你决战，一战可定山东。"

"昨夜一把火还没把你烧醒？"樊崇大笑，扬起手中吴钩，"那就让爷爷的吴钩叫你清醒清醒吧。"吴钩状如弯刀，双锋两刃，挥砍勾削无不自如。

樊崇天生膂【lǚ】力，每当狼牙棒与吴钩交迸，廉丹的虎口震得发麻。廉丹毕竟久历沙场，武艺精熟，避免与他比拼膂力，一条狼牙棒舞得矫如灵蛇。樊崇武艺粗疏，弄得手忙脚乱。二人大战三十余合，廉丹略占上风，但因不敢碰硬，杀招变成了虚招。樊崇一声呼哨，打马退出战团，"来日方长，他日再战。"廉丹见对方精力源源不断，再战下去讨不到什么便宜，鸣金退回山上。

危山位于大汶河之北，有东西两山。两山相连，西高东低，形如葫芦。入夜廉丹四处巡视，除东南方向大汶河静静流淌，河对岸密林漆黑一片；西北山下遍燃篝火，赤眉连营十余里。营寨按逆五行排列，金木水火土错落有致。火位居中，营寨偏向西北，看来樊崇的大帐就设在那里。莫非他们预料会括西北风？要把他活活烧死在山上？

早有细作来报：赤眉三老中，徐宣狱吏出身，通《易》理，知兵法。有韬略，赤眉奉为军师。赤眉最尊者称"三老"，樊崇、逢安、徐宣俱为"三老"。瞧那樊崇已属不凡，更有徐宣这样的能人。成昌之败败在骄兵，败在盲目，败在不知彼。而赤眉对他的军队却了如指掌：进城必抢劫，宿营必纵酒，昏天黑地哪里还能顾及其它？这把火烧得成功，知己知彼啊。

唉，他明白"赤亦丹，丹亦赤，满天赤丹丹"的意思了。赤指赤眉，丹就是他廉丹。赤丹相战，"满天赤丹丹"，自然是大火弥天了。那么"赤乌乎？丹乌乎？赤乌赤丹丹"是什么意思呢？

他派王隆潜入大汶河向王匡报信，请求王匡向樊崇发起进攻，造成前后夹击之势。"合两军之力，攻击贼魁樊崇，此其时也。诚如太师所言，毕于功一役。山东可定，大业可成。"

汝云到达王匡军中，告知贼寇必有奸计对付他，王匡很紧张。他屯兵成昌之北，廉丹移师成昌之南，要向廉丹靠拢，中间隔着一座成昌城。廉丹败退后，董宪复又占据。军中没有攻城器械，望着高高城墙，靠拢！靠拢！怎么个靠拢法？他懊悔一时冲动请缨出征，玩鹰玩犬玩女人玩阴谋玩什么不好，偏偏跑来玩命！

半夜军校把他唤醒，报告更始将军派人来了。他慌忙披衣进帐，只见王隆一身水渍渍的，显然是从大汶河泅水来的。听说樊崇了得，廉丹受困危山，才知中计的不是他而是廉丹自己，一颗悬起的心反倒落下了。

"靠拢"也好，"合攻"也罢，必须攻下成昌城。他拍胸打脯，"请上覆廉将军，本座亲冒矢石日夜督战，誓死攻破成昌城，与廉将军会合，一举歼灭贼魁樊崇，剿灭赤眉，建不世奇功。"

话是这么说，他却按兵不动。廉丹都打不过，他能打得过？逞英雄可以，可别逞命，命都保不住还有哪份英雄？自保才是首务，自保才是上策，他下命全军深沟高垒，日夜巡逻。廉丹砍伐树木，编排木筏，作出顺流而下与王邑会合的态势。他连夜带一千精兵来到西山，缒人下山。西山陡峭，状如葫芦底，高百尺，向无人从此下山。廉丹身先士卒，亲自缒到山下。山下乱石纵横，高高低低。士兵爬上爬下，前行数百步，进入一片密林。林中雾瘴弥漫，荆簕交织，不见星月。没走多远，四周一阵鼓噪：

"活捉廉丹！"

羽箭破空，前后左右发出惨叫。黑咕哝咚，不知箭从哪儿发出的，廉丹下令原路返回。吊上山去，只剩八百多人了。

不出五日，粮食告罄。山上没有绳索、铁钉，编排木筏十分困难。危山附近河段水流湍急，有好几处暗礁险滩。放了两架木筏，都被礁石挂住，巨浪与潜流片刻间把木筏击散架，白白折损了五十余名官兵。

水路不通，要想突出重围，必须从樊崇吴钩下通过。廉丹本是骠悍勇猛的战将，属下也不乏凶残亡命之徒。他铁了心要与樊崇决一死战。连夜挑选了三千勇士，把军中剩下的粮食全煮了，吃完之后聚在东山顶上，大声发问，"儿郎们，吃饱了没有？"

"没有！"将士轰然回答。

他直言不讳，"军中最后一粒粮食都叫尔等吃了，山上一万多儿郎今日得饿饭。尔等还没吃饱，怎么办？"

"下山抢粮！"

狼牙棒向天一举，"粮食就在赤眉营中！"

"杀进敌营！"将士齐声发吼。

天已微明，他一马当先，带领三千铁骑冲到山下。将士同心汇成一股血与火的铁流，山洪般直闯火位营帐。弓箭手向帐篷射出火弩，火光迸然升起，轰隆隆犹如雷电骤发，帐篷内果然堆积着硫磺硝焰引火之物。十多个帐篷同时起火，大火烧向东南，赤眉军乱成一团。嗬嗬，赤亦丹，丹亦赤，满天赤丹丹，不单烧我廉丹，也烧你赤眉！

"杀呀！"廉丹高喊着杀向东南。

火光中，樊崇挥钩跃马拦住他的马头。廉丹也不打话，狼牙棒兜头击下，当！樊崇斜钩拦格。廉丹虎口一震，错马横扫。二人各展杀招，约十合后队杀声四起。赤眉再施故伎，逢安徐宣从两翼杀出，把他三千铁骑包围起来。没想到赤眉营寨被冲破，还能实施有组织的抵抗。廉丹焦心欲焚，当！当！狼牙棒与吴钩两次交迸，虎口差点迸裂。他横下一条心，咬紧牙关，拼命疾攻，当！再次交迸，狼牙棒宕得飞起。廉丹不顾门户大开，居然借这一飞之力，使出"灵猿献枣"斜击樊崇面门。樊崇没见过这迹近疯狂的招式，吴钩不禁一滞，头随之低下。狼牙棒头形如大枣，上面嵌满铁钉。嘎！铁钉掀掉樊崇头巾，把樊崇的头皮划得稀烂。樊崇只觉头顶轰的一声，血喷到脸上，慌忙伏在马上斜窜开去。廉丹打马疾追，樊崇亲兵拼死截住。廉丹连斩三人，看樊崇已经跑远，恨得直咬牙。若非虎口疼痛，狼牙棒拿捏不稳，樊崇早已头开肉绽死于非命。这时三千铁骑吼声雷动，挥戈冲杀，逢安徐宣再也压不住阵脚，各引军退去。

廉丹直至成昌南城，董宪闭城不出。攻城器械俱在成昌烧毁，望着这座土城进不能进，退不能退，情势与困在危山一般无二。好在抢到一些粮食勉可支持数日。他派汝云王隆与王匡连络，约定合攻成昌。

廉丹已至城下，王匡胆气壮了许多。夜半酣梦中，军校来报：赤眉劫营来了！他的头嗡的一声，声音发颤，"什么？赤眉攻进寨来了！"军校告诉他：萧强将军把赤眉挡在寨外，正在激战。他披挂上马，带领亲兵来到寨前。月黑风高，寨外一片火把，不知赤眉来了多少。出了寨门，只见士兵挑着灯笼，萧强与董宪战成一团。

"太师来了！"新军一阵呐喊。

这阵呐喊不打紧，倒把逢安徐宣引来了。他们从左右两边杀出直取王匡。王匡本是银样烛枪头，何况心早怯了，怎敢与两员大将交战？还没照面调头就走，二人紧追上去。萧强见阵形大乱心中发毛，董宪一刀把他剁到马下。赤眉呐喊向前，王匡逃回寨中紧闭寨门。

寨外火光四起，喊声连天，王匡传令全军撤回无盐。汝云王隆谏阻，"太师不可。廉将军正在南城之下。太师若走，廉将军处境孤危。"王匡说："廉将军用兵如神，来去自如；倒是本座无城可依，无险可凭，身处孤危呢。"汝云说："太师深沟高垒，量赤眉也无可如何。"王匡叹气，"萧将军阵亡，不可小觑啊。成昌一把火就在于轻敌，前车之覆后车之鉴哪。"居然拔营自去。

廉丹闻讯，决定向西突围，樊崇立马寨外。廉丹詈骂，"恶贼没死，讨死来了！"樊崇嗬嗬大笑，"爷爷不报一棒之仇，怎会轻易死去？"二人又战到了一起。逢安徐宣恐樊崇有失，也挺枪攻向廉丹。廉丹战樊崇一人都感困难，怎敌三人合攻？生命关头，有进无退。他打弱避强，针对徐宣猛攻，"奸贼，是你陷我至此！"一棒击中徐宣坐骑，坐骑狂跳不止，把徐宣掀到马下。收棒当儿逢安一枪刺中他的左臂。他忍痛左支右绌了一阵，乘隙冲出战团。二人紧追不舍，廉军大乱，退回成昌城下只剩下五千多人了。

汝云王隆劝说，"河中尚有数支木筏，将军顺流而下，再图报复。"廉丹恨恨说："小儿可走，我不能走！"令二人持印绂符节交与王匡，"不杀贼寇，誓死贼手。"二人跪下哭泣，"将军不可。"廉丹目眦俱裂，"速去！"

半夜全军饱食之后，选出八百勇士摸黑到达城下，人搽人登上城墙。董宪万万没有想到新军大败之后还敢攻城，猝不及防。登上城墙的人数不多，双方展开殊死肉搏。等到樊崇来救，廉丹已经冲进城门。

成昌已是一座空城，房屋烧毁，鸡犬全无，所幸还有少许存粮。廉丹休整数日，肩上的枪伤刚刚消肿，就率部突围。成昌只有南北两门，南门外是赤眉主力，樊崇驻扎在那里；北门外赤眉兵力较少，但前途却是危山，樊崇很快就会前去堵截。也就是说，不管从南门北门突围，必须与樊崇决战。

决战的时刻到了。廉丹持棒跃出，直接挑战樊崇。二人大战三十余合，逢安徐宣董宪从三面向他攻击。廉丹急疯了心，招招与敌拼命。谁知樊崇也是不要命的主儿，廉丹一棒击中他的左臂，他也一钩挑伤了廉丹的右肋。樊崇策马后退，但廉丹退无可退，董宪逢安徐宣三人攻了上来。望着初升的红日，他想起童谣中的"赤鸟"，不就是三只脚的"太阳鸟"吗？。容不得多想，三杆枪直搠[shuò]过来，四人战成一团。

新军齐声怒吼杀向赤眉。他们嗜杀，赤眉也嗜杀。不是杀死敌人，就是被敌人杀死，双方的命运都没有选择。五千人就像五千条恶狼嗥嗥怪叫往前冲与赤眉混战。赤眉倒下一片，又上来一片，喊杀声随着死亡终止，又随着死亡疯狂。片刻间他们冲散了逢安徐宣董宪的合围，簇拥廉丹冲到芒山脚下。廉丹右肋流血不止，左肩枪伤迸裂也开始流血。军校刚给他包扎好，董宪引军追上来了。

廉丹复又上马，与董宪再战。刚一照面，董宪就打马后退。他勒马不追，催令全军火速前进。行三里逢安徐宣迎面攻来，只一合二人就往后退，撩得他焦躁万状。他跃马跳进敌群，挥棒横扫。赤眉四下散开，跑得远远的，就像有人号令似的。只有一两个脚腿慢的，被他一棒击毙地下。

三人交替进攻，且战且退，都不与他硬拼。他一步一步远离成昌。杀出三十里开外，始终不能摆脱赤眉的堵截围攻。这是一种死缠烂打战术，拖住他，让他脱身不得，不给他片刻喘息。但势单智穷，心知中计也无法破计。他能忍住痛，但忍不住流血。到了后晌，他心跳气喘感到乏力。路边一处山坡，他下马靠在一块平直的岩石上调息。今日之危只有挨到天黑，待他养足精神，才有可能突围出去。望着西垂的红日，他明白赤乌丹乌的含意了。赤尽管是丹，丹尽管是赤，但"太阳鸟"叫"赤乌"而不叫丹乌。看来，这独翔苍穹的"赤乌"象征赤眉啊！正在胡思乱想，军校来报：逢安徐宣董宪合兵一处攻上来了。

他跳上马走到军前，看见三人守在当道，徐宣喝骂，"廉丹，你恶贯满盈，该你血债血偿了！"

他怅怅看了看红日，"赤鸟"当真象征赤眉？不，他不相信。童谣只不过是童谣，而非谶语，是些不满新朝不满今上的恶咒，而非天意。他抖擞精神打马直撞徐宣，徐宣毫无怯意挺枪来迎。战三合逢安董宪双双前来助战。不知是三人先前藏拙，还是自己体力衰弱，三人武艺一下子长进了许多，攻势变得凌厉。他又看了看红日，依旧高悬在远处山峦之上，离天黑还早着呢。

双方犬齿交错，杀声震天。队伍被赤眉一次次冲散，复又一次次合拢。他且战且走，试图摆脱三人合围。但三人配合默契，死缠不放。大约过了一顿饭时间，红日落到山的后边，他瞅准机会一把拽住董宪的枪，二人扯来扯去，同时跌落在地。廉丹迅疾跳起身，徐宣一枪刺中他的后背。他单膝跪下，董宪挺枪刺中他的前胸，他仰朝天血流如注，手里撑着狼牙棒，再也站不起来了。

赤眉还是一群一群涌上前。五千将士只剩下二十余人突出重围。行数里，遇见回来覆命的汝云王隆。二人听说廉丹已死，捶胸喊叫，"廉公已死，我谁为生！"与二十人重新返回战场杀向赤眉，全都阵亡。

　　噩耗随着蝗虫从东方飞来，蝗虫随着流民飞进长安飞进未央宫。小小蝗虫一旦成灾，与洪水猛兽一样可怕。满街满巷都是流民，满宫满阁都是蝗虫。王莽悲痛之余，一面敕令吏民捕杀蝗虫；一面打开太仓赈济流民。他派王业等亲信监督赈灾，不意王业等人与太仓小吏勾结盗卖粮食，流民饿死者十有七八。蝗虫啃光未央宫树叶飞走了，流民的尸体运出城外埋葬了，乱糟糟的长安城消停了。

没几天，王匡把廉丹的印韍符节送到陛前，他在奏章中夸了廉丹几句"英勇死难"之后，把成昌战败的责任全都推给了廉丹。话还说得很重：

"廉丹自恃蛮勇嗜杀成性，攻下成昌奸淫抢掠。老者自燃其宅，妇妪抱卒共焚，仇恨廉军甚于寇仇。如此残暴之师，人神共愤，岂有不败之理？廉军之败，可谓自食恶果；廉丹之殁，当为悍将之鉴。"

没有比悍将更能刺激王莽了，他又痛又恨，一双血红的眼睛死死盯着王临，看得王临抬不起头来，"兵败身死，依律若何？"

按秦汉律，败兵之将当斩。到了汉武帝，败兵之将捐钱可免死罪。新朝乱了章法，宗室六将战败全部枭首，但主将孙建未受惩处。兵败身死，法律向无规定。父皇气糊涂了，叫他如何回答？唯一的回答就是不回答。

王涉说："廉丹纵有罪愆，但战死疆场，仍应旌表抚恤。"

"哼！"王莽抚须良久。他不能原谅廉丹的骄悍，不愿旌表其人，更不愿抚恤其家，把二人狠狠瞪了一阵。王临跪安后，向长秋宫走去。

蝗灾期间，长秋宫受害最重。花草啃光了，树叶啃光了，连悬挂的绢帛也啃得百孔千疮。呼呼呼，蝗虫在半空飞行；唰唰唰，蝗虫在殿阁蠕动；咔咔咔，蝗虫在器物啮噬。王静烟尽管看不见，光这些可怖的声音就叫她汗毛竖起头皮发麻了。栖凤阁日夜捕打，蝗虫还是不断飞进去。她摸到一只就吓得发抖，王临要把它摔死，"不不。"她颤声喊着吕焉于雯的名字，说蝗虫是她俩尸骨化的。还说鬼魂欺软怕硬，"你父皇命硬，她，她，她们……"向她和她的儿子索命来了。"焉儿雯儿呃，不关四儿的事！"她哭喊，"娘救不了你俩，可不是娘害的呀。"

那些可怕的日子，王临每夜都溜进原碧的寝室。她每天都是天明回来，回来的时候倒在他怀里吞声啜泣。问她出了什么事，她烧红两颊不说话。再问，她抽泣，"他不是人，不是人！"他能想象父皇整夜不肯放过她，把她折腾得死去活来。他只是不明白满眼麻嘟嘟的蝗虫，房里飞的是，床上爬的是，父皇为何那么亢奋，也许就像母后说的"命硬"吧？更不明白自己也那么亢奋，同样不想放过她。

有一次她哭得很伤心，"奴婢不想活了，真不想活了，要不是殿下……"他吻她，安慰她，她突然说："杀死他！杀死他！"他吓呆了。"你怕了？那就杀死奴婢吧！"他掩住她的口，"不不，我不会杀你，杀了我自己也不会杀你。"她说："咱俩的事……"他很紧张，"有人知道了？"她说："迟早他会知道，奴婢死不足惜，殿下……"

这是一柄悬在头顶的剑。他常想他们断了，就此断了，也许可以掩盖过去。可是一天看不着她，心里就像猫爪搔似的。强烈的恐惧与强烈的诱惑交战，最终总是诱惑战胜恐惧。狰狞的慾念赋与他狰狞的胆气，这是一种又阴森又冷酷的胆气，就像传说中黑色地狱喷发的黑色火熖。没有光芒也没有形体，但足以灼人至死。他知道，烧死的如果不是他生生的父皇便是他自己。

蝗虫过后啥啥都短少，多的是苍蝇，与苍蝇一样多的还有谣言。王业听说里社流传一首"翠鸟诗"事涉宫帏，与太子有关，据说十分不堪。究竟是怎样一首诗，如何涉及宫帏如何不堪全都语焉不详。这等无根无蔓的事，王莽本不介意。然而太乙仙翁一再警示，还能掉以轻心吗？他郑重其事敕令王盛到里社查询。王盛询问了多个旧识，也没问出什么名堂，只知诗中有什么"帝京"，"御苑"，"殿下"，"伴凤栖"。隐隐绰绰涉及宫帏涉及太子。阴谋总是藏头露尾，祸事也总是藏头露尾。到底是阴谋还是祸事，闹得王莽心里七上八下。

刚进五月，天气暴热。街头巷尾都在议论，蝗灾过后又来个枯旱年境，老天爷还让不让人活了？就在人们躁热不安的时候，荆楚战局发生了巨大变化。绿林山发生瘟疫，绿林军王匡王凤率部突围，进入南阳，称"新市兵"；王常、成丹、张印率部进入南郡，称"下江兵"。消息传来，朝野震动。

"严尤在哪里？干什么去了？"王莽嘶吼着，"他不是说'犬羊相聚'，不足为虑吗？速速全歼这两股流寇，否则重惩不贷。"

严尤被免职，滞留长安多日。绿林山发生瘟疫，本是朝廷用兵的最好时机，结果给耽搁了。贻误战机不说，沿绿林山部署的防线也荒疏了，给绿林军突围提供了机会。严尤刚回荆州，怎能怨到他头上？自从廉丹战败，王临人前人后自觉矮了一头，哪里还敢为严尤说话？

所幸很快传来了捷报：严尤与王常遭遇，新军大胜，下江兵溃不成军，四散逃窜。王莽降旨褒奖，令他火速移师南阳消灭新市兵。

天气的冷暖没人说得清楚，朝廷的冷暖却在每个人心头。王涉又扬起头来了，"请旌表廉丹，以励来者。"

"好吧。"王莽这才答应，"谥为果公吧。"意谓自食恶果，仍旧不能消除他心头的怨恨。

下江兵化整为零，逃得不见踪影。严尤与同赴荆楚平乱的秩宗将军陈松商议进取之策。二人素有私交，陈松说："当乘胜清剿，以绝后患。"严尤叹气，"乌合之众，聚散无定。聚之为寇，散之为民。他们藏匿民间，无人指证。人心背离若此，请问如何清剿？"陈松大惭，"末将所虑不周。"严尤说："平乱之策虽在战场，更在人心啊。战不能胜，不可侈谈人心；战若能胜，而不能收伏人心，胜也是白胜。用不了多久群乌复合，犬羊复聚。剿不能尽，杀不能绝。战乱连年，永无宁日。"陈松大为折服，"将军远见卓识，末将愿附骥尾。"

二人原地休整。钦差向二人传达王莽进军南阳的旨意，严尤意味深长说："前车有鉴啊。"廉丹之死就是因为军队须要休整养威，王匡胁迫他进攻成昌。陈松断然说：

"不理！"

"不理？"严尤苦笑，"俗话说：干活不由东，累死也无功。"陈松说："不求有功啊，但求无愧于心吧。"严尤问，"将军不怕斥为'悍将'？"陈松哂笑，"既附'悍将'骥尾，只好做一名'悍卒'了。"严尤大笑，"哈哈，廉将军生前封公爵，谥为'果公'；小将封伯爵，可望谥为'果伯'；将军不曾封爵，若有不测，不知该谥'果'什么了。"陈松说："那就谥为'果丁'吧。"二人仰面大笑，笑眼中都闪着泪光。

不久，二人侦悉到王常等人潜匿篓溪，正在秘密收拢残部。篓溪是个小镇，镇外没有城池防御。严尤迅疾兵压篓溪，封锁路口，传令全军不得擅自进入镇内。只在四处张贴榜文，公布招安条款，还亲笔写信给王常、张印、成丹三人，劝谕他们归顺朝廷。不出半月就有小股下江兵向新军投降，许多下江兵混进逃难人群试图逃出镇去，被新军俘获的就有三百多人。

陈松贺喜，"将军攻心，成效卓著。不用多久，贼魁必束手就擒，献俘阙下。"正当二人把酒言欢的时候，王莽使者又至帐前催令进军。

严尤说："伤其十指不如断其一指，击溃群寇不如收伏一寇。将在千里之外，还像狗一样套住脖颈挥斥东西。这仗如何打法？"

二人仍旧不理。

"悍将！"王莽从严尤"擅放胡虏"，"轻许和亲"骂起，进而斥责他攻讦改制，把新朝说得漆黑一团，忍不住挥拳吼叫，"违抗圣旨，拒不进军南阳，谁给他的胆？谁在背后撑腰？"

谁都知道他在骂谁，但毕竟没点名，王临没有必要伸头去接。

"巧得很啊，一个廉丹，一个严尤，都出在太子宫。这中间是不是有什么蹊跷？"话里话外隐含着阴森森的机锋。

王临慌忙跪下。谁都知道他口拙，他也惯常藏拙，哑默是他晨省时一向依守的方略。

"必也正名乎？"

王莽没头没脑吟咏着。这个时候有这个雅致，实在叫人费解。越费解越莫测，王临感到前所未有的压力。过去只是不被父皇看重，怯生生的，如同雷电当空，随时准备听任父皇呵斥；现在却是遭到父皇猜忌，胆突突的，如同利剑悬顶，随时都有不测的祸事发生。回家问刘愔，刘愔也同样困惑：

"正名！什么意思？"

这天王临受了一阵训斥，悻悻退出勤政室。太阳刚刚升到东山之上就喷吐着伏天般烈焰，特耀眼，特灼人。身后有人赶来，低声叫了声，"殿下留步。"王临止步，"九皇叔有何见教？"王涉讪讪笑了一阵，"近日坊间流行一支新曲，歌词哀艳，嘿嘿。"

这会子说什么新曲，王临实在没有兴趣。王涉把一方素帛递过去又不能不接，展开一看字迹有些熟悉，词意贴近宫帏，似乎与自己有关。早就听说"翠鸟诗"了，莫非这就是"翠鸟诗"？

啁啁一翠鸟，网罗入帝京，归路逾万里，临风空哀鸣。

绕阙翔三匝，殿下有人招，摇指千岁桐，嘱我巢高桠。

我本燕雀鸟，桑柘适我居，高处风雷疾，安敢伴凤栖？

凄凄傍地走，惶惶无所依，御苑群芳艳，犹恋老榆枝。

他倏然心惊：此非碧儿手书？"果然哀艳。"他敷衍着。王涉却说："殿下喜欢，送给殿下把玩吧。"王临亟想证实自己的猜想，把素帛纳入袖中，"多谢九皇叔。"

回到长秋宫给母后请安，原碧不在榻前。母后的哮喘病又发作了，她抱怨父皇抱怨太医，接着抱怨天气，"这天气太不正常，要变天了。娘是寒病，死热死热的，倒犯得蝎虎了，你说邪不邪？娘一闭上眼睛就……看见焉儿雯儿……娘只怕过不了今年……"她说一句喘一会，一阵爆裂似的咳嗽使她再也说不下去。直咳得额上青筋爆起，上气不接下气。他心里有事，在母后背上有一拳没一拳拍打着，好容易等到她咳嗽停下来，连忙拔脚走了。

找了好几个地方，没看见原碧。

他在原碧寝室寻到了她。她悚然一惊，两手交叉胸前颤声说："大白天，殿下跑进奴婢房里……"他把素帛递与她，她颤得更厉害，"这……这……"他说："真是你的？"她委顿在地上深深埋下头。他的猜想证实了，"看来我俩的事，有人知道了。"

她扬起头站起身，呆呆地望着前面，"奴婢早知道会有这一天。"她惨淡笑了一下，恢复了镇定。

"也许父皇还不知道。"

"让他知道好了。"她昂昂头满不在乎。倏忽间张大眼睛，越张越圆，浑身瑟瑟颤抖，"殿下……你不会杀了……杀了奴婢吧……"他把她抱进怀里，"就是杀死他……也不会……"随着他的爱抚，颤抖渐渐停息，柔若无骨的娇躯完全软在他怀里。他扶她到榻上坐下，定定望着她，多少觉得有些陌生。她愧疚不该猜疑他，娇弱地扑进他的怀里哽咽，"奴婢什么都不要，只要殿下一颗心。有了殿下这句话，奴婢纵然死也心甘情愿了。"他推开她，"别骗人了！"她下榻，"奴婢死给殿下看。"他连忙拉住，"你怎么这样？你看，自己看，这，这'犹恋老榆枝'怎么回事？"她脸上绯红，埋下了头。他搡她："说呀。"她的头越垂越低："殿下又不是不知道，李大人后院有棵大榆树。"

"老榆枝"原本暗指李焉，李焉字子瑜。榆树是宅边树，哪家哪院没有？王莽获悉她与李充的关系视她卑贱，打消了册立她为嫔妃的念头；王临会不会获悉她与李焉的关系把她一脚踢开？她含糊其辞搪塞过去。

王临是知道她与李充关系的，仍不免有些妒意，"情意蛮深呢。"适度的妒意春药股煽情，盛夏时节，二人都穿着丝绸衣衫，他把她搂得更紧了。"不不。"她推开他，"这会不行。"

他愣了愣神，呼呼，窗外起了风。母后的感觉真灵，果然变天了。当下处境凶险，丝毫马虎不得，必须尽快摸清究里，把凶险化于无形。

出了长秋宫，准备驱车去找九皇叔。正要上车只见狂风怒号，乌云滚滚，大白天突然黑了天。太阳不见了，天空不见了，黑魆魆的，"天狗食日岁！"貂铛和宫女满世界惊叫。王临又缩了回去，潜进原碧寝室。二人瑟瑟发抖，拥抱在一起。这时电闪雷鸣，鸟蛋大小的冰雹从天而降，足足下了一漏刻。

蝗虫啃光了树上的叶子，冰雹又砸断了树上的细枝。小时候听过鬼域故事，那里寸草不生，光秃秃的土地长着光秃秃的树木，犹如佝偻身子的魔怪佝偻着手臂伸向天空，一忽儿厉鬼似地向苍穹呲牙裂嘴；一忽儿冤魂似地向苍穹哀告倾诉，一忽儿乞丐似地向苍穹伸手乞讨。长安变成了鬼域，长秋宫以来没有像今天这样丑陋这样荒凉。

未央宫点燃了黄灯笼，报时貂铛奏报："午时三刻。"钦天监宗宣从灵台匆匆赶来。重见天日的百姓站在街上咒骂："暗无天日啊！当今世界真正暗无天日。"宗宣奏明，"天气暴热，浓云骤聚，以致遮天蔽日。虽非日蚀亦为天威震怒。较之日蚀百年罕见，陛下不可忽视。"

天威震怒，王莽颤栗不止。他实在闹不明白，既然天降命于他，为何蝗虫过后又来个大白天黑天？这不要他好看吗？难道天降大任于斯人也，必先天下唾骂？

宗宣要他北郊祭天，罪己禳灾，他实在不情愿。太乙昭君劝解说："钦天监略知天象，不解天机。陛下圣德，天目如电，怎会怪罪呢？怪罪的是那些作恶的妖魔作乱的煞星。闹得尸横遍野，血流成河，生民苦饥，天下浩劫！煞气横空，怨气四起，郁结激荡，汇聚冲天，如是而已，岂有他哉？"他指着天空，"陛下请看：天威震怒，玉宇澄清。这会子不又是云开日出乾坤朗朗吗？"

王莽大为宽慰，太乙昭君又说："倒是后宫阴气日重，时有晦气盘桓，陛下不可忽视。"

又是阴气！莫非又是"男丁夜宿"？回到勤政室，把王业召到跟前问话，"太子可在后宫？"王业回奏，"正在后宫。"王莽厉声说："把太子传来！"

王业匆匆赶到长秋宫，先到栖凤阁探望，太子不在皇后榻前。他径直向原碧寝室走去，迎面碰见了王临，他慌忙跪下传达王莽的旨意。

"没事在后宫乱窜什么！"王莽申斥。

"儿臣……"

"还想狡辩！夜宿后宫成何体统！太不知自爱了。"王莽击案，"往后未经奏请，不准进出后宫。"

王临诺诺退下，驱车来到卫将军府，进入中堂双膝跪下。王涉快步上前一迭声说："殿下怎么了？"王临不作声，王涉搀他起来，他也不起来。身后一个清脆声音吟哦，"长跪读素书，书中竟如何？"

调头一看，一个白衣童子走上堂来。旁若无人自言自语，"跪而危，起而行，谋而成。"古人训诂说：跪，危声，危坐的意思。说"跪而危"本也不错，但此危非彼危啊。如果不是孩童故意饶舌，那就是明确的危险警告。

"先生请坐。"王涉竟称先生。幼童说："长跪在侧，岂容安座？"王涉又过来搀他，"殿下请起。"

"太子殿下！"声音夸张，佯作惊讶，随后下拜，"死罪死罪，小子僭越了。"王临再愚顿也知幼童出现是王涉刻意安排，连忙答礼，"先生勿需多礼。"王涉说："晦冥昼降，千载难逢。神童仙至，太子莅临……该死！太子莅阼……该死！"他慌忙跪下谢罪，一副惶惶恐恐样子，"臣出言无状。"

头一个"该死"是自谴"莅临"的"临"与王临的"临"犯讳；后一个"该死"是自谴"莅阼"犯忌：莅阼是指太子登

基继位。幼童却大声赞美，"一语成谶，说得好！电闪雷鸣，晦冥昼降，不正是风云际会吗？"

王临大体知道王涉出示原碧素笺的用心了。他不能迴避，也不想迴避，"望先生不弃，有教于我。"

这个幼童是西门君惠。李焉王焉被捕后，被王涉罗致于家，成了他的智囊。王涉处处维护严尤，暗中保护刘歆，坚定站在王临一边，都是西门君惠的主意。

"南座南冠，北阙《北风》啊。"他声音铿锵，莫测高深地吟咏。

古称囚徒为"南冠"，帝王南面而坐，这不是咒骂君主是囚徒吗？"北阙"是未央宫北宫门，是臣子等候朝见的地方；《北风》却是卫国民众号召团结起来反抗暴政的诗篇。尽管用词生僻，用意极其鲜明。大不韪，大不敬，锋芒毕露，王临愕然。

西门君惠如同神游太空一样，悠悠然，陶陶然，不知有已，不知有人，沉醉俯仰，随风徜徉。良久他站起身，面对堂外，昂首问天：

"我南有南军，北有北军，与其坐以待毙，何如取而代之。"言毕，居然自下堂去。

"这……九皇叔……"王临不知怎样说话了。

“孩童浪言，太子不必介怀。”王涉依旧有所保留。

王临叩拜，“九皇叔救我。”王涉说：“老臣之言何如仙童，仙童之言何如苍天。适才晦冥昼降，太子与仙童同至，天意昭然。该有人出面拨云见青天了，这个人就是太子。”

六十二　昭宁池古榆砸西垣　未央宫旦有白衣会

新市兵进入南阳，南阳人心思变，全境骚动。平林人廖湛、陈牧聚集千余人起兵响应，号称"平林兵"。七月又有刘縯刘秀兄弟抱定"复高祖之业"的宏愿，率领宗族宾客七千人在春陵起事，号称春陵兵。刘縯字伯升、刘秀字文叔是汉高祖刘邦九世孙，祖上封春陵侯。二人曾游学长安，文韬武略冠绝当世。

春陵兵起，旌旗鲜明，号令严明，颇具兵家气象。刘縯派刘秀前往拜会新市平林二军，与王凤陈牧等人会晤，提出三军以"汉军"旗号联合作战。王凤新败，陈牧刚举义，二人俱有联合意愿。三方歃血为盟，以光复汉室相号召，亮出汉军旗号，约定合击长聚。

这是刘縯刘秀兄弟举义后首次战斗。当时刘秀骑一匹青牛，众人都觉好笑：这不是庄稼汉下田吗？谁知一上战场，青牛楞头楞头突决向前，居然四蹄腾空冲破敌阵，飞窜到新野县令驾前。刘秀手起刀落，结果了他的性命。纵身一跳跳上新野县令的红鬃马上，夺得他的坐骑。

汉军乘胜攻克唐子乡，斩杀湖阳尉，进拔棘阳。旬日四战四捷。

消息传到长安，王莽目瞪口呆，"什么？汉军！刘秀！"他不提舂陵军主帅刘縯，单提刘秀。足见"刘秀发兵逋不道，卯金修德为天子"的谶语深深扎进他心里。莫非此刘秀才是膺命之刘秀？他的老友国师公看来并非应谶之刘秀，错怪老友了！不！他的老友不是派他三个儿子追杀这个刘秀吗？他虽非应谶之刘秀却想做应谶之刘秀，狼子野心，何其毒也！此刘秀彼刘秀都与他不共戴天，都要讨伐"不道"，都要夺他的天下。然而悍将拥兵自重，不肯进军南阳，致使刘秀冒出头来。但严尤远在千里鞭长莫及，一腔怒火全发泄到王临身上。

"不是有人说反贼不是反贼而是饥民吗？悍将之论甚嚣尘上。都可以睁开眼睛看看了：汉军！打着亡汉旗帜，公然复辟！"他挥动臂膀怒声嘶吼，"不！他们不是什么饥民，而是我大新不共戴天的寇仇！"

御览房里，王临王涉王闳都垂下了头。

"好啊，拒不进兵，坐使贼势滋蔓危及社稷，你有几个脑袋也不够砍的！"他一迭声叫喊，"传孔仁！传孔仁！予倒要看看，如何上下其手，内外勾结！"

南阳汉兵兴起，仿佛全是王临的错。"上下其手，内外勾结"直指王临，口口声声交孔仁追查。孔仁其人善揣圣意：上意欲白他准查出白；上意欲黑他准查出黑。这不是要置王临死地吗？

王临王涉垂头退出御览房，走进偏殿，王涉压低声音，"事情紧迫了，太子速作决断。"

事态很明显：他与原碧的事，王涉知道了，王业不会不知道。大概还没有证据，父皇半信半疑。又不是别的什么事，父子共通一女，怎好启齿叱咤？更不要说拿到大庭广众去斥责了。何况还是一位著有《家训八篇》的圣德君主！有事没事找他晦气，无非企图寻找一个正当由头来处置他这个逆子。

王临问，"不知九皇叔有何良策？"王涉却说："恭候太子定夺。"王临嗫嚅，"法子倒有一个，但侄儿不能进入后宫，难通音讯……"王涉说："老臣愿尽绵薄之力。"

　　当下王临修书一封给母后，另有一个锦囊给原碧，一并托付王涉转交。

刘惜见王临郁郁寡欢，特备香茗甜点邀他到昭宁堂赏月。王临意兴索然，刘惜说："父皇不喜殿下，殿下称病好了。远离是非地是殿下之福，放开胸怀才是。"

昭宁堂前有池塘，池中莲花盛开。池东南有棵千年老榆树粗十围，高百尺。分枝伸及昭宁堂。一轮圆月升到半空，月光温柔地洒落到池水中。微风摇曳莲花，宛如婷婷少女在左右顾盼。不知什么时候，月亮钻进云里去了，朵朵莲花也隐进暗影中了。刘惜说："明天早晨宫中必有白衣会。"

知星语的妻子突然发出这样的预言，语气平淡，就像闲话家常。

"白衣会！"王临心头猛震，故作轻松笑笑，"宫中有仙女下降？可惜啊，我是无缘得见了。"

"只怕是一片丧服，满目缟素吧。"

"缟素，这……"王临窃喜，以为谋杀计划成功。他交给原碧的锦囊里藏有酖毒，让她在承召时毒死父皇，宫中白衣会正好应验。他想说"天下缟素"，话到口边不敢出口了，慌忙装出一副震惊样子，"这可不能瞎说的。"

刘惜说："臣妾修为甚浅，所见有限，难说十拿九稳，但绝非信口开河。"

"这怎么好！"王临来回走着，"我不信，不信！"他口说不信，心里信得真。月亮钻进云里不出来了，荷塘沉入梦乡，王临一点睡意也没有。四下眺望未央宫灯火万点。夜雾在树丛草地萦绕，楼台殿阁半隐半现，仿佛升到半空宛若仙境。天明之后将显得更加庄严瑰丽，全都归他所有，是的，天明，明天。

天交寅时，王临刚刚睡下。王业领着一群虎贲闯进太子宫，把他捆绑起来，押进了掖狱。王临这才醒悟，白衣会只限"宫中"，"满目缟素"而非天下缟素，应验的恰恰是他自己。

大约就在他们夫妻赏月的同时，王莽到栖凤阁探病，王静烟坐在榻上捶腿大哭，"我的苦命儿啊！"哭了就咳，咳了又哭，哭得死去活来，咳得死去活来，王莽还以为她在哭大儿二儿，"过去许多年了，皇后善摄身体。"王静烟突然问，"临儿呢？为何好些天不见临儿？你是不是把他杀了？"王莽大惊，"皇后何出此言？"王静烟又哭又咳，再也说不出话来了。

王莽询问榻前侍奉的宫女，宫女都不敢作声。王莽令王业把宫女一个一个拉出去拷问，宫女供出太子有帛书呈皇后，皇后叫人宣读后啼哭不休。帛书从王静烟枕下搜出来：

"父皇对子孙过于严厉，大哥二哥还有宗儿都没活到三十岁。儿臣今年三十岁，恐有一日性命不保，说不定母后还不知儿臣是怎样死的。求皇后关切儿臣，恳求父皇开恩，儿臣幸可苟活。"

王莽大怒，追查帛书是谁传与皇后的，宫女供出一个貂铛。王业把貂铛抓到掖庭拷问，貂铛咬紧牙关挺了又挺，最终挺不过酷刑，承认受太子之命把帛书交与皇后，还把一个锦囊交给了原碧。王业把原碧抓进掖狱，奸情与阴谋全部败露。

王涉每日卯时进宫。刚刚踏进白虎殿，亲信来报太子被王业拘进掖狱。情知阴谋败露，他全身披挂率领羽林军直扑掖狱，企图把太子救出来。这是他与西门君惠早已谋定的应急方案：只要把太子掌握在手里，南有南军，北有北军，就能把那个暴君伪君万恶之君推倒。匆匆奔到门口，只听有人大喝，"站住！"

王寻王邑一身戎装从暗影中现出身来："九弟来干什么？"

王涉见机得快，走到二人跟前低声说："特来拘捕王业一干办案人等。"

"拘捕王业！"王寻惊诧，"可有圣上旨意？"王涉说："没有。"王寻叱咤，"你好大胆！王业奉旨办案，竟敢擅自拘捕，你想造反不成？"王涉说："四皇兄别误会。事情急迫，拖延不得。自古防患于未然，灭火于初起。如此丑闻，君不君，臣不臣，父不父，子不子，传扬出去，新朝何以为朝？"一席话说得王邑阴凄凄的眼睛一阵乱转："九弟深谋远虑，但也必须面圣请旨。"

"刻不容缓啊！"王涉焦急万状，建议把掖狱包围起来，许进不许出。王寻王邑以为稳妥。部署就绪后，三人一同去见王莽。王莽赤红的眼睛红得像火炭，痛心疾首骂着："畜生！畜生！"王涉双膝跪下，"饶了太子吧。"王莽大怒，飞起一脚把他踢倒在地，"平日你与那个畜生沆瀣一气，为悍将张目，居然敢来求情！"王涉直到身子，"臣弟非为太子求情，是为社稷求情，为王氏江山求情，也是为臣弟身家性命求情。"

虽非直言，却收到了直言不讳的效果，三人都镇住了。杀太子？他有四个儿子，已经杀了两个，还有三儿王安，且不说他唾骂篡汉，诋毁圣躬，成天烂醉如泥，身体已经糟践得不成样子了。他无意苟活当世，看来也活不多长日子了。如果杀了王临，他岂不绝嗣断后了？罢！罢！不如忍下这口气，装作什么都没发生，饶了这畜生，说起来也不过一个无名无分的贱婢而已。

王寻王邑也跪下了。王莽背过身去，挥手令他们退下。

无论杀太子，废太子，还是饶太子，都必须把丑闻掩盖下来。三人合力把王业等七十余人一并拿下，连夜在宫外乱葬岗埋了，原碧也包括在内。

王静烟虽然看不见，但宫女貂铛出出进进的紧张气氛她能感受到，也许她的感受比正常人还要强烈。尤其平日侍奉她的宫女一个一个拉了出去，出去之后再也没有回来，榻前居然空无一人，她感到极大恐惧，张着深陷的眼眶不停大叫：

"临儿！临儿！"

不知什么时候，哭声喊声咳嗽声停息了。到了晨省的时候，各殿亲信宫女貂铛前到请安。栖凤阁悄无一人，进入一看，王静烟直挺挺躺在榻上。深陷的眼眶大张着，早已停止了呼吸。

皇后崩，未央宫上下穿上了丧服……

没几天，丑闻传开了。王寻王邑王涉暗地追查，有人说是宫里传到宫外去的，也有人说是宫外传进宫里来的。越传越广，越传越不堪。什么儿子上半夜父亲下半夜哪，父亲舔儿子滛水壮阳哪，从御街到陋巷，从殿阁到酒肆，或窃窃私

语，或公开谴笑。查，查不清；禁，禁不住；瞒是瞒不住
了。

王氏兄弟中王闳最是没肝没肺没城府，他公开主张杀太子正
人伦，"图谋弑父不孝；图谋弑君不忠；夜宿后宫不礼；私
通父姬不耻。如此不忠不孝不礼不耻之徒，祖宗不容，国法
不容，天地不容。"他还提出了解决方案，"皇上春秋鼎
盛，广选采女，纳后纳妃，何患没有子嗣？"

此论一出，宗室长老纷纷进宫喊杀。他们义愤填膺，宣称有
他无我，有我无他，耻于与王临同顶一片天同立一方地。谴
责唾骂口诛笔伐，大到圣人之言，小到家常之理，口水流成
河，理论堆成山，啥啥都说到了，只有一句话没能说出口：
皇上日后若无子嗣，王氏子孙甚蕃，德者居之嘛。原来他们
的眼睛盯上了皇位。

正在王莽举棋不定的时候，南阳传来了捷报。刘氏兄弟舂陵
起兵，汉军大旗举起，严尤意识局势严重。虽然他的平叛方
略日见成效，篜溪下江兵日渐瓦解，于大局已是杯水车薪。
乱世用重典，怀柔政策已经不合时宜。他决定改弦更张，进
军篜溪，捕杀王常、成丹、张卬等贼魁。令出之时废然兴
叹，"功败垂成啊，时势呢？命运呢？"

他严令南阳大尹甄阜、都尉梁丘赐向汉军发动进攻，自己随后接应，违令者斩。严尤悍将之名远播，他的军令胜过圣旨，甄阜梁丘赐谁敢不听？二人率领一万人马从宛城开拔，向棘阳进伐。

汉军驻扎在棘阳，他们的目标是攻占宛城。棘阳到宛城中间隔着淯阳，夺取淯阳成了他们必由之路。那天早晨大雾弥天，五步开外看不见人影，两军在小长安相遇。汉军没把南阳官兵放在眼里，以为他们龟缩在宛城自保不遑，怎敢出来讨伐？甄阜梁丘赐的南阳官兵突然出现在眼前，汉军还当起事的义军前来投奔呢。甄阜梁丘赐的南阳官兵就不然了。他们就是利用大雾掩护部队运动，企图偷袭棘阳，一直保持高度戒备，两军遭遇迅速发起进攻。汉军猝不及防落荒窜逃。

"严将军来了！"甄阜梁丘赐的南阳官兵声称是严尤统率的队伍，四处叫嚷。

王凤王匡与严尤较量多次，最终被严尤攒进了绿林山。新市兵听见严尤的名字胆先怯了。大雾中也不知新军有多少人马，将士争相惊呼："严尤来了！"

前队的溃兵压迫后队的士兵，后队的士兵又冲击随军的眷属，自相践踏哭声震天。管理金鼓号令的亲兵被冲得七零八落，头领呼喝不止，反而被溃兵裹挟后退。甄阜梁丘赐纵兵追杀，汉军溃乱奔逃。

刘縯率兵退守棘阳。这一仗他的二弟刘仲二姐刘元以及姊母外甥俱死在乱军之中。

朝廷喊杀的不喊杀了，尤其喊得最凶的王闳，反而认为太子不能杀，杀不得，"当此朝廷用人之际，平定叛乱得靠严尤。若杀太子，严尤离心，战事堪忧。一旦汉军得胜刘氏复辟，王氏就灭族了。"

王涉恰恰相反，变成了主杀派。他盘诘王闳，"请问十二弟，是把太子囚禁于掖狱，圈禁于东宫好呢，还是让他像从前一样自由出入宫禁好呢？"一句话就把王闳问住了。囚禁与圈禁，严尤不会不知。严尤若要离心，同样也会离心。而今丑闻传开了，如果恢复太子自由，人伦何在？纲纪何在？朝野怎样看？后世怎样看？

"十二弟曾追随太子，愚兄也曾追随过太子，太子兽行败露，十二弟还追随吗？愚兄还追随吗？想必严尤也不会追随了吧。如果严尤继续追随，绝非愚忠只能是居心叵测。一个视兽行如人伦的人，必具兽心。兽心兽行之人狼狈为奸把持朝政，王氏江山还是王氏江山吗？"

一席话说得王闳哑口无言，也说进王莽心里去了。夜晚他令人把酖酒送到掖狱，令王临自裁。宣旨后王临口称遵旨，伸手端起酖酒，向来人脸上泼去。酖酒奇毒无比，来人眼睛鼻子上唇迅速溃烂，疼得在地上打滚。

王临大声叫喊，"去告诉父皇，不是子淫父姬，而是父占子妾。"他拿出"翠鸟诗"，证明他与原碧交往在先，还把他俩交往经过亲嘴哪，野合哪，幽会哪，有的没的加油添醋说了又说。"皇妹可以作证，叫他问皇妹去！"

"畜生！"王莽暴怒，令貂铠再送去酖酒。王临说什么也不喝，"我要见母后！见皇兄！见皇妹！要喝当着母后皇兄皇妹的面喝！"貂铠告诉他皇后已薨，他知道没人可以救他了，"要杀叫父皇亲手来杀！杀大哥二哥是为'公义'，杀我呢也是为了公义？杀要杀得明白，死也要死得明白！要不拉到菜市去杀，让天下都知道。我不喝酖酒，不喝！"

貂铠回奏，王莽一脚把貂铠踢到地上。他想说：他不喝你不会灌？这话别人说可以，作为父亲可就说不出口了。天已大亮，他困乏以极，这一天实在心力交瘁。不说杀人的劲没有，说话的劲也没有了，趴在御案上沉沉睡去，貂铠把他抬进憩房。

第二天王邑知道了，自告奋勇，"臣弟去送那个不肖的东西吧。"王莽一怔，宇儿不也是他酖死的吗？那时他还是前汉的安汉公。记得那天风很大，把阶前一棵古槐的分枝括断了。他不想杀宇儿，不得已杀了，想起来就心痛。嗬！呖呖呖，外头起了风。杀儿子就起风，哪有这般巧的？他悚然颤栗，两手攥紧止住了抖动。宇儿死的时候是四月，多风的季节，刮大风不稀奇；现在是七月，热极生风，刮大风也不稀奇，偶合而已。想着，想着，风越刮越大，穿孔冲穴，呼啸在飞檐画阁之间。他跌坐在地，又抖个不停了。

呼呼呼，王邑也想起了当年情景，但无意动摇自己的行动，

"皇上！"

他挥挥手。

王邑不知道皇上是要他退下还是令他行刑，他选择了行刑。

王临与严尤搅和在一起，在北军声望颇高，果决除掉于大新有利，于自己也有利。他令貂铛带上酖酒向掖狱走去。地面扬起灰尘，漫天飞扬，风似乎比当年更大。

"临儿，六叔给你送行来了。"他把一双阴凄凄的眼睛缩进浓眉下，露出一张阴沉的毫无表情的脸。

王临与他素来不睦，心知乞求无益，挥手叱咤，"出去！我不喝酖酒。"

"看素帛！"王匡低喝。貂铠取来素帛悬在梁上，要他自缢。

"不，我不自缢！要杀拉到菜市去杀，让他看到血，让天下看到血，大新太子的血，他儿子的血！"王临一阵狂叫。随着他的狂叫，好像呼风唤雨一般，风在外头呼啸。唦唦！砰！飞沙走石，砸打掖狱的墙壁门窗。

王邑阴凄凄眼睛眨都不眨一下，"风太大了，没法上菜市，到了菜市也没人看。"他令貂铠端起酖酒，"上路吧，怎么上路不是上路，少遭点罪。"

"不，我不喝酖酒也不自缢！"王临异常执拗，"要杀叫他亲手来杀！他杀了二哥又杀了大哥都没见血，这回要他见见他儿子的血！"

"哼。"王邑连连冷笑，"你不想上路，想活是不是？可是晚了，谁叫你犯了十恶不赦之罪？别磨时间了，磨也没有用。活得不像人，死得像个人，你要貂铠动手不成？"

王临大怒，"你这恶贼！你当我怕死了？要杀叫他来杀，要不你亲手杀！你不是想杀死我日后继承他的皇位吗？当今大新皇帝不敢亲手杀自己的儿子，就让未来的大新皇帝来杀自己的侄儿吧。让他手上沾满鲜血！"

王邑阴凄凄眼睛凸起，满脸愠怒，"动手！"两名貂铠反剪王临双手，王临大叫，"拿刀来！我要让他见血！让你见血！让尔等见血！"王邑指着一名貂铠的佩刀，"给他。"两名貂铠松开手，把刀扔到王临脚下。王临拾起刀，向自己面门砍去。

轰！轰轰！巨雷在窗外炸响，震得地动山摇。王临额头裂开一个三寸长的口子，鲜血喷满两颊，样子十分狰狞。他好像陷于疯狂，已经不知疼痛，扬起血淋淋的刀，手舞足蹈，"他杀儿子！是他杀的！皇天后土都看得清楚。他叫我子不子，我叫他父不父！"说着剥掉自己衣裳，血流到胸前，流到两肩。还嫌不够似的，一刀向左臂砍去，向左腿砍去，轻一刀重一刀一阵乱砍。刀刀见血，刀刀翻花，片刻间成了血葫芦了。

王邑阴冷的笑纹阴冷地冻结了，阴凄凄的眼睛鼓凸得要进出来。想不到一向懦弱腼腆的太子居然如此刚烈，在临死的一刻爆发出来。

哗，大风带来了豪雨。哗啦啦，大风折断飞檐，揭掉屋瓦，门窗飞到半空。第二天早晨一看，昭宁堂池东南那棵老榆树折断了。老榆树倒向东面，砸垮东永巷太子宫西墙。

王莽就此发布诏书：

"烈风暴雨砸屋折木，予甚栗焉！予甚恐焉！予甚惊焉！予甚忧焉！临有兄而称太子，名不正。孔子有言：名不正则言不顺，言不顺则事不成，事不成则礼乐不兴，礼乐不兴则刑罚不中，刑罚不中则民无所措手足。以致即位以来，阴阳失和，风雨不时，数遇枯旱，蝗螟为灾，庄稼欠收，生民苦饥，胡夷入侵，盗贼蜂起，生民惶恐无所措手足。临本人也久病不起，生命垂危。必须正名，才能外攘四夷，内安中华，保全他的性命。"

他宣布废掉太子。王临已经死了，诏书却封他为统义阳王，还说他"久病不起，生命垂危"，含含糊糊预告他的死讯。

那个烈风暴雨的夜晚，王安正与一群酒友饮酒。风声雨声雷声大，他们的呼喝声更大。不仅风声雨声雷声听不见，旁人的呼喝声也听不见，听见的只有自己的声音。也许他们喝到份了，也许他们闹到份了，终于连自己的声音也听不见了，全场哑静了。风声雨声雷声与他们没干系了。

三天后，他从醒醉中醒来，得知父皇诏书。也许是骨肉感应，也许是谙熟隐晦语言，他独自喝起酒来。这回没有呼朋唤友，也不准奴仆靠前，喝一阵哭一阵，哭一阵笑一阵。

"四弟啊，生于这样家庭，有这样的父亲，是幸还是不幸？

该爱还是该恨？"到了深夜，他清醒白醒地换了一身干净衣裳，躺在床上再也没有起来。

"什么？三儿薨！"王莽大惊。自己穿的衣裳自己上的床，太医查验未见中毒，好好的怎么薨了呢？他悚然一震，这些天常常梦见四儿满头刀口满身血，或狞笑，或狂叫，是不是他把三儿的魂勾走了？他又怕又恨，"孽障啊，孽障！"王邑奏言，"临儿不知白衣会，是那个妖女说的。是不是另有背景？"他把矛头指向刘歆，企图株连进去斩尽杀绝。

"臣弟请旨，立即拘捕妖女审问。"

王莽准奏，王邑直入太子宫。刘愔说："请上覆父皇，臣媳已有身孕，待产后下狱听审。"王邑喝斥，"休得搪塞！"刘愔冷笑，"奸伪贼绝汉之嗣，奸险贼绝兄之嗣，报应不爽，天道昭彰。"言毕投红丸口中，倒地身亡。

这个月，皇后死了，太子死了，太子妃死了，新迁王死了。不知天上的星辰是不是出现了白衣之会，但皇家、皇族、整个朝廷都穿上丧服，地面一片银白，上演一幕白衣大会。

小长安战败，新市兵主帅王凤王匡流窜惯了，主张退出棘阳，"新军大集，我军难敌，不如保持实力以待天时。他打此处，我打彼处。天宽地阔，何必与新军硬拼？"平林兵陈牧廖湛随声附和。

二军若走，舂陵兵难支。刘縯想把他们稳住，"三军合则存，分则亡。走一起走，舂陵愿为前锋；留一起留，舂陵甘为后卫。走，走向何方？留，留有何图？谋定而动，不知诸位有何良策？"

王凤王匡吓破了胆，哪有行动计划？他们所说的走，无非流窜而已。陈牧廖湛尚无独立作战经验，走留都无定见，"伯升所言极是。三军同心才是扭转战局，决战决胜之道。"

刘縯分析小长安遭遇战，"我军轻南阳郡兵如蚁，惧严尤新军如虎。小长安遭遇战，不是与南阳郡兵遭遇吗？我就不信，严尤还没到南阳，南阳郡兵也变成虎了？我军之败原因何在？败在大雾，败在情况不明，败在自相惊扰。这样战败，败得不甘心，我不认败！我要扳回败局，要他们加倍偿还。"他眼前浮现死难亲人二弟二姐的面容，心里想着为他们报仇。而在他慷慨陈辞的时候，没有悲戚没有流泪，而是笑容可掬，一脸轻松。

"可不是吗？"陈牧廖湛也笑了，"怎么连南阳郡兵也怕了？一遭被蛇咬，三年怕井绳啊。"二人从未与严尤遭遇，与严尤交过锋的只有王凤王匡。那日小长安走在前队的正是新市兵，南阳郡兵为壮胆，高呼"严将军来了"，吓得新市兵不战自溃。二人虽是自嘲，不无讥讽王凤王匡之意。王凤王匡内心有愧，不好意思多说了。

不日传来下江兵进入随县的消息：随县城门四闭，逃避兵荒的民众携儿带女不绝于路。

"下江兵？"王凤王匡都不信。下江兵不是被严尤逼到篓溪早已溃散了吗？如果真是下江兵只能是流窜的残部。刘縯以为不然，随县离棘阳一二百里，如果是残部，动静怎会这么大？他派人到随县探听。

原来，严尤过高估计了剿抚方略的震慑力和感召力。他的招安书简送到篓溪，王常成丹张卬按兵不动。没有筑壁垒，没有设鹿砦，没有作出任何抵御态势，似有归降之意，迷惑了严尤。篓溪附近山林密布，多为野始森林人迹罕至。成丹猎户出生，从小生活在山林，练就了一身钻山穿林本领。密林之中有荆棘籐葛挡路很难行走；有沼泽湿地横亘，一脚踏空就陷身淤泥。他能驱使猪狗带路：凡是狗能穿过的密林，人也能穿过；凡是猪能走过的沼泽，人也能通过。废了十多天功夫，他把一千多将士带出了篓溪。严尤得知南阳汉军四战四捷，决心改抚为剿全歼下江兵。当他攻占篓溪，下江兵早已撤离，扑了个空。

下江兵穿过高山密林，突然出现在上唐境内，打了上唐县令一个措手不及夺取了上唐。接着攻占宜秋，发展到五千人，声势复振。

刘縯刘秀兄弟同赴宜秋，拜会下江兵主帅。到达寨前通报姓名后，刘縯朗声说："愿见下江一贤将，共议大事。"成丹张印共推王常出面洽谈。刘縯分析时局，陈破利害，极力主张合兵破敌，王常大为折服，"王莽篡弑，残虐天下，百姓思汉，豪杰并起。今刘氏复兴，就是真主现世。在下愿竭尽全力辅成大功。"刘縯说："大事成功，刘氏兄弟岂敢独享其成？"三人促膝长谈，互生敬慕，深相交结。双方拟就联合作战计划后，刘縯刘秀兄弟依依别去。

时值岁末，南阳太守甄阜、都尉梁丘赐兵临棘阳城下。二人沿黄淳河沘水扎营，成犄角之势，扬言改岁过后，攻占棘阳消灭汉军。他们修书给刘良，极尽恐吓嘲讽，气焰十分嚣张。刘良是刘縯刘秀的叔父胆小怕事，反对刘縯刘秀举义。但刘縯刘秀已经起事，他只得跟随起义队伍行动。小长安战斗中，他的妻儿俱被新军杀害。甄阜梁丘赐信上说：

"身为老子，不能表率宗族。穿着一条破单裤，骑着一匹老黄牛，一边走一边哭，你这样的人值得小辈依赖吗？"刘縯刘秀回到棘阳见信大怒。决心打个漂亮仗，振奋军心。

除夕将近，兄弟反复计议，何不在除夕之夜潜师突击夺其辎重？甄阜在黄淳河大营，梁丘赐在沘水大营，辎重在蓝乡。二人新胜没把汉军放在眼里，蓝乡位在沘水之后，二人一定以为万无一失，必然疏于防范。

除夕那天，刘縯分批把队伍运动到沘水河边丛林中。河水已经结冰，乘夜色渡过了沘水。蓝乡新军以为汉军龟缩棘阳，顾不上这里。除夕夜自然大吃二喝酣然入梦。汉军摸到寨前手起刀落，杀死栅门卫兵冲进寨去。新军俱在睡梦中毫无抵抗能力。死的死，降的降，不到半个时辰，汉军控制全寨。车载马驮，人背肩扛，把辎重运出去。刘縯胜利返回棘阳，正是地皇四年(公元 23 年)正月初一早晨。

王常亲自前来请战，纳头叩拜，"伯升之才，愿听驱使。"刘縯谦让了一阵，令他率本部人马袭击梁丘赐沘水大营，自己率春陵兵、新市兵、平林兵进攻甄阜黄淳河大营。约定同时发动进攻。

甄阜梁丘赐得知蓝乡陷落辎重尽失，已无斗志，决定退守消阳。正当他们拔营起程的忙乱时刻，王常发起进攻，率先攻破泚水壁垒。新军军心浮动弃戈窜逃，梁丘赐吓破了胆，带领亲兵突围出去，向黄淳河大营靠拢。

黄淳河这边，王凤勇猛当先，阵前挑战。甄阜出寨迎战，二人厮杀正酣，泚水溃兵大至。甄阜心慌，王凤一刀把他斩在马下。汉军呐喊向前冲破营栅，新军调头就跑。跑到黄淳河边，汉军沿河截杀。有人踏冰渡河，不料冰层破裂溺死水中。梁丘赐的亲兵被乱兵冲散，单人独骑落荒而逃。一群汉军穷追不舍，追到一处断崖，放箭把他射成了刺猬。

严尤率部驰救，兵至淯阳城下。严尤声威远播，众皆失色。刘縯心知唯拼死一战，汉军才有立足之地。他披挂出战，严尤冷叱，"你就刘縯刘伯升？见到本座，还不下马投降？"刘縯也不打话，放马向前挥刀砍去。二人都使大刀，大战三十余合难分高下。王常等人在城下观战分外振奋。汉将信心倍增，相与言说，"严尤匹夫，不过尔尔。"

严尤驰骋疆场十余年，很少遇见这样的对手。战场变幻无常，强弱此消彼长，刘縯处下风不慌不乱，居上风不骄不躁，敢拼敢碰却不犯险强攻，始终沉着应战。严尤自忖难以取胜，下令挥兵掩杀。他之所以能在沙场立于不败之地，武艺高强是一方面，还赖三千训练有素的铁骑。王常等人早就等得不耐烦了，一齐打马杀出。汉军士卒不如新军，但战将比新军多得多，且不说王凤、王匡、王常、成丹、张卬，刘縯手下的刘秀、刘稷、刘嘉、李通、李轶十余名战将无不勇猛难当。

严尤铁骑阵形严整，进败有据；汉军战将以一当十，敢于冲进敌阵纵横厮杀。严尤急于驰援只带了三千铁骑，倒下一个少一个；汉军却越战越勇越战越多。双方拼杀了一个多时辰，新军阵形渐乱，严尤传令后退。三千铁骑且战且退，秩序井然。退到半路，陈茂率大队人马赶到，二人就地布阵迎敌。

片刻刘縯追到。城下一战，严尤三千铁骑死伤不过三五百人，但打破了严尤不可战胜的神话。诸将踊跃上前锐不可当，严尤心疼三千铁骑，让他们休整待命，令陈茂带来的人马应战。没想到这一失策，断送了他一世英名。陈茂带来的人马虽多，战斗力远不及三千铁骑。汉军洪水般冲进敌阵，新军抵抗片刻，阵角开始动摇。犹如大堤将溃未溃，成败只在瞬息。严尤意识自己失策，速调三千铁骑上阵，可是晚了。新军冲得七零八落弃戈四散，争相逃命，挡住了三千铁骑的去路。三千铁骑践踏向前，无奈败兵太多，压迫三千铁骑后退。严尤呼喝不住，挥刀砍杀也不能禁止。眼看兵败如山倒，不禁仰天长叹，"为谁拼死为谁忠啊？"便与陈茂回马逃向宛城。

刘縯也不追赶，鸣金收兵。战场上死伤马匹甚多，汉军宰马治酒。正逢初八，将士开怀畅饮直至深夜。

在长安，一年一度的初八夜春宴按时举行。席间王闳首倡广采秀女充塞后宫。群臣一致恭请，王莽辞让，"皇后新丧，哀思难忘，予无意纳后。"王闳说："不孝有三，无后为大；君主绝嗣，惟此惟大。望皇上节哀，以顺天命。"宴后王莽专程跑到太乙殿请示太乙昭君。昭君祝贺，"贺喜陛下，纳后大吉。新者去旧图新，唯新鼎新。陛下娶新后，纳新妃，必可子孙亿万，传承万世。"

阳春三月，王莽选秀女一百二十名，以史谌之女史氏为皇后。他把头发胡须染黄，亲自到王路堂台阶迎接新人，当晚进入洞房成同牢之礼。一百二十名秀女分为和人、嫔人、美人、御人四个品秩。和人三，品秩如同三公；嫔人九，品秩如同九卿；美人二十七，品秩如同大夫；御人八十一，品秩如同元士，一并纳入后宫。封史谌为和平侯更始将军，史氏子侄俱受封赏。

那天又有狂风暴雨毁屋折木，崔发反而道喜，"雨水洒道，清净无尘。巽为风，风为顺，象征后德温和，母道慈惠。《礼》曰：'承天之庆，万福无疆。'急风豪雨，刘汉烽火尽皆浇灭，元元欢喜，兆民赖福。"

就在王莽新婚燕尔的时候，汉军刘玄在淯水河边筑坛祭天，即皇帝位，改年号为更始。

刘玄是刘縯刘秀的堂兄弟，从小沾有纨绔习气，平庸无能，懦弱多疑。因杀人到平林避祸，与陈牧廖湛相识。平林兵起，他当了个小头目。汉军已逾十万，众人商议顺应民望，推举一位汉室后裔为皇帝以光复汉室相号召。汉室后裔中功劳最大声望最高的首推刘縯，但王凤王匡陈牧廖湛等人放纵惯了，不愿有个强有力的人物压在自己头上，就把刘玄推出做傀儡。他们避着刘縯秘密策划，暗地串连，等到取得多数同意，才派人通知刘縯参加会议。刘縯说：

"诸位将军推立汉裔，其德甚厚。"他陈破称帝的种种弊端，提出了一个折中议案：先称王，缓称帝。不少人觉得有理，张卬拔剑击地，"疑事无功。今日之议不得有二。"于是刘玄坐上了皇位，封刘縯为大司徒，刘秀为太常偏将军，王凤王匡陈牧廖湛俱为上公。为使他们兄弟分开，令刘縯率部进攻宛城，令刘秀随成国上公王凤去取昆阳。

刘玄称帝的消息传进长安，王莽更加忧惧，任命王寻王邑为统帅，调集四十二万人马，号称百万前往剿灭。其中有六十三位通晓兵法的兵家，还有一位奇人巨无霸。这巨无霸身高一丈（2米3左右），腰粗十周。枕着鼓睡觉，拿铁筷子吃饭。力大无穷，能役使野兽。他带着成百上千头老虎、豹子、大象、犀牛参战。

四十二万大军浩浩荡荡，不绝于道，车马士甲之盛自古以来未曾有过。他们在颖川与严尤陈牧会合，向昆阳进发。这时昆阳已被汉军攻占，王凤等人见新军来势汹涌尽皆失色。昆阳守军只有八九千人，粮草也有限，敌众我寡兵力太过悬殊。王凤、王常召集紧急会议，众将忧惧妻儿老小的安危，都想带领各自的队伍，流窜到别的地方去。许多人主张弃守昆阳，各自率部逃跑。

刘秀拍案而起慷慨陈辞，"敌军强大，我军弱小，如果并力抵抗还有破敌取胜的可能；一旦各自率部逃跑，只会自取灭亡。我军主力尚未攻下宛城，不可能前来援救，一日之间昆阳就会被攻破。敌军分兵追击，哪一部能逃出敌人魔掌？这个时候不去想同心破敌，只想保全妻子财物，不是太荒唐了吗？”

众将大怒，“刘将军怎敢如此放肆！”

刘秀放声冷笑，霍然站起，准备离开会场。正在双方剑拔弩张之际，探马飞骑来报：新军已至北门，队伍长达数里不见其后。众将听报大惊失色，面面相觑，感觉到想逃窜自保已不可行。一齐调头望着刘秀，“还得请刘将军出主意。”刘秀指出昆阳城墙坚固，易守难攻，敌军虽众但士气低落。死守待援，内外夹攻，可望扭转战局。众将忧迫难安，内心着急，无可奈何，哪里来得及认真思考，只是一味点头称是："只好这样了。"刘秀询问，“要守住昆阳须有外援。谁愿突围而出去搬救兵？”无人应声。刘秀道："文叔请命，出城搬兵。"王常离席躬身敬礼，“有劳刘将军了。”

这时有人大声说：“愿随刘将军突围搬兵！”

“愿随刘将军突围搬兵！”宗佻、李轶、邓晨、任光、臧宫等人响应，共一十三人。

入夜，十三骑从南门飞驰而出。新军初至，忙着安营扎寨埋锅造饭，各部还没来得及划定防区，十三骑突然杀出，各营各帐都难以组织有效堵截。等到他们反应过来，十三骑已经风驰电掣从他们营帐边跑过去了。

这时王寻王邑到达城下，下令说："速速堵截，不让昆阳一人一骑逃脱！"然而十三骑在连营中纵横驰骋，杀出一条血路，冲出了重围。王邑闻报大怒，拔剑说："再让昆阳一人一骑逃逸，所过营帐，立斩不饶！"

四十二万大军陆续到达，里三层外三层把昆阳包围起来。旗帜蔽野，尘埃连天，钲鼓之声闻数百里。新军用抛石车向城中投掷巨石，用撞城车撞击城门，还把云车推到城前居高临下放箭。积弩乱发，矢石如雨。城中百姓只能背扛门板到井边汲水。

严尤进言，"昆阳城小而坚，一时难下。伪称尊号的刘玄正在围攻宛城，不如分兵前往宛城解围。我军疾进，敌军必走。内外夹攻，必获大胜。敌军主力败在宛城城下，昆阳就不攻自破了。"严尤败兵之将，王邑素与不睦，他的话怎听得入耳？"昔日我以虎牙将军率兵剿灭刘信瞿义未能生擒，遭人非议。今日我拥百万之众，遇城不能攻下，别人会怎么说？这回我要大兵所过，尽皆剿灭。先屠此城，喋血而进，而后前歌后舞直下宛城。"六十三位兵家也都随声附和。

有兵家献计，秘密挖掘地道进入城中。刚挖到城下，被王常巡城时发现。城上抛下万千巨石把地道砸塌。但城内粮食告罄，伤亡日增，形势更加严峻。诸将情绪低落，王凤不顾王常反对，向王寻王邑写了乞降书。

昆阳顷刻可下，岂可让逆贼存活于世？王寻王邑对乞降书不屑一顾，掷于地上。严尤劝说，"穷寇莫追，围城阙一。正像兵法所说的那样，以乞命之败兵震慑宛下之敌。我军减少伤亡，宛城之解立解，岂非两全其美？"

王邑哪里听得进去？"屠灭此城，喋血以进，吾意已决。将军且勿再言，将军退。"

攻城更加猛烈。那一天夜晚有流星坠落营中，第二天白天又有乌云罩着军营像山崩一样坍塌，离地不到一尺才消散。六十三位兵家都说："星流云散，兆逆贼消亡。"将士却惊恐万状匍匐在地。

十三人到达郾城(今河南省郾城)、定陵(今河南省郾城西北)，要求两地将军发出所部人马火速驰救昆阳。有些将领顾惜自己财产，想留一部分军队守卫。刘秀说："如果这次我们胜了，金银珠宝比这多出万倍；如是落败了，脑袋就会搬家，这些财宝还有什么用呢？"诸将这才拔营而起，开赴昆阳。

刘秀从郾城、定陵两地请到救兵六千人急返昆阳，到达新军阵前五里，自率千骑搦战。王寻王邑只为以卵击石自不量力，根本没把千余敌军放在眼里。始建国二年(公元 10 年)，王莽伐三十万大兵北击匈奴，本可大破匈奴，但因王氏六将争功结果大败。如果四十二万大军争起功来，岂非重蹈覆辙？王寻王邑敕令各部坚守营地，没有二人将令不得擅动，派出亲信将领领兵万余应战。

两军对阵，刘秀身先士卒，大喝一声，"儿郎们，随我建功！"单人独骑冲进敌阵，斩首十余级。汉军诸将惊喜说："文叔每遇小敌常常不前；而见大敌猛勇争先。小敌容易立功让给旁人；大敌可能丧命留给自己。大仁大勇，我等齐上，助他成功！"他们呐喊着跟上前去。如同砍瓜切菜一般砍倒数百人。新军不敌节节败退。附近营帐的新军因有禁令在先，不敢上前援救，更不敢迂回包抄，眼睁睁看着小股汉军胜利撤出战斗。

众将领跃马扬鞭，为他助战。1000 骑兵齐声呐喊，勇猛冲锋，新军抵挡不住，向后溃退。数千救援军一齐参战，显示出杀开一条血路，粉碎敌军包围的态势。

这时，刘秀用了一个计。他伪造一封假书信，说汉军已经攻克宛城，刘縯带领大军救援来了；要求城中守将坚守城池，准备反击。事实上，三天前刘縯就已经攻占了宛城，只是消息尚未传到，刘秀不知道罢了。他派出信使，在敌营中冲杀，仿佛要把信送进城里，却有意丢失在敌营中。新莽将士得知信的内容，军心浮动。王寻、王邑看到这封信，真假难辨，心里也很不安。

初战告捷，援军不但胆气益壮，而且看出新莽军许多破绽：其一、新军各军营没有自主权，不能根据战局变化作出有效反应；其二、各军营自保，互不相属。

也就是说，新莽军营与军营之间的交接处，双方都不当本军营防区，必定防务松懈，甚至形成两不管的死区。如果选择新莽军营交接处作为突袭路线，可以直达新莽中坚大营，捣毁它的指挥系统。这是一个大胆的计划，也是一个扭转战局的计划。

初战告捷，汉军勇气益增。探明王寻王邑的中军大帐设于潓水河滨。刘秀在军中挑选三千将士，组成敢死队绕道城西，沿潓水深入新营直冲中坚。那天夜里，天黑如漆。潓水河水甚浅，将士涉水前进，一步一步逼进，直扑王寻王邑的中军大帐。

"口令！"临近大帐，岸边有人盘问："深更半夜，谁在水中作甚？"

"儿郎们，冲啊！"刘秀跳上岸举刀前冲。

哨兵一阵惊呼："汉军劫营了！"

轰！天上突发惊雷。闪电照明了哨兵位置，雷鸣却掩盖了哨兵呼声。汉军跳跃向前手起刀落，结果了哨兵性命。轰轰！除了天空的奔雷，四下恢复了宁静。中军大帐灯火明亮，三千勇士冲杀过去。

大帐外围有新军相向巡逻，互相应对口令："破城！"临近大帐是战车结成的阵式。狂风突起，大雨骤降，汉军喊着"破城"直往前闯。巡逻兵敌我难辨，但见一支队伍形迹可疑喝令站住。可是晚了，汉军已经欺近，挥刀向他们头颅砍去。巡逻兵四散惊叫，"汉军杀来了！"

守卫战车的新军眼前一片漆黑，风声雨声盖住了汉军脚步声。他们只是乱喊："汉军杀来了！"

大帐的灯火指明了方向，汉军只有一个目标，那就是向灯火杀去，谁阻挡他们就杀死谁。巡逻兵闯进大帐禀报："汉军杀来了！"

"胡说！"王邑叱咤，"妖言惑众，你不想活了！"吓得巡逻小校跪在地上头都不敢抬。王寻温言问，"怎么回事？好好说。"巡逻小校结结巴巴，"汉军……汉军……"雨大天黑他看不清，也不知道怎么回事。王邑大怒，"推出去斩了！"亲兵把巡逻小校架起来，小校大喊冤枉，"汉军确实杀来了！"

亲兵架着小校往外走，又有巡逻校尉闯来禀报："汉军杀来了！"这个校尉也没看清，也不知怎么回事。

"看看去！"王寻王邑不相信汉军深入连营直闯中坚；更相信奸人造谣惑乱军心，令人张起羽盖，挑起灯笼出帐察看。轰！巨雷在头顶炸响，闪电在眼前滚动。狂风裹着暴雨扫向大地扫向军营扫向羽盖扫向每个人头顶。灯笼就是目标，三千勇士直扑过去。

"杀死王寻！"

"杀死王邑！"

汉军好像乘着雷电从黑暗中冒出来，咫尺的怒吼尤胜头顶惊雷，王寻王邑吓得魂飞魄散。他们都没乘马拔腿就跑，上有羽盖，下有灯笼，哪里逃得脱？没出三十步，王寻就被一刀砍倒在地。王邑乖觉从羽盖下跳出，隐没在黑暗中。

四散的新军到处乱喊："汉军杀来了！"营帐顿时乱了；惊慌的营帐又把惊慌扩散开去。如同惊雷一样，很快传遍方圆百里的连营。

轰！轰！奔雷闪电击中树木，树木倒下了；击中帐篷，帐篷起火了。巨无霸十分恐惧，他豢养的野兽震惊了，悸栗了，在圈中乱吼乱跳。轰！霹雷贴近兽圈炸响，众兽伏在地上；轰！又一声霹雷贴近兽圈炸响，众兽咆哮着四散奔逃。巨无霸禁喝不住，被一只犀牛撞倒，一群犀牛从他身上踏过。野兽在风雨中冲决，狂躁不安，没有目标没有方向见人就咬。惊惶的连营更加惊惶，悸怖的新军更加悸怖。

郾城、定陵的后续部队攻上来了，昆阳城中的汉军也从城中冲出来了，三股汉军高呼"活捉王邑！"在连营中横冲直撞。王邑吓破了胆，严尤陈茂也吓破了胆，他们无心制止连营的混乱，也无力制止连营的混乱。三人在各自亲兵保护下向洛阳方向逃去。雨大如注，滍水暴涨，新军溺死无数，三人践踏着他们的尸体渡了河。

鸡鸣时分，雨收风停，新军死伤惨重，各郡自点兵马向各郡逃窜。留下无数辎重、军械、金钱、珍宝，汉军搬了半个月也没搬完。

王莽闻报跌坐在御座上说不出话来。他再也无心政事，从勤政室搬进后宫。不时到太乙殿与太乙昭君研习房中术，拥后抱姬纵情淫乐。

六月有彗星扫过未央宫，西门君惠对王涉说："孛星扫宫室，刘氏当复兴。"王涉对西门君惠在里社散布的谶语"刘秀发兵逋不道，卯金修德为天子"深信不疑，日夕与他策划兴刘复汉大计。

王临之死，与其说死于王莽，勿宁说死于西门君惠之计。原碧的《翠鸟诗》是写与李焉的。李焉王焉死后，《翠鸟诗》落到西门君惠手里。西门君惠先把《翠鸟诗》中的词语零零星星在里社散布，再唆使王涉把《翠鸟诗》交到王临手中，煽动王临弑父自立，遂有王临图谋酖杀王莽之举。帛书与酖毒都是王涉带进后宫的，王莽杀害王临的惨剧就发生了。

"里社谶语"中的"刘秀"就是国师公刘歆(其时刘歆名叫刘秀)，王涉同样深信不疑。刘歆的行动不受监视，刘垒的地位未见动摇，全赖王涉暗中庇护。昆阳之败更加印证谶语的灵验。大司马董忠一向与王涉友善，王涉把谶语星象说给他听。董忠早知谶语，同样深信不疑。二人一拍即合，同往国师府拜会刘歆。刘歆面容依旧清癯，星目依旧精炯，只是满头青丝变成了白发。他把二人引进书房，坐定之后不言不语。无论二人说什么都不应声，好像入定似地把二人晾在那里。书房阴凉肃静，王涉感到十分沮丧。

回到家中，西门君惠问，"国师公可曾将二位逐出府中？"

“不曾。”

“国师公可曾报与今上？”

“不曾。”

“机事岂入六耳？”西门君惠大笑而去。

王涉只身前往国师公府，跪在书房涕泪纵横，“国师公为何不信在下诚意？在下这样做是‘各安宗族’啊。”

“各安宗族？”刘歆说话了。刘氏复兴，王氏俱灭，刘王不两立，“各安宗族”从何谈起？

王涉告诉他，王莽的父亲王曼体弱多病，王莽的母亲嗜酒，酒醉之后与人乱交：王莽不是王氏骨血。“董忠掌北军，下官掌南军，令郎五宫中郎将掌殿中警卫，我等齐心合力发动兵变，劫持王莽，东降南阳更始天子，贵我宗族岂不都可保全吗？”

刘歆这才与他谈天象，说人心，阐明东方必定成功。他三个儿子一个女儿俱死王莽之手，早已怨恨在心，“王将军既有吊民伐罪之志，老夫愿附骥尾。”

翌日王涉约董忠前来拜会，商议起义计划，刘歆说：“只待太白金星升起，大计必成，莽贼必灭。”

董忠手下有名校尉名叫孙汲。这人一向对王莽颇多微词，董忠视为亲信，把起义计划告诉了他。孙汲表面慷慨激昂，回家后忧惧满面。妻子看见了一再追问，孙汲把起义计划告诉了她。妻子害怕满门抄斩，哭闹不休。孙汲无奈向王莽告了密。结果董忠遇害，刘歆王涉自杀。

这是地皇四年(公元 23 年)七月的事。

军队外破，大臣内叛，他最倚重的堂兄弟，王寻死了，王邑逃到洛阳不敢回京，左右再无一人可以信赖。王莽想把王邑召回主持朝政。崔发说："王邑一向自重，昆阳丧师后，圣上急召，恐含愧自裁。必先大慰其心，以安其意。"王莽致书说："我年老无嗣，欲传位与你，速返京主持大局。"王邑这才回到长安。

天下溃叛，节节败退的消息日夜传来，王莽忧懑不能食。成天拿卷兵书看，困了伏案而睡，不能落枕安眠了。不久汉军攻破武关，进入关中，直指长安。王莽愁得没有办法，崔发献计说："《周礼》、《春秋左氏传》都说：国有大灾，哭以厌之。所以《易经》有先号啕后笑的说法。陛下应该呼号告天，请求上苍援救。"

王莽率群臣到南郊祭天，他把"白石符命"、"雍石符命"、"白牛符命"形形色色"令王莽为真皇帝"的符命陈列出来，一一诉说这些符命的本末，"皇天既然授命臣莽，为何不殄灭群贼？如果是臣莽的罪过，请下雷霆诛灭臣莽吧。"说罢捶胸大哭。哭得闭过气去。

崔发带领吏士千人令长安市民上街号哭，专门开设粥棚，供应餐饭；哭得最悲哀的还可以进宫为郎。崔发怕哭得不热闹，请了许多哭丧妇来哭。经过一番布置，王莽回銮的时候，长安哭声四起。古代确有国家遭难，君民痛哭的记载。号啕激发仇恨，悲痛化成力量。这只能是君民同仇敌忾的时候，而今长安市民谁不骂王莽暴政"万于桀纣"？大街上这种没日没夜的号啕只能叫人生厌，尤其哭丧妇歌唱似的干号简直就是嘲笑。

八月，太白金星一早一晚出现在东方，星光特别明亮，照耀地面如同月光。这时汉军抵达长安近郊。更始将军史谌把监狱里的囚犯组建成军，令他们喝猪血发誓："有不为新室杀敌的，社鬼记下名字，不得好死。"他带着这支队伍路过灞桥，囚犯一哄而散，连史谌的坐骑和佩刀都被抢走了。

汉军在城外放火，明堂、辟雍点燃了。随着汉军攻进城中，大火延及掖庭、建章宫、承明殿。黄皇室主王嬿住在承明殿，担心受到污辱，纵身跳进了火海。

王莽避火，搬回勤政室住，大火好像跟定他似的，迅速延及勤政室。十月三日他抱着威斗上了渐台。渐台在沧池中，回面环水。他不停的喃喃自语，"天生德于予，汉军于我奈何？"

长安市民和汉军很快攻上来了。王邑父子在沧池岸边血战疲惫至极，被乱军杀死。渐台向岸上放箭，箭尽，市民和汉军登上渐台，双方短兵相接。王莽的亲信近臣，诸如崔发王盛之类尽皆被杀。商人杜吴第一个冲进殿中杀死王莽，取下他身上的授印。校尉公宾看见绶带问，"绶主何在？"杜吴指着一个房门说："房中西北角。"公宾冲进去，砍下了王莽的头。人们一拥而上，踢着唾着王莽尸体：

"反贼！"

"恶贼！"

"伪贼！"

"害民贼！"

踢着唾着，四个人上前抬手的抬手，抬腿的抬腿，硬生生把王莽的尸体撕成了四瓣。人们还不解恨，又把他的肌骨肢解开来。不知谁喊了一声："吃他的肉！喝他的血！"人们争抢起来，手拿肌骨的往外跑，迎面一刀把肌骨夺过去；背后一剑又有人把肌骨抢走了。从房内抢到殿中，又从殿中抢到殿外，一路死伤数十人。

大火在未央宫燃烧，黑夜变成了白昼，一弯新月缓缓升起，天空中没有云，没看出月晕。弯弯的新月冷冷看着未央宫殿外的一切。有人割下肌骨上一片肉放进口里。没等咽进肚里，肌骨被人夺走，又割下一片肉……

2013 年 6 月 13 日